MILLÉNIUM 7

D'après les personnages
créés par Stieg Larsson
(1954-2004)

"Actes noirs"

DU MÊME AUTEUR

MON FRÈRE, JC Lattès, 2021.

Titre original :
Havsörnens skrik
Éditeur original :
Bokförlaget Polaris, Stockholm

ISBN 978-2-330-18406-3

KARIN SMIRNOFF

La fille dans les serres de l'aigle

MILLÉNIUM 7

roman traduit du suédois
par Hege Roel-Rousson

ACTES SUD

Elle voit surgir de l'Océan une terre nouvelle,
une terre verte et riante. Des cascades y tombent,
l'aigle plane sur les hauteurs, épiant le poisson.

L'Edda, Prédiction de la voyante.

1

LE NETTOYEUR REGARDE L'HEURE. Quarante et une secondes se sont écoulées entre le moment où il a rempli l'appât de charogne et l'arrivée du premier aigle, une femelle.

Il ne sait jamais précisément d'où ils vont surgir. Ils peuvent nicher dans un arbre tout près. Ou planer à des hauteurs incroyables. Leur acuité visuelle deux cents fois supérieure à celle de l'homme leur permet de détecter une proie à des kilomètres. Caché à cinquante mètres de là, le Nettoyeur observe le festin à travers ses jumelles.

Appât rempli de charogne en six lettres. Festin. Il serait faux de qualifier d'amour paternel la tendresse qu'il ressent pour les oiseaux – il n'y connaît rien. Pourtant, il ne peut s'empêcher de les considérer comme ses enfants. Il pense à eux avant de s'endormir le soir. Et dès son réveil. Qu'il coupe du bois, prépare à manger ou allume le feu : ils occupent son esprit durant toutes les tâches du quotidien. Se sont-ils accouplés ? Les oisillons vont-ils survivre ? Trouvent-ils assez de nourriture ? Parviendront-ils à passer l'hiver ? Oui. Avec son aide et grâce à une saison riche en campagnols, ils passeront l'hiver.

Il passe la main sur ses yeux. Le soleil, plus haut dans le ciel désormais, lui chauffe le dos, peut-être pour la dernière fois de l'automne. Aucune importance. C'est dans un coin du monde oublié des hommes que se trouve sa maison. “Maison” est peut-être exagéré. Une cabane en rondins, abandonnée après la disparition des derniers forestiers, au début des années 1960. Depuis, ces terres ont été classées réserve naturelle.

Le terrain, accidenté, est composé d'un magma de forêt primaire, d'étangs, de tourbières et de rochers. Aucun véritable chemin ne permet d'y accéder. Hormis les pistes animales, les vestiges d'une route forestière disparaissent peu à peu, effacés par la nature qui reprend ses droits. Impossible d'y accéder autrement qu'à pied ou en quad. Encore faut-il trouver.

Le premier sentier est à plus d'une dizaine de kilomètres de la cabane. Lui ne se déplace que dans un faible périmètre. Au début, il utilisait des branches pour marquer les directions afin de ne pas se perdre. Il dispose d'un ruisseau pour pêcher, des chablis comme réserve de bois et de jolies clairières pour observer les oiseaux et le petit gibier.

La cabane est un refuge, modernisé sommairement au moyen d'un groupe électrogène qui lui sert à charger son portable. Il n'est personne. Un homme sans nom, sans passé et sans avenir. Il ne fait qu'exister. Au jour le jour. Se couche tôt. Se réveille à l'aube. Il fait ce qu'il a à faire sans se préoccuper de savoir si c'est bien ou mal.

Des dates sont gravées dans le bois des murs. Des noms. Des messages adressés à l'avenir de la part d'autres hommes solitaires : *Olof Persson 1881. Lars Persson 1890. Sven-Erik Eskola 1910.* Et ainsi de suite. Mais la solitude est relative. Des mois peuvent s'écouler sans qu'il ne s'adresse à personne d'autre qu'à lui-même, aux oiseaux, aux arbres ou encore aux pierres. Pourtant, il se sent moins seul que jamais. C'est comme si son enfance l'avait rattrapé. Au fil des jours, il se rapproche du garçon qu'il fut autrefois et qui trouvait refuge dans la forêt. Il apprend comment marche le monde en observant, immobile, la parade du coq de bruyère au printemps, en étudiant la façon dont la renarde s'occupe de ses petits à mesure qu'ils grandissent, en regardant s'affairer des fourmis dans leur nid ou en suivant le parcours des scolytes dans les sapins.

Le garçon a un père. Un grand enfoiré avec des bras dont on ne peut s'échapper. Le garçon a une mère. Personne ne compte sur elle. Le garçon a un frère. Cours, dit celui-ci quand le père rentre, et le garçon s'enfonce dans la forêt.

Il attrape un orvet, qu'il attrape à nouveau quand il perd sa queue. Il sort le couteau de sa gaine, lui tranche la tête et tout devient silencieux. Il est le silence.

Le garçon pose le reptile sur une pierre, s'adosse au tronc d'un sapin et essuie la lame sur son pantalon. La racle avec son ongle. Son fil tranchant représente la liberté. Personne ne peut lui enlever ça.

Un autre aigle approche. C'est un jeune mâle. Sa poitrine n'est pas encore revêtue du plumage blanc de la puberté, son bec n'est pas encore jaune. Sans doute éclos l'an passé. Deux ans tout au plus, note-t-il dans son carnet. Dans de rares cas, poursuit-il, les jeunes restent où ils sont nés au lieu de partir vers le sud. Maladie ou défaut éventuels. Point d'interrogation. À surveiller. Point d'exclamation.

La femelle est tellement occupée qu'elle ne prend même pas la peine de défendre son territoire lorsque le jeune – après avoir tourné au-dessus de la charogne – s'aventure à se poser. Il ne reste quasiment que la carcasse. Elle le laisse faire. Tous deux tirent et s'obstinent jusqu'à ce que les tendons lâchent et disparaissent au fond de leurs gorges tels des spaghettis.

Le clou du spectacle n'a duré que quelques minutes. Il range carnet et thermos dans son sac à dos. Glissant la sangle du fusil sur son épaule, il rampe hors de l'abri. Comme d'habitude, la jambe droite ne suit pas. Il est obligé de la tourner à l'aide de ses mains en direction du chemin de retour, le long d'une piste animale. Les bouleaux, les aulnes et les saules ont déjà perdu leurs feuilles. Au passage, il cueille une poignée d'airelles, dont le goût doux-amer le fait grimacer et n'est pas sans rappeler l'odeur qui s'échappe du tonneau en plastique muni d'un couvercle, celui dans lequel est conservée la charogne. Il est bien dissimulé sous un sapin. N'empêche qu'il aurait dû tout mettre dans l'appât. Mais c'est plus fort que lui. Il vit pour ces moments précieux avec les aigles. C'est pour eux qu'il respire, qu'il mange, qu'il dort, qu'il chie. Il y retournera demain. Son portable sonne. Une seule personne a son numéro. Et lui-même n'appelle qu'une seule personne.

— Oui, répond-il. Si. Demain dans la matinée. D'accord.

Ce matin, il fait plus frais que d'habitude. Il ajoute quelques bûches et réchauffe ses mains autour de sa tasse de café. Il ne doit pas traîner s'il veut arriver à l'heure sur la grand-route. Il pourrait y avoir des imprévus, le quad qui tombe en panne ou un sol trop boueux.

Il parcourt à pied les premiers kilomètres, jusqu'à la cachette du quad. Une simple précaution. Si malgré tout quelqu'un tombait sur le véhicule, on ne pourrait le rattacher ni à la cabane ni à son propriétaire.

Il avance tout en guettant le ciel, à l'affût des aigles de mer. Il y a un nid dans le secteur, mais aucun oiseau n'est visible. Dommage, ça l'aurait réconforté. Non qu'il appréhende, mais quand même. Un aigle de mer est un signe. Un bon signe.

Une fois à la cache, il débarrasse l'engin des aiguilles de pin, pose son sac à dos dans le panier avant, puis il démarre et roule vers le point de rendez-vous. Le sol est stable, pas d'imprévus. Arrivé avec dix minutes d'avance, il patiente sous le couvert des arbres, puis rejoint la barrière, où il fait demi-tour.

La voiture est déjà là. C'est toujours le même individu qui effectue la livraison. Le Nettoyeur le connaît comme le Livreur. Le Livreur le connaît comme le Nettoyeur. Ils ne se connaissent pas. Échangent à peine quelques mots.

— C'est qui ton donneur d'ordre ? l'interroge-t-il.

La réponse de l'autre le rassure. Plus la chaîne est courte, moins il y a de maillons.

Cette fois, il n'a demandé que quelques objets de première nécessité. Une bouteille de whisky, un peu de produits frais. Et comme toujours, les journaux. Il range le tout dans le panier et retourne à la voiture.

Le Livreur extirpe le corps de la banquette arrière.

Une femme, c'est inhabituel. Les mains ligotées dans le dos, une cagoule sur la tête. Des bruits étouffés indiquent qu'un scotch lui couvre la bouche. Tant mieux. Au moins elle ne risque pas de lui casser les oreilles.

— Fais-en ce que tu veux, dis le Livreur, tu peux en disposer à ta guise.

À sa guise, tant qu'il fait le job.

Les gens qui croisent son chemin méritent leur destin. À ce niveau-là, il a la conscience tranquille. Il n'est pas un tueur sadique, ni un psychopathe, même si de l'extérieur il apparaît sans doute comme quelqu'un qui tue pour le plaisir.

Ils ont un arrangement. Tant qu'eux respectent leur part du contrat, lui aussi.

— Elle a fait quoi ? demande-t-il exceptionnellement, peut-être parce que c'est une femme. Ou parce que le Livreur est son premier interlocuteur depuis longtemps.

— La rengaine habituelle, répond ce dernier. Je n'en sais pas plus.

Et le Nettoyeur le croit sur parole.

Il monte sur le quad et l'autre l'aide à caler le corps devant lui. “Corps” sonne mieux que “femme”.

— Attache la sangle aussi, l'exhorte-t-il. Qu'est-ce que t'en dis, poupée ? On ne voudrait pas que tu tombes, hein ?

Il lève le bras en signe d'au revoir et prend la direction de la cabane.

Il attache le corps à un arbre le temps de camoufler le véhicule. Le silence est troublé par de faibles gémissements. On dirait un chat malade. Or les chats malades, on les pique. Toujours pas l'ombre d'un aigle de mer.

— En route, dit-il en poussant le corps devant lui.

Mais celui-ci n'a pas la même condition physique que lui et, pour finir, il est obligé de l'encourager à coups de botte dans les pattes.

Jamais les corps n'entrent dans la cabane en temps normal. Aujourd'hui c'est l'exception. Il le pousse sur le lit, avant de s'installer sur une chaise.

— Le plaisir avant le travail, ça te va ? Et peut-être nourrir un peu le feu, non ? Tu trouves pas qu'il fait froid ?

La chatte gémit. Ça le fait durcir. Une femme reste une femme, après tout.

Il effeuille le corps, ôtant le pantalon, la culotte. C'est toujours aussi excitant de découvrir ce qui se cache sous les vêtements. Le corps est assez jeune. Vingt-cinq, peut-être. Pas plus de quarante en tout cas. L'âge n'a pas d'importance.

Il compte bien prendre son temps, profiter de la vue pour ainsi dire, mais le désir l'emporte. Il détache un bout de film alimentaire, l'enroule plusieurs fois autour de son sexe dressé – on ne sait jamais, des fois qu'elle soit porteuse de tout un tas de saloperies – et dispose le corps dans la position idéale pour le pénétrer.

— Tu pourras rester là quelques jours pour qu'on s'amuse un peu tous les deux, dit-il.

Et il tâtonne, comme un puceau sorti d'un camp de scouts. Il n'a même pas le temps de s'enfoncer qu'il a déjà joui. Une fois sa respiration apaisée et son désir retombé, il s'aperçoit que le corps s'est pissé dessus. Dans son lit. Voilà qui clôt l'affaire.

— On s'est assez amusés, annonce-t-il en remontant sa braguette.

Il relève le corps et le prépare pour le départ.

Comme ce dernier peine à marcher et semble sur le point de s'évanouir, il ne s'éloigne pas autant que prévu. Et pour la deuxième fois de la journée, il l'attache à un arbre. Puis il défait le cordon de la pochette qui contient son pistolet et admire l'objet. Enfin, il fixe le silencieux et prend l'arme à deux mains, comme pour sacraliser l'acte à venir.

Miaou. Fin des misères pour la minette.

2

VOILÀ DEUX HEURES QU'ILS POIREAUTENT dans une voiture glacée pour s'assurer que la voie est libre. Le véhicule est garé sur une route secondaire menant à la rivière, abrité des regards par une grange tout en permettant une vue dégagée sur les allées et venues de la maison. La femme l'a quittée en premier, avec l'enfant sur la banquette arrière de sa voiture. Maintenant c'est l'homme qui s'en va.

Ce n'est pas la première fois qu'ils sont assis là. Et même si elle est obligée de descendre bien avant Gasskas et de finir le trajet à pied, Svala* pousse un soupir de soulagement chaque fois qu'ils rentrent en ville bredouilles. Rentrer chez Maman-Märta. Rentrer à Tjädervägen chez Maman-Märta qui a disparu et où mamie a pris sa place.

Elle n'a pas vraiment de quoi se plaindre, mamie fait des choses que ne font jamais les Mamans-Märta : elle prépare à manger, s'occupe du ménage et remplit l'appartement de ses bavardages. Avec elle, il y a une routine. Il arrive à Maman-Märta de disparaître pour revenir après quelques jours sans explication. Mais cette fois, c'est différent. Presque un mois s'est écoulé depuis qu'elle a passé son sac à main à l'épaule et embrassé Svala sur la tête en lançant : "À tout de suite, je vais juste chercher des clopes."

Svala a demandé à sa grand-mère de ne pas toucher à sa chambre, et de ne pas ranger ni ramasser le linge sale pendant

* Signifie "hirondelle" en suédois. *(Toutes les notes sont de la traductrice.)*

qu'elle est à l'école. C'est la seule pièce restée intacte. Il lui suffit de s'allonger sur le couvre-lit zébré pour retrouver Maman-Märta. Assise au bureau de Svala, faisant semblant de corriger un devoir, elle lui caresse les cheveux en disant : "Dès que j'aurai touché mon salaire, on ira s'amuser."

S'amuser, cela peut vouloir dire faire une virée au marché de Jokkmokk et s'acheter des chaussettes pleines de couleurs et des bonbons.

Mais le plus souvent, s'amuser signifie aller manger une pizza au Buongiorno, où ils ont un pizzaïolo venu tout droit de Naples. Maman-Märta parie qu'il vient de Syrie.

— Ça m'est égal, dit Svala. Je prends une végétarienne.

Le fromage fondu lui brûle le palais. Svala a droit à un deuxième Coca et Maman-Märta à un verre de vin supplémentaire. Elle est plus en forme après un verre, voire quelques gorgées de plus. Elle plaisante sur les gens autour, raconte des histoires d'une autre époque, comme celle du vieux Lapon qui entre dans un restaurant et commande un lagopède, lui enfonce un doigt dans le derrière et prétend pouvoir déterminer où l'oiseau a été abattu. Peut-être à Arvidsjaur ? Elle ne se souvient plus. Mais si par malheur Svala intervient pour compléter, Maman-Märta se fâche, ses yeux se réduisent à deux fentes encore plus étroites que d'ordinaire, elle lui attrape la main, la serre, et déclare : "Tu es sami toi aussi, pas une foutue Lapone. Ne l'oublie pas. Tu dois être fière de tes origines."

Ce qui signifie quoi au juste ? Une mère disparue, un père mort. Une grand-mère qui souffre de problèmes cardiaques. Pas de frères ni de sœurs, aucune famille proche. Du moins, personne qui veuille d'elle.

— À part Lisbeth, dit mamie.

— Et c'est qui cette Lisbeth ?

— Lisbeth Salander. La demi-sœur de ton père.

— Personne ne m'en a parlé.
— Ta mère ne voulait rien avoir à faire avec la famille Niedermann, répond mamie. On ne peut pas trop lui en vouloir.
— Pourquoi ? demande Svala.
— C'était il y a longtemps, n'en parlons plus, conclut mamie pour mettre un terme à la conversation.
Puis, suivant du bout du doigt les lignes dans la main de Svala, elle déclare :
— Tu auras une longue vie. Au moins trois enfants. Il y a une rupture quelque part. Mais après, tout rentre dans l'ordre.
Au moins trois enfants. Mettre au monde de nouvelles hirondelles ? Pas si elle a son mot à dire. Mais la rupture…
Svala a le sentiment qu'elle est déjà en pleine rupture. L'automne s'est embrasé. Elle voudrait en peindre les flammes. L'œil est capable de distinguer plus de deux millions de nuances, elle aimerait les répandre en autant de coups de pinceau autour d'une feuille morte.
Elle ignore l'identité des types à l'avant, mais elle devine qui tire les ficelles : Peder-Plastoc, son bon à rien de beau-dab – jamais elle n'emploierait les termes "papa" ou "père".
Ça fait presque un an qu'il n'habite plus avec elles, ce qui ne l'empêche pas de rôder dans les parages comme un brochet affamé, et plus encore ces derniers temps, depuis la disparition de Maman-Märta.

La bonne femme des services sociaux a dit que Svala devait se préparer psychologiquement à l'éventualité qu'elle soit morte.
— De quoi ? demande Svala.
— Ta mère avait son lot de soucis.
— Ma mère n'aurait jamais disparu de son plein gré.
— On ne sait pas toujours tout au sujet de ses parents.
— Vous, peut-être…

La portière avant claque, celle de l'arrière s'ouvre. Quelqu'un s'installe à côté d'elle.

— Tu as peur ? dit-il.

— Non, répond-elle.

— Ça fait mal ? demande-t-il en lui tordant le bras.

— Non, répète-t-elle.

Il se rapproche, l'entoure de son bras et la serre contre lui :

— Dommage qu'on soit pressés, je sens que tu as plein de qualités. Un peu maigre mais mignonne, dit-il en lui empoignant l'épaule.

Puis, à l'aide de son autre main, il lui attrape le menton et tourne son visage vers lui. Elle s'efforce d'éviter son regard.

— Tu sais ce qui se passera si tu échoues, dit-il en mimant le geste de la décapitation.

Elle retient sa respiration pour échapper à son haleine. Comme tous les potes ignobles de Peder, il pue les dents pourries, l'ammoniac et la cigarette.

Son cœur bat, sa bouche est pâteuse, ses lèvres desséchées par l'hiver la brûlent. Elle est peut-être impuissante, mais elle a deux avantages. Le premier, c'est qu'elle ne ressent pas la douleur. Ils peuvent bien la frapper ou la brûler autant qu'ils le veulent, lui briser un bras ou une jambe, elle ne bronchera pas. Même quand on lui serre la gorge, ça ne l'incommode pas. Mais son plus gros atout reste inexpliqué. C'est en elle, c'est tout. Comme si elle connaissait les réponses avant même que les questions soient posées.

"Tu n'as pas reçu des yeux pour voir, dit toujours Maman-Märta. Tu les as eus parce que tu vois."

Ce n'est pas tous les jours qu'elle a droit à deux sodas au Buongiorno. Comme la grande Lapone au parc d'attractions, elle a dû trimer pour avoir droit ne serait-ce qu'aux croûtes de pizzas.

Approchez, venez voir Christina qui mesure déjà 2,18 mètres et continue de grandir.

Approchez, regardez Svala et son Rubik's Cube, 1 000 couronnes à celui qui la battra.

Svala ne perd jamais, mais ce n'est pas ça, l'attraction phare. L'endroit ne ressemble pas à une pizzeria lambda avec des ouvertures voûtées en crépi et des frigos vitrines bourdonnants. Le thème du Buongiorno, c'est le monde de la mafia. Des photos encadrées d'Al Capone, Johnny Torrio, Lucky Luciano, Joe Masseria et d'autres gangsters côtoient sur les murs des images tirées de films, des costumes et des armes anciennes. Un coffre-fort trône dans un coin, mais au lieu de renfermer de l'argent ou des diamants, il sert à ranger assiettes et couverts.

C'est Peder-Plastoc qui en a eu l'idée. Le seul cadeau qu'il ait jamais offert à Svala est justement un coffre-fort. Il n'est pas grand mais il pèse lourd. Surtout, il est fermé.

— J'ignore ce qu'il y a dedans, dit-il, mais si tu parviens à déchiffrer le code tu pourras garder le contenu.

Elle a dix ans et sait qu'il ment, mais elle ne peut pas s'empêcher d'essayer. C'est dans ses doigts, son cerveau. Les chiffres fusent comme les boules d'un jeu de loto. C'est ainsi qu'elle le voit. Ou plutôt, le ressent. Il lui faut un moment pour remettre l'information dans l'ordre. Peder-Plastoc trépigne d'impatience. Quand elle sent que le code est bon, elle se tourne vers lui et dit :

— Non, ça ne marche pas. Je n'y arrive pas.

Là, tout est possible. Il peut se fâcher et lui hurler dessus, ce qui se produit le plus souvent. Il peut la frapper, mais c'est plutôt rare désormais. Ou il peut claquer la porte avec une telle force que ça envoie la lampe du couloir taper contre le plafond.

Svala reste immobile, aux aguets. Quand elle a la certitude qu'il a bien quitté l'appartement, elle entrouvre la porte du coffre-fort. Il y a de l'argent dedans. Plus qu'elle n'en a vu de toute sa vie. Mais alors qu'elle compte les billets de cinq cents, il réapparaît soudain. À ce stade, il a compris que la violence physique n'a aucun effet sur elle. Cela ne lui fait pas assez mal. Alors c'est Maman-Märta qui prend les coups à sa place.

— Tu comprends bien que je suis obligé de te punir, dit-il. Ça ne sert à rien de te boucher les oreilles.

C'est quelques années plus tard que lui vient l'idée amusante du coffre-fort de la pizzeria. Les clients peuvent choisir un code et Svala le déchiffre. Parfois, on lui file quelques pièces pour la peine, et de temps en temps elle parvient à empocher les pourboires qui échappent au regard cupide de Peder-Plastoc. Elle cache l'argent dans le petit singe à la fourrure ébouriffée, sur son lit. Elle défait la couture, ôte un peu de mousse puis le recoud.

3

ENCORE UN PLAN LOSE. À la troisième annonce de retard du train de 18 h 11 à destination de Sundsvall, Umeå et Kiruna avec un nouveau départ estimé à 19 h 34, Mikael Blomkvist s'installe chez Luzette et commande une pression.

En temps normal, attendre à la gare constituerait un moment de détente. Tranquille, à observer les gens qui défilent. Mais pas ce soir. Pour des tas de raisons dont la plupart ne lui sont que trop familières, il est trop fatigué pour s'intéresser au monde qui l'entoure. Trop de boulot. Trop d'histoires au travail. Des soirées trop longues, pas assez de sommeil et une *deadline* dépassée pour de bon.

Millénium, encore et toujours. Sa madone. Celle qui gagne toujours la longue paille contre la famille, les amis et les petites amies. Maintenant qu'elle n'est plus, une question s'impose : est-ce que le jeu en valait la chandelle ? Oui. Sans hésiter. *Millénium* est l'air qu'il respire. Le sang qui coule dans ses veines. Tout le monde ne peut pas être le mari idéal, le père parfait. Il fallait bien quelqu'un – lui en l'occurrence – pour raconter à ces pères et maris ce qui se passe réellement au-delà de la cour parfaitement ratissée de leurs villas.

C'est justement pour cette raison qu'il lui paraît si incompréhensible que tout soit terminé. Le mal, les injustices, oui, la saloperie a toujours autant d'emprise sur la société, mais personne n'en a rien à foutre en vérité. Les gens rentrent du bureau, se servent un whisky, vérifient leur boîte mail, dînent, jouent au padel et se couchent. La plupart de ses connaissances vivent dans ce genre de bulles. Pris dans le stress de leur propre vie, ils ne se préoccupent que de leurs proches, et encore. Défendre la justice n'a tout simplement plus le vent en poupe.

Il fait défiler ses messages. Toujours aucune nouvelle d'Erika Berger. Ni de ses autres collègues de la rédaction.

Mikael Blomkvist n'est pas seul. Mais il se *sent* seul. Ce qui est nouveau.

Une fois sa bière terminée, il passe chez le marchand de journaux, où il achète un café et le *Morning Star*. Absorbé par un article sur une compagnie minière britannique qui a le projet de s'établir dans le comté de Norrbotten, il met un moment à réagir à la voix qui l'interpelle :

— Mikael, hé, Mikael.

Il lève les yeux. C'est sa sœur. Annika.

— Qu'est-ce que tu fais là ? Je croyais que tu étais à Åre.

— Oui, mais il s'est passé un truc, j'ai dû sauter dans un train à cause du boulot. Je viens d'arriver. Et toi ? Tu attends quelqu'un ?

— Non, mon train a du retard. Je monte un peu plus tôt. Vous venez bien au mariage ?

— Le reste de *la famiglia* en tout cas. Moi je monterai plus tard. Je n'ai même pas encore rencontré le fiancé de Pernilla.

— Bienvenue au club ! Alors, il s'est passé quelque chose de grave ?

— Non. Enfin si, mais je ne peux pas en parler.

— Allez, insiste-t-il. Tu peux m'en dire un mot ou deux, quand même.

— Pfff. Juste un politicien qui a merdé.

Il attend une suite, qui ne vient pas. Et connaissant sa sœur, il sait que personne ne peut lui tirer les vers du nez quand elle a décidé de se taire.

— Tu ferais une bonne espionne, dit-il.

— Ah bon ? s'étonne-t-elle en riant. Pourquoi une espionne ?

— Tu ne craquerais pas sous la torture.

Ils observent en silence un homme qui passe avec ses affaires dans un chariot. Il a visiblement un problème de dos et se sert du chariot comme d'un déambulateur.

— Tu savais que les agents de sécurité font sortir tout le monde pendant une heure chaque nuit au moment du ménage ? dit Annika. Imagine à quel point cette heure doit paraître interminable. C'est quand même terrible que la société n'arrive pas à se débrouiller pour trouver des logements aux sans-abri. Beaucoup d'entre eux se retrouvent là simplement parce qu'ils sont interdits bancaires. Alors que d'autres, évidemment…

— De quel homme politique s'agit-il ?

— Arrête, dit-elle en l'embrassant, tu le sauras bien assez vite par la presse ! Passe le bonjour à Pernilla.

Soudain le temps presse. Le train est à quelques minutes du départ quand il enfourne sa valise dans le compartiment, regrettant aussitôt de ne pas avoir pris un billet en première ou au moins un wagon-lit à trois couchettes. Dans le chaos de six hommes qui tentent simultanément de faire leur lit, il balance ses affaires sur la couchette du milieu, garde sa sacoche en bandoulière et se fraie un chemin à travers des compartiments encombrés jusqu'au wagon-restaurant. Il commande une bière et un sandwich, et se dirige vers une place, qui lui passe sous le nez.

— Fait chier ! s'exclame-t-il, mais il sent alors une main qui lui tire la manche.

— Il y a une place ici, dit l'homme. On est dans le même compartiment.

C'est vrai, ce gars se trouvait avec lui dans la cohue des couchettes. Il lui avait proposé de boire un coup. Mikael avait décliné. Un peu sèchement. Histoire de garder ses distances.

— I. B., poursuit l'homme en tendant la main.

— M. B., répond Mikael.

Il ôte l'emballage de son sandwich et demande à I. B. s'il va loin tout en espérant que ce dernier descendra dès Gävle.

— Boden, répond celui-ci en levant son verre. Et vous ?

C'est fou comme le nom de ce bled pourri est difficile à retenir. Norrbyn, Sjöbyn, Storbyn – *Älvsbyn.*

— Älvsbyn. Ma fille va se marier. Elle a rencontré un garçon de Gasskas. Un homme de Gasskas, se reprend-il – Henry Salo n'a pas vraiment une tête de garçon.

— Si vous allez à Gasskas, vous devriez descendre à Boden aussi, dit I. B. C'est l'arrêt le plus proche. L'autorail fait la correspondance directe.

— On vient me récupérer à Älvsbyn, répond Mikael, qui s'affaire ostensiblement sur son portable.

Il trouve beaucoup de choses au sujet de Henry Salo, son futur gendre. Gérant municipal de Gasskas. Depuis peu. Le genre à sourire sur chaque photo. Il a l'air d'avoir la cote. Eh bien soit, le choix de sa fille lui appartient. C'est sans doute un bon gars. Et beau gosse. Un peu trop peut-être. Sans vouloir offenser Pernilla, au contraire. Enfin, ce n'est pas tant l'apparence de Salo qui dérange Mikael que son air, ou plus précisément son attitude. La façon dont il se met en avant sur toutes les photos, qu'il s'agisse de féliciter un jeune pour l'obtention d'une bourse ou d'inaugurer un parc.

"Il s'occupe bien de Lukas." C'est ce qu'elle dit chaque fois qu'ils se parlent. Et lui répond systématiquement "Je te crois". Mais il a invariablement le sentiment du contraire quand il raccroche. Le garçon. Son petit-fils. Il l'avait à peine rencontré depuis sa naissance. Jusqu'à cet été.

D'abord il a dit non, je n'ai pas le temps de m'occuper d'un enfant, mais Pernilla n'a pas lâché :

— Je ne te demande presque jamais rien.

C'est vrai. Il n'a jamais été un père particulièrement impliqué. Il y avait toujours quelque chose qui venait s'interposer et c'était presque systématiquement *Millénium.* Alors quand Pernilla lui a demandé de s'occuper du garçon pendant quelques semaines parce qu'elle devait faire un stage en Scanie et Salo participer à une conférence à Helsinki, il a aussitôt dit non.

Ce n'est pas possible. Il n'a pas le temps. *Deadline* le jeudi suivant. Et il n'a pas l'habitude des enfants.

Pourtant, Lukas est déposé à Sandhamn et Pernilla prend le bateau de retour pour la ville.

Deux semaines plus tard, il serre dans ses bras un petit garçon qui ne demande qu'à rester. Ou alors c'est Mikael lui-même qui n'a pas envie de le voir partir. La place qu'il a prise laissera un vide. Par le simple fait qu'il est un enfant avec des besoins immédiats, sur le pont chaque matin, impatient d'entamer une journée remplie de possibilités nouvelles, il a balayé la tristesse qui collait au corps de Mikael depuis des mois telle une grippe récalcitrante. *Joie de vivre, Mikael Blomkvist. Ce n'est pas du luxe.*

— On se voit bientôt, dit-il au garçon. Puis : Attends !

Il défait le collier qu'il a lui-même reçu de son grand-père il y a bien longtemps et qu'il porte depuis – une croix, une ancre et un cœur sur une simple chaîne en argent – et l'accroche autour du cou de Lukas.

— Maintenant il est à toi, dit-il. Il protège de plein de choses.

La réponse du garçon résonne encore :

— Mais pas de tout.

Mikael fait défiler les gros titres du *Gaskassen*. “Sac de gaz”, sacré nom pour un journal, songe-t-il, et il sourit en parcourant les rubriques en une. “L'ÉCOLE MATERNELLE L'ÉLAN VEND DES FIGURES EN PERLES. LES FONDS RÉCOLTÉS IRONT À L'UKRAINE.” “DÉFAITE FACE À BJÖRKLÖVEN. LE GARDIEN EXPULSÉ.” On voit un Salo sinistre dans la tribune VIP entouré d'autres hommes sinistres. Des huiles. Est-ce qu'on dit toujours ça ? Des hommes importants pour le bien-être de la commune. Et pour le leur.

Puis il s'arrête sur une accroche qu'il a déjà lue. Pas dans le *Gaskassen* mais dans l'autre journal, plus tôt : “LA COMPAGNIE MINIÈRE MIMER MINING SUR LE POINT D'OBTENIR UNE AUTORISATION D'EXTRACTION.”

Une petite photo exhibe la bouille satisfaite de Salo. Une image plus grande montre des gens qui protestent avec des pancartes.

— Vous êtes au courant de cette histoire ? demande Mikael en montrant l'image.

— Bien sûr, répond I. B. Mon paternel bossait à la mine, comme la plupart des hommes de Gasskas. La montagne devait soi-disant devenir un nouveau Kiirunavaara, mais le minerai s'est tari dès les années 1970 et ils ont rempli le trou d'eau. Ils n'ont même pas pris la peine de sauver les machines.

— Alors pourquoi veulent-ils la rouvrir ?

— Ils ne vont pas rouvrir la vieille mine. Les Anglais font de l'exploration dans une zone à quelques kilomètres de là, où ils souhaitent aménager une mine à ciel ouvert. Jusqu'à maintenant la préfecture a dit non, ce qui est tout à fait compréhensible. Ça entraînerait la destruction de lacs, l'eau de la rivière Gasskas risque de ne plus être potable et, comme d'habitude, les éleveurs de rennes n'auront plus qu'à courber l'échine. Mais quand de grosses sommes sont en jeu, un "non" ne le reste jamais longtemps. Apparemment il y a eu un petit changement de personnel à la préfecture et Mimer a obtenu un accord de principe.

— Juste comme ça ? dit Mikael.

— Je ne vous apprends peut-être rien, mais Gasskas est un vrai repaire de gangsters, dit I. B. Particulièrement la municipalité.

Il boit quelques gorgées, essuie la mousse de sa barbe et boit de nouveau.

— Un putain de nid de guêpes pour les chercheurs de fortune, ajoute-t-il.

Puis il lâche quelques rots, termine son verre et ouvre une nouvelle bouteille.

— La municipalité dit amen à tout ou presque, et la mine n'est pas le seul projet sur le tapis. Le prochain, c'est le plus grand parc éolien d'Europe. Je me demande bien comment ils vont se démerder. Ce sont des dizaines de kilomètres carrés qui seront plus ou moins transformés en terrain industriel.

Mikael Blomkvist sourit. Malmö est un guêpier. Stockholm aussi. Mais Gasskas, avec ses vingt mille habitants, pourrait tout au plus être qualifié de nid douillet dans les faubourgs du paradis en comparaison.

— Pourquoi Gasskas précisément ? demande-t-il.

— À cause de la couverture du réseau électrique qui est excellente, répond I. B. Je ne vous apprends peut-être rien, mais le comté, avec une électricité stable et peu coûteuse, est devenu un eldorado. La liste d'entreprises étrangères qui veulent s'implanter dans la commune est longue comme le bras.

— Oui, enfin bon, n'empêche que ça crée des emplois, c'est une bonne chose pour le Norrland, non ?

— Ça se voit que vous êtes un gars du Sud ! Vous semblez encore croire que les gens du Nord doivent migrer dans le Sud pour trouver du boulot, alors qu'en réalité le marché de l'emploi est plutôt florissant. Par endroits, l'offre est même supérieure à la demande. D'ailleurs, ce n'est pas la population locale qui en bénéficiera s'ils ouvrent la mine de Gasskas, mais des ouvriers sous-payés venus de l'Est et des Stockholmois qui viennent travailler la semaine sans jamais s'inscrire sur les registres paroissiaux de la commune, grommelle I. B.

Et il tourne le regard vers le paysage qui défile.

Mikael sort son Mac et relève l'écran de manière à former une barrière convenable entre eux. Le dernier numéro de *Millénium* vient de sortir et c'est non seulement le dernier, mais l'ultime. Il ouvre le PDF et fixe la une en noir et blanc, dénuée d'images et d'accroches. On dirait une revue de 1939 et c'est bien le but. Un peu de texte et une seule rubrique : "UNE ÉPOQUE RÉVOLUE, LA GUERRE CONTINUE." Trente et un ans au service du journalisme d'investigation, mais ce n'était plus tenable à la fin. Même Mikael a dû l'admettre. Un journal papier est enterré et renaît sous forme de podcast. Un podcast ! Impossible à prononcer sans postillonner.

L'écrit n'est plus en vogue. Désormais, tout le monde doit se couper la parole, lui inclus. Ça l'épuise rien que d'y penser.

"Tu es devenu vieux, Mikael, lui a dit Erika Berger. Vieux et têtu comme un bouc. On ne va pas se contenter de faire un podcast. On va faire un blog et un vlog." Et qu'est-ce qu'il a répondu ? Qu'en tant que brebis sur le retour, elle était bien placée pour savoir que les réseaux sociaux ne pourraient jamais remplacer le vrai journalisme. "À quoi tu penses, bordel ? Tu ne vois pas à quel point c'est pathétique, ce que tu fais ? Les podcasts c'est pour les gosses. Des gamins égocentriques de vingt piges qui causent maquillage et troubles alimentaires."

Ils ne se sont plus reparlé depuis. Et qu'elle ne compte pas sur lui pour faire le premier pas.

— Tenez, dit I. B. qui est allé chercher des bières et lui en tend une. Buvez un coup, ça aide pour dormir.

— Putain de réseau, jure Mikael en tambourinant sur le clavier.

— Excusez-moi, mais vous êtes dans le train du Norrland, dit I. B.

Mikael range l'ordinateur et s'apprête à se lever quand l'homme ouvre de nouveau la bouche :

— Il se passe des drôles de trucs à Gasskas. Des gens disparaissent. On sort chercher le journal et on ne revient jamais. Des garçons se rendent à l'école et…

Il ne termine pas sa phrase.

— Rien de bien exceptionnel là-dedans. On dit que quatre-vingt-quinze pour cent des disparitions sont volontaires.

— Peut-être, répond I. B. Mais les cinq pour cent restants ?

Ils s'observent par-dessus leurs bières.

— Je ne sais pas, finit par dire Mikael. Vous en pensez quoi, vous ?

— L'argent. Tout tourne autour de l'argent. Comment s'en procurer. S'en débarrasser. Le multiplier. Le cacher. S'endetter. Merder. S'endetter encore plus. Disparaître.

— Vous parlez du trafic de drogue ? demande Mikael.

— Pas seulement. Même si Gasskas commence à ressembler à Järfälla. Les gosses se tuent avec la drogue et la police ne fait rien.

— C'est triste, reconnaît Mikael avant d'avaler les dernières gouttes de bière tiède.

— Ça ne fera qu'empirer, je vous le dis, poursuit I. B. Quand le capital se déplace vers le nord, la vermine suit. Un gang de motards s'y est déjà installé. Importé directement de Stockholm.

— Hells Angels ? propose Mikael.

— Non, ils ont un autre nom. Biblique aussi. Abaddon, Géhenne, Hadès…

— Svavelsjö ?

— Tout à fait, c'est bien ça.

Le MC Svavelsjö, merde alors. Mikael commence à se dire que le gars n'a peut-être pas tort au sujet de Gasskas. Ils auraient dû être exterminés de la surface de la terre depuis bien longtemps. Il fait une recherche rapide sur son portable. La dernière info date de cet été : "À MOTO POUR SOUTENIR LE FONDS DE RECHERCHE CONTRE LE CANCER CHEZ LES ENFANTS."

— Pas cons les enfoirés, dit I. B. Ils ont fait un cortège à travers la ville et proposaient des tours payants. Pour chaque couronne collectée, la municipalité ajoutait le double. Ils ont réuni 140 000 couronnes qu'ils ont versées à des organisations caritatives pour les enfants qui souffrent de cancers. Mignon, non ?

— Très, dit Mikael, qui tente de zoomer sur leurs visages sous les casques et les lunettes de soleil.

La plupart ont sans doute été remplacés. Peut-être n'est-ce que la marque qui perdure. Il faut l'espérer.

— Et vous faites quoi, vous ? demande-t-il.

— Rien, je suis à la retraite depuis quelque temps.

— Et avant ça ?

— Psychologue. Les vingt dernières années au sein de la Säpo.

— Que peut bien faire un psychologue à la Säpo ?

— Des choses et d'autres. Surtout du profilage.

Mikael sait à quel point la police de la sûreté est peu loquace, et I. B. ne fait pas exception.

— Après la retraite, j'ai rencontré une femme à Uppsala. On vit séparément, si je puis dire.

Puis la conversation se conclut par un "Bonne nuit et merci pour la bière". La journée a été longue. Des journées plus longues encore l'attendent. Mikael a rejoint sa couchette, sur laquelle il s'allonge tout habillé. Il éteint la lumière et ferme les yeux. Non pas qu'il pense pouvoir dormir. Pourtant il s'est peut-être assoupi au moment où I. B. de la Säpo referme la porte du compartiment et grimpe sur la couchette du haut.

— Vous êtes réveillé ? demande-t-il.

Mikael hésite à répondre, mais finit par dire :

— Mouais, il faut croire.

— J'ai une fille, dit l'autre. On a l'habitude de pêcher ensemble en été et de chasser des lagopèdes en hiver. Elle a toujours été une fille à papa. Elle aime travailler de ses mains. Elle n'avait que quinze ans quand elle a fait ses premiers boulots d'été à l'ébénisterie.

— Tant mieux, dit Mikael d'une voix neutre en espérant couper court au narcissisme familial.

— Oui, son frère est sympa lui aussi, mais Malin a quelque chose de spécial. Elle a, comment dire… bon cœur. Elle a dû se laisser entraîner dans de sales affaires, juste pour être sympa. Et du jour au lendemain elle s'est transformée. À seulement un trimestre du bac, elle a laissé tomber l'école. Ne fréquentait plus ses amis. Elle refusait de se confier, même à son frère. Elle partait à Luleå ou à Kalix et parfois elle téléphonait pour qu'on vienne la chercher. J'ai essayé d'employer la manière forte en lui disant de se démerder toute seule. Quand elle ne rentrait pas, je restais éveillé des nuits entières. Je lui téléphonais, je signalais sa disparition, je la cherchais où je pouvais. Je l'ai récupérée quelques jours, puis elle a de nouveau disparu. Une carte postale est arrivée après plusieurs semaines. "Je vais bien, écrivait-elle. Je reviendrai quand je serai prête."

Ensuite, on n'a pas eu de nouvelles pendant longtemps, puis elle est réapparue à Gasskas du jour au lendemain. Elle s'est inscrite à des cours par correspondance pour terminer le lycée. Elle a repris le hockey et elle est redevenue comme avant.

L'homme se tait. Même les ronflements autour d'eux s'interrompent. Le *Lapplandspilen* mugit telle une bête sauvage dans la nuit et Mikael finit par demander :

— Que s'est-il passé ensuite ?

— Elle a disparu. C'était il y a deux ans. Personne n'a eu de nouvelles depuis. Pas une trace. Jusqu'à hier. La police a téléphoné : un chasseur a trouvé des restes humains. Ils pensent qu'il pourrait s'agir de Malin. J'y vais pour qu'on me fasse un prélèvement ADN.

4

LE SMS EST ARRIVÉ LE MATIN.

[Au cimetière à 15 h 39. Viens. Sinon…]

Sinon quoi ? Elle l'ignore.

Ça a commencé juste après la disparition de Maman-Märta. Svala ouvre la porte et deux gars entrent. Depuis environ un an, ils ont ajouté à leur uniforme un gilet en cuir, avec le sigle "MC Svavelsjö" dans le dos. L'été, ils traînent sur des motos américaines, mais c'est bientôt l'hiver désormais. Il y a un Dodge Ram dans la rue, moteur allumé.

Tu ne comprends pas, c'est un honneur d'être admis dans le Svavelsjö. C'est un club classe. Complètement indépendant des Harley Davidson. Ils sont à part. Pour eux, tout tourne autour des bécanes.

Et ils bossent comme animateurs dans des centres de loisirs, dit Svala.

Exactement, répond Peder-Plastoc. Des travailleurs honnêtes et ordinaires.

Svala classe les fréquentations de Peder-Plastoc par ordre alphabétique. Non pas à partir de leurs vrais noms, mais plutôt comme un registre chronologique de lettres en fonction du moment où ils sont entrés dans sa vie.

Avec l'application d'une secrétaire, elle les répertorie dans un petit carnet. Ces deux beaux spécimens de connards sont de vieilles connaissances désignées par les lettres E. et F.

Le carnet remonte jusqu'à sept ans en arrière, mais il a évolué avec le temps. Au début, elle pouvait écrire des choses du genre "Moi et E. sommes partis à Frasses" ou "F. est gentil quand on est seuls". Désormais, elle se contente de noter la lettre et des signes distinctifs. Par exemple, "F. a une petite tache de naissance sur la tempe gauche", "E. est complètement chauve et dénué de poils, et il est particulièrement obèse".

C'est justement E. qui la plaque dans le canapé, s'installe à côté d'elle et l'entoure de son bras, dévoilant une aisselle pleine de sueur.

— Alors, comment elle va la petite ?

— Bien, répond-elle en retenant son souffle jusqu'à ce qu'elle arrive à s'extraire de son emprise.

— On a un problème commun, tu vois, dit E. Ta mère. Märta. Et comme tu es futée, on pense que tu sais où elle est.

— Non, je ne le sais pas.

Ce qui est l'absolue vérité. Elle fait des tournées tous les soirs, qui commencent au Buongiorno et se terminent à l'hôtel Statt, mais personne n'a vu Maman-Märta. Ces derniers temps, elle a étendu ses recherches. Elle se rend en ville juste après l'école. Zigzague entre les magasins, traverse le centre commercial Åhléns, continue jusqu'au caviste en passant par la bibliothèque, et descend jusqu'à la station-service OK. Parfois elle croit la voir. Le soulagement l'envahit, puis la résignation lorsqu'elle se rend compte qu'elle s'est trompée.

— Märta nous doit de l'argent, dit-il. Beaucoup d'argent.

— Et alors ? dit Svala. En quoi ça me regarde ?

E. l'attire contre lui de nouveau :

— Tu te rappelles quand on est allés sur la piste de luge à Kåbdalis ?

Fais quelques descentes, j'ai juste un truc à régler. Je te récupère plus tard.

— Je t'aime bien petite, tu le sais, mais une dette est une dette. On n'hérite pas que des revenus. Si ta maman a disparu, c'est toi qui devras éponger sa dette. Tu comprends ça, non ?

— Je n'ai pas d'argent, dit Svala. Et je ne m'appelle pas "petite".

— Non, bien sûr, tu es une grande fille maintenant, dit-il en lui pinçant la joue. Et les grandes filles, ça bosse. Tu vas tout simplement devoir reprendre le boulot de ta mère. Jusqu'à ce que la dette soit remboursée.

— Ça va pas être possible, dit Svala. J'ai école.

— Exactement, dit-il. Et comme il semblerait que tu es douée pour les chiffres, on a un travail pour toi. Une fois la tâche accomplie, la dette sera réglée.

Ils attendent désormais dans la voiture. Selon F., la maison n'est pas équipée d'une alarme.

— Je cherche quoi ? demande-t-elle.

— Voyons, qu'est-ce que les gens cachent généralement dans les coffres, petite ? Des objets de valeur, par exemple ? Prends tout. Et on fouillera chaque millimètre de ton corps alors n'essaie pas de faire la maligne. De l'argent, des bijoux, tout ce que tu trouves.

Svala ferme la portière arrière aussi silencieusement que possible et se dirige avec précaution vers la maison. Quelques corbeaux la suivent d'arbre en arbre, ce qui est une bonne chose. Ils l'alerteront si une voiture ou une personne débarque subitement. Elle ignore qui sont les propriétaires, mais la maison et tout ce qui l'entoure transpirent l'argent. Pas comme les bicoques typiques de Gasskas avec leurs façades rouges écaillées, leurs pignons à bordure blanche et leurs bosquets de sorbier. En contrebas de la propriété, la rivière serpente librement entre des roches noires. Le jardin ressemble à un parc. Des rosiers sont en fleur bien que la saison soit déjà avancée en ce mois d'octobre.

Elle caresse la tête froide d'un lion, grimpe les larges marches et sonne à la porte. Cela fait partie du plan. Sonner. S'assurer qu'il n'y a personne. Si jamais il y a quelqu'un malgré tout, lui vendre des tickets de loterie pour le hockey. S'introduire et suivre le plan tracé à la main que D. lui a donné.

Personne n'ouvre. Svala vérifie la porte : verrouillée. Elle contourne la maison et essaie la porte de la véranda. Fermée à clé également. Elle continue jusqu'à la façade est où quelques marches descendent jusqu'à une porte de cave. Verrouillée elle aussi. Elle tâte les recoins de l'escalier.

Je le fais pour toi Maman-Märta. Veille à ce que j'arrive à entrer.

La porte est munie de petits carreaux. Suffisamment grands pour permettre le passage d'un bras d'adolescente. Elle enveloppe sa main dans la manche de sa veste et brise le verre. Des tessons traversent le tissu quand elle tâtonne pour saisir la poignée à l'intérieur. Du sang colle à la doublure de sa veste. Elle trouve la clé, la tourne et entre.

Ses yeux s'habituent à l'obscurité. Elle monte doucement l'escalier. S'arrête longuement devant la porte intérieure, avant de pénétrer dans la lumière vive du hall d'entrée. Les dernières lueurs du jour dansent sur le sol de marbre. Elle se déchausse et sort le plan rudimentaire qui se résume à quelques traits au dos d'un avis de recouvrement jamais ouvert.

La chambre est à l'étage. Elle voit des animaux morts en enfilade, semblant tout droit sortis d'un reportage exclusif dans la maison du romancier et aventurier Jan Guillou. La plupart ornent les murs, certains sont posés à même le sol ou sur des étagères. Ils la suivent de leurs regards vides. Pour la deuxième fois de la journée, elle caresse la tête d'un lion.

Le coffre se trouve dans une penderie. Elle écarte des costumes et s'agenouille. Hormis la couleur, il ressemble à celui de la pizzeria. Pas de fonctionnalités numériques à contourner. Rien que des chiffres et des lettres. Elle passe la main sur les boutons. Ferme les yeux et s'imagine au cœur d'un labyrinthe. Vu d'en haut, celui-ci pourrait faire penser à un cortex cérébral avec ses chambres et ses aires. La plupart des voies sont sans issue, d'autres sont circulaires. Quelques-unes mènent quelque part.

Ses sens s'atténuent les uns après les autres : l'odorat, l'ouïe et la vision, du moins celle qui est tournée vers l'extérieur.

Son cœur bat plus lentement, le pouls réduit au minimum. Si quelqu'un lui avait posé la question, elle aurait répondu que c'était logique. Au lieu d'une répartition équitable de son énergie entre tous ses sens et dans tous les organes de son corps, celle-ci est concentrée en un seul endroit : la capacité de l'œil à regarder vers l'intérieur. Le quelqu'un en question remettrait sans doute en cause sa théorie et balaierait ces idées farfelues d'un revers de la main, n'empêche que c'est un fait : ça marche. Le regard intérieur se passe de clés. Se passe de preuves empiriques et de groupes de recherche. Il défie les lois terrestres et est uniquement guidé par l'hôte de l'œil. Svala, en l'occurrence.

La porte du coffre émet un cliquetis. Svala reste immobile et tend l'oreille. La maison est toujours silencieuse. Tant pis si quelqu'un arrive. Après tout, elle n'est qu'une gamine de treize ans en pleine effraction. Au pire on l'enverra quelque part, ailleurs. Ce qui ne serait pas forcément une mauvaise chose.

Une minute à peine lui a suffi pour ouvrir la porte. Le coffre est vide. Pas de liasses de billets, de colliers en diamants, de tiare de reine ou de lingots d'or. Pour s'en assurer, elle avance la main et tâtonne à l'intérieur. Vide comme une canette de bière Norrland éclusée.

Elle referme le coffre, remet les costumes en place et fouille les poches des vestes. Quelques pièces, un bout de papier avec un numéro de téléphone étranger et une boîte de tabac à priser, c'est tout. Elle fourre les trouvailles dans sa poche et va jusqu'au bureau. Pareil. Rien qui ait de la valeur. Ils ne la croiront jamais. Au contraire, ils affirmeront qu'elle a caché l'argent dans la forêt ou fomenté un autre coup bas du même genre.

E. et F. font partie de ce que Peder-Plastoc appelle – avec tout le sérieux du monde – des connaissances professionnelles. Avec un certain nombre d'autres losers, ils forment le premier niveau d'une hiérarchie qui commence par des hommes sans nom et se termine par… Enfin bon, elle n'en sait trop rien. Des gens comme elle, peut-être. Ou des petits dealers boutonneux qui rêvent de leur première moustache.

Du plus loin qu'elle se souvienne, ils ont toujours été dans les parages. Elle a fait de son mieux pour se tenir à distance lorsque les canapés étaient pleins d'alcooliques et de drogués – ou tout simplement de Peder-Plastoc, d'ailleurs. Son échappatoire a toujours été la voie intérieure. Sa capacité à s'isoler des bruits et des voix. Et Maman-Märta évidemment. Comme un mur entre elle et eux. Du moins par moments.

Je fais ça pour toi. Quand tout sera terminé, on partira d'ici. Tu peux décider où on ira. Mais n'oublie pas, Svala. Je fais ça pour toi.

Svala n'a pas de haine, elle a simplement le sens de la justice. Il ne faut jamais sous-estimer les enfants. Ils collectionnent des mots. Les notent. Font des colonnes avec des dates, des événements, des noms et des lieux, et planquent le carnet dans le croupion d'un singe en peluche.

Un jour elle trouvera un moyen de se débarrasser d'eux. De piéger Peder Sandberg. La haine est un sentiment inutile qui rend faible.

On dit que le père biologique de Svala était le pire de tous. Une légende dont le nom n'est jamais prononcé que pour évoquer des choses d'une horreur absolue. À chaque histoire, il devient de plus en plus grand et imposant. Pourtant, Svala a du mal à imaginer pire que Peder-Plastoc.

Pas maintenant. Mais bientôt ce sera ton tour. Cette pensée la réconforte.

Elle est sur le point de sortir de la pièce lorsqu'elle entend un bruit. Elle s'arrête et tend l'oreille. Merde. Ce sont des pas qui montent. Elle rebrousse chemin, retourne au plus vite à la ménagerie, referme la porte de la penderie, se glisse derrière les costumes et halète contre la manche d'une veste le temps que son pouls s'apaise. Les pas sont distincts désormais. Des pas rapides et déterminés qui s'approchent de la penderie. Elle s'accroupit. Se fait toute petite, comme quelque chose qu'on aurait mis en boule au fond du placard.

Pitié, Maman-Märta, aide-moi une dernière fois. Après je te laisserai tranquille, où que tu sois.

Elle distingue une personne entre les costumes, un homme. Un souvenir s'engouffre dans la penderie. Ils se sont déjà rencontrés, à une époque si lointaine qu'elle ne devrait même pas s'en souvenir.

Svala est sur ses épaules. Maman-Märta est heureuse. Ils descendent vers la baignade. On lui donne une glace. Quelqu'un crie. Elle reconnaît la voix. Une voix fâchée. Tire Svala qui tombe par terre et se cogne la tête contre une pierre. Une main l'empoigne, la porte comme un vulgaire tapis et se dirige vers une voiture. Elle crie. Maman-Märta court. Une voiture démarre.

Elle ferme les yeux jusqu'à ce que le souvenir s'estompe. Des doigts pianotent le code du coffre. La porte s'ouvre, se referme et les pas s'éloignent. Il faut qu'elle quitte la maison. Tant pis pour les gars dans la voiture. Elle s'extirpe de la jungle des costumes. Se dirige vers l'escalier à pas feutrés. S'arrête. Écoute. La maison est vide, elle en est quasiment sûre. Tellement déserte et silencieuse qu'elle pourrait même…

Ne le fais pas. Tu dois retourner à la voiture. Ils vont te tuer.

Et dans ce cas, qui retrouvera sa Maman-Märta ?

Elle retourne au coffre. Compose le code et prie pour y trouver un butin. Il ne contient toujours aucune liasse de billets. Juste une enveloppe. L'enveloppe fermée qui trône seule à l'intérieur renferme quelque chose de dur et elle lui est adressée : *À l'attention de Svala Hirak*. Elle ouvre l'enveloppe. Une clé.

Elle ne peut pas revenir les mains vides. Pourtant, elle décide de tenter sa chance, baisse son pantalon et enfonce la clé aussi profondément qu'elle peut. C'est risqué. Il n'est pas exclu qu'ils fouillent à cet endroit. Elle fourre l'enveloppe dans sa poche.

Ce n'est qu'en arrivant dans le hall qu'elle repense à ses chaussures. Des baskets parfaitement alignées qui n'ont rien à faire dans la maison. Il les a forcément vues. *Les hommes n'ont aucun sens du détail. Ne demande jamais à un homme de chercher quelque chose. Ils ne servent à rien.* Les hommes ne servent pas à grand-chose aux yeux de Maman-Märta et pourtant elle semble ne pas pouvoir s'en passer.

Si tu vires Peder-Plastoc, il ne t'embêtera plus.

Tu es trop jeune pour comprendre, répond Maman-Märta, et ne dis pas Peder-Plastoc. Du moins, pas devant lui.

Redescendre l'escalier de la cave. Des bris de verre crépitent sous ses semelles. Elle tourne le coin de la maison. S'assure que la cour est vide, puis court en direction de la voiture. Arrivée au niveau de la grange, elle ralentit. Calme sa respiration et met de l'ordre dans ses pensées. Il n'y a pas d'alternative, elle ne peut que dire ce qu'il en est : le coffre était vide. Les dés sont jetés, elle est prête.

5

LA VOITURE S'EST UN PEU AVANCÉE. Ils ne l'ont pas encore aperçue. F. baisse la vitre et allume une cigarette.

— Je suis d'accord. La gosse en sait déjà trop.

Elle n'entend pas la réponse de E.

— Oui, oui, mais quand même, dit F., l'honneur te revient, mais pas ici. On montera vers Vaukaliden je suppose.

Pour les habitants de Gasskas, Vaukaliden est l'équivalent d'un plongeon depuis le pont Nybroviken avec des blocs de béton aux pieds pour les Stockholmois. Le dos collé au mur de la grange, Svala s'éloigne de la voiture à pas de loup. Il lui reste moins d'un mètre à parcourir pour atteindre une zone à l'abri des regards, quand ils démarrent subitement et allument les phares. Son premier réflexe est de se protéger les yeux de la lumière aveuglante. Le deuxième est de fuir. Le lièvre a la fausse réputation d'être peureux. En revanche, il est un as de la fuite. Le lièvre pivote et saute par-dessus un fossé, trébuche sur une branche, se relève et pénètre dans la forêt en direction de la montagne.

Une portière claque. On entend des pas rapides sur le gravier. Svala s'immobilise. Elle se trahira si elle bouge, mais si elle ne bouge pas il va lui tomber dessus. Le lièvre court. Un coup de feu lui frôle l'épaule, un autre rate sa jambe droite d'un cheveu. Il y a un raccourci par la forêt, un sentier. Un chemin vicinal. Avant l'arrivée des routes, c'était celui de l'école pour une grand-mère qui avait peur du noir. Guérit-tout, millepertuis, romarin sauvage, camomille. C'était il y a longtemps. Peut-être dans une autre vie.

L'obscurité protège. Le bruit trahit. Il se rapproche. Des branches se brisent, une respiration haletante souffle juste derrière elle. Ses propres poumons luttent pour trouver de l'oxygène. Elle tâtonne par terre. Une branche et une pierre. *Ta dernière chance, petit levraut. Après tu seras mort.* E. ralentit. Écoute. Elle attend.

Il fait quelques pas. Écoute de nouveau. *Bientôt. Bientôt.* Elle opte pour la branche. Pose la pierre. Se relève lentement, saisit la branche à deux mains. Elle est lourde. Plus lourde qu'elle ne le pensait.

— Crève salopard, tu vas crever ! crie-t-elle au moment où le bois heurte la tête de l'homme avec toute la force d'un bras guerrier. Une fois, encore une fois, puis elle doit lâcher la branche.

Et s'il ne meurt pas ? Le lièvre court. La lune caresse la cime des arbres. Svala devine la silhouette du mont Björkberget au loin. Elle vise la montagne, court, tombe, se relève. Les robes des sapins lui frottent les jambes. Le sentier devrait bientôt être là. *Cours, levraut, si tu veux vivre.* Le veut-il ? Elle court. La mousse cède la place à la tourbière. Les chaussures pataugent. Elle s'enfonce. Les esprits habitent dans le marécage sans fond. Prêles, carex, faux ciste et piment royal. L'eau lui arrive aux genoux. Elle n'a plus de force. À l'aide d'un jeune bouleau, elle se hisse hors de l'eau stagnante qui aspire. Elle saute par-dessus un dernier fossé et arrive sur le sentier.

Elle se cache derrière un tronc d'arbre et s'octroie quelques secondes pour souffler. Tend l'oreille, à l'affût de bruits de pas, mais la forêt est silencieuse. Des gouttes de pluie tombent sur le feuillage et les taillis. La lune est suspendue dans le ciel. *Occupe ton esprit pour ne pas te perdre. Récolte un peu de résine et fais-toi un chewing-gum.* Il fait trop noir pour chercher de la résine. Elle détache quelques bourgeons sur un sapin et troque le goût du sang contre l'amertume du conifère.

Il doit y avoir une maison par là.

Pauvre Marianne, elle n'a pas eu la vie facile, dit mamie.

Pourquoi ? demande Svala.

Elle a perdu ses enfants.

Il y a de la lumière au rez-de-chaussée.

— Qui va là ?

— Svala, dit-elle. Je voulais prendre un raccourci pour rentrer.

— Par la forêt le soir, sous une pluie torrentielle, ça va pas la tête ? Viens, entre.

La femme la débarrasse de sa veste qu'elle étend sur une chaise, près de la cheminée. Elle fourre ses chaussures avec du papier journal et les pose à côté.

— Déshabille-toi, ordonne-t-elle. Le pantalon aussi.

Elle se dandine jusqu'à la chambre et revient avec un jean délavé taille enfant et un pull en laine avec des coudières en cuir.

— Ils devraient t'aller. Ce n'est peut-être pas du dernier cri, mais au moins tu seras au chaud et au sec.

Quelque chose passe dans le regard de la femme, elle tire Svala vers elle :

— Tu saignes, dit-elle, et c'est au tour de Svala de constater que son bras n'est pas humide seulement à cause de la pluie.

Elle revoit la maison et le carreau de la cave brisé. Elle a dû laisser des traces. *Merde.* Elle devrait y retourner et les effacer. Mais les mains de la femme sont chaudes et sèches. Elle sent le pain et la maison est agréable.

— Ça ne fait pas mal ? demande-t-elle en étudiant la plaie qui bâille comme le sillon laissé par un couteau dans un filet de viande.

— Non, dit Svala. Vous auriez un pansement ?

— Il aurait fallu recoudre, dit la femme.

Elle fouille dans le fatras d'un placard de cuisine. Revient avec de l'alcool et un bandage.

— Ça va piquer, poursuit-elle avant de badigeonner la plaie.

Svala ignore ce que signifie piquer, mais elle ne le dit pas. Sans un mot, elle se laisse rafistoler avec du sparadrap et un bandage par-dessus – sans doute inutile. C'est réconfortant. Son dernier repas remonte à loin. Elle a sommeil.

— Tu habites en ville ? demande la femme. Peut-être que tu ferais mieux de téléphoner chez toi ?

— Ce n'est pas la peine, dit Svala.

— Ah bon, tu es l'enfant de qui, toi ?

— Märta Hirak.

— Märta, répète-t-elle en touillant le contenu d'une marmite. Elle venait souvent quand elle était petite. Après, je ne sais pas ce qu'elle est devenue. Enfin bon. C'était il y a longtemps, dit-elle.

Puis elle pose un bol de soupe devant Svala sans croiser son regard.

Ensuite, elles piquent des bouts de fromage à la fourchette et les trempent suffisamment longtemps dans la soupe pour qu'ils ramollissent.

— Vous habitez seule, ici ? demande Svala.

— Oui, je suis même née ici.

— Votre cuisine est chaleureuse, dit Svala dans un bâillement.

— Allonge-toi un moment sur le canapé, propose la femme, et Svala ne dit pas non.

Elle ne remarque pas la couverture qu'on étend sur elle. Ni que la femme passe un coup de fil et qu'une personne frappe à la porte quelque temps après. Ce sont des voix qui la réveillent. La femme – Marianne – et une autre femme sont installées chacune dans un fauteuil, avec leurs lunettes sur le nez et des feuilles devant elles.

— Mais Marianne, ils ne peuvent pas t'obliger, dit la plus jeune qui semble répondre au nom d'Anna-Maja.

— Ces messieurs peuvent faire bien plus que tu ne le crois, dit Marianne.

— D'accord, mais pas n'importe quoi non plus. Si tu ne veux pas vendre, tu ne veux pas vendre.

— J'habiterai ici jusqu'à ma mort. Ils devront me tuer s'ils veulent récupérer la terre.

Lorsqu'elles se rendent compte que Svala est réveillée, elles se taisent. Ramassent les documents et rapportent les tasses de café dans l'évier.

— Vous parlez du parc éolien ? demande Svala en se redressant.

— La fille de Märta Hirak, explique Marianne en la désignant d'un mouvement de tête.

— Ça alors ! dit Anna-Maja. Tu n'étais qu'un nourrisson la dernière fois que je t'ai vue. Eh oui, on parle des éoliennes. On n'a rien contre, toute proportion gardée. Mais on ne devrait pas forcer les gens à céder leurs terres. Pas vrai, Marianne ?

— Mais comment faire si tout le monde refuse ? dit Svala. Mieux vaut des éoliennes que des centrales nucléaires, quand même.

— C'est vrai, dit Marianne, mais la forêt est grande. Ils construisent là où c'est le plus rentable, pas là où c'est le mieux. Je suis restée ici depuis tout ce temps pour le silence, et pour la forêt bien sûr. Ils vont construire quoi qu'il en soit, peu importe ce que je dis, mais en ce qui concerne mes propres terres, c'est moi qui décide. Un point c'est tout.

— Amen, dit Anna-Maja. Je peux raccompagner la fille si elle veut.

Elles restent silencieuses pendant presque tout le trajet et ce n'est qu'en arrivant en ville que Svala ose demander :

— Vous connaissez ma mère ?

— Pas vraiment. Elle a quelques années de plus que moi, mais je sais qui elle est. J'ai entendu dire qu'elle avait disparu. À moins qu'elle soit réapparue ?

— Ce qui n'est pas volé finit toujours pas réapparaître, dit Svala.

Ses pensées la ramènent à la clé qui frotte maintenant son entrejambe. Une clé qui pourrait ouvrir n'importe quoi. Mais qui conserverait une clé dans un coffre si elle n'était pas importante ? Elle sera bientôt dans le singe. Son coffre-fort personnel.

— Fais attention à toi, dit la femme quand Svala saute de la voiture.

— Saluez Marianne de ma part, répond Svala. Je crois que je ne l'ai même pas remerciée.

Il est minuit passé lorsqu'elle introduit sa clé dans la porte de l'appartement. Elle n'arrive pas à l'ouvrir entièrement et doit se glisser par l'entrebâillement.

Le corps est sur le côté. La robe remontée laisse voir les varices. Elle n'a l'air ni blessée ni effrayée. Svala la tourne sur le dos et appelle les secours. Peut-être s'est-elle simplement évanouie ?

Est-ce qu'elle détecte un pouls ? Elle ne sait pas. Si elle respire ? Non. Les lèvres sont bleuâtres. La peau est grise.

— Mamie, dit-elle en lui secouant légèrement l'épaule, mais mamie est partie cueillir des marguerites sur les sentiers des forêts éternelles.

M'aime, un peu, beaucoup, passionnément, à la folie, pas du tout.

— Je crois qu'elle est morte, dit Svala. Enfin, j'en suis certaine. Ma grand-mère n'est plus dans son corps. Vous pourriez peut-être venir la chercher ?

— On sera là dans quinze minutes, dit la personne à l'autre bout du fil.

Quinze minutes. Un quart d'heure. Svala lève les yeux vers le miroir de l'entrée. Le monstera sur le meuble télé sans télé est renversé. C'est Svala qui l'arrose, qui s'occupe de lui. Le replante au printemps et lui donne de l'engrais. "Tu as la main verte", lui dit mamie. Pas compliqué quand on n'a qu'une seule plante.

Quelqu'un est venu ici. Elle suit les traces de pièce en pièce. Les portes des penderies sont grandes ouvertes. Des habits ont été arrachés. La majeure partie de ce qui était rangé est éparpillée par terre. Le singe, lui, est tranquillement assis dans son coin. Svala se détend. Tout est en désordre, mais il suffit de ranger. Ils ont cherché quelque chose et maintenant sa grand-mère gît morte dans l'entrée.

Elle ramasse la plante. Puis elle repousse sous le canapé les DVD et les livres qui jonchent le sol du salon. Ferme la porte de la chambre et vérifie l'angle de vue depuis l'entrée. Le désordre pourrait les inciter à contacter la police, et c'est la dernière chose qu'elle veut. Ils l'emmèneraient quelque part. Elle n'est qu'une enfant, après tout.

Je ne suis pas une enfant. Pas vrai, mamie ? Elle caresse les boucles poivre et sel sur son front et rectifie sa tenue. Elle sait si peu de choses au sujet de sa grand-mère. Encore moins au sujet du reste de sa famille.

— On s'en fout, dit Maman-Märta quand Svala lui pose la question. Chacun sa vie.

— Tu devrais lui apprendre la langue, dit mamie.

— À quoi bon ?

— Pour qu'elle puisse faire ses propres choix.

Mais Svala n'arrive pas à savoir de quels choix il s'agit. Alors elle arrête de demander.

— Tu veux qu'on appelle quelqu'un ? demande l'ambulancier.

— Pas la peine, dit Svala. Ma tante va arriver.

La solitude est un drôle de mot. À la fois terrible et magnifique. Elle s'enferme dans sa chambre et barricade la porte avec son bureau. Deux étages à descendre. Au pire, elle devra sauter.

La nuit passe sans encombre. À l'aube, elle s'habille chaudement, ferme la porte à clé et se dirige vers Björkberget. Elle passe devant la maison de Marianne Lekatt à l'abri de la forêt et continue jusqu'au sentier. Un coq de bruyère décolle de sa cachette. Les fougères dodelinent sous le poids du gel nocturne. Près du fossé, elle embrasse la tourbière du regard. Elle saute entre les touffes d'herbe les plus sèches où des jeunes tiges de bouleau s'accrochent tant bien que mal à la terre ferme, et s'avance dans la forêt. Elle marche à l'instinct, avec la montagne dans le dos et le soleil à l'est. La première chose qu'elle distingue est le talon d'une botte.

Tu te rappelles quand on est allés sur la piste de luge à Kåbdalis ?

Il est sur le dos. Sa tête est une bouillie de sang et d'os brisés. Sa main tient encore l'arme. Le corbeau arrivera en premier. Suivront le renard, le glouton, les rats et les rapaces. Et pour finir, les asticots. Elle retire l'arme de sa main et rentre.

Toujours aucune trace d'erreurs génétiques à bottes de cow-boy et gilets en cuir. Elle se fait un thé et des tartines. Sort le carnet du singe et fait une nouvelle colonne sous E.

Décédé.

6

À CAUSE DU RETARD, il fait presque jour quand Mikael Blomkvist descend à Älvsbyn. Il se dirige vers le bâtiment de la gare en cherchant Pernilla du regard. Elle a une voiture rouge, mais il ne voit aucune voiture rouge dans les parages. Quelque chose ressemblant à une jeep bifurque sur le parking et s'arrête près de lui, vitre baissée.

— Salut beau-papa, s'exclame le conducteur par la vitre. Montez, bon sang !

Mikael fourre son sac sur la banquette arrière. Lukas n'est pas là. Henry Salo est venu seul.

— Je devais récupérer des trucs à Älvsbyn, dit Salo. Et Pillan avait zappé que le gosse avait rendez-vous chez le dentiste. Elle vous passe le bonjour. Sacré beau temps, bien qu'on soit en octobre. Vous avez fait bon voyage ? Vous avez petit-déjeuné ?

— Vous l'appelez Pillan ?

— Tout à fait, comme la skieuse de slalom. Elles se ressemblent drôlement, vous trouvez pas ?

— Pas vraiment, répond Mikael. Elle est plutôt…

Salo le coupe pour se lancer dans une tirade touristique qui dure tout le trajet jusqu'à Gasskas et s'étend des espèces d'arbres aux sites d'inspection de véhicules, en passant par les terrains militaires, les ex-petites amies et les pistes de ski ainsi que les lacs de pêche et les tourbières où cueillir des baies.

Ils s'arrêtent pour prendre un café près des rapides de Storforsen. De retour dans la voiture, Salo informe Mikael que c'est là qu'ils ont prévu de se marier :

— La chapelle, c'est le bâtiment que vous avez vu près de la rivière, mais on va probablement se marier à l'extérieur, près des chutes. Du moins si j'ai mon mot à dire. Et la fête se déroulera au bar Raimos. C'est là qu'ils ont tourné le film *The Hunters*, vous savez ? On a privatisé tout le lieu. Pillan aurait sans doute préféré le faire à l'hôtel, mais le Raimos est plus, oui, plus authentique si je puis dire. À mon mariage, ça va manger, boire et danser. Vous voulez conduire, au fait ? Je viens de la récupérer. Une Merco flambant neuve, pas une de ces électriques à la noix. Ces conneries, ça ne fait pas le poids, ici. Enfin, sauf dans le boulot, là on n'a pas trop le choix si on ne veut pas se faire emmerder par ces écolos à la con.

— Je vous laisse faire, dit Mikael. C'est vous qui connaissez.

Salo le regarde en coin :

— Vous avez bien le permis au moins ? Pardonnez-moi la question, mais on ne sait jamais avec les Stockholmois.

Il s'esclaffe. Juste avant Gasskas, ils ralentissent à cause de rennes sur la route. Un peu plus loin, un groupe vêtu de gilets de signalisation est réuni sur un parking.

— Missing People, dit Mikael. Ils cherchent quoi ?

— Bonne question, sans doute un gosse drogué perdu dans la forêt.

— Il y a tant de problèmes de drogue par ici ?

— Autant demander si les cueilleurs chient dans la forêt. Enfin, au moins on n'a pas de problèmes de règlements de comptes entre gangs. C'est fou quand même que la police ne soit pas foutue d'appréhender ces gosses barbus et de les renvoyer chez les talibans.

— Là, vous mélangez un peu tout, non ?

— Pas du tout, et ne venez pas me dire que ce sont des gamins suédois qui se baladent comme ça avec des flingues chargés.

— La plupart sont nés en Suède, tente Mikael, mais Salo l'interrompt :

— C'est une putain de pandémie, dit-il. Et les flics sont là comme des cons et ne pigent que dalle. Ce n'est pas sorcier pourtant, il suffit de les enfermer et de jeter la clé.

Comme Mikael est lassé de répondre, Salo change de sujet :

— Il ne reste plus qu'à vous souhaiter la bienvenue à Gasskas, la petite ville aux grandes ambitions.

— C'est le slogan de la ville ? demande Mikael.

— Non, mais c'est pas bête comme idée. Il nous faudrait un nouveau slogan. On pourrait peut-être organiser un concours, avec des super-lots à gagner. Des entrées gratuites pour le hockey ou un dîner à l'hôtel Statt.

— La petite ville avec le grand chef municipal, propose Mikael qui en a déjà marre de Henry Salo.

— Pas con, dit ce dernier en riant. Voici la nouvelle piscine, que nous avons inaugurée la semaine dernière. Et sur la gauche, le saint des saints.

— L'église.

— La mairie. Tout part de là. C'est le cœur de la ville.

— La maison Salo, vous voulez dire, dit Mikael en le regardant de biais.

C'est à se demander ce que Pernilla lui trouve. Le type est presque une parodie de lui-même.

— En voilà une idée. Merci ! Ce week-end nous inaugurerons le marché couvert. Nous n'avons pas encore trouvé de nom, que proposez-vous ?

— Le marché Salo, dit Mikael.

— Exactement, il n'existerait pas sans moi. Foutaises, je plaisante. Nos investissements impliquent beaucoup de gens, je ne suis pas tout seul.

— Comme pour la mine ? demande Mikael, et le visage de Salo s'illumine.

— Tout à fait, dit-il. Vous avez lu des articles là-dessus dans la presse, je suppose. Un très beau projet qui va faire toute la différence pour la communauté. La roche est riche en métaux rares. Et non seulement la roche, mais les tas de scories des anciennes extractions aussi. La pénurie est mondiale pour ces matériaux, et il vaut mieux régler le problème chez nous que d'aller acheter ces saloperies dans les pays en voie de développement où les gens tombent comme des mouches dans les mines. Oui, dit-il comme s'il répondait à sa propre question, il faut vraiment espérer que ces écolos à la con se ressaisissent. On ne peut pas laisser des milliards nous passer sous le nez à cause de quelques pauvres éleveurs de rennes.

— Non, ça la fout mal, dit Mikael en repensant à I. B.

L'un va conduire sa fille à l'église, l'autre cherche son enfant disparue.

Mikael avait prévu de lui dire quelque chose ce matin, puis le temps a manqué. Il lui a simplement tendu une carte de visite écornée avec le logo de *Millénium* en lui proposant de se retrouver pour boire une bière un de ces quatre. Le genre de chose qu'on dit mais qu'on ne fait sans doute jamais.

7

MARCUS BRANCO N'AIME PAS LE FROID, mais il aime la vue.

— Ouvrez, ordonne-t-il et la porte s'ouvre. Il manœuvre son fauteuil jusqu'à la terrasse et prend quelques grandes inspirations.

Les étendues s'étalent en contrebas. Des crêtes de montagne se dressent contre l'horizon au loin, par-delà la forêt, tels de simples rochers. Des ruisseaux serpentent jusqu'à la rivière qui coule silencieusement dans une course sinueuse vers l'est. L'emplacement de la maison ne doit rien au hasard. Ils – il – ont cherché l'emplacement idéal pendant longtemps, la montagne idéale. Il s'imagine que Hitler a probablement pensé la même chose en planifiant ses nids d'aigle, sur Obersalzberg. La vue devait être dégagée et la roche se prêter à la construction de bunkers et de souterrains.

Le bunker. Presque trois mille mètres carrés divisés en quatre parties qui communiquent entre elles par des tunnels, des escaliers et un certain nombre de pièces latérales. Puis les terres. Elles lui appartiennent depuis quelques années. La maison d'habitation – ingénieusement intégrée dans le paysage et aussi invisible aux yeux du monde que le bunker lui-même – a été ajoutée plus tard.

The Branco Group est désormais aussi blanc que son nom l'indique. Il a cravaché pendant des années. Monté un capital confortable qui proliférera bientôt comme le saumon remontant la rivière, et ce, en toute légalité. Ou presque. Certaines sources de revenus sont tellement faciles qu'il serait dommage de s'en priver.

Il retourne à l'intérieur – il a vite froid aux jambes. Personne n'aurait l'idée de faire remarquer qu'il n'en a pas.

Dans une heure environ aura lieu la réunion matinale des chevaliers. Ce n'est pas la première fois qu'il présente ses projets, il ne lui reste plus qu'à sortir quelques chiffres. Il prend l'ascenseur jusqu'à la salle de conférences et met de l'eau à chauffer pour le thé.

Ici, loin sous le sol – seule l'armée doit savoir à quelle profondeur exactement –, la russophobie du XXe siècle est sur le point de devenir le rêve high-tech de la révolution verte du XXIe siècle. À la différence de celles du fort Boden légèrement au nord-est, les galeries souterraines sont ici inconnues du public. Aucun conservateur zélé n'est venu gratter à la porte pour demander à entrer. Les Bâtiments de Suède ne l'ont pas non plus chaleureusement classé monument historique. C'est un lieu oublié. Condamné, sans intérêt militaire, et vendu à un fermier au début des années 1950, avec l'ensemble d'un domaine forestier. Deux mille cent hectares qu'il a gérés jusqu'à sa mort.

L'actuel propriétaire, Marcus Branco, est à présent assis dans la copie conforme du fauteuil roulant de Stephen Hawking et il voit plutôt la vie d'un bon œil. À tel point qu'il pourrait bien s'octroyer une récompense.

Son sexe durcit. Cela fait des jours que la dernière est partie. Enfin, partie est beaucoup dire. À l'heure qu'il est, elle doit avoir plus de mal que lui à se déplacer.

Les uns après les autres, les chevaliers s'installent autour de la table de conférence soi-disant ronde. Il les embrasse du regard tel un Christ miséricordieux. Glouton, Loup, Ours, Ulf et Lynx : le cercle intime. Sa bande fidèle, de Långgatan à Teg.

Branco adore faire des exposés. C'est au moment où il les prononce que les mots prennent vie :

— Autrefois c'étaient les usines de pâte à papier. Maintenant ce qui pue, c'est l'âpre transpiration des municipaux et politiciens stressés, subitement contraints de gérer les multinationales qui frappent à la porte du Norrbotten. Mais ça ne sent pas mauvais du tout. Ça sent l'argent. À Gasskas et aux alentours, les conditions sont réunies pour nous garantir le succès qu'on mérite. Le marché européen est dynamique, les industries affluent. Mais il y a une ombre au tableau, vous la connaissez : l'approvisionnement énergétique.

Il avance son fauteuil jusqu'à un *paperboard* et soulève la première feuille. Au fond de lui, le processus mental mûrit depuis des années. La région qui était autrefois connue sous le nom de Norrland acquiert soudain une véritable identité et Marcus veut savoir pourquoi. Le cliché ridicule de l'éternel célibataire taciturne, travailleur, solitaire, imbibé d'alcool maison et qui refuse de déménager dans le Sud s'est volatilisé, remplacé par celui d'élus exaltés qui promettent littéralement de l'or et de l'électricité verte au monde entier. Et le monde suit. L'élément déclencheur a peut-être été la construction des locaux de Facebook à Luleå en 2011. Mais peu importe, subitement tout le monde veut venir s'installer par ici. La rumeur s'est répandue que Facebook avait de l'électricité presque gratuite et d'un coup la migration a mis le cap sur le Nord. L'une des plus grosses usines de batteries se construit à Skellefteå. À peu près au même moment, les mines et les aciéries déclarent la fin de l'acier, au profit de ce qu'elles appellent l'acier vert, où l'hydrogène vient remplacer le charbon pour séparer le fer de l'oxygène. Reste à voir si le PDG de SSAB ira jusqu'à en boire les résidus – de l'eau essentiellement.

Branco observe les chevaliers :

— Vous suivez ?

Évidemment que oui.

— Lorsque les directeurs des différentes sociétés se seront suffisamment répandus dans la presse sur l'importance du soutien de l'État à l'industrie sans énergie fossile et qu'ils auront obtenu sa bénédiction, la question qui demeurera pour tout un chacun sera : à quoi faut-il carburer ? Car ce sont tous de gros consommateurs en énergie. Et on ne parle pas ici de quelques pour cents de la production électrique globale, mais de besoins qui dépassent largement ce que nous considérons aujourd'hui comme un plafond. De l'électricité qui de surcroît doit provenir de l'énergie solaire, éolienne ou hydraulique.

Branco soulève une nouvelle feuille et tapote les chiffres de sa baguette. Loup étouffe un bâillement. Lynx aiguise un ongle cassé contre la jambe de son pantalon.

La production globale de la Suède est de 166 térawatts, répartie sur 70 centrales hydrauliques, 51 nucléaires, 15 thermiques, une solaire et 27 éoliennes, ainsi que quelques autres sources d'énergie mineures. La nouvelle industrie, dite d'énergie verte, a besoin d'environ 55 térawatts supplémentaires. La question est : où les trouver ?

L'énergie nucléaire résonne comme un gros mot à l'église, on oublie.

Toutes les capacités en énergie hydraulique sont exploitées, on oublie.

Le solaire dans un pays où… on oublie.

Reste l'éolien. Car il y a du vent. Parfois.

Il revient au problème central :

— Toujours est-il qu'il faut trouver le moyen de fournir à l'industrie à grande échelle, qui doit alimenter le monde en batteries et en acier de construction, 55 térawatts d'énergie éolienne. C'est-à-dire environ le double de la production globale de la Suède.

— Excuse-moi, dit Glouton, mais quel rôle on joue là-dedans, du coup ? Si l'énergie éolienne est instable à ce point, pourquoi doit-on miser dessus ?

— J'allais y venir justement, dit Branco. S'il n'y a pas de vent, il n'y a pas d'électricité, peu importe le nombre de parcs éoliens. Et quand ça souffle, l'électricité doit être aussitôt utilisée parce qu'elle est impossible à stocker.

Il fait une petite pause pour ménager son effet.

— En l'occurrence, ce n'est pas le cas de l'hydrogène. Alors quand le vent souffle au plus fort, poursuit-il, on peut produire de l'hydrogène et le stocker – justement – dans nos excellents abris souterrains.

— L'hydrogène est l'un des gaz les plus inflammables au monde, précise Lynx. Je suppose que tu as calculé les risques ?

Branco soulève une nouvelle feuille et écrit "calcul de risques, point d'interrogation".

— Personne ne peut véritablement calculer les risques étant donné qu'il n'existe aucun équivalent au monde en termes de stockage à grande échelle, dit-il. Mais il faut bien qu'il y ait une première fois. La technique n'est pas nouvelle, il faut simplement l'étendre à quelques centaines de milliers de mètres cubes.

— Tout le Norrbotten sera réduit à néant si ça pète.

— Il y a plein de façons de mourir, dit Branco. Exploser en miettes ne doit pas être la pire.

Les terres, les abris souterrains, la situation actuelle, notre époque avec des crises énergétiques et des prix qui flambent. C'est là que Branco pense pouvoir trouver une légitimité qui lui procurera une reconnaissance sociale. Il va se lancer dans la production électrique, et pas n'importe laquelle. L'électricité la plus propre, la plus verte en Suède à l'heure actuelle : l'énergie éolienne. Et il pourrait devenir un homme plus respectable encore, qui assume pleinement ses devoirs de citoyen en investissant sa fortune personnelle dans l'avenir. Un visionnaire, une personne aimée et admirée de tous.

Mais il n'a pas l'intention d'aller jusque-là. Branco a accompli beaucoup en n'existant pas, en restant invisible. L'électricité et l'hydrogène se vendront comme des petits pains au plus offrant. Le monde attend sur le seuil du Norrbotten, vilain, sale et mauvais comme jamais. Et blindé d'arguments verts à la portée de n'importe quelle agence de publicité.

Même Branco trouve les bons mots :

— Les politiciens suédois, socialistes et verts en tête, se sont pliés en quatre pour satisfaire le mouvement pour le climat. Les centrales nucléaires sont démantelées et on construit des parcs éoliens. Mais avant même que les sociétés internationales – qui détiennent la majorité des parcs – aient le temps de les terminer, l'électricité est déjà vendue à l'étranger. "Marché conclu et vendu", comme on dit par ici. C'est joli sur le papier, pourtant. La gentille petite Suède prenant soin du monde pourri qui l'entoure. D'un point de vue climatique, il vaut mieux que de l'électricité propre produite en Suède profite aux pays qui autrement tournent au pétrole ou au charbon. Le fait que ce soit aux contribuables suédois d'en faire les frais *via* des tarifs prohibitifs parce que le pays ne produit plus assez d'électricité pour eux, c'est un détail.

Branco n'a pas la moindre fibre politique. Simplement, la stupidité des gens l'agace, celle des hommes politiques en particulier. En ce qui le concerne, toutes les crises énergétiques sont une aubaine. Le jour où son propre parc éolien sera prêt, il sera le maître du jeu. Façon de parler. Demandez à Henry Salo à qui appartient le parc et Salo répondra que c'est lui. Quel abruti ! À ce propos, il est temps d'avoir avec lui une petite entrevue privée.

— Il n'y aura aucune répercussion économique pour nous si jamais la tentative de stocker l'hydrogène foire, dit Branco. Pour une opportunité ratée, des milliers d'autres se présentent. Si on ne souhaite pas vendre des contrats PPA aux géants de l'industrie énergétique, il y a d'autres solutions.

Les municipalités ont ouvert en grand leurs portes à des sociétés étrangères qui font la queue pour s'assurer un bout de terre avec un accès électrique illimité, même s'il aurait peut-être mieux valu faire entrer certaines par la porte de service, et encore. C'est là que Marcus Branco peaufine son argumentation. Car après tout, The Branco Group est une société de sécurité, à la base. Peu de gens connaissent autant de saloperies au sujet d'un tas de pays et leurs habitants que

Branco et ses chevaliers. De son côté, il serait une sorte de saint Pierre vert à la porte du paradis. Certains n'entreront tout simplement pas.

Bien sûr qu'il y aura des problèmes, des propriétaires qui résistent et des concurrents qui montent des projets, mais rien qu'on ne puisse régler avec de l'argent. Branco a pensé à tout et se sent plus que satisfait. Après, il y a d'autres parties de son plan qu'il n'est pas encore prêt à partager, même avec ses chevaliers. Ses pensées le démangent comme des morpions. Elles l'obsèdent. Elles touchent à quelque chose au plus profond de sa vie, qu'il ne contrôle pas mais qui peut se résumer à un mot : réparation.

Les étoiles s'aligneront aussi pour la prochaine étape. Il en voit déjà les signes, aucun doute là-dessus. Branco n'est pas le seul à en avoir assez.

— D'accord, dit Ulf, ça a l'air d'être un plan sur le long terme, mais comment faire pour le reste ?

— Le MC Svavelsjö va récupérer toute la distribution du Nord de la Suède. Ils se sont montrés dignes de confiance dans d'autres circonstances. On parle pour ainsi dire la même langue.

— Oui, je sais, dit Ulf. Le MC Svavelsjö est le cadet de nos soucis, contrairement à Sandberg. Lui et son équipe n'ont pas eu grand-chose à redire concernant la fusion, mais d'après les infos communiquées par les motards, il serait en roue libre dans l'Est.

— Il devient gourmand on dirait, constate Branco en manœuvrant son fauteuil d'un mouvement agacé.

C'est exactement le genre de situation qu'il voulait éviter, et il pensait y être parvenu. Des problèmes de merde créés par des ordures insignifiantes. Des parasites qui ne produisent jamais, qui ne font que consommer.

— Dans ce cas, il ne reste plus qu'à s'en débarrasser, poursuit-il.

— Je me porte volontaire, dit Loup. Ça me ferait du bien de prendre l'air.

— Malheureusement, nous avons encore besoin de lui, intervient Ulf. N'oubliez pas qu'il est seigneur en son royaume.

— Vous allez devoir lui parler alors, dit Branco.

— Nous avons déjà commencé. Il s'est montré compréhensif et a promis de céder son ancien territoire au MC Svavelsjö, ce qu'il a fait. Mais dans le même temps, il a conclu de nouveaux accords avec les Finnois, peut-être même avec les Russes.

Branco n'est plus seulement agacé, il a les nerfs et a besoin de réfléchir. Ses meilleures idées – ou les pires, selon le point de vue – naissent sous le coup de la colère.

— Il a des enfants ?

— Une belle-fille.

— Ils sont proches ?

— On ne sait pas.

— Une femme ?

— Probablement.

— D'accord, dit Branco, cherchez tout ce que vous pouvez sur la jolie petite vie de famille de Sandberg, on trouvera une solution.

8

— Pas mal la baraque, dit Mikael Blomkvist en levant les yeux vers la vieille demeure en bois. C'est la maison familiale de Salo ?

— Loin de là. Il a grandi dans une cabane dans la forêt, répond Pernilla. Sa mère y vit encore, apparemment. Pas très loin d'ici, précise-t-elle en désignant une forêt de conifères dense qui aurait dû être éclaircie depuis des années.

— Tu ne l'as jamais rencontrée ?

— Non, ils ont coupé les ponts. Ce n'était pas une très bonne mère, je crois. Pas de la même façon que tu étais un piètre père, la concernant c'était plutôt une question de troubles psychologiques. Henry ne veut pas en parler, et j'ai arrêté de poser des questions.

Mikael essuie un banc avec la manche de sa veste et s'installe. Il n'arrive pas à déterminer s'il y avait un reproche dans les propos de sa fille. Ou si c'était simplement la triste réalité. Il pourrait saisir l'occasion. Raconter sa version de l'histoire, mais il ne saurait par où commencer.

— Tu le sens bien, sinon ? demande-t-il. Pour le mariage et tout ça ?

Pernilla hésite un moment avant de répondre :

— Jusqu'à il y a quelques semaines, oui.

Elle contemple la rivière pour éviter son regard :

— Ça fait un moment qu'on est ensemble. Henry est comme il est, tu as dû t'en rendre compte. Mais il a des bons côtés aussi. Quand on s'est rencontrés, je n'allais pas très bien. Henry a fait entrer la lumière dans ma vie. Je ne sais pas ce que je serais devenue sans lui. Je n'avais plus le goût de vivre et il s'est occupé de moi comme personne ne l'avait jamais fait. Je me sens en sécurité avec lui.

— Alors qu'est-ce qui te fait douter ? demande Mikael.

Il obtient un soupir en guise de réponse.

— Je ne sais pas vraiment. Il se comporte bizarrement. Il rentre tard, si tant est qu'il rentre. Il boit trop, il rembarre Lukas.

— Vous en avez parlé ? demande le thérapeute Blomkvist, le champion de la peur du conflit, celui qui préfère quitter la pièce quand surgissent les questions difficiles.

— Bien sûr. Il dit qu'il est stressé, et c'est souvent le cas. Mais là, ce n'est plus du stress, c'est de la paranoïa. Il pose des questions étranges au sujet de gens que je croise au travail, vérifie que la porte est fermée à clé, guette à la fenêtre. Bref, je ne sais pas trop quoi faire.

— On dirait qu'il a peur, dit Mikael.

— Je crois que ça a un rapport avec le parc éolien. Un projet à la con, si tu veux mon avis. Personne ne souhaite avoir ce parc aussi près de la ville, mais il a réussi à convaincre les politiciens. Tout ce qui concerne la commune, c'est ce qui compte le plus pour Henry. C'est comme s'il dirigeait une entreprise privée.

— Oui, il semble très impliqué. Et toi ? Comment ça va au boulot ?

— Ça dépend lequel, j'ai changé au printemps.

— Alors tu t'occupes de…

Il réalise qu'il ne sait pas trop ce qu'elle fait. En rapport avec les jeunes, peut-être. Ou la musique ?

Bingo, Mikael Blomkvist.

— En ce moment, je fais un remplacement à UMO, assistante sociale. On verra ce que ça donne.

— Euh…

— La permanence en ligne pour les jeunes.

— Ah oui, c'est ça.

— Bref, on s'en fout, dit Pernilla. Tu veux voir la piscine à l'arrière ? On l'a construite l'année dernière et on a dû l'utiliser deux fois depuis.

Elle lui prend le bras au creux du coude et s'appuie contre lui :

— C'est bien que tu sois là, papa.

Papa a les larmes qui lui montent aux yeux. D'habitude, elle l'appelle Micke. Ils contournent le pignon et Pernilla s'arrête à la vue des éclats de verre dispersés dans l'escalier de la cave et dehors, dans l'herbe.

— Ça doit être un oiseau, dit-elle. Bizarre que Henry n'ait rien dit.

Mikael ramasse les tessons qu'il voit. Il y a du sang sur certains, mais il ne dit rien. Il peut tout aussi bien s'agir d'un oiseau.

Des grues s'envolent pour le sud. Le soleil est sur le point de se coucher. L'air s'est rafraîchi.

— Tu entends ? dit Pernilla. C'est le bus scolaire.

Le garçon n'a pas le temps de faire le timide qu'il est déjà dans les bras de Mikael.

— Salut papi, je veux te montrer un truc.

Ensemble, ils prennent un raccourci jusqu'à la rivière.

— Je vais devoir te tenir la main pour ne pas tomber dedans, dit Mikael.

La main du garçon est chaude. Mikael la tient fermement, jusqu'au bord de l'eau.

9

À LA MAISON, HENRY SALO n'est plus le même que celui qui a récupéré Mikael au train. Il ne bavasse pas en faisant le tour du propriétaire. Pernilla a déjà montré à son père le rez-de-chaussée et la chambre où il va dormir. L'étage est divisé entre les chambres à coucher d'un côté et le bureau de Salo de l'autre.

— Asseyez-vous, propose-t-il, je vais vous faire goûter le meilleur whisky au monde. Offert par une connaissance professionnelle. Aujourd'hui, ce ne sont plus les Écossais les meilleurs, mais les Asiatiques.

Mikael s'installe dans un chesterfield vert foncé et sirote la boisson. Le whisky n'est pas trop son truc, il préfère la bière, mais celui-ci se laisse boire et Salo remplit son verre de nouveau.

— Sacrée pièce, dit Mikael. On dirait la maison de Leif G. W. Persson. Je ne savais pas que vous chassiez.

— Et pas qu'un peu. La chasse ouvre la plupart des portes. Il suffit de bien choisir ses coéquipiers.

— Comment ça ?

— La chasse et les affaires, les affaires et le golf. Un bon chasseur ou un golfeur adroit ont la cote. On préfère tous fréquenter des gagnants, c'est comme ça. Que ce soit pour vendre ou pour acheter quelque chose.

— Et vous appartenez à quelle catégorie ?

— Si vous voulez dire en tant que gérant municipal, c'est le vendeur qui est roi. Tout le monde veut venir ici. J'ai une longue liste d'entreprises qui n'attendent que notre feu vert. En principe, on a l'embarras du choix : le nombre de multinationales qui font tourner le globe financier et posent l'index sur Gasskas est énorme.

— Tant mieux, dit Mikael. C'est votre charisme qui les attire ?

La vantardise de Salo se tient en embuscade, il suffit de lui tendre la main.

— Ma belle gueule sans doute, dit-il, en se fendant de ce qui représente clairement son plus beau sourire. Mais pour les entreprises, il y a un aimant plus puissant encore à Gasskas.

— Quoi donc ?

— L'électricité avec un grand E. Sans notre approvisionnement illimité en électricité, Gasskas se résumerait à un bled perdu quelconque, dépourvu d'industries et d'emplois. L'électricité est pour le Norrbotten ce que le pétrole est pour les Norvégiens. Et maintenant, alors que le monde est acculé dans une impasse entre surpopulation et écolos à la con qui annoncent l'Apocalypse, le Norrland est devenu un nouveau Klondike. Il ne manquerait plus que Poutine coupe le gaz, et ce serait le comble. Partout sur la planète l'électricité coûte un bras, mais pas ici. Tout le monde veut mettre la main sur la terre promise de l'énergie hydraulique et éolienne. En plus, ça leur permettra de coller un logo vert sur leurs produits.

Mikael n'est évidemment pas étranger à la notion de greenwashing et au problème du prix de l'électricité qui flambe, mais ce ne sont pas des sujets qu'il connaît à fond. Et ce ne sont pas non plus des scoops. De manière générale, le mouvement écolo n'est pas franchement sexy. Il enfonce les portes ouvertes, se prend trop au sérieux et est rempli de lobbyistes.

— Mais un approvisionnement illimité, dit-il. C'est possible ?

— Absolument, répond Salo. Moyennant des investissements bien entendu, mais oui, en principe illimité. Il y a de nombreuses années, nous avons tiré le gros lot avec la construction du barrage, et nous en avons récolté les fruits grâce à la société Vattenfall. L'énergie hydraulique est stable, mais comme ailleurs, nous sommes obligés de compléter avec d'autres, comme l'éolien. Je vous ferai visiter le futur parc éolien un de ces jours. Si tout se passe comme prévu, on pourra se vanter d'avoir le plus grand au monde. Vous serez impressionné, je vous le garantis. Les jolies petites chaumières près de Piteå, c'est du pipi de chat à côté.

Ils sont interrompus par Pernilla, qui les appelle pour le dîner depuis l'escalier.

— Allez-y, dit Salo. Je vous rejoins, je dois juste passer quelques coups de fil.

Pernilla a sorti les belles assiettes en porcelaine et les serviettes. Les chaises sont capitonnées. Les bougies brillent sur la table et la lumière diffusée par le lustre en cristal est tamisée.

— C'est magnifique, dit Mikael, on se croirait dans un manoir.

— Je préférais notre ancienne cuisine, dit Lukas. C'était plus chaleureux.

— Chaleureux, mais petit.

— C'était parfait pour nous, dit Lukas en se servant des pommes de terre en robe des champs.

— Il parle de l'appartement d'Uppsala, dit Pernilla. Déménager n'a pas été facile pour lui.

— Je ne suis toujours pas d'accord, dit Lukas.

— Il se trouve qu'on habite ici maintenant.

Pernilla remplit le verre de Mikael.

— Je pourrais habiter chez papi, dit Lukas.

— Tu manquerais trop à ta maman, répond Mikael.

La voix du garçon est pleine de colère, et Mikael n'est pas certain que Pernilla l'ait remarqué.

La sauce est chaude et la viande est tendre. Ils ont eu le temps de terminer l'entrée et ont déjà bien attaqué le plat quand Salo les rejoint à table. Il ne veut pas d'entrée et il touche à peine à son assiette.

— Très bon, dit-il juste au moment où son portable sonne. Les gens, putain, on ne peut jamais être tranquille !

Il écoute et se contente de dire “Bien, merci, on fait comme ça”. Son visage se détend, il prend du dessert et embrasse la main de sa future épouse.

— Vous saviez que votre fille était un tel cordon-bleu ? demande-t-il, et Mikael doit bien avouer une énième lacune embarrassante au sujet de sa fille.

C’est son enfant, le seul à sa connaissance. Pourtant, il en sait bien moins à son sujet qu’à propos de ses autres fréquentations de la gent féminine. Il entoure sa fille de son bras par-dessus le dossier de sa chaise. Quelque part en lui, profondément enfoui sous des couches de négligence, il y a de la tendresse. Et une envie de la connaître mieux. Si elle veut. Il n’en sait rien.

— Le grand jour approche, dit Mikael. Je connais d’autres invités, à part la famille de ma frangine ?

— Tu connais maman, dit Pernilla. Autrement, il y aura surtout les connaissances de Henry, à l’exception de quelques potes à moi. On préfère ne pas faire trop grand.

— On ne veut pas ruiner beau-papa non plus, dit Salo en lui tapant dans le dos avec un grand sourire.

Lukas glisse de sa chaise et grimpe sur les genoux de Mikael.

— Tu peux venir me lire une histoire ?

Mikael s’exécute. Plus tard, il réalise qu’il a dû s’endormir avec le gosse, car il est réveillé par des sons de voix. Des voix qui se hurlent dessus. Les mots cinglent comme des coups de fouet en pleine figure.

— Tu me fatigues avec tes remarques, putain ! dit Salo.

— Et si tu t’occupais un peu de nous pour changer ? siffle Pernilla. Tu ne penses qu’à ton parc éolien à la con.

Une porte claque. Puis une autre. Lukas s’agite dans son sommeil. Mikael tend l’oreille. Quand il n’y a plus un bruit dans la maison, il recouvre le petit et descend. Salo est assis seul en bout de table, tel un roi délaissé.

— Je croyais que vous dormiez, dit-il.

— Où est passée Pernilla ?

— Désolé, d'habitude on ne se dispute pas comme ça. En tout cas pas aussi fort. Elle est sortie faire un tour, elle avait sans doute besoin de prendre l'air.

— Vous devriez peut-être penser au gosse, dit Mikael. Il a eu du mal à s'endormir. Les enfants n'aiment pas trop les disputes, en général.

— Ne faites pas votre bonne femme vous aussi, dit Salo en se levant. C'est l'heure du sauna bon sang !

10

LE SAUNA SE TROUVE DANS UNE PETITE anse de la rivière. Un ponton s'avance dans l'eau depuis le bâtiment. Une barque à rames attend patiemment d'être rangée pour l'hiver. Le poêle à bois tourne depuis des heures. La chaleur, qui les heurte tel un rideau de vapeur brûlant, contraste radicalement avec la froide soirée de pleine lune. Mikael s'installe sur la banquette du milieu, Salo sur celle du haut. Il décapsule quelques bières et en tend une à Mikael.

— Il vous est arrivé quoi à la main ? demande ce dernier.

Salo la fait tourner devant ses yeux comme s'il découvrait pour la première fois qu'il lui manque deux doigts.

— Quand j'étais petit, dit-il, on n'avait ni chauffage central ni eau courante. Presque pas de bois non plus, d'ailleurs. Pas à cause du manque d'arbres, mais parce que le paternel était un gros feignant. Il était contremaître d'une équipe de bûcherons, et pourtant pas foutu de fournir du bois à sa famille. Il était absent la semaine. Bourré du vendredi au dimanche. "Occupez-vous de votre mère." C'est ce qu'il disait chaque fois qu'il partait. À part ça, il ne parlait pas beaucoup, ni en bien ni en mal. Avec mon frère, on faisait de notre mieux. On coupait des jeunes bouleaux à la scie et à la hache. On ramassait du petit bois quand il n'y avait pas de neige et on quémandait des copeaux à la scierie. Mais ça suffisait à peine pour tenir jusqu'au milieu de l'automne. Parfois l'électricité fonctionnait. Ma mère tirait alors à fond sur le compteur électrique, mais la plupart du temps on se gelait. L'été de mes dix ans, mon frère en avait neuf, le paternel était tombé sur une pile de bois qu'il avait rapportée et s'était contenté de déverser devant la maison. Comme il avait pris un job vers Ligga et ne devait revenir que tard dans l'automne, c'est nous qui avons dû couper le bois et le fendre pour faire des bûches de trente centimètres. Un vieux voisin nous a aidés. Il a même apporté une fendeuse et il s'en serait sans doute chargé, mais il est tombé malade. On a passé une bonne partie de l'été à fendre le bois et à le ranger dans le bûcher. Puis pour que ça aille plus vite, on a sorti la scie circulaire. On avait presque terminé quand le foutu nœud d'une bûche s'est coincé dedans, et ma main est partie sous la lame. Grâce à mon frère qui s'est jeté sur le bouton d'arrêt d'urgence, je n'ai pas perdu la main entière. Il a stoppé le saignement avec sa chemise et il a fourré les doigts dans une poche avec des glaçons. Puis on a pédalé jusqu'à l'infirmerie et on nous a mis dans l'ambulance pour Boden. Là, ils ont réussi à recoudre quelques doigts, mais après ça les services sociaux ont eu vent de la situation à Hultet. Ma mère a été envoyée en HP. Mon frère et moi avons été placés chacun dans une famille d'accueil. Je ne l'ai jamais revu.

Mikael descend sur la banquette du bas. La sueur ruisselle le long de ses cuisses. Salo reste en haut, insensible à la chaleur. Pire, il commence à se fouetter avec des rameaux de bouleau – son corps est parcouru de stries – tout en se disant que le sauna n'est pas fait pour les gens du Sud.

— Tenez, dit-il en lui tendant une branchette.

— Merci, ça va aller.

— Dans ce cas, fouettez-moi alors, dit-il en présentant son dos à Mikael.

Les branches laissent des traces blanches sur sa peau rouge.

— Vous avez donc perdu votre mère, votre frère et vos doigts le même jour, dit Mikael. Ça a dû être horrible, même après je veux dire.

— C'est sûr. Surtout l'absence de Joar, mon frère. Le manque irradiait comme une douleur fantôme dans les doigts amputés. Il m'arrive encore d'avoir mal. Mais j'avais été accueilli par les Salo et j'étais bien chez eux, dit-il en balançant une louche d'eau. Ils n'avaient pas d'enfants. Quand le paternel est mort d'un AVC quelques années plus tard, ils m'ont adopté, malgré le retour de ma mère à Hultet. Je ne sais pas ce qu'elle a pensé de tout ça. Je l'ai rencontrée une seule fois depuis. On s'est croisés devant un magasin. Elle a posé ses sacs de courses et m'a regardé comme si j'étais une merde. Elle m'a dit : "Tu aurais dû mieux t'occuper de ton frère", puis elle est partie. Et c'est tant mieux, dit Salo. En tant que mère, elle ne valait pas grand-chose.

Pourtant, il se rappelle l'incident comme si c'était hier. Comme il avait couru sans s'arrêter à travers le bois, jusqu'au rocher qui surplombe la maison. De là, il l'avait vue arriver sur son vélo. Elle avait fini la montée à pied, le sac Konsum bringuebalant sous le guidon. Lui tenait la gaine de son couteau à la main. Il avait sorti la lame du fourreau et s'était faufilé d'arbre en arbre jusqu'à être tout près. Elle était assise sur le perron. Le sac de courses s'était renversé. Quelques pommes vertes et une saucisse pour la soupe de pois cassés avaient roulé en bas des marches. À cet instant, ce n'était pas une mère qu'il avait vue, mais un être humain. Sa mère à lui était déjà morte. Il avait doucement rengainé son couteau et était reparti vers la ville en courant.

— Pernilla m'a dit qu'elle était toujours de ce monde, dit Mikael. Vous n'avez jamais eu envie d'aller la voir ?

— Non, jamais.

— Et votre frère ? Vous savez ce qu'il est devenu ?

— Pas vraiment. Il est passé de famille en famille. J'ai essayé de le retrouver, mais j'ai perdu sa trace. Peut-être qu'il ne veut pas qu'on le trouve. Quoi qu'il en soit, j'ai laissé mon enfance derrière moi. Les années dans ce taudis, en tout cas, dit-il en prenant une gorgée de bière. Mais il y a une chose que je n'arrive pas à digérer, dit Henry en scrutant ses doigts amputés, c'est qu'on n'a jamais profité de la chaleur de tout ce bois fendu.

— Elle est drôlement triste cette histoire, dit Mikael, qui s'efforce de maîtriser sa respiration. Sa peau est presque écarlate, il va devoir sortir sans tarder.

— Vous êtes un petit joueur, dites-moi, lance Salo sur un ton plus enjoué. La première banquette c'est pour les gosses, mais bon. Il est peut-être temps de faire trempette.

Dehors, le temps a changé. La lune a disparu. Il pleut. C'est une vraie douche et Mikael laisse tomber la baignade. Salo emprunte l'escalier qui descend à la rivière. Il est happé par l'obscurité en quelques secondes.

Sous l'eau, la réalité n'existe plus, ni le présent, ni le passé. Un jour, il disparaîtra sans laisser de trace, telle une anguille dans la mer des Sargasses. Mais pas ce soir. Il lui reste encore des choses à faire. Il effectue quelques brasses et surgit de l'autre côté du ponton.

— Putain, s'exclame Mikael, j'ai eu peur ! Je commençais à me dire… Je ne vous voyais plus.

— Foutaises, l'interrompt Salo. On finit toujours par être retrouvé. Au pire dans les vannes du barrage au printemps.

Mikael frissonne. Le sauna ouvre son chaud giron. Il s'aventure jusqu'en haut et se retrouve avec une nouvelle bière à la main.

— Et vous, Mikael Blomkvist, qui êtes-vous ? Un journaliste primé ou un garçon qui refuse de grandir ?

— Les deux peut-être, répond Mikael. Ou ni l'un ni l'autre. Désormais seules les nouveautés ont du succès. Tout le monde oublie les nouvelles de la veille. *Millénium* n'existe plus. Enfin, si, en format podcast, mais ce n'est pas pareil. Je songe à faire autre chose.

— Comme quoi ?

— Je ne sais pas, dit-il, et il l'ignore vraiment.

Chasser les infos, c'est tout ce qu'il sait faire. Il connaît des gens qui se sont reconvertis en jardiniers ou en sommeliers, en animateurs ou en charpentiers, mais personnellement il n'a pas de vocation secrète ou de hobbys qui pourraient le guider. Il n'est même pas un auteur de polar en herbe. Il est simplement journaliste. Un journaliste sacrément seul d'ailleurs, force est de l'admettre, depuis que la rédaction a été démantelée et que tout le monde est devenu pigiste.

Puisqu'il est lancé, autant continuer à faire l'inventaire du minable qu'il est.

Le fait qu'il vive seul n'a rien de sensationnel. Il tombe amoureux. Elle tombe amoureuse. Elle veut plus. Il veut moins, puis c'est fini. Pareil pour les amis, la famille, etc. Toutes les deuxièmes chances qu'il ne saisit pas. Les gens qu'il trahit. Les sentiments qu'il blesse. Pas pour faire du mal aux autres, mais parce qu'il y a un but supérieur, une vocation qui l'emporte toujours.

Il n'y a que *Millénium* qui compte vraiment. Sans ça il n'est personne. Un has been sclérosé qui refuse de vivre avec son temps. Un négateur du progrès. Un type pathétique qui lit le journal du soir, comme tant d'autres tout aussi pathétiques, en sirotant une bière au bar Loch Ness pour paraître moins seul. Un nul.

Il ne sait pas si c'est la chaleur ou si c'est sous l'émotion du moment. Mais à cet instant précis, dans un sauna à neuf cents kilomètres de chez lui, en compagnie d'un gars qui oscille entre des propos machos et la sincérité la plus nue, il commence à pleurer. Et le pire, c'est qu'il ne peut pas s'arrêter. Il pleure quand Salo balance encore une louche d'eau. Il pleure et descend jusqu'à la banquette du milieu. Il pleure au point de peiner à boire sa bière et il pleure jusqu'à ce qu'il ne lui soit physiquement plus possible de pleurer.

— C'est bien. Que la merde sorte, dit Salo en le fouettant avec les rameaux de bouleau. Pas besoin d'un putain de psychologue quand on a un sauna.

11

LE LENDEMAIN, SALO SE RÉVEILLE sur le canapé de son bureau, habillé. Quelqu'un, sans doute Pernilla, l'a recouvert d'une couverture. Fallait-il absolument qu'elle soit aussi gentille, bordel ? Parfois, il aimerait qu'elle soit un peu plus comme lui. Question d'équilibre. Mais non. Elle prend soin de la moindre créature blessée. Prépare des bons plats, écoute sans interrompre, pose un regard aussi sobre sur l'existence que le templier sur le vin de messe.

Je suis un connard. Le connard saute sous la douche et tente de se souvenir de la veille. Ils sont allés au sauna, mais après ? Il allait juste boire un dernier coup, et puis… merde… il a écrit un long SMS à Märta Hirak. Comme elle n'a pas répondu, il lui en a envoyé un autre, puis un autre. Pour finir, il a appelé sur son téléphone, qui était coupé, et lui a laissé un long message. Il ne se rappelle pas exactement ce qu'il lui a dit. En guise de punition, le connard se douche à l'eau froide, ce qui a le mérite de chasser le plus gros de sa gueule de bois.

Dans quelques heures, il rencontrera le troisième candidat pour le parc éolien. Une société internationale détenue par un Suédois, Marcus Branco, dont il sait assez peu de chose. Il a évidemment pu étudier la situation financière de l'entreprise, consulter son chiffre d'affaires et discuter de ses références avec la juriste municipale, Katrina da Silva, mais jusqu'à présent les échanges ont eu lieu par délégué interposé.

En effectuant des recherches Google sur le PDG de la maison mère, il constate qu'il y a de nombreux Marcus Branco dans le monde, mais aucun qui semble correspondre. La plaquette de l'entreprise qu'on leur a fournie le présente comme un homme discret ayant réussi dans des domaines divers et variés, notamment l'immobilier et la sécurité. Quelqu'un qui n'apparaît jamais sur les photos et ne communique pas sur les réseaux sociaux, ce qui n'est pas inhabituel en soi. N'empêche que c'est curieux qu'il n'arrive pas à trouver la moindre info personnelle sur ce type.

Salo s'habille avec soin, plaque ses cheveux en arrière comme le prince Daniel et descend à la cuisine.

— Bonjour, dit-il en embrassant sa future épouse sur la tête.

— Bonjour, dit le pisse-copie.

Lukas détourne le regard.

— Si vous allez en ville, je pourrais peut-être vous accompagner ? poursuit Mikael.

— Bien sûr, dit Salo en regardant l'heure. Départ dans cinq minutes.

— Alors ? dit-il une fois dans la voiture. Vous allez faire le touriste à Gasskas ? Dans ce cas, je vous conseille de faire un tour au musée de la Mine. C'est une fierté dans l'histoire de la ville.

— Je vais juste faire quelques courses et passer à la bibliothèque.

— Tel père telle fille, dit Salo. Pillan doit avoir une carte d'abonnement, au moins pour les polars. Perso, je préfère les biographies. Je suis en train de lire celle d'Elon Musk. Sacré personnage !

— Je comptais surtout lire la presse.

— Pas la peine d'aller à la bibliothèque pour ça, on reçoit le *Gaskassen* dans la boîte aux lettres.

Salo dépose Mikael Blomkvist et continue jusqu'à la mairie. Il slalome pour éviter les gens qui attendent son avis sur différents dossiers, ils devront patienter. Märta s'attarde dans son esprit à la manière d'un mal de tête persistant ou d'une envie pressante. Il avale quelques antalgiques et s'efforce de s'éclaircir les idées avant le rendez-vous avec Marcus Branco. Il aurait préféré être accompagné par toute l'équipe du projet, ou au moins da Silva, mais Branco a été catégorique. Une rencontre en tête à tête, sans personne d'autre.

Le Britta Treehotel est à une demi-heure. Il a réservé un salon dans les arbres avec déjeuner, au cas où, ce qui tombe à l'eau aussitôt. Marcus Branco est en fauteuil roulant. En guise de jambes, il a des moignons qu'il ne dissimule ni par des prothèses ni sous une couverture. Un Indien en fauteuil roulant. Adopté peut-être. Si tant est qu'il parle suédois. Le ventre de Salo s'apaise quelque peu au constat de l'infériorité physique de l'homme.

— C'est un plaisir de vous rencontrer, dit-il et il le prie de l'excuser, il ne pouvait pas savoir.

— Bien entendu, répond Branco dans un suédois impeccable, tout en empruntant la rampe pour handicapés. C'est pourquoi j'ai privatisé les lieux.

Alors que c'est l'heure du déjeuner et qu'en temps normal l'endroit est bondé, même Britta est absente. Le couvert est dressé pour deux. Les plats cachés sous des cloches. Branco s'arrête en bout de table et sort une pile de documents. Des cartes, constate Salo, ainsi que des prospectus. Afin de ne pas paraître moins préparé, il sort lui aussi une chemise, un carnet et un stylo portant la devise de la commune : “Plus haut, plus loin !” *Vas-y Henry. Plus haut, plus loin.*

Branco déplie une carte sur la table. À l'exception d'une petite zone sur la gauche, tout le reste est délimité au feutre rouge.

— C'est quoi ? demande Salo.

— La zone sur laquelle Branco va construire, répond-il. Comme vous le savez, il s'agit surtout de terres forestières et de terrains communaux. Je pars du principe que les propriétaires terriens restants ont donné leur accord.

La mégère et ces enfoirés de Lapons, songe Salo pour la énième fois depuis son réveil. Il s'éclaircit la gorge et ouvre la chemise :

— Pour l'heure, vous êtes trois entreprises à vous partager le parc à parts égales. Nous avons fait une proposition de répartition, dit-il et il passe le doigt sur la carte. Vous seriez alors éligibles à l'étape n° 2, avec un commencement de travaux en 2025.

— Nous souhaitons être impliqués en tant qu'entrepreneur exclusif, dit Branco qui repousse la chemise vers Salo.

Ce dernier regarde par la fenêtre. Une pluie neigeuse ruisselle sur la vitre. Un écureuil saute de branche en branche. Une camionnette d'artisan monte doucement l'allée. Il est fatigué. Fatigué jusqu'à la moelle. Il s'efforce de mettre de l'ordre dans ses pensées et de trouver les bons mots. Branco a les finances nécessaires, mais c'est aussi le cas des Finnois. Les Néerlandais pourraient acheter tout le Norrbotten sans ciller. Les Chinois sont prêts à se lancer si quelqu'un se retire. Il doit jouer cartes sur table, quitte à endosser le rôle du naïf.

— Je comprends, dit Salo, mais les conseillers municipaux ont pris la décision, avec le soutien des gestionnaires, de diviser la zone en trois. Cela apparaît clairement dans le projet. Si Branco est toujours intéressé, poursuit-il en sortant la répartition géographique, voici les terres dont vous pouvez disposer.

Il délimite la zone avec son doigt.

— Vous avez une famille ? demande Branco.

— Pourquoi ?

— Simple curiosité, je pose la question par courtoisie. Personnellement je n'ai pas de famille. Branco est tout à la fois mon enfant, mes parents, mes frères et sœurs, mes amis. Il est très important qu'on obtienne l'exclusivité, dit-il. Et à ce propos, est-ce que tous les propriétaires terriens ont bien donné leur accord ?

— Pas encore, mais ce n'est qu'une question de temps.

— Mon petit doigt m'a dit…, commence Branco.

Ils s'observent par-dessus les chemises, les cartes et les serviettes.

— Il semblerait qu'une femme habite dans un coin stratégique du secteur et refuse de céder ses terres. Pareil pour les éleveurs de rennes, les Hirak, qui prétendent que le parc risque de perturber le pâturage des rennes. Qu'est-ce que vous comptez faire ?

Salo capitule, il n'a pas la force de faire semblant :

— La vieille va céder, je vous le promets. Il nous faut juste un peu plus de temps.

— Et les Lapons ?

— Mouais, dit Salo, je suppose qu'ils ont besoin d'argent, comme tout le monde.

— Ça va prendre du temps, tout ça, mais j'ai une proposition à vous faire, dit Marcus Branco en empruntant le stylo de Salo. Nous prenons cette partie-là, poursuit-il en désignant quasiment tout le territoire, même s'il élargit généreusement la zone ouest. Les autres ont quand même de quoi construire au moins cinquante éoliennes chacun. Si vous acceptez, la commune n'aura plus à se soucier de la bonne femme ni des Samis. On s'en occupe. Ils céderont, aussi sûrement que les prêtres catholiques sont incapables de résister aux enfants de chœur.

Sacrée comparaison. La situation est sur le point de prendre une tournure inattendue. S'il n'était question que de Branco, Salo accepterait sans broncher son offre pour se débarrasser du problème. Sans même chercher à savoir comment il réglerait la question des Hirak et de la mère Lekatt. Personnellement, il se fout bien de qui prendra en charge ces éoliennes, mais les Finnois et les Néerlandais sont impliqués depuis le début, avec des sociétés connues implantées sur le marché énergétique suédois depuis longtemps, à la différence de Branco dont personne n'a entendu parler. Tout gérant municipal rêverait d'avoir autant de pouvoir que Salo, mais il ne peut pas aller jusqu'à court-circuiter les politiciens, c'est impossible. Même un débat démocratique lors de la prochaine réunion de la fraternité n'y changerait rien. Car quand bien même il obtiendrait le soutien d'Olofsson et compagnie, la transparence, ces écolos à la con, les lois sur la concurrence et autres conneries viendront mettre un terme aux projets de Branco.

— Et il y a un autre point positif, dit Marcus Branco en griffonnant quelque chose sur un bout de papier.

— Ça fait beaucoup de zéros, observe Salo.

— Directement dans la poche de votre costume Dressmann.

Salo plie le papier et le glisse dans sa poche.

— Bien tenté, dit-il. Je crois qu'on va s'arrêter là pour aujourd'hui. Je vais en discuter avec mes collègues et je vous tiens au courant rapidement.

— Parfait, dit Branco. Mais vous n'avez toujours pas répondu à ma question.

— À savoir ?

— Si vous aviez une famille.

Salo se lève, range la chemise dans son sac, repousse la chaise contre la table et baisse les yeux sur l'homme dans le fauteuil roulant.

— Tout le monde a une famille, dit-il.

— C'est vrai, il faut veiller sur celle qu'on a.

Salo se dirige vers la sortie avant de subitement faire demi-tour et revenir près de l'homme dans son fauteuil électrique.

— Si c'est censé être une menace, sachez que je n'aime pas ça. Je ferai de mon mieux concernant la répartition foncière, mais vous n'obtiendrez rien par l'intimidation. Car même si vous proférez des menaces à mon encontre ou envers ma famille, ce sont les décisions démocratiques qui seront déterminantes, pas moi personnellement.

Mon petit Salo. Je n'ai pas de jambes, mais mes bras sont d'autant plus longs. Si tu savais combien une société de sécurité peut tirer profit du passé.

Ce qui rejoint à peu près les réflexions que Salo se fait intérieurement. Ni le présent ni le futur ne sont ses alliés. Bientôt, il n'aura plus d'allié du tout.

Il retourne en ville, achète un menu burger Maxmål en chemin et s'enferme dans son bureau. Il a à peine le temps d'entamer son repas que Branco le recontacte. Cette fois par proxy, *via* une femme sympathique, de prime abord. Sportive et d'une beauté insolente. Clairement un spécimen à son goût.

— Pardonnez-moi de vous déranger en plein déjeuner, dit-elle, mais j'ai pensé qu'il fallait vous donner les bonnes nouvelles tout de suite.

— Tant mieux si vous avez changé d'avis, dit Salo. Je veux dire, c'est un avantage, même pour vous, que le parc soit divisé entre différentes sociétés. On ne sait jamais ce qui pourrait arriver. Les élections l'année prochaine, par exemple. Ou une soudaine surproduction qui ferait baisser le prix de l'électricité.

— Nous restons sur notre décision, dit-elle. Quatre-vingt-dix pour cent pour The Branco Group, cinq pour chacun des autres. C'est une offre généreuse, nous aurions pu exiger la totalité.

Pour qui elle se prend ?

— De quelle bonne nouvelle s'agit-il alors ?

— Consultez votre compte bancaire. Vous ne serez pas déçu.

— Vous avez transféré de l'argent ?

Il tend la main vers le Coca. Il a soudain besoin de s'humecter la bouche.

— Exact. Assez pour rembourser de vieilles dettes de jeu aux taux abusifs, et un peu plus encore.

— Mais… Comment vous avez su…

Il a la tête qui tourne. La transpiration dégouline sous son costume.

— Ne vous inquiétez pas, je vous promets que Pernilla n'en saura rien.

Pernilla.

— Non, impossible. Je n'accepte pas les pots-de-vin. Je ne l'ai jamais fait, je ne le ferai jamais. Ma crédibilité. Ma réputation…

Les mots s'emmêlent dans sa bouche et son ventre fait de nouveau des siennes.

— Considérez cela comme un cadeau amical, dit-elle. Même si la police ne le verrait peut-être pas du même œil. La municipalité non plus, d'ailleurs.

— C'est justement vers la police que je vais me tourner, dit-il et son ventre se calme.

— Je vous le déconseille. Sympa votre fils, au fait. Très poli. Les gens devraient comprendre l'importance d'apprendre les bonnes manières aux enfants, vous ne trouvez pas ?

Lukas.

— Qu'est-ce que vous voulez, bordel ?

— Rien de sorcier. Juste quatre-vingt-dix pour cent du terrain foncier et l'accord de tous les propriétaires terriens.

12

614 305 COURONNES. SALO FIXE la page de son compte en ligne. Des fonctionnaires ont été forcés de démissionner pour moins que ça, s'être vu offrir une simple carte d'abonnement au golf, par exemple. Il devrait peut-être jeter l'éponge tout de suite ? Transférer l'argent sur Lucky Strike, tout miser et avec un peu de chance gagner. Prendre ses jambes à son cou et disparaître à l'étranger.

Pernilla et Lukas.

Ce n'est pas possible. Il doit trouver une solution. "À tout problème sa solution." C'est bien ce qu'il claironne en réunions d'équipe ? Il n'y a pas de problème trop grand à résoudre. Un café, un gâteau, et roule ma poule. Une tape dans le dos, une main aux fesses.

Là, c'est d'un autre niveau. *Vous avez une famille ?* Il doit contacter la police. La police et le conseil municipal.

Vous avez sept jours. L'heure tourne.

Il a rendez-vous avec da Silva demain. *So far so good.* Elle est maligne, discrète. Proposera sans doute une solution. Mais imaginons qu'elle vende la mèche ? C'est la juriste de la municipalité après tout, pas la sienne.

Non, c'est foutu. Il navigue seul, comme une mouche solitaire dans la soupe. L'ascension et la chute d'un gérant municipal. Mais il ne donnera pas ce plaisir aux pisse-copies. Salo est un homme d'action. Hormis une malchance initiale dans la loterie génétique, tout a marché comme sur des roulettes pour lui jusqu'à présent et il compte continuer sur sa lancée. Les projets valant des milliards affluent dans la région. Il mène la plupart de main de maître, parfois en dépit de la négativité des politiciens. En principe, ils finissent par se ranger de son côté. *If you're not in, you're out.* Les compromis, c'est le b. a.-ba : une salle de padel contre un manège, encore une patinoire contre un centre culturel, dix-huit trous sur des vestiges samis datant de l'âge de bronze contre un marché couvert. Pourtant, c'est *peanuts* à côté de ce qui les attend. Du moins, si Salo a son mot à dire.

Les projets de mine ne sont pas pour demain. Il a du temps devant lui, le temps de retourner l'opinion en sa faveur. Une inflation qui grimpe, des taux qui flambent et le prix de l'immobilier qui s'envole ne sont pas vraiment des dopants politiques, mais plus les gens s'inquiètent pour leurs emplois, plus ses rêves grandioses ont de chances de se concrétiser. Une mine, ça crée des emplois. Sur le papier, en tout cas. Et il n'y peut rien si *in fine* ce sont les travailleurs étrangers qui en profitent. Si le syndicat n'est pas foutu d'ajuster les prétentions salariales à la réalité, l'anglais avec un accent d'Europe de l'Est est amené à devenir la langue officielle au sein de toute industrie. Mais ça, ce n'est pas son problème. Non, ce qui coince pour la mine se résume toujours à la même ritournelle ici : les rennes et ces écolos à la con.

Il se sert un autre whisky. Un glaçon solitaire tinte contre le cristal.

Revenons au présent. Focaliser sur l'avenir est tentant mais illusoire. Or il doit garder la tête froide. Les politiciens et les fonctionnaires, c'est une chose. Aucun contrat n'est encore signé. Il lui suffit de peaufiner un peu son argumentation. Ils se rangeront de son côté et The Branco Group aura les coudées franches. Restent les propriétaires terriens. La vieille et ces cons de Lapons.

Comme un signe, la fenêtre entrouverte se referme avec fracas. La pluie commence à tambouriner contre la vitre. Le vent se lève.

C'est une mauvaise idée. Très mauvaise même, compte tenu du fait qu'il a bu, mais c'est la seule qui lui vienne à l'esprit. Il saute dans sa voiture et bifurque à gauche quelques kilomètres après la pointe Gaupaudden. Un peu avant d'arriver à la maison, il ralentit et baisse la vitre. Les buissons de myrte se couchent sous la pluie. Dans le champ, les touffes d'herbe dressent leurs têtes de trolls. La grange s'est effondrée. La faucheuse gît au bord du champ tel un squelette dans le crépuscule.

Quelqu'un bouge derrière la fenêtre. Salo monte sur le perron et sonne à la porte. La sonnette n'a pas l'air de fonctionner. Alors il frappe puis recule de quelques pas.

Quand elle ouvre, aucun d'eux ne parle.

— Que me vaut cet honneur ? finit-elle par dire.

— Je veux juste discuter un moment.

— Bon, ne laisse pas sortir la chaleur, entre.

Elle rince la cafetière. Verse quelques mesures de café, se ravise pour la dernière comme si elle ne voulait pas trop gaspiller au profit d'un visiteur indésirable.

— Laisse-moi deviner, dit-elle avant même qu'il ait le temps de parler. Tu veux me convaincre de céder mes terres pour le projet éolien, mais je ne le ferai jamais, quand bien même ma vie en dépendrait.

Cela pourrait bien être le cas.

— C'est sympa chez toi, dit-il en jetant un regard circulaire à la cuisine vieillotte qui est toujours équipée d'un fourneau et d'un coffre à bois.

Des lirettes jonchent le sol. Des géraniums se bousculent sur les rebords de fenêtres.

Soudain il apparaît sur le seuil de la porte. Sortant du lit. Avec la gueule de bois. Les yeux saillants de son visage rougeaud et bouffi. Son regard les balaie. Am stram gram. S'ils se sauvent, elle se retrouvera seule. S'ils ne se sauvent pas, il les prendra tous.

Elle balance la tasse, les dosettes de lait et le bol de sucre sur la table. La cuillère à café tinte contre la soucoupe.

— Je n'ai pas de pain, dit-elle. Les gens qui sont au minimum vieillesse doivent se passer des bonnes choses. Mais tu ne dois pas connaître ça, toi qui préfères investir dans des patinoires et des mines.

— Ce sont les politiques qui décident ce genre de choses, pas moi, dit-il, pour se dédouaner.

Il est gratifié d'un regard éloquent. Qui signifie clairement : épargne-moi tes salades, je ne suis pas née de la dernière pluie.

— Je suis surprise que tu ne sois pas venu plus tôt, dit-elle. Tu n'habites qu'à un jet de pierres d'ici.

— À Gaupaudden. Depuis environ un an. Ma femme – ma future femme – a toujours rêvé d'habiter à la campagne. Elle est originaire d'Uppsala. Son fils de neuf ans adore pêcher, alors ça tombe bien qu'on habite près de la rivière.

Il brode autour de la famille. Les confidences. C'est ce que cherchent les femmes, non ?

— Tu disais que tu étais venu pour parler de la terre ?

Le papotage inutile n'a pas sa place ici.

— En effet, dit-il. Tout est prêt pour le lancement des travaux. Le plus grand parc éolien d'Europe. Ça va créer plein d'emplois. Renflouer les caisses de la commune, et on aura un accès illimité à l'électricité.

— *Et cetera*, dit Marianne Lekatt.

— *Et cetera*, sauf que tu fais des histoires.

— Je ne fais pas d'histoires, seulement je refuse d'habiter dans une zone industrielle. Je veux entendre le vent dans les arbres et le murmure de la rivière. Pas le sifflement de onze cents éoliennes. La décision m'appartient entièrement. Que tu veuilles à tout prix monter ce parc pour te donner de l'importance, ça ne me concerne pas. J'habite ici. Je souhaite y vivre jusqu'à ma mort. Et je ne compte pas avoir un parc éolien sur mes terres.

— Quoi qu'il en soit, tu entendras le bruit des hélices, dit-il. Sur l'ensemble, tu n'es propriétaire que d'un petit bout de terrain.

— Je ne suis pas la seule à refuser, je crois que tu le sais.

— C'est toi et Hirak contre le reste du monde. Tu te rends bien compte à quel point c'est ridicule. Ta partie te rapporterait au moins 150 000 couronnes par an, peut-être plus. Imagine tout ce que tu pourrais faire avec cet argent. Tu as dit toi-même combien c'était difficile de s'en sortir avec ta pension de retraite.

— Tu ne comprends pas ce que je dis ? Certaines choses n'ont pas de prix. D'ailleurs, je pense que tu devrais partir maintenant, s'il n'y a rien d'autre.

Ce serait tellement simple. Les deux mains autour de son cou fripé. Le corps dans le coffre. Et le balancer dans les rapides à la tombée de la nuit. Non. Mieux encore : un coup de bûche sur la tête. Et ensuite les rapides. Pas le moindre soupçon de meurtre le jour où son corps remonterait à la surface, un simple accident.

Et les Hirak ? Ils sont trois frères et sœur à se partager la ferme. Et Märta. Faut-il les tuer aussi ?

— Merci pour le café alors. J'espère que tu vas au moins y réfléchir. Je comprends ce que représente la terre pour toi, mais pense à l'avenir et à tous les enfants qui vont devoir grandir avec les changements climatiques que nous avons causés. Tu pourrais le faire au moins pour eux.

13

— C'est quoi, votre nom ?

— Comment ça ?

— Simple curiosité, c'était sympa de discuter avec vous. On pourrait peut-être se revoir un de ces quatre ?

Il pose la main sur la sienne. Elle l'ôte aussitôt.

— Sans façon, dit Lisbeth Salander qui se lève dès l'extinction du signal lumineux.

Elle se fraie un passage entre les membres d'une famille avec enfants et suit le flot de passagers qui se dirige vers la sortie.

Elle voyage léger. Quelques habits de rechange sont en boule dans son sac à dos. Son ordinateur, divers câbles, des tenues de sport et des baskets en cuir craquelé et aux semelles usées occupent le reste de la place. Au pire, elle achètera des trucs en route. Un soleil d'octobre exceptionnellement chaud lui caresse le visage. L'air est pur. On respire.

Sitôt le *check-in* de l'hôtel effectué, elle se connecte à l'intranet de Milton Security. Elle répond à quelques mails inutiles d'une collègue particulièrement gourde. Enfin, cette fille est employée pour gérer la paperasse. Lisbeth se fend d'un "bon week-end" tout en partant du principe que le week-end de Carina Jönsson s'annonce aussi lamentable que d'habitude.

Le bavardage n'a jamais été le point fort de Lisbeth. Mais depuis qu'elle est associée, les attentes concernant ses aptitudes sociales sont plus élevées. Surtout quand elle est obligée de passer un lundi. Les employés défilent alors dans son bureau, le café coule à flots et ils racontent à peu près la même chose que le lundi d'avant.

Pour Carina Jönsson, la vie semble se résumer à suivre la norme, en bonne élève qu'elle est. Cueillir des champignons, faire un grand ménage, sortir au théâtre, concocter des petits-déjeuners royaux, aller chez Ikea. Elle emploie volontiers l'expression "se faire plaisir". Je me suis acheté une nouvelle robe pour me faire plaisir. Il faut manger au restaurant de temps en temps pour se faire plaisir. Il faut se faire plaisir dans la vie.

— Comme si tu savais quoi que ce soit de la vie. J'étais déjà plus âgée que toi aujourd'hui le jour où je suis sortie du ventre de ma mère, marmonne Lisbeth.

Personnellement, elle n'a rien à ajouter à ces conversations post-week-end, que ce soit avec Carina ou avec les autres geeks. Elle est un ours et ça lui va très bien comme ça. Les employés de chez Milton considèrent que c'est son problème si elle est seule. Ils ont cessé de lui proposer de participer au jeu de rôle grandeur nature du *Seigneur des anneaux* ou à un *techMeetup* à l'hôtel Hilton. Ce n'est pas par méchanceté qu'elle refuse, mais briser les codes du facteur humain, ce n'est pas pareil qu'identifier une intrusion informatique. Cela exige autre chose. Une capacité à lire entre les lignes, peut-être.

Les relations avec les autres demandent trop d'énergie, à quelques exceptions près. La plupart de ceux qui donnent attendent quelque chose en retour.

Les jours se ressemblent : elle bosse et quand elle ne bosse pas, elle fait du sport ou elle dort. Elle n'a pas de partenaire. Pas d'enfants. Pas d'animal de compagnie. Pas même une plante. Alors elle n'a pas à se forcer. Ne raconte que le strict nécessaire sur elle-même, se contente de dire qu'elle bosse et fait du sport, justement.

— Tu fais toujours du box-kicking ou je ne sais quoi ? demande gentiment Carina, obligeant Lisbeth à répondre gentiment à son tour :

— Ça s'appelle du kick boxing, dit-elle sans faire l'effort de préciser qu'elle est passée au karaté et que c'est la faute de ce foutu Paolo Roberto.

Elle se fout bien de savoir avec qui il couche, sauf qu'être devenu le héros du démantèlement d'un réseau de trafic d'êtres humains pour quelques années plus tard courir chez les putes, c'est abusé.

Mais ce week-end elle s'apprête à faire quelque chose de complètement différent. Contre son gré, à cent pour cent. Elle ouvre le minibar : pas de Coca. À la place elle décapsule une bière qu'elle boit d'une traite. Elle a la tête qui tourne, merveilleuse sensation que seule une bière sifflée cul sec est capable de provoquer.

Contre son gré à cent pour cent, vraiment ? Car malgré toutes les raisons logiques et émotionnelles qui auraient dû l'empêcher de monter dans un avion à destination d'un trou perdu dans le Norrbotten, force est d'admettre qu'elle est là. Personne ne l'y a obligée. Personne ne lui a mis un canon sur la tempe ou ne lui a fait miroiter une grosse récompense. Ça signifie que quelque chose en elle a pris cette décision. N'est-ce pas justement ce qu'elle déteste chez les êtres humains ? Les décisions guidées par les émotions. L'absence de logique.

Heureusement qu'il y a les maths. Non seulement c'est un remède contre l'anxiété qui dépasse de loin le Diazépam, mais elles parviennent à occuper son esprit agité avec des thèses à première vue simples que n'importe qui mettrait en réalité des milliers d'années à résoudre.

Lisbeth s'acharne actuellement sur le chaînon manquant de la conjecture de Goldbach. Sa théorie – que tout nombre entier pair supérieur à 3 peut s'écrire comme la somme de deux nombres premiers – est peut-être vraie, étant donné que personne n'a été capable de prouver le contraire. Mais c'est peut-être faux aussi. Le cas échéant, la réponse se trouverait dans la série prétendument infinie de nombres premiers et non dans l'esprit capricieux de l'homme. C'est pourquoi elle cherche les signes indiquant qu'une variation est susceptible de se reproduire. Passant des nuits et parfois des journées entières dans le monde sûr et limpide des chiffres. Pas pour aboutir à une antithèse à balancer à la gueule de Goldbach. Non, c'est la possibilité même qu'il puisse avoir tort qui compte. Et si contre toute attente l'erreur était révélée, elle serait pure. Affranchie de la subjectivité et de l'avis humains. La vérité est une série rassurante de chiffres qui entrent dans le rang les uns après les autres jusqu'à ce que l'un d'eux en sorte.

C'est à cause de ce putain de psychothérapeute, songe-t-elle. Kurt Ågren qu'elle a aussitôt rebaptisé *Inge Ågren**. Avec sa voix douce, ses tasses à thé en céramique artisanales et son empathie sincère, il arrive à la mettre en confiance. À la faire parler et lui faire évoquer des choses enterrées depuis longtemps qu'il vaudrait mieux ne pas ressusciter.

Ces séances l'épuisent à tel point que quand elle en sort, elle n'est généralement bonne qu'à rentrer se coucher après avoir pris une pizza à emporter chez Lilla Harem. Pile à 4 heures du matin, elle se réveille angoissée en se demandant ce qu'elle a raconté et pourquoi.

À présent, Inge Ågren estime que Lisbeth devrait "sortir de sa zone de confort", comme il dit. Bien qu'il soit conscient à ce stade des nombreuses zones non confortables dans lesquelles elle s'est déjà trouvée et se trouve encore.

— Raison de plus, dit-il. Le monde n'est pas aussi terrible que vous le croyez.

Le monde est bien plus terrible que tu ne l'imagines, Inge Ågren, et ça a fini par devenir impossible. Elle devait changer intérieurement. Il lui fallait effacer des pensées et les remplacer par d'autres.

La première séance est catastrophique. Il se contente de rester là à attendre qu'elle commence à parler. Pendant qu'elle

* Jeu de mots : *Ågren* signifie "être angoissé" et *inge* "rien" ou "aucun". Autrement dit *Inge Ågren* signifie "aucune angoisse".

se tait, il prépare du thé. Ils le boivent en silence. Que seul le bruit de l'horloge vient rompre. Tic-tac, pendant quarante-cinq minutes. Elle paye 950 couronnes, rentre chez elle et lui fait un mail.

> [Il faut donner une seconde chance à la thérapie, répond-il. C'est vous qui décidez de quoi vous voulez parler, pas moi.]

La fois suivante, il prépare de nouveau du thé. Ses pantoufles Knulp crissent sur le parquet quand il arrive avec le plateau en équilibre. Lui laisse choisir son fauteuil. Et lui demande d'expliquer son choix.

— Pour ne pas être dos à la porte, répond-elle.

— Parlez-moi de ça, dit-il.

Les mots se déversent comme la glace qui cède au printemps. Tout ça remonte à plus d'un an.

Je ne pars pas dans le Nord de mon plein gré, mais j'y vais. Je ne suis pas une thérapie de mon plein gré, mais je viens. Non pas parce que le monde est merveilleux, il craint à mort, mais parce que je n'ai pas le choix.

Elle est arrivée au bout de sa capacité auto-analytique. Elle est montée quelques jours plus tôt pour se laisser la possibilité de rassembler ses esprits et de changer d'avis. Elle a payé cher pour avoir la seule suite de l'hôtel et il se trouve que celle-ci correspond à ses goûts en termes d'ameublement minimaliste, murs vides et matelas dur. Pour l'heure, elle penche vers l'idée de changer d'avis. Rendre la chambre, sauter dans un avion et retourner à sa vie habituelle sur Fiskargatan.

Son portable vibre sur la table. Elle reconnaît l'indicatif. Seules les autorités ou les personnes âgées appellent d'une ligne fixe, et elle ne connaît plus de personnes âgées. Elle décroche sans un mot et laisse la voix lancer des “allô allô” répétés, avant de dire “oui”.

— Ah, bonjour Lisbeth, vous êtes là, dit la femme qui se présente sous le nom d'Elsie Nyberg. Comment allez-vous ?

— Bien.

— Bien, bien, répond le perroquet, qui demande si elles peuvent se voir rapidement.

— Le rendez-vous est prévu après-demain il me semble, dit Lisbeth.

— Tout à fait, mais il s'est passé quelque chose, répond la femme. Et j'aurais préféré ne pas en parler au téléphone, est-ce que vous auriez la possibilité de venir maintenant ?

— Non, dit Lisbeth, mais on peut se retrouver à l'hôtel.

Elle passe la main dans ses cheveux sales et renifle ses aisselles. Pour quelqu'un d'autre, elle aurait peut-être fait l'effort de se doucher.

14

LISBETH SALANDER SE SERT UNE TASSE de café dans un thermos en libre-service à la réception. Il est à peine chaud et dégage une odeur métallique, mais il atténue la pression dans sa tête. Elle s'installe dans un fauteuil. Pas d'assistante sociale en vue. Impossibles à rater, songe Lisbeth en faisant l'inventaire des lieux. Des costards-cravates se bousculent au bar, une bande de vestes de sport joue au jeu de palets, les chemisiers s'octroient une *root beer* et là… La voilà qui entre dans le sas. Un spécimen féminin de la race travailleur social. Âge indéterminé, des cheveux blond grisâtre, une ride d'inquiétude au niveau du front. Un sac à dos original Fjällräven avec un parapluie fermé qui sort de la poche latérale. Un badge autour du cou qu'elle a oublié d'enlever en quittant son bureau.

Quand la femme s'arrête, regarde autour d'elle, aperçoit les chemisiers *root beer*, sourit et les rejoint, Lisbeth est presque choquée. Elle est tellement sidérée par son erreur de jugement qu'elle ne remarque pas l'homme qui s'est soudain matérialisé devant elle et lui tend la main.

— Erik Niskala, dit-il. Elsie Nyberg ne se sentait pas bien et je la remplace. Je vous offre à boire ? poursuit-il, et il lui propose une bière.

Lisbeth opine du chef. Quelques minutes plus tard, bières et cacahouètes arrivent devant elle. Niskala accroche sa veste sur le dossier de sa chaise et s'installe avec difficulté. Il est grand et obèse. Sous le gilet de laine, sa chemise est tendue à bloc entre les boutons au niveau du ventre, mais il a un bon regard. Elle le constate aussi.

— Bien, dit-il. On m'a rapidement mis au courant du dossier. Santé d'ailleurs, bienvenue à Gasskas ! L'IPA est brassée dans le coin et on la vend même chez le caviste. Vous pouvez sentir des notes d'ananas qui sont assez présentes.

Il observe la chope et lampe quelques bonnes rasades. Essuie la mousse de sa barbe et conclut :

— Ah, j'en ai rêvé toute la journée. Une bière glacée dans un vrai verre !

Puis il semble revenir à lui. Boire pendant les heures de travail reste un peu déplacé. Après tout, sa mission a un caractère formel. Il extirpe des lunettes et une chemise plastifiée d'une serviette en cuir qui a l'air d'avoir vécu, puis s'adosse contre sa chaise. Il chausse ses lunettes, avant de les ôter. Il se penche jusqu'à ce que son ventre fasse obstacle et regarde Lisbeth comme pourrait le faire un professeur face à un élève qui aurait fait quelque chose d'inattendu. Sans pour autant que ce soit bien ou mal.

— Il s'agit donc de Svala, dit-il. Votre nièce du côté de votre frère, si je ne m'abuse.

— La fille de Ronald Niedermann, répond Lisbeth. On ne se connaît pas.

— Absolument, mais toujours est-il que vous êtes indiquée comme la personne à contacter pour Svala. Sans adresse ni numéro de téléphone. Visiblement, il a fallu du temps pour vous retrouver, mais vous voilà.

Elle tente de savoir comment ils ont fait, mais il l'ignore.

— Je ne suis qu'un simple assistant social, dit-il. Pas un hackeur.

Lisbeth prend quelques gorgées de bière à son tour. Foutu pouls. Foutu mal de crâne qui ne veut pas la lâcher. Et foutu Niedermann qui aurait dû mourir sans avoir eu d'enfant. Comment aurait-elle pu le savoir ? D'ailleurs si elle l'avait su, est-ce que ça aurait changé quoi que ce soit ?

C'était lui ou elle, et c'était aussi simple que ça. C'est lui qui l'avait pourchassée, pas le contraire. Enfin, sauf peut-être la dernière fois. Cette scène reste une de ses favorites. Le corps gigantesque de Niedermann suspendu à des chaînes comme un masochiste dans un club SM. Sa rage, puis son regard vide et ses marmonnements en allemand. Le bruit des motos qui approchent. Et son retour en ville sur sa Honda bordeaux avec en bouche le goût de la victoire.

Pour conclure, de tout ce qu'elle a pu faire subir aux autres, la mort de Niedermann compte parmi ses plus grands moments. Elle ne regrette rien. Pas même une orpheline.

— Vous connaissiez le père ? demande Niskala.

— Non, je ne l'ai jamais rencontré.

— Alors vous ne savez pas pendant combien de temps il a fait partie de sa vie ?

— Non, dit-elle à nouveau.

Lisbeth Salander le fixe jusqu'à ce qu'il se sente obligé de baisser les yeux.

— Bref, dit-il en tripotant la chemise. Je ne vais pas tourner autour du pot : nous avons besoin de trouver un lieu d'accueil provisoire pour Svala, qui nous a parlé de vous.

— Moi ? s'étonne Lisbeth. Je ne peux pas m'occuper d'un enfant. Hors de question. J'ai accepté de la rencontrer, mais c'est tout.

Elle ne se souvient plus pourquoi d'ailleurs.

— Elle a sa grand-mère, poursuit-elle. Il vaut quand même mieux qu'elle habite avec elle, non ?

— C'est justement la raison pour laquelle il était urgent qu'on se rencontre dès aujourd'hui. Le problème, c'est que la grand-mère de Svala est décédée ce matin. C'est sa petite-fille qui l'a trouvée.

— Ah merde, dit Lisbeth. Elle est morte de quoi ?

— Je ne sais pas, répond Niskala. Sans doute une crise cardiaque. Elle gisait dans l'entrée de l'appartement, sans vie.

— Ah merde, dit-elle de nouveau, mais "bordel de merde" résonne dans sa tête.

S'il y avait la moindre possibilité de se débiner, c'est foutu à présent. Elle pourrait refuser, bien sûr. Les services sociaux dénicheraient une famille d'accueil et Lisbeth n'aurait plus à s'en soucier. Mais les services sociaux ont le don de merder, se dit-elle. Ils seraient capables de placer la gosse chez le pédophile du coin.

— Nous sommes évidemment en train de lui chercher une famille d'accueil, dit Niskala.

— Ça va prendre combien de temps ?

— Difficile à dire, nous avons plusieurs familles potentielles dans la région. Ça peut aller vite.

— Non, dit-elle. Pour moi ce n'est pas possible. Je dois retourner à Stockholm.

C'est un mensonge. Elle peut aller et venir à sa guise. N'a pas besoin d'un bureau pour travailler. Mais une enfant. Une adolescente. Non. Elle refuserait même de s'occuper d'un phasme.

Il ouvre la chemise et parcourt les documents :

— C'est une fille sans histoires, dit-il en cherchant des passages parlants à lire à voix haute.

Il se ravise et tend la chemise à Lisbeth.

— Prenez la soirée pour y réfléchir. C'est un dossier confidentiel, mais faisons une exception, poursuit-il avec un petit rire. Après tout, vous travaillez dans le domaine de la sécurité.

15

KATRINA DA SILVA EST DÉJÀ AU BUREAU. Elle pose sa tasse de café sur la table et se coupe un gros bout de tresse à la cannelle.

— Tu crois que ce genre de personne mange des tresses à la cannelle ?

— La cannelle, ça rend aimable. Ce ne serait pas du luxe. Tu sais ce qu'ils veulent cette fois ? demande-t-elle, moyennement ravie de devoir interrompre son week-end à cause des fréquentations professionnelles de Salo.

— S'assurer que je suis de leur côté, je suppose.

Il la briefe sur la réunion au Treehotel et l'ambition de Branco de s'approprier la majeure partie du terrain, laissant les miettes aux autres. Il omet de mentionner la menace, si c'en est une.

— Je suis content que tu sois là, poursuit-il. Sur le papier, tout a l'air bien. Mais j'ai un doute sur le propriétaire, Marcus Branco. Je pense qu'il faut le sonder. L'une de nos conditions, c'est qu'une partie de l'électricité doit rester dans la région, sinon le projet tombe à l'eau. Aujourd'hui Gasskas attire déjà du monde en raison de l'énergie hydraulique, mais les futurs projets dépendent de la garantie d'une capacité bien plus importante.

— Je suis au courant, dit da Silva. Que sais-tu du Branco Group ? L'entreprise en elle-même, je veux dire.

— Rien de plus que ce qu'on savait déjà : à la base c'est une société de sécurité qui a investi dans les mines, l'immobilier et l'industrie manufacturière. Siège social à Umeå. Des capitaux importants.

À 12 h 55, Salo se rend à l'accueil pour leur ouvrir. À 13 heures pile, Branco entre, accompagné de Lynx.

— Une nouvelle tête, dit Salo, faisant mine de la rencontrer pour la première fois. Bienvenue à la mairie de Gasskas. J'ai pensé qu'on pourrait utiliser la salle de conférences. Je vous en prie, c'est à droite.

— Et vous êtes l'avocat, dit Branco en regardant da Silva.

— Je suis la juriste municipale. À la retraite. J'interviens en cas de besoin, comme aujourd'hui, répond-elle en écartant l'élastique de la chemise. Nous avons discuté de votre proposition, nous l'avons présentée aux politiciens et nous avons pris la décision de nous en tenir à l'offre initiale. Trois acteurs se répartissent équitablement le terrain.

Branco ne dit rien, prenant soin de faire une pause pour ménager son effet tandis qu'il observe tranquillement la ville, la rivière, le commissariat et l'Agence nationale de recouvrement forcé.

— Je vous prie de nous excuser, mesdames, j'aimerais m'entretenir avec Henry Salo en tête à tête.

Da Silva proteste sans grande conviction, puis se lève et s'adresse à Lynx :

— Nous n'avons qu'à patienter dans la salle du personnel.

— Vous connaissez Märta Hirak si je comprends bien, dit Branco sitôt qu'ils sont seuls.

— Oui, pourquoi ?

— Nous aurions voulu lui parler, mais nous n'avons pas réussi à la localiser.

— J'ai entendu dire qu'elle n'était plus en ville, envolée, mais quel rapport avec moi ?

— Nous nous sommes renseignés. Vous et Hirak avez été en couple. Un amour de jeunesse qui s'est mal terminé.

— C'était il y a trente ans, venez-en aux faits.

— D'après mes informations, vous continueriez à vous fréquenter ?

— Je ne vois toujours pas où vous voulez en venir, dit Salo.

— Je sais de source sûre que vous tenez toujours à elle. Peut-être même davantage qu'à votre future épouse. Ce serait dommage, pour elle comme pour vous, qu'il lui arrive quelque chose. N'est-ce pas ?

Toutes les fibres de son corps, tous ses sens et, en un mot, son intuition et tout le toutim, l'incitent à bondir et crier : *Sortez de ma vie. Je n'en ai rien à foutre de votre parc éolien. Laissez-moi tranquille !*

— En clair, dit Branco, garantissez-nous les terres ou Hirak disparaîtra pour de bon. Après, je sais bien que vous avez votre famille officielle aussi. Votre future épouse, par exemple. Pernilla. Et c'est beau de voir à quel point le grand-père – Mikael Blomkvist, c'est ça ? – s'occupe bien de Lukas.

— Merci, dit Salo, ça suffit.

L'une des rares qualités dont il puisse se vanter, c'est sa faculté à garder la tête froide quand son âme s'embrase. À présent, il détermine les degrés d'enfer en fonction de la situation et de la personne dont il est question.

Märta Hirak.

Märta Hirak… Ils se réveillent dans l'un des nids au Britta Treehotel. Les heures passent comme des minutes. Il a ses jambes enchevêtrées dans les siennes. S'il la retient suffisamment fort, elle restera peut-être.

— Je dois partir un moment, dit-elle. Je te tiens au courant.

Il n'a reçu que trois mots depuis. *Tu me manques*. Maigre réconfort.

— Vous pouvez faire ce que vous voulez avec Märta Hirak, dit Salo. Ce n'est pas mon problème. Je ne peux pas vous aider, malheureusement. Les règles sont les règles. S'il n'y a rien d'autre, on s'arrêtera peut-être là.

Faire sortir ce type avant qu'il ne dise un mot de plus.

Mais Branco se contente de sortir sans un merci ni un au revoir.

16

ERIK NISKALA S'EN VA ET LISBETH SALANDER reste assise. Elle ouvre le dossier, puis le referme. Elle essaie de formuler un avis dans son esprit, mais abandonne. Elle fourre la chemise à l'intérieur de sa veste en cuir et se dirige vers le bar.

Le lieu s'est progressivement rempli de gens heureux d'être en week-end. Cette fois, elle commande un Coca avec plein de glaçons. Mais à peine en a-t-elle bu une gorgée qu'un crétin la bouscule et que son verre s'écrase par terre.

— Oups, je suis désolée, vous êtes trempée ? Attendez, je vais chercher du papier, dit la personne.

Cette personne se révèle être une jeune rousse avec du vernis rouge. Ses ongles sont rongés, remarque Lisbeth. Sa veste en cuir est semblable à la sienne, elle porte un jean noir et elles ont les mêmes bottes.

— Oups, dit à nouveau la rousse. On dirait qu'on fréquente les mêmes boutiques, toutes les deux. Vous buvez quoi ? Rhum-Coca, non ? Je vous en reprends un.

— C'est ça, répond Lisbeth.

— Jessica, dit la jeune femme en lui tendant la main.

— Lisbeth.

— Vous êtes de passage ? demande-t-elle. Sinon, je vous aurais déjà vue.

— Tout à fait, dit Lisbeth. Et vous ?

— Moi, je suis d'ici. Je ne suis jamais allée plus loin que Skellefteå. J'ai rencontré mon mari là-bas. Il venait de Gasskas aussi et quand on a eu des enfants, on est revenus s'installer ici.

— Vous êtes donc mariée, dit Lisbeth pour faire la conversation.

— Divorcée.

Elles restent un moment silencieuses à observer le barman en train de mixer des cocktails, les muscles de ses bras se bandent sous son tee-shirt.

— On était dans la même classe, dit Jessica en indiquant Tom Cruise d'un mouvement de tête. Il n'y a que deux sortes de personnes dans cette ville. Les sportifs et les supporteurs.

— Vous appartenez à quelle catégorie ?

— La deuxième, je suppose. Mon ex est un joueur de hockey. Mais j'en ai marre de ce monde-là. Je devrais peut-être inventer une nouvelle catégorie. Bourreau de travail, par exemple. Ou maman stressée. Et vous, vous appartenez à laquelle ? demande-t-elle à son tour.

La vengeresse, la hackeuse, la meurtrière.

— Le bourreau de travail, dit Lisbeth. Et la sportive. Je bosse et je fais du sport, c'est tout.

— Pas d'enfants alors ?

— Non, pas d'enfants.

— Ou de mari ?

— C'est obligé ?

— Absolument pas, dit Jessica. Un concombre peut faire l'affaire. Et au moins il ne joue pas au hockey.

— Il ne parle pas non plus.

— On va danser ? propose Jessica. La piste est au sous-sol.

— Danser ?

— Oui, vous savez : lever les bras en l'air et se déhancher un peu. Vous n'avez plus besoin de parler, du coup. Allez, dit-elle.

Et d'un geste elle défait la pince qui retenait ses cheveux, les laissant retomber dans son dos.

Lisbeth ne déteste pas danser. Mais la dernière fois remonte à très loin.

La musique est forte et la piste bondée. On ne peut pas vraiment parler d'un exercice de style. Ça ressemblerait plutôt au rite d'un groupe constitué d'une bande d'ivrognes heureux qui accompagnent le refrain à tue-tête.

Là où nage le brochet et où le renard rampe sur le pont,
Là où on distille l'alcool maison dans son garage,
C'est là que je veux vivre, bon sang.

Au milieu de cette foule ondulante, Jessica saisit Lisbeth et se joint aux cris.

Car qui voudrait habiter dans une fourmilière,
Où les gens sont arrogants et méchants,
Un peu de neige les fait paniquer,
Ils chassent les moustiques, morts de trouille.

Les cheveux de Jessica fouettent le visage de Lisbeth. Des flashs stroboscopiques transforment le rouge en violet et les contours de son visage sont nets comme de l'ardoise.

On dirait une sorcière, une sorcière sacrément grande et sexy. Elle la serre contre elle. Perçoit l'odeur de sa transpiration fraîche et de son parfum, devine le contour de ses hanches, voit son avant-bras parsemé de taches de rousseur et sent sa main qui tient fermement la sienne. Mais lorsque la musique baisse et que la foule se disperse, Jessica fait un pas en arrière. Elle réunit ses cheveux dans la pince et annonce qu'elle a besoin de boire un coup.

Au bar, Jessica jacte avec Tom Cruise et Lisbeth doit se contenter de rester plantée là, comme un enfant abandonné.

Enfin, elle pourrait partir. Elle pourrait monter dans sa chambre. Lire le dossier et formuler un refus. Non, non, non.

Elle n'a pas besoin d'une ado dans sa vie, ni d'aucune fille d'ailleurs. Pourtant, elle attend, jusqu'à ce que Tom Cruise soit obligé de s'occuper d'autres clients et que Jessica se retourne vers elle.

— Vous êtes toujours là ? dit-elle. Moi, je vais rentrer, mais c'était sympa.

L'intimité née sur la piste de danse s'est volatilisée, la voix de Jessica est empreinte de réserve, mais Lisbeth se lance. Les gens sont conformistes, se dit-elle. Ils suivent rarement leurs instincts. Parfois ils ont besoin d'un coup de pouce.

— Je loge ici à l'hôtel, dit-elle. On peut boire un coup dans ma chambre, je vous commanderai un taxi.

Jessica la regarde longuement. Elle sort son portable, envoie un SMS et finit son verre de vin, sans se presser, comme dans une sorte de rituel interminable, avant de répondre :

— Non, la babysitteuse doit partir à minuit.

17

IL EST 15 H 45 QUAND UN TRANSPORTER blanc arrive devant le centre d'hébergement Fridhem pour les réfugiés mineurs, juste au nord de Gasskas.

Il ne s'agit pas d'une livraison. Plutôt d'un enlèvement. Un ordre, tout simplement. Émis environ une heure plus tôt.

Un petit joue au ballon contre un mur. Le personnel de jour est rentré, Frej Aludd est de garde ce soir. Un soir comme un autre. Un vendredi.

Le ballon atterrit devant Loup. Il pose un pied dessus, le fait rebondir et l'envoie d'un coup de pied aussi loin qu'il peut.

— Joli tir, dit Ours. Ça leur apprendra à courir, à ces petits négros.

Ils se dirigent vers l'accueil. Un cube avec des rideaux aux fenêtres et une porte, grande ouverte la plupart du temps.

— Salut Frej, ça fait longtemps, tu fais des heures sup ?

Frej Aludd se baisse instinctivement derrière son bureau. Il ferme son ordi et s'empare de son portable comme s'il était surpris par des cambrioleurs.

— Qu'est-ce que vous me voulez ? demande-t-il. Je vous ai dit qu'il n'y aurait plus de prochaine fois.

— Sauf que nous voilà, dit Loup en tripotant les dossiers sur son bureau.

— Si vous ne partez pas tout de suite, j'appelle la police, dit Frej.

Loup sent le soulagement gagner son corps, qui s'allège. La situation est sous contrôle, il peut se détendre et savourer l'instant.

— J'en doute, dit-il. À moins que tu veuilles qu'on appelle ta femme. Ah, j'ai failli oublier, poursuit-il, faisant claquer ses lèvres : on lui a déjà parlé. Elle t'informe que c'est elle qui prend la maison et elle demande la garde exclusive des enfants. Au revoir, les petits. Pas plus mal pour eux je suppose. Qui voudrait d'un père pédophile ?

— Qu'est-ce que vous voulez ? demande Frej de sa voix brisée de minable.

— La même chose que la dernière fois. Ni plus ni moins. De préférence moins de dix-huit, une Black.

— Vous vous rendez compte à quel point ça craint ? dit-il sur le ton du supplice.

— Ce n'est pas pire que le fait que tu te fasses de l'argent sur leur dos.

— Arrêtez vos conneries, dit Frej. Je suis gérant, pas maquereau.

— Tu peux toujours essayer d'expliquer tes relevés de compte à la police. Allez, ouste, on n'a pas toute la soirée. On commence où ?

Les plus jeunes enfants sont logés juste après l'accueil, les garçons adolescents sont au milieu et les filles au fond. C'est vers là qu'ils se dirigent, Frej en tête. Un Frej récalcitrant qui traîne les pieds pour gagner du temps.

Juste derrière lui, Loup sourit. Tout le corps de Frej Aludd crie désespérément à la recherche d'une issue. Ses jambes d'araignée trébuchent et ses grosses fesses nourries au burger sont tout simplement trop tentantes. Un coup de pied bien senti le propulse plusieurs mètres en avant et il se retrouve à quatre pattes comme un chien.

— Pitié, gémit le clébard, ne me fous pas de coups de pied, j'obéis.

— T'as pas le choix, dit Loup en le ramassant, alors grouille-toi.

Il frappe à la première porte. Une voix lance "attends".

— Attendre quoi, on entre.

La fille vient de sortir de la douche et fait de son mieux pour se couvrir. Son regard erre en direction de Frej.

— Excuse-nous de débarquer comme ça, dit ce dernier.

— Trop maigre, dit Loup. La chambre suivante !

Il ouvre la porte d'un coup sec sans toquer et la referme aussitôt avec la même délicatesse.

— C'est un centre d'accueil pour les réfugiés ou une putain de clinique pour les malades du sida ? demande-t-il, et il tord le bras d'Aludd. C'est ta dernière chance, sinon on passe à l'aile des enfants.

— Aïe ! Non, ouf, arrête, gémit-il à présent comme un chat tourmenté. Il faut me croire, il n'y a pas d'autres filles. Vous pourriez peut-être en trouver en ville.

Loup balance un coup de pied au chat devant lui. Les deux chambres du milieu sont vides. La dernière est fermée à clé.

— Je n'ai pas la clé, dit Frej.

Le cou de Frej est faible. La main est rude. Le mur du couloir est dur.

— Ouvre la porte, petit crevard.

Et le crevard ouvre la porte.

— Ah ah, glousse Loup. Je comprends pourquoi tu as voulu nous cacher ce morceau de choix.

— Pas Sophia, dit Frej dans un effort pour les arrêter. Laissez-moi au moins lui parler avant, plaide-t-il, et il s'assied sur le lit.

— Qu'est-ce qu'ils veulent ? demande Sophia.

— Seulement te parler, dit Frej. Je crois que c'est au sujet de ta famille. Ils ont peut-être de nouvelles informations.

— Comme quoi ?

— Je ne sais pas, ils veulent que tu les accompagnes au commissariat.

— Ils n'ont pas des têtes de flics.

— Tous les policiers ne se ressemblent pas, dit Frej.

Sa peau, ses mains, ses lèvres, ses yeux, sa lumière. Frej s'efforce de maîtriser sa voix :

— Fais ce qu'ils disent, tu seras de retour avant le coucher, dit-il et il l'entoure de son bras. Tu ne dois pas avoir peur.

Fini de bichonner. Un poignet se casse. Un cœur se brise. Deux guerriers et une fille sortent par la porte arrière. Quelques minutes plus tard, tout est rentré dans l'ordre. Dîner à 18 heures. Le film du soir à 19 heures. Un Transporter blanc équipé de fausses plaques file vers le nord.

18

LA PREMIÈRE NEIGE DE L'ANNÉE est toujours aussi magique. Pourtant, Jessica Harnesk n'a jamais vécu dans des endroits sans hiver. Un beau matin, la neige est tout simplement là, comme par enchantement. Une couche blanche venue effacer l'automne qui a depuis longtemps perdu ses couleurs chatoyantes au profit d'un marron maussade.

Le quartier est silencieux sous les flocons. Des voitures en route pour le travail passent sans un bruit. Elle voudrait que ce soit ainsi pour toujours. Doux.

Semaine paire. C'est-à-dire la semaine où les enfants sont chez Henke. Qu'est-ce qu'elle est allée foutre au pub vendredi ? Ce n'était pas prévu. Hanna a téléphoné pour lui demander si elle avait besoin d'une babysitteuse. Et qu'est-ce qu'on ne ferait pas pour une petite sœur qui essaie de se faire un peu d'argent ? On dit oui et on fixe un rencard. Que le rencard en question lui pose un lapin, c'est une autre histoire, même si c'était sans doute mieux comme ça. Un pote de Henke. Qu'est-ce qui lui est passé par la tête ? Rien du tout visiblement.

La haine dans son regard. Les insultes à son endroit.

— D'ailleurs, lui a-t-il dit alors qu'ils étaient dans l'entrée pour le changement de garde, j'ai croisé Hanna au magasin. Tu es désespérée au point d'être obligée de sortir quand c'est ta semaine avec les enfants ?

— Ce ne sont pas tes oignons, a-t-elle répondu – ce qui n'est pas vrai.

En tant que père des enfants, *et cetera*. Elle a choisi de ne pas argumenter. Elle a détecté quelque chose dans les yeux des enfants ces derniers temps. Et pire encore : une supplication. Une volonté de rétablir la paix entre leurs parents.

Faute de contradicteur, Henke s'est tu. Au lieu de quoi elle a reçu un SMS, qu'elle a ignoré.

Elle déblaie la neige accumulée sur la voiture. Béni celui qui peut aller au travail à pied…

D'autres ont mal au ventre le lundi. Pour sa part, c'est le dimanche. Soit les enfants partent et elle sera toute une semaine sans les voir, soit ils reviennent de chez Henke, agités et à deux doigts d'exploser. Au point qu'il lui faut parfois plusieurs jours pour ramener le calme. Selon lui, tout ça est faux, évidemment. Des conneries, les enfants sont tellement heureux quand ils viennent chez lui.

— Je devrais peut-être les prendre à plein temps, suggère-t-il.

— Ou pas, répond-elle.

Qui a dit que les gens divorçaient pour avoir plus de temps libre ? N'importe quoi.

Son portable sonne. Au travail, elle est simplement Harnesk.

— Tu es en route ? demande Birna Guðmundurdottir, qu'on appelle Birna tout court pour des raisons pratiques.

— J'entre dans le parking, là.

— Parfait, tu as pris ton petit-déjeuner ?

— Non. Comme d'habitude.

Le commissariat de Gasskas est l'un des plus petits du pays, même s'il s'est agrandi ces dernières années. Quand Jessica est arrivée il y a onze ans, ils étaient vingt policiers. Désormais, ils sont une trentaine et ce n'est pas encore assez. Quand quelqu'un tombe malade, comme aujourd'hui, ça se ressent.

— Simon a un enfant malade, Tanja est chez le dentiste et le mari de Monica a fait une crise cardiaque. Mais il paraît que ce n'est pas trop grave, dit Birna. Elle arrive dans l'après-midi. J'ai appelé le Morveux en renfort. Il est chez sa grand-mère à Kåbdalis, mais il peut se libérer en cas de crise. On a besoin d'agents pour le tribunal cet après-midi. Il pourrait peut-être nous filer un coup de main.

Le Morveux est le nouvel aspirant de la Crim. Il a au moins vingt-trois ans, mais a la tête d'un gamin de douze. En plus, ses parents l'ont affublé du nom de Klas-Göran, un nom impossible pour un gamin de douze ans.

Birna sort du pain plat *mjukkaka* fait maison, du beurre et du fromage. Jessica arrache un bout du pain à la fois mou et coriace et le trempe dans le café jusqu'à ce que le fromage fonde. Le malaise après l'entrevue du matin avec Henke persiste. D'un geste rapide, elle fourre le bout de pain dans une serviette et vide le café dans l'évier.

— On démarre la réunion, crie Faste bien que tout le monde soit déjà réuni.

Il s'installe sur le siège de Jessica qu'il a adopté, et s'adosse.

— C'est reparti pour un lundi, dit-il. Quelles sont les nouvelles du week-end ?

— On a eu un coup de fil du centre d'hébergement pour les mineurs réfugiés, dit Birna. Une personne est portée disparue.

Elle pose une retranscription sur la table.

— Elle a un titre de séjour ? demande Jessica.

— Oui, répond Birna. Elle est en terminale. Une fille ambitieuse. Qui vient juste d'obtenir son propre appartement. Elle déménage à la fin du mois.

— Je parie 100 balles qu'elle s'est barrée avec un mec, dit Faste.

— Et si ce n'était pas le cas ? demande Birna. Elle a disparu vendredi. Sa camarade de chambre a téléphoné samedi matin, mais nous étions en sous-effectif. L'inauguration du marché couvert et le derby entre Gasskas et Björklöven ont été jugés plus importants, du coup c'est resté au point mort jusqu'à maintenant.

— Moi, je mise sur le mec, dit Faste. Mais je vous en prie, toi et Harnesk pouvez aller y faire un tour.

Jessica s'octroie sa première prise de tabac de la journée, ce qui relance son transit, contrairement à ce fichu bout de pain qu'elle n'a pas réussi à avaler. Elle se rend aux toilettes et tente de planifier la journée dans sa tête.

Pling.

[Tu n'es même pas foutue de veiller à ce qu'il y ait des affaires de rechange. T'es vraiment bonne à rien !]

Pling.

[Pourquoi tu ne m'as pas rappelé qu'il y avait une réunion parents-profs mardi ?]

Pling. Elle met le mode silencieux.

— Combien de temps on va tenir ? demande Birna.

— Avec Henke, tu veux dire ?

— Ça aussi. Mais je voulais parler de Hans Faste.

— Je crois qu'on n'a pas trop le choix. Il n'a pas d'enfants en bas âge, a une longue expérience, notamment à la brigade criminelle, etc.

— Il est tellement infect, dit Birna. Tu as entendu comment il appelle Tanja ? Minette.

— Je vais lui parler, dit Jessica, si elle ne l'a pas déjà fait elle-même.

— Elle l'a fait. Maintenant, il l'appelle "le chat".

Elles passent au-dessus de la rivière et bifurquent en direction de Jokkmokk.

Le centre d'hébergement pour les mineurs réfugiés occupe les locaux d'une ancienne école d'arts ménagers, à quelques kilomètres au nord de Gasskas. La neige tombée dans la nuit est déjà en train de fondre. De l'eau s'égoutte du toit. Un chat traverse la cour en courant.

— C'est bien que vous ayez pu venir, dit Frej Aludd, et il les invite à s'installer dans son bureau, ou à l'accueil, comme il dit. Je viens de Motala, dit-il en frissonnant. Je ne me suis pas encore habitué au froid.

— C'est la meilleure saison qui commence, dit Birna, ce qui fait sourire Jessica.

Du moins dans son for intérieur. Pour quelqu'un du Sud, le premier hiver à Gasskas n'est pas à prendre à la légère. Birna lui souhaite – 32 °C pendant au moins trois semaines et une tempête de neige pile au moment de l'apparition des premières fleurs du printemps, quand les amateurs pensent que l'hiver est fini.

Jessica estime que l'été n'est pas évident non plus. Dès que la chaleur arrive, les moustiques éclosent. Et une fois qu'ils ont bien pompé les gens qui tentent de profiter des douces soirées d'été, ce sont les taons qui arrivent. Le taon est sans pitié. Il considère chaque être vivant comme une entrecôte. Et au moment où les taons, les moustiques, les guêpes et autres créatures volantes ont décidé de laisser l'humanité en paix, c'est au tour des simulies. Pour se protéger contre ces mouches noires, il n'y a pas de stick ou de spray qui vaille. Elles adorent les yeux, s'incrustent dans les coins, sucent les larmes et pondent des œufs dans le pus.

— Ça ne peut pas être pire que les tiques, dit Frej qui commence à faire un exposé détaillé de la transmission de la borréliose de Lyme dans le Sud, jusqu'à ce que Jessica l'interrompe :

— La fille, dit-elle. Sophia Konaré. Vous pensez qu'elle est partie de son plein gré ?

— On ne sait pas, répond-il. Je ne travaillais pas vendredi. Selon sa camarade de chambre, c'était leur tour de préparer à manger, mais Sophia n'est jamais venue.

— Ils sont libres d'aller et venir comme ils veulent ? demande Jessica qui n'avait jamais mis les pieds au centre jusqu'à présent.

— Bien sûr, répond Frej. On surveille un peu plus les plus jeunes, mais Sophia était majeure.

— Était ? répète Birna avec son air suspicieux habituel.

C'est dans sa nature. Franche et un peu rude. Née d'une Islandaise dont le regard figerait la lave. C'est une fille attentionnée et appréciée. Mais Jessica ne sait pas grand-chose d'elle. Sa façon d'être empêche toute question indiscrète bien avant que celle-ci soit formulée.

C'est à Birna que l'autre lui fait penser. Cette Lisbeth, du bar de l'hôtel. Jessica se remémore cette fameuse soirée. Elles ont dansé et ensuite… Oui, ensuite elle a pris un taxi pour retrouver ses enfants et elle en remercie le ciel. L'angoisse, c'est la dernière chose dont elle a besoin, avec Henke qui a des yeux partout.

— *Est* majeure, se corrige Frej, visiblement gêné par la remarque. Elle était bien vivante quand elle m'a téléphoné vendredi. On a parlé du fait qu'elle va bientôt avoir son appartement. J'ai proposé de déménager ses affaires.

— C'est gentil de votre part, dit Birna.

La chambre est petite. À peine assez de place pour deux lits, une table de chevet commune, une penderie à partager et chacune un tiroir dans la commode. Cela dit, c'est bien suffisant pour contenir le peu d'affaires qu'elles ont. Hormis les habits pour les différentes saisons et des cahiers d'étude, la pièce est aussi nue qu'une cellule de dégrisement.

— Vous pourriez accrocher des tableaux aux murs, fait remarquer Birna. Ou un tapis, au moins.

— Et faire un spa au sous-sol tant qu'on y est ? dit Frej.

— On doit parler avec sa camarade de chambre, dit Jessica. Elle est là ?

Le gérant regarde l'heure.

— Non, dit-il. Fatma est au lycée en ville. Elle rentrera sans doute avec le car de 16 heures.

— Dans ce cas, on repassera.

— Vous serez les bienvenues, dit Frej.

— Merci bien et bye-bye Frej, dit Birna.

19

LA POUPÉE EST ASSISE SUR LE BORD du lit quand Marcus Branco entre par une porte latérale. On lui a pourtant demandé d'enlever la robe de chambre et de s'allonger. Mais elle est restée prostrée là, les bras autour du corps.

Il se fend de son plus beau sourire. Très mignonne, se dit-il. Sans doute bien ferme. C'est le cas en général avec les filles blacks. Ce petit lot est du genre potelé. Qu'y a-t-il de meilleur au monde que de pénétrer une femme tout en se sentant entouré de ses bras maternels.

Les yeux écarquillés de la poupée clignant d'épouvante le font sourire davantage. Tu n'as encore rien vu, songe-t-il, tu ne seras pas déçue quand j'ôterai mon peignoir en soie.

— Tu as un nom ? demande-t-il.

Elle souffle quelque chose d'à peine audible.

— Tu n'as pas à être timide avec moi, poursuit-il.

Pourtant, c'est la timidité qui l'excite. Les femmes sûres d'elles et expérimentées qui parlent fort, ce n'est pas son truc. Elle est comme un petit lapin, là sur le lit. Un lapin sauvage pris au piège et qui tremble parce qu'il sait qu'il ne retrouvera jamais la liberté mais ignore encore à quelle sauce il sera mangé.

— Dis-moi juste ton nom, ma poupée, et tout se passera bien.

— Sophia, finit-elle par dire. Sophia Konaré.

— Je m'en fous de ton nom de famille, mais puisque tu en parles, je suis obligé de te demander si tu as des liens de parenté avec Oumar Konaré.

Elle ne sait pas quelle est la bonne réponse.

— Konaré était un grand homme, dit Branco. Un visionnaire qui s'est malheureusement fourvoyé. Mais assez parlé de lui, parlons de toi. Tu as quel âge, mon petit sucre ?

— Quatorze, ment-elle dans l'espoir que son jeune âge jouera en sa faveur.

Il voit clair dans son jeu, comprend qu'elle essaie de faire appel à son sens moral. Un enfant reste un enfant. Et un trou reste un trou tant que ce n'est pas celui d'un cochon.

— Que tu le veuilles ou non, tu seras obligée de te déshabiller, tu vois, dit-il. Si tu décides de le vouloir, ce sera plus facile, pour toi comme pour moi.

Elle desserre un peu les bras, puis les resserre comme si elle hésitait. Sans doute parce qu'elle croit qu'il y a une autre solution. Dans le fond, c'est le cas. Il pourrait l'envoyer *ad patres* immédiatement. Mais si tout se passe bien, elle sera aussi merveilleuse que ce qu'il imagine et elle pourra vivre encore un peu.

Heureusement, elle est suffisamment conne pour s'imaginer qu'elle va gagner du temps en se montrant conciliante. Elle ôte rapidement la robe de chambre et se glisse sous la couverture.

Marcus sent son sexe gonfler sous la soie. Le moment de s'exhiber approche. Il adore la première réaction des poupées. Les yeux qui s'écarquillent. Le choc à la vue de ses malformations. Le contraste entre celles-ci et sa magnifique érection.

— Ça n'est rien, dit-il. Tu n'es pas la première à avoir peur de moi. Elle est grosse, mais pas dangereuse. Si tu pouvais juste me faire un peu de place, dit-il, et il se hisse dans le lit.

Ses jambes ne lui servent à rien. Elles ont disparu en cours de route, pendant la grossesse, à seulement quelques semaines. Ce qui est fait est fait, du lait maternel a coulé sous les ponts. Les prothèses, il ne les utilise qu'en cas d'urgence. Et ceci ne constitue pas une situation d'urgence. En revanche, ses bras fonctionnent d'autant plus. Il s'en sert à présent pour forcer la tête de la fille en direction de son sexe.

— Allons, ma poupée, caresse-moi les jambes, c'est si bon.

Certaines vieilles blagues sont toujours aussi drôles.

Des larmes coulent sur des joues rondes. Elle n'a pas l'air d'avoir tellement le sens de l'humour.

— Chut, chut, ma poupée, ne pleure pas, papa va te réconforter. Mmm…

Plus elle pleure, plus il s'excite. Il sait qu'elle est sous son emprise. Elle fera ce qu'il veut.

Elle s'est déjà calmée un peu. S'est positionnée de façon à lui faciliter l'accès.

— C'est bien ma poupée, maintenant c'est au tour de papa de prendre du plaisir.

Mais c'est juste au moment où tout se passe bien et où la fille a compris ce qu'il attend d'elle qu'on frappe à la porte.

— Dégagez ! crie-t-il. Je suis occupé.

— C'est important. Ça ne peut pas attendre.

Il la regarde. La poupée a les yeux fermés. Peut-être qu'elle dort. Après tout, la satisfaction sexuelle a parfois un effet soporifique.

Sophia ferme les yeux et maintient la réalité à distance. C'est bientôt le soir. Le village est comme d'habitude à cette heure. Bondé de femmes et d'enfants qui rentrent du travail ou de l'école. Quand les soldats armés de kalachnikovs chargées inondent les rues, des bandes de cartouches autour de la taille, il fait déjà nuit. Ils ne posent pas de questions. Ils n'expliquent rien, ne demandent pas à parler avec l'aîné. Ils tirent. Ils tirent comme des fous sur tout ce qui bouge.

Sophia est assise à côté de sa tante. Quand celle-ci reçoit une balle, son corps tombe sur Sophia. Du sang coule sur son visage. Pénètre dans ses yeux.

— Reste couchée, marmonne la tante. Fais semblant d'être morte.

C'est la dernière chose qu'elle entend. Elle a dû s'endormir. Le soleil s'est levé. De derrière le bras inanimé de sa tante, elle voit des soldats qui se sont réveillés aussi. Certains mangent les restes de nourriture dans les assiettes. D'autres poussent les cadavres du bout de leurs fusils pour s'assurer qu'ils sont morts. Même les enfants. Même Joseph. Son corps est une bouillie sans vie, mais ils lui tirent dessus à nouveau. Il frétille. Il était vivant ! Son petit frère était vivant.

— *Abattez-moi aussi*, dit-elle mais personne ne l'entend.

Le corps de sa tante est lourd. Elle a envie de fermer les yeux, mais se force à regarder. Qui pourra témoigner, sinon ? Pour la première fois, elle note leur apparence. Elle parcourt du regard les visages, les uniformes. Certains sont des compatriotes. Parfois plus jeunes qu'elle. Des enfants. Mais les autres. Les étrangers. Des uniformes sans drapeau. Des corps frustes à la peau tannée.

Des rangers approchent. Elle ferme les yeux.

Les rangers donnent des coups dans le corps de sa tante. Sophia s'efforce de suivre le mouvement. Se retrouve sur le côté. Il est tellement proche. Il se penche sur elle. Pose sa main sur sa joue. Deux doigts contre son cou.

Elle ouvre les yeux. Qu'il la prenne, qu'il la tue. Peu importe. Elle est prête !

Leurs regards se croisent l'espace d'une seconde. Il referme ses yeux à l'aide de sa main.

— *Stay dead*, dit-il. *Stay dead.*

Branco se tracte du lit au fauteuil électrique.

Dieu a créé le soleil pour qu'il répande sa lumière sur Lucy, la première femme sur terre, la mère de l'humanité. Sa peau luit dans les derniers rayons de l'après-midi. Il reviendra sans doute plus tard dans la soirée. Ainsi soit-il.

20

LA NUIT TOMBE SUR GASSKAS, le jour devient moins long que la nuit. Chaque journée se voit écourtée de plusieurs minutes. Ceux qui vivent là gèrent l'hiver de différentes manières. Beaucoup l'adorent. On sort les motoneiges, on farte les skis et on allume des feux pour les grillades. Quand la nuit est plus longue que le jour, le salut, c'est la neige. Elle illumine tout et incite les gens à dire des choses comme : "Dans le Sud, c'est bien pire, nous au moins on a la neige."

Environ un mois s'est écoulé depuis que Märta Hirak a embrassé furtivement sa fille, fait un signe de tête à sa mère, fermé la porte derrière elle, qu'elle a remonté la capuche de sa veste et s'est dirigée vers la zone industrielle de Berget. Elle a décidé d'aller jusqu'au bout. Détruire Peder Sandberg et quitter Gasskas. Elle est bien préparée. Personne ne pourra dire le contraire. Dix ans. Au moins.

Elle va devoir vivre avec le fait que tout le monde la croira morte, y compris la petite. C'est pour elle qu'elle le fait, mais elle doit le faire à sa manière. Avec patience.

Ça a bien commencé. Mieux que ce qu'elle avait imaginé. Elle a appris d'un maître. En tout cas à l'échelle de Gasskas. D'abord, elle s'est débrouillée pour sortir avec le vice-président du MC Svavelsjö, même si ça la rebutait. "Ferme les yeux et pense à la reine", n'est-ce pas ce que disaient les Anglais ? Bon, il suffisait de retenir sa respiration et de se lancer. Benny est tombé amoureux. Elle l'a… soutenu, peut-être. L'a laissé pleurer sur son épaule à l'abri des regards. Une confiance s'est établie. Telle une souffleuse, elle lui a murmuré à l'oreille tout ce qu'il devait faire et l'a laissé s'en approprier le mérite. Le marché de la drogue, elle s'y connaît.

En même temps, Peder Sandberg, à savoir la cible, était sous contrôle. Il adorait Benny, comme les jeunes garçons admirent les plus grands. Elle s'attendait à ce que leur relation le foute en rogne. Car même s'il ne voulait plus d'elle, Peder n'acceptait pas qu'elle soit à quelqu'un d'autre. Mais dès qu'il est question de Benny, tout est pardonné. Peder est même venu s'installer à Berget. Tant mieux ! Restait à découvrir où il cachait les choses qui lui appartiennent à elle, rien qu'à elle. Et à Svala, bien entendu.

Rapide retour en arrière : Svala hérite de quelques milliers de couronnes à la mort de Niedermann. Märta sait que Peder va dépenser l'argent. Alors au lieu de les mettre sur un compte, elle achète des bitcoins. Bourrée comme un coing, elle a engagé la conversation avec un geek à Buongiorno, lequel est venu faire l'after chez elle. Elle le regrette dès le lendemain. Car il faut payer le loyer. Et au lieu d'avoir 6 000 sur son compte, elle ne possède qu'un identifiant pour un autre compte. Le problème, c'est qu'elle a oublié son mot de passe. C'est la vie. Le loyer est payé par Monsieur Recouvrement Forcé et c'est un énième point rouge pour sa pomme.

Nous sommes alors en 2010. Un bitcoin ne vaut guère plus d'une couronne. Nous voilà en 2021, où un bitcoin coûte désormais 68 408 dollars. Multiplié par 6 000. Märta n'est pas certaine de comment prononcer 4 553 406 000.

Quoi qu'il en soit, le jour où son ordinateur plante, elle l'amène à Gameshop. Ils l'aident à transférer le contenu sur un disque dur externe. Surtout parce qu'il y a des photos qu'elle aimerait garder. Elle a oublié l'histoire du compte bitcoin.

Puis c'est un drôle de concours de circonstances : Peder Sandberg quitte l'appartement. Il emporte avec lui tout ce qui a de la valeur, y compris la télé et la collection de timbres de la petite. Et… le disque dur. Ce n'est qu'à ce moment-là qu'elle repense à l'héritage de Svala. À l'instar de Peder, visiblement. Le monde est rempli de disques durs jetés au rebut contenant des comptes bitcoins. Heureusement, ce con n'a pas idée des sommes dont il est question.

Un soir où ce crétin est tellement stone qu'il s'endort par terre, elle se faufile dans sa chambre pour fouiller…

C'est à peine le début de l'hiver, mais il fait déjà froid. Elle marche vite pour garder la chaleur. Chaque automne, elle se dit qu'il est temps de s'acheter une veste plus chaude, puis elle remet ça à plus tard.

Quant à la petite, c'est pire. Elle n'arrête pas de glisser dans ses fausses Converse blanches avec la semelle qui se décolle et ses petites socquettes à l'intérieur. C'est à la mode, c'est sûr. Les bottes samis fourrées sont définitivement has been. En plus, elle ne s'en plaint jamais. Elle semble flotter au-dessus de tous, comme une créature qui ne serait pas vraiment de ce monde. Si elle avait été un peu plus geignarde, elle aurait peut-être pu avoir de nouvelles chaussures.

Märta Hirak a de nombreuses raisons de culpabiliser par rapport à sa fille. Pour commencer, celle de l'avoir mise au monde. Si elle revient en arrière, à la rencontre du spermatozoïde et de l'ovule, la faute principale vient du donneur de sperme, mais aussi d'elle. Il fallait une sacrée dose d'inconscience pour se coller avec Ronald Niedermann.

Passons. Elle était jeune, elle voulait s'éloigner de sa famille et ce qui devait arriver arriva. Elle a enfoui les cicatrices de son âme comme elle le pouvait. Celles de son corps ont été systématiquement recouvertes de tatouages.

Dieu soit loué, la petite n'a pas pris de son père. Et Dieu soit loué, il est mort. Après lui, en comparaison, tous les problèmes paraissent insignifiants. Mis à part sa fille – Svala Inga Märta Niedermann Hirak qui ne réclame ni à manger ni vêtements, mais dont le cerveau exige d'être nourri en permanence.

Dans une famille éduquée, ou n'importe quelle bonne famille, on l'aurait déjà diagnostiquée comme un génie. Elle aurait sauté des classes, se serait retrouvée avec des gens comme elle et aurait été stimulée par des profs spécialisés. Hélas, elle est née dans un milieu complètement à part et devra se contenter de ce qu'on lui propose.

Märta est consciente du don de sa fille. Seulement, elle ne sait pas quoi en faire. Et puis elle doit déjà s'occuper d'elle-même.

Elle-même qui consulte l'heure. Elle-même qui regarde autour d'elle. Effectue un deuxième tour du lac et s'arrête derrière un arbre pour s'assurer que personne ne la suit.

Elles ont l'habitude de se retrouver sur un banc du Gruvparken. Les saules boules et les aubépines l'ont recouvert au fil des ans, au point qu'il est devenu quasiment invisible. Même en hiver, il faut connaître pour le retrouver. Märta est presque arrivée. Elle ralentit le pas et allume une cigarette.

— Salut, vous vouliez me voir ?

Märta regarde autour d'elle. L'obscurité a ses avantages et ses inconvénients.

— Si ça s'ébruite, je suis morte, dit-elle d'une voix faible.

— Comme je vous l'ai dit, on peut vous protéger.

— Ouais, dit Märta, mais vous savez pertinemment que c'est faux.

— Dans ce cas, dit l'autre, pourquoi parler ?

— Vous le savez déjà. Peder Sandberg, vous en avez entendu parler ? Mon ex.

— Oui, je connais, répond la femme en notant quelque chose dans son carnet. Je vous écoute.

— Il a mis du beurre dans ses épinards, dit Märta.

— Nous sommes déjà au courant. Mais comme vous le savez, il n'est pas interdit de se balader à moto.

— Sérieusement, dit Märta, vous ne pensez quand même pas que tout un club de motards est venu s'installer dans un trou perdu du Norrland uniquement parce qu'ils avaient envie de prendre l'air ?

— Non, répond l'autre, mais vous avez une autre théorie ?

Elle pourrait parler d'une personne anonyme qui contrôle tout d'en haut. Elle pourrait également parler du trafic de stupéfiants habituel. Administré par des pères de famille bien rangés qui couchent leurs enfants de la main gauche et tuent ceux des autres de la droite.

— Il y a de la neige dans l'air, se contente-t-elle de dire en extrayant une nouvelle cigarette.

— Allez, Märta, dit la femme. C'est vous qui avez demandé qu'on se voie.

Elle a mis beaucoup de temps à élaborer un plan. Depuis qu'il a pris ses affaires et quitté l'appartement, elle l'a surveillé. Des petits indices ont mené à des suppositions. Pour l'heure, elle compte uniquement révéler les coins d'ombre. Et dans l'ombre, c'est Peder qui est le roi. Qu'il se fasse attraper sera un bienfait pour tout le monde.

— Peder a rejoint le MC Svavelsjö. Pour l'instant, ils ne font pas grand-chose à part poncer leurs bécanes. Mais l'idée, c'est qu'ils récupèrent tout le trafic de drogue du Norrbotten. Le truc, c'est qu'il n'est pas foutu de se soumettre à la hiérarchie du Svavelsjö. Il bosse en solo à côté.

— On dirait que vous cherchez à le piéger.

— Tout à fait, dit Märta.

— Pourquoi ?

— Pour protéger ma fille.

— De quoi au juste ?

— Ça ne vous regarde pas.

Svala est différente. Depuis qu'elle est toute petite, Peder cherche le moyen d'exploiter son cerveau. L'exploiter à son propre profit. Pourtant, il est passé à côté. Elle est tellement plus que sa mémoire pour les chiffres et le Rubik's Cube. Elle est *éclairée*, songe Märta, faute de trouver le mot juste.

Quand Peder a déménagé, Märta s'est débrouillée pour contracter une dette. Elle s'en acquitte en rendant des services.

C'est peut-être un plan idiot, mais petit à petit elle se rapproche du cercle intime. Celui pour lequel aussi bien le MC Svavelsjö que ce putain de loser de Peder travaillent.

Contrairement à ce qu'il s'imagine, son avancement – passer de voyou dealeur à organisateur, comme il dit – n'est pas un échelon vers le sommet. Les gosses auxquels il fournit de la drogue, comme à lui-même, et le trafic qu'il fait en s'imaginant que la région lui appartient ne sont qu'un rideau de fumée. Une chose est sûre : ce rideau dissimule tout un autre monde. Être du coin et connaître des gens à droite et à gauche a ses avantages.

— Excusez-moi, mais c'est un peu vague, dit l'autre.

— Ce n'en est pas moins vrai pour autant. Ils manigancent un truc, dit Märta, et elle fourre un bout de papier dans la poche de la femme.

Elles se séparent au niveau des réverbères. L'autre se dirige vers sa voiture. Märta ne se presse pas. Elle s'arrêterait volontiers boire un coup quelque part. Elle a vraiment fait des efforts, pour la petite. S'est contentée d'un peu de vin de temps en temps, mais pas d'alcool fort. Elle a mérité une bière ce soir, et de passer un moment toute seule, à réfléchir tranquillement. L'alcool stimulera ses pensées, lui éclaircira les idées.

Pour que le plan fonctionne, elle doit aller jusqu'au bout, mais il y a un facteur X, plusieurs même. Cet enfoiré de Peder, c'est la partie facile. Il n'est pas con, mais il a le don de se vautrer, peu importe à quel point la route est sablée. Un psychologue dirait que c'est une histoire de manque d'amour-propre. Une haine de soi profondément ancrée compensée par une estime de soi démesurée. Outrecuidance.

Dix ans passés avec lui, au moins. Mais tout ça repose sur une dette. Pas une dette financière. Une dette morale : c'est Peder Sandberg qui l'a aidée à quitter le père de la petite. Sans lui et quelques autres, elle serait morte.

Depuis toutes ces années, il n'a eu de cesse de le lui rappeler, l'a forcée à se montrer reconnaissante.

Elle regarde ses mains, c'est comme un tic : aux toilettes, sous la couverture, dans la douche. Elles sont encore fortes et lisses.

Son avenir s'annonce bien s'il repose entre ses mains. Jusqu'à présent il était entre les mains des autres. Des hommes aux mains puissantes, qui visent les tissus mous juste parce qu'ils le peuvent. Mais c'est terminé. Elle a pris sa décision. Märta Hirak peut être têtue comme une mule quand elle le veut.

Au début, des flocons solitaires se déposent sur le bitume pour fondre aussitôt. Puis subitement, le vent se lève et la neige commence à tomber dru. Elle s'arrête sous un réverbère et ouvre la bouche. Une touche de bonheur, quelques secondes de joie spontanée passent. Il ne lui en faut pas plus.

Le bruit du vent fait qu'elle découvre la voiture trop tard. Celle-ci s'est arrêtée juste derrière elle. Le son d'une portière qui s'ouvre fend l'air.

Le coup résonne dans ses oreilles. Un goût de sang dans la bouche. Le choc lui a fait tourner la tête mais ne l'a pas assommée. Elle sent l'attache autobloquante qui se resserre autour de ses poignées, les couches de scotch qu'on enroule autour de sa bouche et de ses yeux. L'odeur de voiture neuve et d'autre chose encore. De café.

Märta a l'impression qu'ils roulent pendant une bonne demi-heure. Au début, elle s'oriente sans difficulté. Föreningsgatan jusqu'à Storgatan. Puis à droite, ce qui signifie qu'ils se dirigent vers l'ouest. Ils s'arrêtent à un feu. S'ils sont près de Max Burgers, ils n'ont pas d'autre choix que d'aller tout droit. Ils tournent à gauche, ce qui veut dire au dernier feu de Storgatan, avant que la route ne se transforme en route forestière. Ils passent le pont, puis à droite. Ils longent la rive ouest maintenant, non, attends. Ils bifurquent à gauche, c'est une route qui mène à un quartier résidentiel près d'une voie sans issue. Tout droit, à gauche de nouveau, puis tout de suite à droite. Elle ne sait plus où ils sont ni dans quelle direction ils vont. La voiture accélère. Ils ont quitté la ville. Ils roulent vite. Au bout d'un moment, ils ralentissent. Puis ralentissent encore, ils avancent au pas. La voiture s'arrête. Quelqu'un sort du véhicule, puis revient. Cinq minutes plus tard, ils sont arrivés. Dieu sait où.

21

LOUP OUVRE LA PORTIÈRE LATÉRALE du véhicule pour handicapés, en tire Märta Hirak et la remet sur pied. Elle n'est pas grièvement blessée. Juste à leur merci.

Le commandement de Branco fonctionne ainsi. Toujours aussi efficace. L'exécution d'un ordre se fait dans la seconde qui suit son émission.

Trouver l'ancienne concubine de Sandberg : et la voilà.

Loup pose un doigt sur le lecteur d'empreintes et pianote un code. Quelques minutes plus tard, il pousse Märta dans le hall d'entrée et demande à Lynx d'appeler Branco.

Le hall jouxte la salle de conférences du bunker. On ne peut pas dire que ce soit chaleureux, mais les fauteuils sont confortables. Loup fait asseoir la femme dans l'un des fauteuils et s'installe dans l'autre. Elle penche sur un côté. Avec les yeux et la bouche masqués, ce n'est plus un être humain, simplement un corps. Mais il a tâté son pouls, son cœur bat. L'ordre était clair : "Je la veux vivante."

Ils attendent. Il attend. Arrache une feuille d'un cahier à spirale et plie un avion en papier.

Raté. Il est passé au-dessus de sa tête. Il en plie un autre. Dans le mille. Pile sur le nez. Il éclate de rire et s'apprête à en faire un troisième quand il entend du bruit derrière la porte, et Branco entre.

Loup connaît son chef aussi bien qu'il se connaît lui-même. Sans doute mieux. Le moindre changement d'humeur, la moindre variation subtile dans le ton de sa voix – qu'il soit content, énervé, fâché ou furieux –, il les détecte avec une oreille absolue.

Là, il est énervé.

— C'est qui ? demande-t-il.

— La bonne femme de Peder Sandberg, répond Loup.

— C'était rapide, dit Branco avec deux onces d'irritation en moins.

Il avance son fauteuil jusqu'à la captive. Ôte le scotch de sa bouche et l'observe un moment.

— Plaie à la lèvre. Beurk.

Il recule de quelques mètres et fait un signe de tête à Loup :

— Demande à la bouche si elle sait parler.

Loup s'exécute, mais la bouche se contente de lécher la plaie et de demander de l'eau.

— Sans intérêt, dit Branco. Si tu n'as pas des choses plus pertinentes à dire, on peut se débarrasser de toi direct. À toi de voir.

Lynx entre avec une théière fumante et une assiette de biscuits.

— Il se trouve que tu m'as dérangé, dit-il, j'étais en train de faire quelque chose d'important. J'étais sur le point de…

Il s'interrompt et se verse une tasse de thé. Puis il hume le parfum de la vapeur brûlante.

— Les Chinois ont plein de talents. Les exécutions, les stérilisations forcées, les contrefaçons. Mais s'agissant de thé, dit-il, ce sont les maîtres.

Il prend une petite gorgée, se gargarise et l'avale dans un soupir de satisfaction.

— Un oolong d'Anxi, torréfié dans le Sud-Est de la province du Fujian. L'un des thés les plus exquis, selon moi. Mais, pardonne-moi, dit-il, je t'aurais évidemment fait goûter s'il n'y avait pas eu…

Il se tapote légèrement la bouche et se tourne vers Loup.

— Je lui donne une minute, pas plus.

— Ton mari adoré, dit Loup, il a merdé.

Elle s'éclaircit la gorge. Elle a les lèvres qui collent mais elle sait quoi répondre :

— Il la joue solo.

— Nous le savons déjà.

— Oui, dit-elle, mais pas de la façon que vous croyez.

— Et qu'est-ce qu'on croit ? demande Branco.

— Qu'il s'est associé avec le club de motards, mais qu'il est en roue libre sur le territoire est. C'est bien pour ça que vous m'avez enlevée ? Pour faire pression sur lui ?

Loup et Branco se regardent. C'est prometteur.

— Continue.

— Je peux avoir un peu d'eau d'abord ? demande Märta.

Branco attrape la théière et s'avance jusqu'à la bonne femme. Il élève le récipient au-dessus de sa tête et laisse le liquide brûlant couler sur son visage. Elle crie, tente d'éviter le jet en oscillant d'un côté à l'autre. Si Branco n'a pas de jambes, ses bras fonctionnent parfaitement.

— C'est tellement triste, dit-il. Quand le thé tombe du ciel, le pauvre n'a pas de tasse. Tu sais pourquoi on t'a ramassée ?

— Pour avoir des infos sur Peder Sandberg, répond-elle.

— Très drôle, dit Branco. On a déjà les infos nécessaires. Non, c'est un peu plus grave que ça, pour toi. On se dit surtout qu'il serait malheureux s'il arrivait quelque chose à sa Märta adorée. Hmm ? Tu ne crois pas ?

— On n'est pas ensemble, dit Märta. Benny et moi…

— Eh bien c'est encore mieux, la coupe Branco. Un petit rappel à l'ordre ne lui fera pas de mal.

Son plan, les mots qu'elle avait minutieusement préparés, les conspirations qui auraient dû se mettre en place se sont volatilisés. Pour gagner du temps, elle débite des inepties au sujet de l'usine qui a été transformée en laboratoire et où les cuisiniers de Peder mitonnent de la meth comme une cuisine de collectivité produirait de la soupe de pois cassés. Ses projets d'approvisionner tout le Norrland en méthamphétamine, héroïne, cocaïne et toutes les drogues merdiques possibles et imaginables de premier ordre.

Ce n'est pas très crédible. Si seulement elle pouvait se débarrasser de ce gros scotch qui lui recouvre les yeux. Parler dans le noir, sans voir son interlocuteur, la rend nerveuse. D'ailleurs, qu'est-ce qu'ils peuvent bien avoir à foutre d'un petit labo pourri rempli de camés susceptible d'exploser à tout moment ? Elle doit leur donner autre chose. Le seul truc qui lui vient à l'esprit est Henry Salo.

— Qu'est-ce qu'il a ? demande Loup.

— Il a quoi d'intéressant, rectifie Branco.

— C'est le gérant municipal de Gasskas, dit Märta.

— On sait qui c'est.

Merde.

— Je le connais personnellement, dit-elle. Il a parlé des projets du parc éolien.

— Parfait, dit Branco.

Il place les mains autour de son cou et serre. Ni trop faiblement ni trop fort. Il se racle la gorge et forme un crachat parfait.

— Je te laisse une seule chance.

— En contrepartie de quoi ? tente-t-elle.

Un geste en direction de Loup et le scotch recouvre de nouveau la bouche.

— Elle peut dormir dans la chambre aux coussins.

Dans sa bouche, ça paraît plaisant. Une chambre pleine de coussins et des murs matelassés. C'est charmant. Presque cosy. D'autres otages prometteurs y ont trouvé le repos éternel. Märta Hirak a au moins la garantie de sa propre survie pendant encore quelques heures.

— Connecte-moi à Sandberg *via* Squad, dit-il une fois qu'ils sont de retour dans la salle de conférences après avoir fermé la chambre à double tour. Et débrouillez-vous pour trouver la fille.

Märta Hirak peut crier autant qu'elle veut derrière le scotch et les murs matelassés. Personne ne l'entend et personne ne s'en émeut.

Elle finit par s'allonger. Décide d'économiser ses forces. Si seulement elle avait tendu la langue au moment où il lui a craché dessus.

Quand le crachat tombe du ciel, le pauvre n'a pas de langue.

22

27 octobre, 20 h 25.
Réunion Squad. Niveau de sécurité 10

— Te voilà ! C'est bien que tu aies trouvé un peu de temps à nous consacrer. On a une invitée de marque ce soir.

Peder Sandberg attend la suite. Branco marque une pause pour ménager le suspense.

— Quelqu'un que je connais ?

— Que tu connais très bien, même. Märta Hirak. Elle est malheureusement indisposée. Je dirais même, excuse-moi pour le terme : foutue.

Il tend le portable vers l'écran pour montrer à Sandberg le tas assis sur une chaise, la tête pendante, comme un butin de guerre.

— Elle a des choses intéressantes à raconter. À ton sujet notamment.

— Les femmes adorent parler de moi, dit Sandberg en s'appuyant contre le dossier de sa chaise. Elle est insatiable, on dirait.

— Trêve de plaisanterie. Il paraît que tu t'es tourné vers l'est. Et j'imagine que ce n'est pas vers La Mecque. Autrement dit, tu as trahi notre accord et par conséquent tu seras puni. Enfin, surtout tes proches.

Sandberg s'esclaffe :

— Mes proches ! Vous pouvez bien faire ce que vous voulez de cette pute. Je l'aurais volontiers fait moi-même.

— Intéressant, dit Branco. Mais je crois que ça ne plairait pas trop à Benny.

— Quand on vole des choses qui ne nous appartiennent pas, il faut accepter d'en subir les conséquences. Comme se faire couper les mains.

— Encore plus intéressant. Mais revenons à toi et à ton distrayant petit labo dans l'usine de poissons. C'est quoi l'idée ?

— Ah, ça ? dit Sandberg qui se détend. C'est fermé depuis longtemps.

— Brûlé, tu veux dire. C'est dommage. Enfin, peu importe, on te laisse une seconde chance.

— Ah ?

— Henry Salo. Ça te parle ?

— Tout le monde le connaît.

— Bien. Tu connais sa mère, aussi ?

— Connaître, c'est beaucoup dire. Je sais qui c'est.

— Et où elle habite.

— Je suppose.

— Formidable. Tu as deux jours. Après quoi tu auras regagné nos bonnes grâces et toutes les vieilles rancœurs seront oubliées. Au fait, avant de raccrocher. La pute, comme tu dis, prétend avoir récupéré quelque chose qui lui appartient. Qu'est-ce qu'elle a volé de beau ?

Sandberg hésite. Cela dit, elle mériterait une correction. Elle ne se rend pas compte de tout ce qu'il a fait pour elle et sa sale progéniture. Qu'elle se retrouve entre les griffes de Branco est presque comique. Elle va prendre cher !

— Un disque dur, dit-il. J'ai investi un peu d'épargne en bitcoins il y a longtemps. La salope a volé le disque dur, voilà l'histoire. Je n'ai aucune idée de ce que ça vaut aujourd'hui, mais ce n'est pas rien.

Branco, en revanche, a sa petite idée.

— Et le mot de passe ? demande-t-il.

— Je n'en sais foutre rien, mais il suffit d'en créer un nouveau à mon avis. Ou d'utiliser la gosse. C'est dingue comme elle gère avec les chiffres. J'ai essayé de lui mettre la main dessus. Enfin, histoire de lui parler. C'est une sacrée maligne. Trop futée pour son âge.

23

SEUL LE SOUFFLE DU VENTILATEUR vient rompre le silence de la suite du dernier étage. Lisbeth se tient à la fenêtre et observe la ville qui ressemble à n'importe quel trou perdu. Un centre-ville composé d'immeubles de trois ou quatre étages. Des quartiers résidentiels avec leurs terrains au cordeau. Un lac quelconque, peut-être une rivière, et une usine qui dispose de la meilleure vue du coin.

Dans la rue, des gens rentrent chez eux en titubant après l'heure de fermeture des bars. Elle devrait dormir, mais elle n'y arrive pas. La déception colle comme un chewing-gum sous son talon alors qu'il n'y a pas vraiment de quoi être déçue. Une nana qui ne veut pas coucher, c'est pas le bout du monde. Et ce n'est pas une histoire de sexe. Il s'agit plutôt de… le mot le plus ignoble qui soit : solitude.

La solitude est un sanctuaire quand elle est choisie, ce qui est le cas au moins trois cent soixante jours dans l'année. Mais quand elle décide d'en sortir pour refaire du lien social, ça change la donne. Comme ce soir. Pour une fois, c'était facile de parler. Elle aurait pu raconter n'importe quoi. Parler d'elle ou pas du tout, mais passons. Elle se déshabille, écarte un fauteuil et compte jusqu'à cinquante. Arrivée à trente-huit, elle n'en peut plus. Trente-neuf, quarante, quarante et un. Non, impossible. Les bras fléchissent. Il faut qu'elle y arrive, encore deux, quatre, huit, douze et boum, le nez s'écrase sur le tapis.

Elle reste allongée un moment. Laisse sa respiration se calmer et l'acide lactique s'évacuer.

La gosse.

Elle peut régler sa note d'hôtel et sauter dans le premier avion.

La gosse.

Elle peut la rencontrer autour d'un café et lui expliquer pourquoi elle n'est pas la personne appropriée pour l'accueillir. La liste est sans fin. Elle ne sait pas cuisiner, n'a presque pas d'amis, des habitudes impossibles à changer, elle travaille tout le temps, déteste les gens, ne fait jamais le ménage et par ailleurs, elle a plus ou moins tué le père de la petite.

La gosse.

Lisbeth se plante au milieu de la pièce, fait le salut, écarte les pieds et serre les poings. Dans un flot continu, avec un *kime* convenable pour un vendredi soir, elle exécute kata après kata. Depuis *heian shodan* jusqu'au *kankū-dai*. Ensuite elle retourne au lit et repense à la gosse.

Il y a des similitudes entre la vie de la petite et la sienne. Une mère incapable de poser des limites. Un père salaud. Un beau-père soupçonné d'infractions pour lesquelles il est finalement disculpé. Peu d'amis. Une louve solitaire qui n'hésite pas à se battre s'il le faut. Il est fait mention d'un incident où un camarade de classe s'est retrouvé avec le nez cassé (c'était probablement mérité). Pas persécutée, mais pas non plus intégrée.

N'empêche qu'elle ne doit pas être complètement perdue, se dit Lisbeth. Des bonnes notes partout, sauf en maths, malgré un absentéisme important. Pas de problèmes de drogue connus. Une chambre bien rangée. *Une chambre bien rangée.* C'est quoi ces conneries ? C'est à peu près dans la même veine qu'innocenter un violeur parce que la victime portait un string. Ces putains de fonctionnaires, ils n'ont peur de rien.

Aucun contact avec le père biologique.

Tu devrais t'estimer heureuse, ma petite.

Elle souffre du mal de Vittangi. Une maladie congénitale qui la rend insensible à la douleur, à la chaleur et au froid, ce qui augmente le risque de se blesser.

Lisbeth s'arrête. Insensibilité à la douleur. Niedermann devait avoir la même chose. Ça expliquerait pourquoi il réagissait à peine à une violence qui aurait paralysé n'importe qui. Balles, coups de couteau, coups de poing, coups de pied. Rien n'avait d'effet sur ce monstre. Elle relit la phrase en voyant sa vie défiler devant ses yeux. Du moins en partie.

Conclusion : La fille n'a sans doute pas de problème particulier. C'est Lisbeth qui en a un. Il est presque 5 heures du matin et elle n'a toujours pas trouvé le sommeil, ni pris de décision. Elle sort son ordi.

[Wasp à Plague : Tu peux te renseigner sur une personne de Gasskas ? Peder Sandberg. Probablement né dans les années 1980. Il habitait sur Tjädervägen jusqu'à il y a quelques années. Je n'ai pas d'autres infos. Simple curiosité.]

[Plague à Wasp : Gasskas est vraiment le nom d'un bled ? Ça évoque de la gerbe. Je m'en occupe.]

Peder Sandberg est sûrement à gerber aussi, se dit-elle. Elle se glisse sous la couette et attend la réponse.

Quelques heures plus tard, ce sont des coups à la porte qui la réveillent. Elle regarde l'heure et réalise qu'elle a rendez-vous dans une demi-heure avec les services sociaux. La femme de ménage s'excuse et Lisbeth enfile ses vêtements. Elle passe la main dans ses cheveux et renifle ses aisselles qui dégagent désormais une odeur mêlée de transpiration de discothèque et de parfum pour hommes. Un peu de déo pour la petite et le reste pour les services sociaux. Ayant oublié sa brosse à dents, elle déniche un chewing-gum au fond de son sac à dos, puis vérifie son portable. Deux appels d'un numéro inconnu. Elle s'en occupera plus tard. Pour finir, elle se connecte au serveur partagé. Plague a répondu.

[Que des petits jugements sur Sandberg. Je te tiens au courant si je trouve autre chose. Fais attention à toi.]

Une fois dans le taxi, elle décide de ne pas se décider. Elle suivra son instinct. Avec cinq minutes de retard, elle prend une profonde inspiration et appuie sur le bouton de l'interphone.

24

CINQ MINUTES PLUS TARD, Lisbeth Salander est toujours en train de trépigner devant la porte. Bien qu'elle ait arrêté depuis longtemps, elle est prise d'une envie de fumer. Manque de partir à plusieurs reprises. S'ils ne sont même pas foutus d'ouvrir, ce n'est pas la peine, se dit-elle. Laissons le destin décider. Elle sonne une dernière fois et leur accorde encore deux minutes.

— Entrez, navrée pour l'attente.

Suivent d'autres politesses du même genre auxquelles Lisbeth ne daigne pas répondre, mais elle accepte la proposition d'un café.

— Nous allons bientôt rejoindre les autres, dit Elsie Nyberg, je voulais juste vous informer de certaines choses. Svala habite toujours dans l'appartement. Elle refuse d'aller dans une famille d'accueil provisoire et nous n'avons pas assez de ressources pour organiser son déplacement avant la semaine prochaine. Ou plus exactement : on ne veut pas l'exposer à des mesures de force. Elle ne va sans doute pas très bien après ce qui s'est passé.

— D'accord, dit Lisbeth. Et alors ?

— Indépendamment de ce que vous déciderez de faire, on voulait vous demander si vous seriez d'accord pour passer quelques nuits là-bas ?

Lisbeth dit non spontanément. C'est l'instinct qui parle. Elle dit toujours non quand elle ne maîtrise pas la situation, ce qui est le cas à présent. C'est flagrant, la situation crie : Rentre chez toi ! Saute dans le premier taxi pour l'aéroport, la gare ou même jusqu'à Stockholm, mais rentre chez toi !

— Songez-y, dit l'assistante sociale, ce serait bien pour Svala d'avoir un parent auprès d'elle.

— On ne s'est jamais rencontrées, dit Lisbeth.

Elle ne dit pas : “Et c'est moi qui ai tué son père.”

— Je sais que vous ne vous connaissez pas, mais parfois, la famille, c'est important, dit-elle et elle lui sort tout un laïus sur une cousinade dont les membres ne s'étaient pas revus depuis trente ans et savaient pourtant presque tout les uns des autres.

— Je n'ai pas de cousins et je ne sais rien de la petite, dit Lisbeth. Elle ne sait rien de moi non plus.

— N'empêche que vous avez le même ADN, assène Elsie comme un ultime argument, tandis qu'elles longent le couloir en direction de la salle de visite.

Pas forcément, songe Lisbeth sans répondre. Elle aurait pu faire à la bonne femme tout un exposé sur l'acide désoxyribonucléique si elle l'avait estimée capable de le comprendre.

Mais elle frissonne en découvrant la fille : effectivement, se dit-elle, il y a une ressemblance. Les mêmes cheveux blonds et les mêmes traits délicats. Née, morte et enterrée. Ressuscitée du royaume des morts pour dominer le monde aux côtés de son père. Camilla. La fille préférée de Zalachenko. La sœur jumelle de Lisbeth. Jusqu'à la voix qui est identique quand elle ouvre la bouche pour formuler un bonjour rauque.

Ils ne sont pas dans la merde…

En dehors du bonjour initial, la gosse ne dit rien pendant le compte rendu de la situation et des projets la concernant. Elle tripote un trousseau de clés auquel est accroché un mini-Rubik's Cube, qu'elle regarde à peine. Des doigts expérimentés parcourent les cases colorées. Elle le résout en moins d'une minute et recommence.

Lorsque Elsie Nyberg finit par lui demander ce qu'elle pense du programme, elle lève la tête et lui demande de répéter la question. Elle ne dit pas “Quoi ?” comme n’importe quel adolescent, mais “Excusez-moi, je n’ai pas entendu la question”.

— Tu penses quoi du programme ? répète l’assistante sociale.

— Vous le savez déjà, répond Svala.

— Moi, non, dit Erik Niskala en se redressant dans une position plus confortable.

— Vous n’avez qu’à demander à votre collègue, répond Svala. Elle a l’air d’être bien informée.

— Je vais chercher plus de café, dit la collègue en question. Essayez de faire un peu connaissance. Vous pourriez peut-être parler un peu de vous, Lisbeth ?

— Pratique les arts martiaux, travaille dans une société de sécurité, propriétaire d’une Honda 350, habite à Stockholm, dit Svala. Sur Fiskargatan. Quartier de Södermalm.

Elles s’observent par-dessus la table. Même la couleur des yeux est similaire.

— Comment tu le sais ? demande Lisbeth.

— J’ai fait des recherches, dit la fille.

— Bien, dit Lisbeth. Tu n’as pas besoin d’en savoir plus.

— Si, répond Svala. J’ai besoin de savoir si tu peux passer deux nuits dans l’appartement pour m’éviter une nounou.

25

ELLES PRENNENT UN TAXI POUR TJÄDERVÄGEN. En arrivant à proximité de l'appartement, Svala commence à guetter par la vitre pour tâcher de repérer la voiture. Discrètement, afin que sa tante ne se doute de rien. Elle doit garder tout ça pour elle. C'est son problème, à elle et à personne d'autre. C'est d'ailleurs le seul héritage que lui a légué Maman-Märta. Du moins à sa connaissance. Selon sa grand-mère, il existe un document. Un testament écrit au dos d'un menu du Buongiorno. Mais elle n'est pas tombée dessus pour l'instant. Quoi qu'il en soit, il ne peut pas s'agir de richesses inconnues ou ayant une quelconque valeur économique. Maman-Märta était chroniquement fauchée. De toute façon, elle n'est pas morte, elle le sent.

Le loyer est payé jusqu'à fin octobre. Ensuite elle devra quitter les lieux et aller dans une famille inconnue formée par les services sociaux dans le but de se faire payer pour s'occuper de la progéniture des autres. C'est comme une vente aux enchères d'enfants. *Malheureusement, la famille Nygren a dit non, ils préfèrent un enfant plus jeune. Il était peut-être question de la famille Nilsson, mais ils sentaient qu'ils n'avaient pas le courage d'accueillir un adolescent en ce moment.* Et ainsi de suite.

Elle n'a pas encore un plan défini, mais elle ne compte pas aller vivre dans une famille d'accueil. Pour l'heure, Lisbeth Salander constitue un rempart vis-à-vis de la société. Elle fera l'affaire jusqu'à ce qu'elle sache quoi faire. Elle se débrouillera, elle l'a toujours fait.

La voiture est garée sur l'ancienne place de Peder-Plastoc. Vitres teintées derrière lesquelles se trouvent deux spécimens aux gueules les plus moches de l'histoire de la génétique. La question est de savoir s'ils oseront se montrer en présence de sa tante. Doit-elle l'appeler ainsi ? Elle lorgne Lisbeth. Sa frange de côté recouvre la moitié de son visage. En dehors du khôl qui rend ses yeux encore plus foncés, elle n'est pas maquillée et sa peau est presque blanche.

Elle a une drôle de dégaine. Comme une enfant avec un visage d'adulte, se dit Svala. Sweat à capuche gris sous une veste en cuir noire. Un jean noir et des baskets blanches. Vue de dos, elle ressemblerait à n'importe quelle collégienne.

Svala serre le pull aux coudières en cuir autour de son corps et s'enfonce dans son siège. Elle demande au taxi d'avancer jusqu'à la porte, où elle espère qu'elles seront cachées par l'abri à vélos. Quand elles sortent du véhicule, elle évite de regarder en direction du parking.

Merde. Elle a oublié le tapis sur lequel gisait le corps de sa grand-mère. La vessie qui s'est vidée et peut-être pire encore. Elle roule le tapis en s'excusant. Retient sa respiration en traversant le salon et s'arrête quelques secondes avant d'ouvrir la porte du balcon et de le balancer dehors. La cour est calme. Ni enfants, ni voyous.

— Tu n'as pas besoin de t'excuser, dit Lisbeth.

Ce sont ses premières paroles depuis qu'elles ont quitté les bureaux des services sociaux.

— On fait le ménage. Je peux passer la serpillière.

Passer la serpillière. Est-ce qu'elle a déjà fait ça une fois dans sa vie ? Elle n'est même pas équipée d'un seau comme celui que Svala sort d'un placard et remplit d'eau savonneuse. À la limite, elle passe l'aspirateur ici et là dans son appartement quand il lui vient à l'esprit que c'est ce que font parfois les gens.

— Comment ça marche ? demande-t-elle, et elle reçoit un regard éloquent en retour.

— Plonger, tordre et frotter, dit Svala. Ce n'est pas sorcier.

Plonger, tordre et frotter, c'est le travail de Svala depuis toujours. Tout comme passer l'aspirateur, faire la vaisselle, s'occuper du linge, sortir les poubelles, vider le frigo, nettoyer le four et ranger derrière Maman-Märta et cet enfoiré de Peder-Plastoc. En contrepartie, elle reçoit un peu d'argent de poche chaque semaine, mais elle le ferait de toute façon, elle déteste leur bordel. Elle les déteste quand ils sont ensemble. On dirait les personnages de *La Divine Comédie* illustrée par Botticelli. Elle les dessine en cachette. Nus, repoussants, avec des serpents qui rampent autour et à l'intérieur de leurs corps ivres et rose cochon. Après coup, elle a mauvaise conscience et froisse les feuilles. Ce n'est pas la faute de Maman-Märta. Elle aime son enfant. Non ?

Lisbeth frotte et Svala passe l'aspirateur. Pas tant parce qu'il y a de la poussière que pour s'enfoncer dans le bruit. Elle n'a pas l'intention de pleurer la mort de sa grand-mère. Surtout pas devant quelqu'un. Tout le monde doit mourir un jour et sa grand-mère était âgée, soixante ans au moins. Elle tire l'aspirateur jusqu'à sa chambre, ferme les yeux et laisse couler ses larmes. C'est ainsi qu'elle pleure. Silencieusement, pour que personne ne l'entende. Une vanne qui s'ouvre, déverse le trop-plein et se referme. Quand elle rouvre les yeux, Maman-Märta est installée à son bureau.

Salut, dit-elle. Pourquoi tu pleures ?

Parce que je ne vais pas y arriver. Ils me cherchent maintenant.

Tu as la clé, n'oublie pas.

La clé de quoi ?

De tout.

26

APRÈS L'EFFORT, LE RÉCONFORT. Lisbeth vide le seau dans les toilettes. Le savon noir a chassé l'odeur d'urine. Son ventre gargouille de faim. Du fromage fondant qui brûle le palais. Une croûte dorée. Le tout accompagné d'un Coca glacé.

La petite a l'air d'avoir faim aussi. Elle fixe l'intérieur du frigo, regarde dans le garde-manger, puis retourne au frigo.

— Des coquillettes avec du ketchup, ça te va ?

— Ou une pizza, répond Lisbeth.

— Il n'y en a pas dans le coin, dit Svala en posant une casserole remplie d'eau sur la cuisinière.

Tant qu'elles restent dans l'appartement, il suffit de ne pas ouvrir la porte ou, dans le pire des cas, d'appeler la police. Dehors, elles n'ont aucune chance.

Son plan est de descendre par le balcon une fois Lisbeth Salander endormie. L'appartement du dessous est vide, personne ne la verra. Depuis la cour, elle peut passer par les caves pour accéder au numéro 5 qui donne sur le parking. Avec un peu de chance, ils se seront lassés et seront partis. Même les erreurs génétiques ont besoin de dormir de temps en temps. Auquel cas, elle pourra enfourcher son vélo et rejoindre la gare routière en traversant le parc. Le dernier bus pour Boden passe juste avant minuit. Après, elle devra improviser.

— Il y a forcément des services de livraison, dit Lisbeth, et elle sort son ordi.

Buongiorno Pizzeria est à seulement un pâté de maisons. La petite ment. Lisbeth pense que ça a un rapport avec la voiture. La portière qui s'ouvre au moment où Svala sort du taxi. L'homme qui recule en voyant qu'elle n'est pas seule.

Être sur ses gardes est aussi naturel chez Lisbeth que manger, déféquer et dormir. Sans même tourner la tête, elle scanne les environs et enregistre les impressions dans le lobe "informations de survie" de son cerveau. C'est aussi comme ça qu'elle procède avec les gens. Elle note les traits de caractère, les singularités, les apparences, les voix et les manières.

Rien n'échappe à son regard. Et Svala ne fait pas exception. La fille a peur. Peut-être un mélange de peur et de tristesse. Sans doute pleure-t-elle aussi bien sa grand-mère que sa mère en espérant que personne ne s'en rende compte. Grâce aux abrutis de la vie, ça fait un bail qu'elle a appris à différencier la force de la faiblesse. Fort est celui qui ne montre jamais ses émotions. Un peu comme Lisbeth, il faut bien l'admettre. Faible est celui qui dévoile sa vulnérabilité. Être conscient de ses défauts, c'est une chose. Avoir treize ans et devoir porter un tel héritage en est une autre.

Elle s'installe dans le canapé avec l'ordinateur sur ses genoux et fait semblant de chercher des livraisons de repas. En réalité, elle a besoin de rassembler ses esprits, échafauder un plan et les faire sortir d'ici.

La première étape consiste à faire en sorte que la petite se confie. Si elle a des emmerdes, Lisbeth doit découvrir de quoi il retourne. Ce sont peut-être juste des conneries qu'on peut résoudre avec de l'argent. Mais il pourrait aussi s'agir de choses qui sortent du cadre des solutions simples. Elle jure tout bas. Elle aurait dû demander à Plague de se renseigner aussi sur la mère.

— Tu veux quoi comme pizza ? lance-t-elle à Svala qui est dans sa chambre.

— Une végétarienne, s'il te plaît, crie la gosse en retour. Avec une salade de chou si possible.

Si possible. Sacrément polie, cette petite. Lisbeth commande une Capricciosa avec tous les suppléments, qu'elle ajoute également pour celle de la petite. Qui semble avoir besoin de bien manger. Enfin, elle ajoute deux portions de carbonara, quelques pizzas supplémentaires et un grand pack de Coca. Elles risquent de rester là quelques jours. Adresse : 7, Tjädervägen. Attention : emprunter l'entrée par la cour.

[Wasp à Plague : Märta Hirak. Même adresse.]

Elle aurait pu le faire elle-même. Accéder au fichier TAJ de la police est un jeu d'enfant, mais pour en sortir sans être découverte, elle serait obligée de provoquer un crash informatique. Étant donné qu'elle ignore quelle tournure va prendre la journée, le temps risque de manquer. Cela devra passer par Plague.

[Portée disparue. L'affaire est classée sans suite parce qu'elle a pour habitude de disparaître et qu'on ne soupçonne rien de criminel.]

[Elle a déjà été condamnée ?]

[Oui. Art. 4 de la loi sur les soins aux toxicomanes, injonction thérapeutique, mais c'était il y a longtemps. Quelques autres condamnations. Possession d'arme. Protection d'un criminel. Possession de drogues. Violence. C'est tout je crois.]

Puis ça sonne à la porte. Elle prie pour que ce soit le livreur de pizzas.

27

COMMENT PARLER AVEC UN ADOLESCENT ? se demande Lisbeth en coupant une autre part de pizza. Sa seule référence est elle-même, ce qui n'est pas d'une grande aide. Lisbeth Salander, treize ans. C'était qui ? Jusqu'à ce qu'Inge Ågren entre dans sa vie, elle avait refoulé ses souvenirs dans la poubelle de son cerveau. Le problème, c'est qu'ils ne se décomposent jamais. Ils peuvent ressurgir n'importe quand et proliférer et tout contaminer.

Du peu qu'elle sait au sujet de Svala, principalement à travers les rapports des services sociaux, elle comprend qu'elles ont de nombreuses différences et quelques points communs. Pas superficiels, comme l'apparence ou la voix. Non, leurs ressemblances sont plus profondes. Un peu comme des pierres polies à l'identique en raison de conditions géographiques similaires.

Elle doit trouver un moyen d'atteindre la petite. Instaurer la confiance. Sinon, elle ne parlera jamais. Ni à propos de sa mère, ni au sujet des types dans la voiture dehors. Il n'y a que deux options. L'autre, c'est la menace.

— Qu'est-ce que tu aimes faire ? demande-t-elle.

— Je ne sais pas, répond Svala. Lire. Dessiner, peut-être.

— Tu peux me montrer un dessin ? demande Lisbeth l'animatrice de centre de loisirs.

— Non. Je ne les garde jamais.

— Tu n'as pas d'autres hobbys ? J'ai noté la rapidité avec laquelle tu as résolu le cube.

— Ce n'est pas un hobby. C'est juste un truc que je fais comme ça.

— J'ai vu un documentaire sur le championnat du monde de Rubik's Cube, dit Lisbeth. Tu l'as vu ?

— Non, on n'a pas de télé, répond Svala, ce que Lisbeth avait déjà remarqué.

Pas d'ordinateur ou de smartphone récent non plus. À peine quelques vêtements dans la penderie et peu de biens personnels. Si Märta Hirak a gagné de l'argent en vendant de la drogue à côté de son boulot d'auxiliaire de vie, ce n'était définitivement pas pour gâter sa fille. Tout l'appartement transpire la pauvreté.

Alors qu'elles finissent de manger, ça sonne de nouveau à la porte. Svala lâche son bout de pizza et se lève si précipitamment qu'elle renverse la canette de Coca.

— Attends, dit Lisbeth en lui retenant le bras. C'est les gars du parking ?

Elles s'immobilisent, se fixant droit dans les yeux. Svala doit se décider.

— Pourquoi tu dis ça ? demande-t-elle pour gagner du temps.

— On s'en fout, dit Lisbeth. C'est qui ?

— Je ne sais pas, dit-elle d'un ton révélant qu'elle est peut-être disposée à cracher le morceau. Maman-Märta leur doit de l'argent. Et quand je devais…

— OK, la coupe Lisbeth, et elle pousse la fille en direction de sa chambre, où elles peuvent parler sans risquer d'être entendues. Écoute-moi. On ne va pas ouvrir. On ne va même pas s'approcher de la porte, tu comprends ?

La fille comprend.

— Tu connais quelqu'un dans l'immeuble ? poursuit Lisbeth.

— Juste Ingvar, répond Svala. Il est vieux.

— Bien, tu as son numéro ?

— Non, on se croise dans la cour.

J'ai entendu dire que ta mère avait disparu. Ça doit te faire de la peine, dit-il.

Elle va revenir, répond Svala. Comment va Malin, elle est rentrée ?

Il secoue la tête. Ils restent silencieux à observer les passereaux qui entrent et sortent d'un nichoir dans le bouleau. Il sait bien comment rester silencieux. C'est ce qu'elle préfère chez lui.

— Son nom de famille ? dit Lisbeth.

— Bengtsson. Il est au quatrième.

— Voilà ce qu'on va faire, dit Lisbeth en lui tendant son portable. Appelle-le et dis-lui de descendre deux étages. Ensuite, il faudra qu'il explique aux types devant ta porte que plus personne n'habite là. Que les services sociaux sont venus te chercher et que ta grand-mère est morte.

— Ça ne va pas le faire, dit Svala. Ils nous ont vues arriver.

— Peu importe, dit Lisbeth. C'est sûr qu'ils reviendront, mais ils n'aiment pas quand il y a des témoins.

— Et s'ils lui font du mal ? demande Svala comme quelqu'un qui en a vu d'autres. Il vaut peut-être mieux que je parte avec eux.

— Surtout pas. Je suis encore responsable de toi pendant deux jours.

— Et s'il appelle la police ?

Putain de gosse avec son esprit logique.

— Ils n'arriveront pas à temps.

— Il va poser des questions.

— Dis-lui que tu lui expliqueras plus tard.

Svala compose le numéro. Et elles attendent.

— Reste là, dit Lisbeth en se faufilant vers la porte d'entrée.

Elle entend des voix. Ne distingue pas exactement ce qui se dit, mais entend des voix malgré tout. Elle s'approche. Risque un œil au judas. Non. Ce n'est pas possible. Les judas peuvent déformer les visages, mais ce genre d'ordures, elle les reconnaîtrait même avec des sacs plastique sur la tête. Quand l'un d'eux délaisse le voisin et se retourne vers la porte, c'est comme s'il la regardait directement. Elle fait un pas en arrière. Son pouls s'accélère. Elle a du mal à respirer. Le MC Svavelsjö.

Comment ont-ils pu ressusciter de la lave bouillonnante du purgatoire, bordel ?

Si c'est le MC Svavelsjö qui est aux trousses de la petite, elles sont vraiment dans la merde. Pas parce qu'ils sont particulièrement intelligents, mais parce qu'ils sont sans scrupules. Et visiblement ils ne reculeront pas devant une enfant.

Elle se penche vers la porte et frissonne. Des clones en provenance directe de la banque génétique du diable. Des nouveaux gars, mais les mêmes queues de cheval grasses et moustaches poisseuses. Mêmes pantalons en cuir, mêmes gilets.

Le claquement des santiags s'estompe. Elle peut respirer. Le palier est vide. Elles disposent d'un bref répit. Lisbeth cherche une voiture de location sur internet. Elle écarte les grandes marques et appelle Rent-A-Wreck.

— Vous aurez 3 000 couronnes de plus si vous la livrez. Garez-vous sur la place pour handicapés à l'arrière et posez la clé sur la roue avant.

— 5 000. Et si la voiture est volée, vous devrez la remplacer.

— Envoyez un SMS quand vous serez arrivé, dit Lisbeth, puis elle se tourne vers Svala : À toi de décider où on va.

— Rovaniemi, répond Svala. En Finlande.

— Tu connais quelqu'un là-bas ?

— Pas vraiment.

— OK, dit Lisbeth. *Perkele Rövanemi, here we come**.

— Rovaniemi, corrige Svala.

* *Perkele* est un juron finnois très répandu. *Röv* signifie également "cul" en suédois.

28

COMME SI ELLES N'AVAIENT PAS EU assez d'emmerdes en une journée, il se met à neiger. D'abord un peu, puis de plus en plus, et pour finir tellement que la voiture avance au pas les dix derniers kilomètres. La petite lutte contre le sommeil, s'assoupit et se réveille quand sa tête tombe contre la vitre.

Lisbeth a essayé de lui soutirer des infos au sujet de sa mère. Mais elle a clairement appris à être sur ses gardes. Elle n'a pas dit grand-chose que Lisbeth ne sache déjà.

— Je peux conduire si tu veux, propose Svala.

— C'est ça, dit Lisbeth.

— Mais sérieux, j'ai l'habitude.

Que répondre à ça ? Rien.

Lisbeth se rabat sur une aire d'arrêt et se tourne vers Svala.

— OK, Svala, dit-elle. Tu connais ces types du MC Svavelsjö ?

— Certains d'entre eux. Ils se sont associés avec la bande de Peder-Plastoc il y a environ un an.

— Tu connais leurs noms ?

La petite ne répond pas.

Quoi qu'il arrive, peu importe qui demande, ne dis rien.

— Tu ne te rends pas compte, dit Lisbeth. Le MC Svavelsjö n'est pas n'importe quel club de motards. Les Hells Angels, ce sont des petits joueurs à côté. Ils vivent entièrement sur la misère des autres. Leurs sales tronches se pointent dès qu'elles ont vent du moindre signe de violence ou de la moindre odeur d'argent. De préférence les deux à la fois.

Lisbeth doit être claire et la fille doit parler.

— Ils tueraient un clochard pour dix balles. Il faut que tu me racontes. Qu'est-ce qu'ils te veulent ?

— Même si je te raconte, qu'est-ce que tu pourras y faire ? demande Svala en balayant ostensiblement du regard la frêle silhouette de Lisbeth dont la tête dépasse tout juste au-dessus du volant.

— Je ne sais pas encore, répond-elle. Mais tu ne parviendras pas à leur échapper sans aide, d'accord ? S'ils ont une emprise sur toi, ils vont s'accrocher bec et ongles jusqu'à ce qu'ils obtiennent ce qu'ils convoitent. Alors ils veulent quoi ?

Quoi qu'il arrive, peu importe qui demande, ne dis rien.

Lisbeth pousse un soupir et redémarre. Elle la comprend. Elle aurait sans doute fait la même chose. Mais le MC Svavelsjö… C'est complètement improbable. À neuf cents kilomètres de Stockholm. Ils doivent manigancer un truc d'envergure.

— Si tu veux te rendre utile, tu peux peut-être chercher un hôtel ? dit Lisbeth. Quatre étoiles minimum et un accueil ouvert 24 heures sur 24.

Svala consulte un site de réservation. Peu après, elle pose le téléphone et s'appuie contre la vitre.

— Alors ? demande Lisbeth.

— Ce n'est pas la peine, répond-elle. C'est trop cher.

— Ne t'inquiète pas pour l'argent. Les services sociaux nous ont donné un bon pactole pour qu'on se fasse plaisir.

— C'est ça, dit Svala. Tous les cassos de Gasskas peuvent aller à Rovaniemi une fois par an. Et à Majorque l'été s'ils envoient une carte postale.

— C'est sympa de leur part, non ? Tu as trouvé un hôtel ?

— Oui. 5 000 couronnes la nuit.

— Appelle, dit Lisbeth.

— Sérieux ?

— Sérieux.

— Svala Hirak à l'appareil, dit-elle, j'aurais voulu réserver une chambre pour…

Elle se tourne vers Lisbeth.

— Deux nuits, merci. Chalet de préférence, merci. Avec sauna, merci.

— Et minibar, intervient Lisbeth.

— Minibar, merci. Par carte ?

— En espèces.

— En espèces, merci.

Svala lorgne Lisbeth. Un merci supplémentaire brille dans son regard.

Lisbeth monte le volume de la radio. Le morceau lui paraît familier, sans qu'elle arrive à le resituer. La musique occupe une place minime dans sa vie. La plupart du temps elle préfère le silence.

— Je peux monter le son ? demande Svala.

— Tu aimes la musique ? demande en retour Lisbeth, et la fille éteint la radio.

Les essuie-glaces tressautent sur le pare-brise et le ventilateur siffle.

— Pas la peine de te forcer, dit Svala. Mon plat préféré, c'est les *palts*, les boulettes de patate. Je suis la meilleure cliente de la bibliothèque. Je joue au hockey avec l'équipe féminine sénior de Gasskas. Enfin, j'y jouais quand j'avais encore des patins. Inutile de me demander si j'aime la musique juste parce que je voulais monter le son.

— Pardon, dit Lisbeth qui se rend compte qu'elle s'est fait damer le pion.

Elle voit une enfant lorsqu'elle observe cette gamine de treize ans en train de lutter contre le sommeil, mais l'image est trompeuse. Comme Lisbeth, elle a été façonnée par les circonstances. Un être qui a grandi trop vite et qui a développé une stratégie de survie. La diplomatie superflue n'en fait pas partie. Au contraire, pense-t-elle, et elle rallume la radio.

— Si tu n'aimes pas la musique, tu vas devoir faire avec, dit Lisbeth, qui commence à accompagner la chanson.

Svala monte le son.

— J'aime sa voix, dit-elle, et elle aussi se joint à la mélodie comme elle peut

— Il est danois, dit Lisbeth. Mort, malheureusement.

— Maman est peut-être morte aussi, dit Svala. Mais je ne crois pas.

— Alors elle ne l'est sans doute pas, répond Lisbeth.

Elle hésite, vérifie le GPS encore une fois, avant de bifurquer vers un parking tout en jetant des regards tout autour.

— C'est quoi cet endroit, bordel de Dieu ? L'enfer personnel du père Noël ?

Des guirlandes multicolores sont suspendues entre les arbres et il y a des lutins et encore des lutins partout. Et quand ce ne sont pas des lutins, ce sont des rennes, des paquets-cadeaux, des sapins et toutes les babioles possibles et imaginables associées au cauchemar de Noël.

— Il habite ici, dit Svala.

— Putain, il doit être bien allumé alors.

— Qu'est-ce que tu peux jurer, murmure Svala. Le père Noël est quelqu'un de bien.

— Le père Noël n'est pas quelqu'un, c'est un mythe.

— Non, il existe.

Le hall de l'hôtel est, si possible, pire encore. En plus des murs en rondins vernis et ornés de bois de renne s'y trouve un renne empaillé attelé à un traîneau rempli de cadeaux avec un autre foutu père Noël, le tout étouffé comme sous un tapis moisi par une musique de circonstance.

L'une déteste Noël et l'autre adore le père Noël. C'est pas gagné...

Quand un elfe se matérialise pour leur souhaiter la bienvenue en lieu et en place du traditionnel réceptionniste en noir et blanc, Lisbeth jette l'éponge. Elle passe son portefeuille à Svala et se laisse tomber dans un canapé rouge aux bordures vertes avec des coussins brillants et des peaux de renne qui grattent.

— Vous auriez une bière au moins ? crie-t-elle. Ou de l'alcool fort. Je boirais bien un truc fort.

— Tu es obligée de boire ? demande Svala en lui rendant son portefeuille.

À l'instant, elle était grande. Elle est maintenant toute petite. Une enfant au regard errant. Une gamine de treize ans sur ses gardes. Une gamine de huit qui s'enferme dans la salle de bains pour échapper aux mains baladeuses d'ivrognes. Une gamine de cinq qui attendait impatiemment le sapin et les cadeaux et qui se couche le ventre vide. Une gamine de trois ans laissée seule quand les parents ont des affaires à régler en ville.

Merde. Quelle conne insensible, pense Lisbeth, qui se reproche de ne pas avoir saisi la gravité de la situation plus tôt.

— Pardon, dit-elle. Je prendrai volontiers un Coca, mais ça peut attendre qu'on soit dans la chambre.

Elles voyagent léger. C'est le singe qui prend le plus de place dans le sac de Svala. Pour une gamine qui n'a connu que des auberges de jeunesse, et encore, la chambre est une débauche de luxe. La fille trop raisonnable pour son âge – ou plutôt trop vieille pour son âge – ne peut pas se retenir. Elle bondit d'une pièce à l'autre telle une génisse lors de son premier pâturage d'été. Passant des deux chambres à la salle de bains et au sauna, elle ne s'arrête pas avant d'avoir inspecté le moindre recoin, y compris les penderies.

Lisbeth veut juste dormir. Elle n'a pas le courage de se déshabiller complètement, se contente d'ôter son jean et s'enfonce sous la couette.

— Viens là, lance-t-elle à Svala. Tu as vu que le toit est complètement vitré ?

À la différence de Lisbeth, Svala a mis son pyjama et s'est lavé les dents avant de se glisser sous la couette avec son singe et d'éteindre la lumière.

— Il y a une autre chambre si tu veux être tranquille, dit Lisbeth.

— Merci, n'hésite pas.

L'étendue du ciel au-dessus de la verrière est une masse noir-gris, sans étoiles filantes ni astres scintillants.

— Tu connais les trous noirs ? demande Lisbeth.

— Un peu, répond Svala. La gravitation empêche la lumière de sortir.

— Exact. Imagine que tu es une astronaute qui tombe à travers l'espace et s'approche d'un trou noir.

— L'horizon des événements, tu veux dire ?

Dis donc, sacrément informée la petite.

— Oui.

— Je voulais juste m'assurer que tu ne parlais pas de la singularité, dit Svala, parce que dans ce cas je serais morte il y a longtemps.

— Comme les flocons de neige qui touchent la verrière.

— Sauf que ce n'est pas la même chose, dit Svala, qui bâille et se tourne sur le côté. D'ailleurs, n'importe quel crétin peut faire des recherches Google sur les trous noirs. Le premier truc qui monte, c'est la gravitation et la singularité. Pour moi, ce sont surtout des jolis mots. On peut dormir maintenant ? Je suis fatiguée. Le singe aussi.

Tant pis pour l'histoire du soir.

29

Y A-T-IL PIRE AU MONDE qu'un petit-déjeuner d'hôtel ? Lisbeth fait la queue pour le café. Quand arrive son tour, il n'y en a plus.

Des hordes d'inconnus qui s'obstinent à dire bonjour longent lentement le buffet telle une longue couleuvre. Et bien que ce ne soit que le mois d'octobre, la salle grouille de pères Noël, vivants comme factices.

Une elfe exagérément sympathique remplit les assiettes en papotant avec les clients dans des langues diverses et variées. À présent, elle entoure Svala de son bras et désigne la machine à gaufres tandis que Lisbeth cherche une table aussi loin que possible des familles avec enfants et des elfes, ce qui se révèle mission impossible. De même qu'il est impossible d'échapper à la voix de Bing Crosby qui se déverse des enceintes comme du Cérulyse.

Visiblement, les gens se sont tous réveillés en même temps. Il n'y a aucune table libre. La meilleure option se présente sous la forme d'un Chinois qui parle fort au téléphone, accompagné de sa fille.

— Je vous en prie, dit-il en joignant le geste à la parole.

Afin d'esquiver tout échange de politesses, Lisbeth s'empare du journal *Helsingin Sanomat.*

— Tu parles le finnois ? demande Svala tout en s'empiffrant de saucisses, œufs brouillés, gaufres, crème, pains divers, pâtés, fromage et donuts.

— Non, mais les images sont chouettes, répond Lisbeth, alors qu'elle tombe sur la photo du ministre suédois de la Santé et des Affaires sociales.

Elle réprime l'envie de dire "quel con". Lorsque l'elfe en quête de vaisselle sale approche, elle lui demande de traduire.

— Ça parle d'une intrusion informatique, dit-elle en saisissant la tasse de Lisbeth.

— Chez le ministre ?

— Et sa femme.

— Merde, lâche Lisbeth, en regardant son portable.

Plus de batterie. Comment c'est possible ? Elle qui est toujours connectée, jamais déchargée. Elle se lève :

— Je dois passer un coup de fil.

— Tu as vu ça ? demande Lisbeth au moment où Dragan Armanskij décroche.

— On l'a su vendredi, répond-il. Je me suis dit que tu avais suffisamment de trucs à gérer en ce moment. La situation est sous contrôle. Quand seras-tu de retour en ville ?

Lisbeth embrasse du regard le pays du père Noël. Une couche de neige vierge et immaculée drape les toits. Le père Noël ne dort jamais.

— Je ne sais pas. Il y a eu un problème en cours de route.

— Rien de nouveau sous le soleil. Ça se passe bien avec la fille ?

— Ouais.

— Ce qui veut dire ? demande-t-il, et Lisbeth pousse un soupir.

— On est à Rovaniemi.

— En Finlande ?! s'exclame Armanskij avec un rire. Tu as déjà rencontré le père Noël ?

— Plusieurs même, et en prime ses elfes délurés et des rennes galeux, répond Lisbeth.

Puis elle lui demande d'en venir aux faits.

Dragan Armanskij, fondateur et propriétaire majoritaire de Milton Security, sirote son café du matin en observant la ville.

Depuis un peu plus d'un an, Lisbeth est associée de l'entreprise et personne n'en est plus ravi que lui. À ses conditions à elle, évidemment. Un jour en présentiel par semaine tout au plus, son propre bureau, des rapports quotidiens et un droit de regard absolu sur les projets de l'ensemble des collaborateurs. À leurs yeux, Lisbeth est un drôle d'oiseau. À ses yeux à lui, c'est une espèce rare et exceptionnelle.

Le projet de sécurité au sein du ministère de la Santé et des Affaires sociales a été lancé cet automne, à la demande du service informatique du gouvernement. Il s'est achevé il y a quelques semaines avec un résultat jugé satisfaisant.

— Alors qu'est-ce qui s'est passé ? demande Lisbeth. C'est Dick et Bite qui ont merdé ou il y a eu autre chose ?

Bite se prénomme en réalité Beatrice, c'est son travail en binôme avec Dick qui lui a valu d'être rebaptisée Bite. Du moins dans le carnet d'adresses de Lisbeth.

— On n'en sait rien pour l'instant, dit Armanskij, en dehors de ce que la Suède entière sait à l'heure qu'il est : que la femme du ministre est rousse en haut comme en bas et que l'amant est un Turc condamné pour meurtre qui aurait dû être expulsé depuis des années, ce qui en soi est assez comique. De Deus est notamment connu pour ses positions en faveur de plus de fermeté à l'encontre des délinquants et d'une expulsion immédiate des immigrants criminels. Tu n'as pas lu les journaux ? En général tu es hyper informée, la fille a vraiment dû chambouler tes habitudes.

Le ton de sa remarque n'a rien de méchant, sa voix serait même plutôt teintée d'espoir. Lisbeth sait qu'il s'inquiète pour elle. Il l'invite souvent dans sa villa à Nacka, en banlieue, où son adorable femme, Nadie, prépare des bons plats nourrissants. La plupart du temps Lisbeth décline.

Ce n'est pas bon d'être seul, la famille est le meilleur refuge de l'être humain.

Vraiment ? répond Lisbeth.

Je ne parle pas des parents, mais d'une famille à soi. Un homme bien, quelques enfants qui vous lient, une maison.

Généralement, c'est au moment où il met le disque de la valse familiale qui saute plus qu'un 78 tours d'Evert Taube* qu'elle lui demande de la fermer. Elle a fait ses choix et elle les assume. Les relations, c'est pénible. Elle ne sait même pas si elle est capable de ressentir quelque chose de plus profond que le désir. Quoi qu'il en soit, elle ne compte pas creuser la question. Il n'y a pas que les gens dans la vie. Il y a les nombres premiers, par exemple.

— Envoie-moi ce que tu sais, je te rappelle plus tard, dit-elle. Attends, une dernière chose. C'est toi qui as donné mon numéro de téléphone aux services sociaux ?

— Je ne ferais jamais une chose pareille.

— Sûr ?

— Sûr, dit-il avec deux dixièmes de seconde de retard.

Elle sort du chalet, identique aux centaines d'autres disséminés parmi des constructions en rondins, hôtels, restaurants, magasins de déco et… peut-être un kiosque à tabac. Elle ne se rappelle plus depuis combien de temps elle a arrêté de fumer, mais il lui arrive encore d'acheter des clopes. Elle les garde pendant quelques jours pour ensuite les jeter.

— Vous savez que le kiosque a été construit à l'occasion de la visite d'Eleanor Roosevelt ?

Le Chinois du petit-déjeuner est là pour les mêmes raisons qu'elle. Et il ne peut visiblement pas s'empêcher de parler.

— Non, je l'ignorais, répond Lisbeth. Elle était venue pour voir le père Noël, elle aussi ?

— Ah ah, non, pas tout à fait. C'est plus tard que le père Noël s'est installé ici. Là, on parle de quelques années après la guerre. Les Allemands ont entièrement brûlé la ville en 1944. Peu de maisons ont été épargnées, dit-il.

Il semble s'emballer, encouragé par l'attitude de Lisbeth qui s'efforce de paraître intéressée.

* Evert Taube (1890-1976) est un écrivain, poète, compositeur, chanteur et artiste suédois considéré comme un "poète national". Ses chansons parlent souvent d'amour, de la mer, de la beauté de la nature et du paysage suédois.

— Les Russes ont obligé les Finlandais à renoncer au plan Marshall, mais les États-Unis ont insisté pour apporter leur soutien. Alors quand Mme Roosevelt a décidé de venir en visite, ils ont construit ce chalet – soi-disant sur le cercle polaire, bien que celui-ci se situe en réalité un peu plus loin. C'est là qu'elle venait s'asseoir pour écrire des cartes postales à Truman.

— Cher Harry, dit Lisbeth. Le père Noël existe.

— Votre fille me dit que vous êtes suédoises ? dit le Chinois.

Elle choisit de ne pas relever l'histoire du lien familial. Ce ne sont pas ses oignons.

— N'est-ce pas un site extraordinaire ? dit-il en montrant le domaine d'un large geste. Mais pardonnez-moi, j'aurais dû me présenter. Kostas Long. J'étais venu avec mon fils il y a de nombreuses années. Par hasard, j'ai eu l'occasion d'investir dans le domaine et désormais je viens aussi souvent que possible avec ma fille, Mei. Cela peut sembler puéril, mais j'adore Noël. Vous aussi ?

— Non, dit Lisbeth.

— Et la Finlande, poursuit-il. Quel pays, quel peuple ! Vous avez fait des trucs sympas depuis votre arrivée ?

— Non, répond de nouveau Lisbeth.

— Dans ce cas, je pourrais peut-être vous emmener faire un tour ?

— Je ne sais pas.

— Je me suis permis de vous inscrire à quelques activités, dit-il, recevant un regard bien senti en guise de commentaire.

— Kostas, dit Lisbeth. Vous êtes grec ?

Cette fois c'est lui qui ne répond pas.

— Mei et votre fille aimeraient faire une balade en traîneau avec les rennes, dit-il. Vous êtes évidemment la bienvenue. Il y a des combinaisons chaudes à louer à l'accueil. Vous n'aviez peut-être pas imaginé que ce serait l'hiver, ici.

— Merci, dit Lisbeth. On verra ce qu'on fait.

Une bonne heure plus tard, elle se retrouve bon gré mal gré à l'accueil avec Svala et un groupe de Japonais gloussants qui font des selfies vêtus de combinaisons de location couleurs pastel.

— Ça ne va pas le faire, dit Lisbeth. Je préfère encore crever de froid. Si on faisait du sport à la place ? Un père Noël digne de ce nom devrait au moins être équipé d'un dojo.

Le regard de Svala erre sur l'assemblée joyeuse. Lisbeth aurait eu la même réaction à son âge. Bien que cela remonte à loin, elle se souvient avec la précision d'une scie diamant combien le monde lui paraissait hors d'atteinte. Il défilait sur l'écran de la télé ou devant les fenêtres de la clinique, lui renvoyant le message qu'elle en était clairement exclue. Tu es une bête de foire, Lisbeth, disait-il. Et les bêtes de foire ne sont pas acceptées.

— Viens, dit-elle à la petite. Il y a un magasin de sport un peu plus loin. Autant s'acheter des habits neufs. Choisis ce que tu veux sans penser au prix. Les services sociaux ont encore envoyé de l'argent.

— Ça en jette, dit Svala lorsqu'elle passe la main sur les différents modèles de doudounes aux couleurs variées.

Ce n'est que maintenant que Lisbeth songe à la façon dont la fille est habillée. Ou plus exactement… Elle s'en était fait la remarque. Elle avait vu les semelles de baskets décollées et le jean qui s'arrête au mollet en se disant que la mode des jeunes était impitoyable.

— Ça, ce serait bien aussi, dit-elle. Et ça.

Les souvenirs pleuvent comme des gouttes radioactives au-dessus de Tchernobyl.

— On n'a jamais trop de jeans. Et des pulls, tu as besoin d'un pull ?

— Ben, je dois retourner à l'école bientôt, dit Svala. On va avoir un contrôle.

— En quoi ? demande Lisbeth.

— Histoire. L'histoire du Norrbotten.

— Tu aimes l'histoire ? Les droits de succession, les seigneurs de guerre, les dates ?

Svala n'a pas l'air de comprendre qu'on puisse poser cette question.

— L'histoire est sans doute la matière la plus importante à l'école. Comment veux-tu que les gens comprennent l'avenir s'ils ne connaissent pas le passé ?

— Rien à redire, dit Lisbeth.

Cette gosse ne peut pas avoir treize ans. Trente-trois, plutôt.

— Il te faut un ordinateur aussi, dit-elle. Et un nouveau portable.

— D'accord pour l'ordinateur, mais mon portable me convient.

— On peut tout conserver quand on change d'appareil, tu sais, y compris les photos.

— Je préfère garder le mien.

30

— Je sors faire un tour, dit Svala, laissant sa tante plongée dans les chiffres et les signes qui défilent sur son écran d'ordinateur.

La neige tombe toujours dru, elle se fraie un passage en direction du bureau de poste du père Noël.

Je n'ai sans doute pas froid. Pas même aux pieds.

Non qu'elle ait froid en temps normal. Ce n'est pas plus problématique pour elle que de poser la main sur une plaque brûlante. Mais par rapport aux autres. Ceux qui la jaugent de la tête aux pieds peuvent désormais voir une paire de vraies bottes. Pas des baskets trop petites aux semelles décollées, alors que le mercure est en dessous de zéro. Quelqu'un s'en est préoccupé. C'est ça qui compte.

Le lieu est blindé de gens qui tripotent les peluches et achètent des cartes postales. Elle s'arrête un moment près d'un groupe d'Italiens accompagnés d'un guide. Au collège de Gasskas, seul l'allemand est proposé en troisième langue. Du coup elle fait de l'italien, de l'espagnol, du chinois et du russe *via* une appli. Bien qu'elle ne connaisse encore que les bases, elle arrive déjà à saisir quelques mots. Elle fait de son mieux pour s'intégrer. On pourrait même penser qu'elle est ici avec sa famille.

— Excusez-moi, dit-elle à l'elfe à la caisse. Elles atterrissent où, toutes les lettres pour le père Noël ?

— Tu lui as écrit ? demande l'elfe, sans obtenir de réponse. Ici. Le père Noël et ses lutins lisent tous les courriers. Ensuite on les range dans un placard spécial. Tu viens de quel pays ?

— Afrique du Sud, dit Svala, et l'elfe désigne l'étagère correspondante.

— Malheureusement, le placard est fermé à clé, mais tu parviendras peut-être à entrevoir ta lettre malgré tout. Sinon, tu peux en écrire une autre.

Ça ne l'intéresse pas. Elle voulait simplement s'assurer que le bureau de poste du père Noël existe et que les lettres sont lues. Elle poursuit son chemin et suit les flèches en direction de la Maison du père Noël.

L'escalier en bois serpente jusqu'au dernier étage. Elle n'est pas une enfant, ne l'a jamais été, pourtant elle est excitée à l'idée de rencontrer le père Noël. Un moment solennel.

Oui, elle veut à la fois être photographiée et que la conversation soit filmée et enregistrée sur une clé USB. Elle s'installe sur le fauteuil près du père Noël. Ils restent un moment silencieux. Elle est petite à côté de lui. Il est enrhumé.

— Je vous écris souvent, dit Svala. Vous savez peut-être qui je suis ? Svala de Suède ?

Une question idiote, elle a juste tenté sa chance, mais le père Noël hoche la tête.

— Je sais qui tu es, répond-il. Le père Noël sait tout.

— Comme Dieu, dit Svala.

— Comme Dieu, répond-il.

— Alors vous savez que ma mère a disparu, dit-elle, et il hoche la tête de nouveau. Vous pouvez peut-être me dire où elle est ? Ou du moins si elle est encore en vie ?

— Quand j'étais petit, un simple lutin, ma mère a aussi disparu, alors je sais ce que c'est.

— Elle est revenue ?

Le père Noël hésite avant de répondre :

— Je n'ai jamais perdu espoir. Et un jour, elle est soudain revenue.

— Elle était partie où ?

— Elle avait pris de longues vacances. Ta mère est peut-être partie en vacances, elle aussi.

Elle sait bien que le père Noël ignore où se trouve sa mère, mais ça lui fait du bien de lui parler. Elle réfléchit à sa prochaine question. Il se mouche.

— Je peux vous demander quelque chose ? dit-elle, et elle plonge la main dans sa poche.

— Bien sûr. Tu peux demander ce que tu veux au père Noël.

— J'aimerais vous offrir quelque chose, dit-elle en sortant un paquet rectangulaire enveloppé dans un emballage cadeau fait maison. C'est pour vous, mais vous n'avez pas le droit de l'ouvrir avant Noël.

— Bien sûr que non, je suis le père Noël après tout. Je le mets à côté des autres cadeaux pour l'instant.

— Non, j'aimerais que vous l'emportiez chez vous. Je vous ai écrit tellement de fois sans avoir de réponse. Alors, vous me devez bien ça.

Il se tortille sur sa chaise. Se mouche une nouvelle fois et prend une gorgée de vin chaud épicé ou de ce que peuvent bien boire les pères Noël.

— D'accord, dit-il, on fait comme ça. Promis. Sur l'honneur.

Svala sait une chose ou deux sur l'honneur. Une petite menace ne fait jamais de mal, comme dirait Peder-Plastoc.

— Tout a été filmé, si d'aventure vous oubliez.

Puis elle se lève, lui donne une tape sur l'épaule et lui souhaite un prompt rétablissement.

Ce qui est curieux, c'est qu'il sait réellement qui elle est. C'est son premier automne en tant que père Noël. Durant toutes les vacances scolaires pendant le lycée et encore après, au cours de ses études de journalisme, il a fait des remplacements au Village du père Noël. La plupart du temps, il a eu pour mission d'ouvrir les courriers, de les lire et parfois d'y répondre. Étant suédois du côté de son père, il était chargé des piles venant de Suède.

Contrairement à ce que pensent sans doute la plupart des gens, il y a plus d'adultes que d'enfants qui écrivent au père Noël. Des histoires malheureuses de pauvreté, de divorces, de maladies incurables et de solitude pour lesquelles le père Noël constitue le dernier espoir.

Il répond du mieux qu'il peut. Dit que ça va aller. Qu'il suffit de garder l'espoir et la volonté et que tout finira par s'arranger. Il ne peut pas faire plus.

En revanche, les courriers de cette fille sont différents. Elle n'écrit pas des lettres. Elle écrit des poèmes. Des poèmes qui peuvent le faire rire autant que pleurer. Mais surtout, une telle plume aurait toute sa place dans l'histoire de la littérature. Son écriture est d'un tel niveau. Étant lui-même un poète amateur, il l'a tout de suite remarqué. Si seulement il avait pu lui répondre. Elle signe Svala H. Jamais d'adresse.

C'est d'ailleurs à cause de ça qu'il a pris certaines libertés. Il a photographié les poèmes et les a fait passer pour siens sous le pseudonyme de Svala H. Au début il piquait simplement des mots ou des phrases isolées, puis avec le temps ça a été des poèmes entiers. Il les a même – et d'y penser lui fait tellement honte qu'il doit se rendre aux toilettes sans délai – traduits en finnois et les a envoyés à un éditeur, qui a accepté de les publier. Le recueil sortira dans quelques semaines à peine. Qu'est-ce qu'il peut transpirer sous ce costume, bordel ! La barbe le démange et les lunettes lui serrent les tempes.

Il est un imposteur. Un loser qui a volé les textes d'une jeune fille et se les est appropriés. Il se sent encore plus abject maintenant qu'il l'a rencontrée. Il referme la porte des toilettes, dévale l'escalier et sort sur la place du Village de Noël, mais aucune Svala H en doudoune bleu pigeon et bonnet rose n'est visible parmi les touristes en combinaisons de location.

— Bonjour père Noël, venez prendre une photo avec nous, lance quelqu'un, et l'occasion de la trouver s'envole définitivement.

Peut-être que le père Noël est un mythe. Un personnage imaginaire de notre enfance destiné à parcourir le monde sur son traîneau pour livrer des cadeaux. Mais dans le Village du père Noël, il est bel et bien vivant. Il se campe entre les gens, passe ses bras réconfortants autour de frêles épaules et adresse à l'objectif du portable un sourire tout paternel.

Comme le lui a demandé Svala, il emporte le paquet à la fin de sa journée de travail. Eeli Bergström aurait pu l'ouvrir et peut-être y trouver une adresse, mais il décide de s'abstenir. Il doit aller au bout de son entreprise. Le recueil sera publié. En finnois uniquement, espère-t-il.

Depuis la boutique Marimekko, Svala le suit du regard par la fenêtre. Le voit dévaler l'escalier, son manteau voletant comme une robe autour de lui. Il cherche quelqu'un. C'est pour ça qu'elle ne se montre pas, pour le cas où il se serait ravisé au sujet du cadeau.

31

MIKAEL BLOMKVIST S'ACHÈTE UN CAFÉ à dix couronnes dans la machine tout en se disant qu'il faudra qu'il pense à toucher un mot à Salo au sujet de la bibliothèque. Pour une commune de vingt mille habitants, bientôt trente, c'est pathétique. Un rayonnage histoire avec des encyclopédies locales. Un rayon romans qui comprend la poésie, les essais, les nouvelles et la fantasy. Un coin considérablement plus grand dévolu aux polars et aux romances. Le reste, la moitié voire plus, est consacré à la littérature jeunesse et ado, ce qui paraît cohérent. Sans oublier une demi-étagère de livres LGBTQ+. Le tout réparti sur une surface équivalente à une petite salle de séjour.

Dans la section revues, ça peut encore aller. Comme dans toutes les bibliothèques, les usagers sont éparpillés autour des tables et sur les fauteuils, absorbés dans des articles d'actualité, des reportages. Mikael Blomkvist s'empare du seul journal stockholmois et s'installe à une table avec vue sur la rivière et le commissariat.

La grisaille a-t-elle une limite ? L'insignifiance des gens a-t-elle une limite, la taille d'une mairie a-t-elle une limite et comment diable peut-on habiter ici ? songe-t-il en sirotant son café et en observant la vie quotidienne de l'autre côté de la vitre.

Une femme sort du commissariat. Il la suit du regard. Le vent lui rabat les cheveux devant le visage. Elle fouille dans sa poche. Dompte sa chevelure dans un nœud serré. Glisse sur une plaque de verglas, retrouve son équilibre et ramasse son portable.

C'est ça, vivre dans des petits bleds ? Impossible d'être anonyme parce qu'il y a toujours un con pour s'emmerder dans un café, une station-service, une voiture ou une bibliothèque et qui étudie le monde alentour à la loupe comme s'il s'agissait d'un timbre rare.

Il regarde autour de lui. La présence d'un inconnu, avec sa frange poivre et sel qui tombe sur sa joue droite constellée de cicatrices d'acné, n'a sans doute échappé à personne. La façon dont il dégage les mèches de ses yeux, la veste en velours trop légère pour le climat et la sacoche Böle qui a dû coûter la moitié de son salaire mensuel et constitue le seul luxe qu'il se soit jamais accordé. La même que Göran Persson, l'ancien Premier ministre.

Une femme vêtue d'un manteau gris entre dans le commissariat. Un homme en costume gris en sort. Minute… Il a quelque chose de familier. Mikael Blomkvist fouille sa mémoire et les souvenirs affluent. Certains en provoquant une tension des muscles. D'autres réveillent des douleurs à l'entrejambe. Ses bras le démangent. Ses joues s'empourprent. Son dos se raidit. L'homme dans la rue est du genre bras qui démange.

Hans Faste. Sans doute l'un des pires policiers de Suède. Qui sort du commissariat avec un sourire aux lèvres. Ne tient pas la porte à la femme qui entre – il n'a même pas dû la voir – et rejoint d'un pas rapide sa voiture, qui est garée sur une place réservée aux handicapés.

Hans Faste. Le collègue de Sonja Modig, Jan Bublanski et comment s'appelle-t-il déjà ? Curt quelque chose. Bolinder peut-être.

Pourtant ils ne sont que l'avant-garde d'une personne d'une autre trempe.

Elle n'est pas policière.

Elle ne le sera jamais.

Elle déteste la société comme le végétarien déteste la boulette de viande et elle est à jamais liée à son passé : Lisbeth Salander.

Au début, il lui écrivait au moins une fois par semaine. Puis, pris dans le stress du quotidien, peut-être une fois par mois. Désormais, il lui envoie un mot pour Noël. Sans jamais obtenir de réponse. Ce n'est pas pour autant qu'il ne pense pas à elle. Parfois il entrevoit un dos. Croit reconnaître une chevelure, mais ce n'est jamais elle.

Au lieu d'ouvrir le journal, il envoie un message :

> [Salut Lisbeth, ça fait longtemps. Suis à Gasskas dans le Norrbotten et viens d'apercevoir Hans Faste. J'ai pensé à toi. Qu'est-ce que tu deviens ? Bises / M.]

Quand son téléphone émet un *pling* quelques secondes plus tard, il est sincèrement surpris.

> [Bon courage avec ce con. À plus, Lisbeth.]

Bref, il s'attendait à quoi ? Rien en réalité. Son index le démange, il est tenté d'écrire un autre message, mais il s'abstient. Au moins il sait, maintenant. Qu'elle a toujours le même numéro de téléphone. Elle est là quelque part. Le savoir suffit peut-être.

— Vous ici ? Ça alors, salut !

À jeun, sortant de chez le coiffeur et plus triste que jamais. I. B. de la Säpo.

— Ça alors, salut, dit-il en retour. Content de vous voir, comment ça va ?

— Bon, ça peut aller.

La grisaille n'a clairement pas de limite.

— Le corps qu'ils ont retrouvé n'était pas celui de Malin, donc nous voilà de retour à la case départ.

— Tant mieux après tout, dit Mikael. Ça signifie qu'il y a encore une possibilité qu'elle soit en vie. Asseyez-vous. Vous voulez un café ?

— Volontiers, répond I. B.

Il retourne le journal et laisse échapper un rire.

— Ils ne changent pas.

— Il s'est passé quelque chose ?

— Rien de nouveau en tout cas, mais Thomas de Deus semble s'être mis dans la panade. Sa femme aussi.

Mikael avait seulement eu le temps de lire la une. Il s'agissait donc de ceux-là, mais qu'est-ce qu'on en a à foutre en réalité ? Depuis que les Démocrates de Suède ont fait leur entrée sur la scène politique, la barre est placée on ne peut plus haut. Agresser dans la rue des "babouins" – selon leurs propres termes pour qualifier les réfugiés africains – et être ensuite désigné responsable des questions juridiques du parti ne pose pas de problème. Passer du salut nazi dans une fête privée à responsable de l'éducation coule également de source. Personne ne comprend comment ils arrivent à faire passer ça, mais les SD s'en sortent en niant sans vergogne, avec la même facilité que Donald Trump peut mentir, diffamer et même inciter une populace à prendre le Capitole d'assaut sans se faire coincer.

Je n'ai pas fait le salut nazi, je cherchais à atteindre quelque chose sur une étagère. Je n'ai pas agressé un réfugié non armé, j'étais pétrifié de peur et croyais que j'allais mourir. Légitime défense, purement et simplement.

Et ce ne sont pas les pires. À la limite, il peut les comprendre. Ils ont une conviction dans laquelle ils se consument, si abominable soit-elle. Le pire, ce sont les autres. Les politiciens conformistes. Les partis traditionnels qui tiennent désormais leurs promesses environ le temps qu'il faut pour en faire d'autres.

Nous ne collaborerons jamais avec les SD. Tu parles !

Et même s'il sait que les politiciens peuvent difficilement se permettre d'être circonspects et de réfléchir sur le long terme quand l'opinion publique dépend d'un pouce levé sur les réseaux sociaux, il ne peut que se désoler de leur lâcheté. Ils devraient être plus aguerris. Et prendre son exemple, refuser de suivre toutes les tendances.

Les gros titres évoquent l'amant d'Ebba, la femme du chrétien-démocrate Thomas de Deus. Les tourtereaux s'envoyaient des photos, lesquelles ont été interceptées par un hacker ou une hackeuse qui a menacé de les divulguer dans la presse s'ils ne payaient pas. M. de Deus a choisi de payer, étant un peu plus proche de Dieu que le commun des mortels et ne voulant pas risquer d'être bloqué à la porte du paradis. Ce qui se traduit ici-bas par : perdre sa position de révérend et sa crédibilité en tant que député.

Le hacker a accepté l'argent et s'est fait un plaisir de transmettre les photos au site *Vérité du jour* qui les a publiées et a ouvert la voie aux autres médias.

Il faut dire que l'amant n'est pas non plus n'importe qui. De Deus s'est fait le porte-parole de mesures drastiques pour lutter contre la criminalité et limiter strictement l'accueil des réfugiés. Il se trouve que l'amant est condamné pour meurtre, sous le coup d'une expulsion définitive, et pourtant logé confortablement au dernier étage d'un immeuble flambant neuf dans le quartier de Kista, la Silicon Valley suédoise.

— Pfff, dit Mikael. Peut-on être feignant à ce point ? S'ils avaient creusé un peu, une dizaine de clics et quelques coups de fil supplémentaires, ils auraient pu construire un sujet bien plus sérieux. De Deus a déjà été sur la sellette il y a quinze ans. Il s'agissait alors de viol. La fille s'est suicidée et de Deus n'a pas été inculpé, faute de preuves.

— Vous êtes journaliste il me semble, dit I. B.

— En effet, dit Mikael.

— Vous vous estimez plus compétent ?

— Non, mais je veille à avoir un peu plus de viande autour des os. Pas que des lambeaux.

— Et pourtant vous passez à côté de ce qui se déroule sous vos yeux, dit I. B.

— Ah bon ? répond Mikael. Intrigant.

— Henry Salo. Je n'arrive pas à comprendre que personne n'ait encore démasqué ce clown. Et pas seulement lui, mais tous les politiciens et fonctionnaires corrompus qui mangent dans sa paume crasseuse.

— Vous avez l'air remonté.

— Je suis remonté, répond I. B. S'il obtient ce qu'il veut, ce sont onze cents éoliennes qui siffleront bientôt autour de la commune. La totalité de la forêt qui est censée être accessible à tous les habitants de Gasskas sera transformée en zone industrielle. Nous allons mobiliser tous nos efforts pour protéger l'industrie verte, crient les politiciens en chœur. Salo, lui, va carrément jusqu'à vénérer les mines. Il ne considère même pas que c'est un mal nécessaire, il les adore. Pour lui et ceux de son espèce, l'enjeu est tellement plus important, poursuit I. B. Ils veulent s'inscrire dans l'histoire comme les hommes qui auront ouvert la voie au Norrland de demain. Mais ce n'est pas un nouveau Norrland, ça. Désolé, Salo, mais il n'y a pas grand-chose de nouveau sous le soleil. Ce sont toujours les mêmes vieux pillards et colonisateurs assoiffés d'argent qui crient aussi fort aujourd'hui qu'il y a cinq cents ans. La seule différence, c'est que le roi ne se préoccupe plus de métaux précieux, de peaux de rennes ou de la pêche au saumon. Ce sont les questions environnementales qui lui tiennent à cœur, désormais. Sacrément dommage qu'il n'ait plus aucun pouvoir.

— La situation est grave à ce point ?

— Non, elle est pire. Mais vous ne lisez peut-être pas *Flashback* ?

— Ça m'arrive. Mais Salo ne peut pas avoir pris seul la décision d'exploiter ces terres. La politique municipale ne fonctionne pas comme ça.

— Ah bon ? dit I. B. Elle fonctionne comment alors ?

— Eh bien. Par le biais de décisions politiques. Les fonctionnaires soumettent des propositions qui sont validées ou rejetées par les conseillers municipaux, c'est-à-dire les politiciens élus par le peuple. Taxer Salo d'autocrate est assez fantaisiste, dit Mikael.

— Mais si les politiciens, les fonctionnaires, les industriels, les commerçants et les banquiers appartiennent au même club, celui où sont prises toutes les décisions, vous ne pensez pas qu'il est tentant d'employer le mot de corruption ?

— De quoi parlez-vous ?

— De l'Ordre de la Dent du Tigre. Vous n'en avez jamais entendu parler ?

— Non, dit Mikael. La collecte de vieilles lunettes et de médicaments périmés du Lions Clubs, peut-être, mais pas l'Ordre de la Dent du Tigre.

— J'ai entendu dire que Salo est votre futur gendre, dit I. B. comme s'il s'agissait d'un gros mot. Il est parmi les plus haut placés, peut-être *le* plus haut placé. Demandez à assister à une réunion. Ils recrutent parfois de nouveaux membres. Et puisqu'on parle de lui, poursuit-il, je suis persuadé qu'il est impliqué dans la disparition de Malin. Je ne peux pas le prouver, mais j'en suis sûr.

I. B. n'est pas n'importe qui. Un employé de la Säpo fraîchement retraité. Qui connaît des gens dans la police. Ou peut-être un père si profondément malheureux qu'il s'accroche au moindre espoir pour retrouver sa fille.

— Et si vous deviez établir un profil de Salo ?

— Corrompu, manque d'amour-propre, double personnalité, trouble de l'empathie.

Mikael siffle.

— Ma fille a l'air d'avoir tiré le gros lot !

— Vous pouvez rire, dit I. B., mais je vais vous donner un sujet à étudier de plus près. Il s'agit de Malin, mais pas seulement en réalité, ça concerne aussi d'autres jeunes disparus ces dernières années. Ma fille a été témoin d'un incendie au cours duquel un couple de jeunes et leur bébé de deux mois ont péri. Ils avaient des dettes. Plusieurs mois après la disparition de Malin, sa tante a retrouvé dans ses affaires un portable qu'elle a remis à la police.

— Directement à la police ou ça a transité par vous ? demande Mikael.

— D'accord, dit I. B. Par moi, qui l'ai passé à la police.

— Et quel rapport avec Salo ?

— Dans ce portable, un message contenait les coordonnées de la maison de Salo. Il l'avait achetée mais n'y avait pas encore emménagé.

— Et vous en tirez la conclusion que Salo est impliqué dans la disparition de Malin ?

— Exactement. Ça ne peut pas être un hasard. Je ne crois pas que Salo n'ait que du linge propre dans son panier. Même si ses mains semblent récurées au chlore.

Mikael regarde l'heure. Il a rendez-vous pour déjeuner avec Pernilla dans dix minutes.

— Vous avez gardé ces coordonnées ?

— Oui.

— Bon bouquin, celui que vous avez emprunté, au fait. *Les Démocrates suédois, le mouvement national* de Stieg Larsson et Mikael Ekman. Je croyais qu'il n'était plus disponible.

— Toujours aussi actuel aujourd'hui qu'à l'époque. En plus, il y a les élections l'année prochaine. Je parie ce que vous voulez qu'ils parviendront à entrer au conseil municipal.

Ou au gouvernement.

À l'instant où il s'installe sur une chaise haute dans le bar à tacos du marché couvert pour attendre Pernilla, Mikael reçoit un SMS de I. B., qui fait tinter son téléphone. Il compose le numéro de la mairie et on lui passe Salo.

— Salut, j'ai entendu parler de cette fraternité, l'Ordre de la Dent du Tigre, il me semble que la prochaine réunion est pour bientôt ? Vous pensez que je pourrais venir ?

— Non, il faut être parrainé par deux personnes.

— Donc vous et… ? Ça me plairait beaucoup de me retrouver entre hommes, un peu. Ça me manque vraiment.

— Écoutez, répond Salo qui paraît stressé, je dois y aller. Je vais voir ce que je peux faire.

Ça ne mènera sans doute nulle part, mais Mikael a trouvé un os à ronger. Et si tout se passe bien, il pourra glisser un pied dans la porte du pouvoir et de la splendeur, alléluia.

Pour la première fois depuis longtemps, il ressent une pointe d'excitation.

32

SVALA SEMBLE AVOIR TROUVÉ une âme sœur, constate Lisbeth quand ils se blottissent sous la peau de renne. Elles ont le même âge et cette dénommée Mei a un effet sur Svala. Elle lui délie la langue. Lisbeth fait de son mieux pour écouter en douce. Les deux filles ne parlent pas de garçons, de musique ou des autres sujets qu'affectionnent les ados. Elles discutent de livres. Plus exactement, de littérature.

— N'empêche que je l'ai trouvé un peu trop long, dit Mei en parlant de l'*Ulysse* de James Joyce.

— C'est vrai, dit Svala, mais imagine si le livre avait été court au point de ne pas pouvoir contenir toutes les phrases ?

— C'est sûr, dit Mei en tendant la moitié d'une barre chocolatée à Svala.

— *Xièxiè*, répond la gosse – car elle a évidemment appris le chinois en un après-midi, se dit Lisbeth tandis qu'elle tire sur la peau de renne pour couvrir ses jambes et celles du Grec.

Ils sont à l'étroit. Leurs jambes sont collées. Ou plus précisément : il s'efforce de coller les siennes.

— Vous avez une fille intelligente, dit Long, et Lisbeth n'a toujours pas le courage d'expliquer sa place dans l'arbre généalogique.

La vérité déclencherait des questions. Elle préfère les éviter.

— Première sortie de la saison ? lance vers l'arrière le conducteur du traîneau – un jeune avec un couteau accroché à sa large ceinture.

— On va chasser des ours ?

— Nous allons faire un tour d'environ quarante-cinq minutes, répond-il. N'hésitez pas à observer le paysage en silence.

La neige s'est arrêtée au profit d'un soleil prudent qui ne va pas tarder à se coucher. Le vocabulaire du Grec semble illimité pour évoquer le paysage, certes aussi beau qu'une carte postale, mais Lisbeth, de son côté, pense au boulot. Et quand elle a fini de penser au boulot, elle pense au message de Plague :

[J'ai continuité à fouiller. Peder Sandberg sauvegarde des photos dans le Cloud. Il a l'air d'aimer la photographie.]

[Pédo-porno ?]

[Non, d'autres désagréments. La douleur l'excite. À savoir celle des autres.]

[Est-ce qu'il y a une fille blonde qui serait le portrait craché de Camilla sur les photos ?] tape-t-elle, puis elle efface le message sans l'envoyer.

[Copie les dossiers], écrit-elle à la place.

[C'est fait.]

Lisbeth regarde Svala qui regarde Mei. Soudain, le sourire qui éclaire le visage grave de la petite la transforme en une personne tout à fait singulière, pas une copie de Camilla. Une personne qui ne trouvera sans doute jamais sa place parmi le commun des mortels, mais qui, il faut l'espérer, ne rejoindra pas non plus les statistiques de la misère sociale. Lisbeth n'a aucune certitude. C'est un exercice d'équilibre, même pour elle. Quand la vie devient une question de vie ou de mort, il n'y a pas de retour en arrière possible, elle ne le sait que trop bien.

“Vous vous rendiez compte de l’ampleur de votre engagement à l’époque ?” demandera Inge Ågren dans un futur lointain. “Non, répondra-t-elle, mais je n’avais pas le choix.” Et voilà que ça recommence. Au début, elle était la fille qui rêvait d’un bidon d’essence et d’une allumette. Maintenant, elle est la fille qui n’avait pas le choix. Pathétique.

Une balade en traîneau tiré par des rennes récalcitrants, c’est lent. Tellement lent que le facteur de Lorentz de $E = mc^2$ ne s’applique pas. Lisbeth s’est presque endormie quand elle sent une main qui lui caresse la jambe.

— Qu’est-ce que vous faites ? demande-t-elle sans bouger.

— Reposez-vous si vous êtes fatiguée, dit-il tout en continuant à parcourir nonchalamment son corps.

— Pensez aux filles, chuchote Lisbeth. En bio, elles n’en sont encore qu’au stade du dieu marin séduit par une sirène.

— Je vous conseille vivement le canard laqué, dit Long quelques heures plus tard, tandis qu’ils sont attablés dans un restaurant chinois, les menus posés devant eux.

Lisbeth s’insurge.

— S’il n’y a pas moyen de se faire servir une pizza digne de ce nom, j’aimerais au moins avoir une entrecôte avec des frites et une sauce béarnaise, dit-elle. Et sans beurre aillé à la con.

On dirait deux groupes distincts qui auraient été placés à la même table.

— Votre fille est belle, dit Long.

— La vôtre aussi, répond Lisbeth, jugeant que la politesse est de mise. Peut-être qu’elles aimeraient dormir dans le même chalet ? poursuit-elle. Nous avons deux chambres, vous pouvez prendre la deuxième.

Bon sang, Lisbeth, tu n’en as même pas envie.

Peut-être, mais je veux de la compagnie.

Un arrêt en taxi plus tard pour faire le plein de chips, bonbons et sodas, ils souhaitent bonne nuit à “leurs filles” et verrouillent la porte.

— Ça vous dit, un sauna finlandais ? demande Lisbeth en tripotant le système de chauffage.

— Pourquoi pas, dit Long. Je n'ai jamais essayé.

Ils partagent une bouteille de bulles le temps que le sauna chauffe. Enfin, Lisbeth fait un effort honnête mais finit par ouvrir un Coca.

— Le champagne c'est surfait, dit-elle.

— Le Coca aussi, rétorque-t-il.

Il lui demande alors ce qu'elle fait dans la vie.

Que fait-elle dans la vie et à quel point veut-elle se confier ? Dentiste ? Facile à feindre. C'est un métier connu de tous. Mais à tous les coups, ce Grec a été dentiste dans une vie antérieure.

— Programmeuse, dit-elle.

Proche de la vérité en tout cas.

— Je développe des mises à jour pour Microsoft. Ma spécialité, c'est Word.

Était-ce vraiment nécessaire ?

Lisbeth se déshabille. D'abord le jean, puis le tee-shirt et enfin la culotte qui forment un tas par terre. Elle n'avait pas pris la peine de mettre un soutif.

Le Chinois déboutonne sa chemise et la suspend sur un cintre. Il plie son pantalon en suivant les plis et le pose sur un pouf en peau de renne. Il réunit les chaussettes pour éviter qu'elles ne se perdent. Par-dessus, il pose son slip.

Sérieux, père Noël, déconne pas.

Le banc est brûlant. Au bout de quelques minutes à peine, Long en a assez.

— Si ça ne vous dérange pas, dit-il, on pourrait peut-être…

Elle voit qu'il souffre. Se dit qu'il peut bien souffrir encore un peu.

— Le sauna est bon pour la santé. C'est bon pour le cœur.

— Excusez-moi, dit-il en sortant d'un pas mal assuré.

Histoire de, elle résiste encore un temps avant de sortir à son tour et de se jeter sous la douche.

Il est étendu sur le lit, comme mort.

— Vous êtes encore en vie ?

— Je crois.

— Vous n'êtes pas un dur à cuire on dirait, dit-elle en s'allongeant à ses côtés.

Éteint la lumière et allume les étoiles.

— Incroyable. Maintenant je comprends pourquoi le toit est vitré. On aurait dû faire venir les filles, dit-il. Je suis sûr qu'elles sont capables de distinguer les constellations où qu'elles soient dans le monde.

— Je ne suis pas la mère de Svala, dit Lisbeth.

— Je sais. Mei m'a dit.

Ses cheveux d'ordinaire soigneusement plaqués en arrière forment désormais une vague souple sur son visage. Elle l'a à peine regardé. L'a seulement vu comme un corps. Un corps potentiel, peut-être.

— Qu'est-ce qu'il y a ?

Il lui caresse légèrement la tempe.

— Rien.

Du coin de l'œil, elle voit de la couleur qui fuse comme de l'aquarelle par-delà la verrière.

— Regardez, dit-elle en lui tournant le visage vers le ciel.

— Incroyable, dit-il, et il la soulève de façon qu'elle repose contre son épaule. On fait l'amour sous l'aurore boréale ou on se contente de la regarder ?

— La regarder.

— OK, dit-il en la serrant davantage contre lui.

Il y a quelque chose avec son odeur. Aussi agréable à respirer que de l'air frais. Et il y a quelque chose avec ses mains. Attachées à des bras sculptés par le travail. Elle photographie mentalement les tatouages et note la bague, mais peu importe. Ce soir, le Grec peut bien être ce qui lui chante, à la fois tueur à gages et homme marié.

Sauf qu'il y a eu les derniers mots de la petite : *Ne fais pas de bêtises.*

Elle repousse ses mains qui reviennent rapidement, et pas seulement les mains. *Come here little girl with the dragon tatoo*. La bouche, la langue, les dents, le sexe. La morale a-t-elle seulement un jour eu raison du désir ? Il la retourne sur le ventre et lui mord la nuque. Maintient ses bras. Pèse de tout son poids sur le dos du dragon avant de la pénétrer dans un rugissement. Il la possède. Elle se laisse posséder.

Au matin, le ciel de l'aurore boréale est devenu gris comme du granit. Le fauve s'est transformé en chat domestique stérilisé. Elle s'en fout. Ce n'était qu'un corps.

— Désolé pour hier, dit-il en faisant tourner son alliance. Un peu trop de champagne, je crois.

Dieu merci, il n'a pas prévu de lui faire le récit de son long et pénible mariage. Quand il finit enfin par partir, elle s'inflige vingt tractions supplémentaires et cent sit-up. Quatre katas et *kihon* jusqu'au noir deuxième. Elle prend une décision. Quoi que la gamine ou sa mère aient fait, ça suffit. D'un point de vue économique, elles pourraient habiter chez le père Noël jusqu'à la fin de leur vie, mais Lisbeth a fait son choix. Si charmant que ça paraisse, elle ne peut pas vivre avec une adolescente collée aux basques. Elle se languit de rentrer chez elle. Rentrer et retrouver trois cent vingt mètres carrés de solitude, sans meubles, ni ados, ni Grecs ou autres pères Noël.

33

— Tu as couché avec lui ? demande Svala dans la voiture de retour pour Gasskas.

— Ça te regarde ?

— Il a une femme.

— C'est son problème, non ?

Elles restent silencieuses jusqu'à la frontière entre Torneå et Haparanda.

— Vous avez vu l'aurore boréale ? demande Lisbeth pour rompre le silence.

— Bien sûr, mais j'imagine que tu ne sais même pas comment ça se produit, répond Svala d'une voix acerbe.

— Non, mais je sens que tu vas me l'expliquer.

— Oui, je ne dors pas pendant les cours de physique. *Aurora borealis* est provoquée quand des particules chargées, principalement des électrons, atteignent une grande vitesse à certains endroits de la magnétosphère et entrent en collision avec l'atmosphère, où elles heurtent des molécules et des atomes. Ceux-ci sont à leur tour alimentés en énergie par les électrons.

— Des électrons sous amphétamines, dit Lisbeth. N'importe quel crétin peut trouver ces infos en faisant des recherches Google.

Svala la regarde et secoue la tête :

— On croirait que c'est moi l'adulte dans cette voiture, mais OK, allons-y pour tes métaphores : quand l'ecstasy s'évacue du corps, des photons se forment, si tu te rappelles ce que c'est.

— Un lit japonais.

— Photon, “p-h-o”. J’explique ou pas ?

— Continue.

— Le photon est le plus petit quantum d’énergie qui peut être transféré par rayon électromagnétique et qui se produit lorsque par exemple un atome passe d’une énergie forte à une énergie plus faible. C’est ce processus qui provoque les différentes couleurs de l’aurore boréale. Pour le traduire dans les références de ton monde, ça pourrait évoquer les lumières clignotantes d’une rave party. Le bleu, c’est extrêmement rare, alors j’espère que tu n’as pas fait autre chose qu’observer le ciel hier soir.

Malgré son agacement, elle peine à contenir son excitation par rapport à la lumière bleue.

— Moskosel, 2010. C’est la dernière fois que du bleu a été observé. Ce n’est pas très loin de Gasskas.

— En parlant de Gasskas, je repensais à l’histoire de la dette de ta mère. Qu’est-ce que tu sais là-dessus ?

— Rien. Les gars ont débarqué au moment de sa disparition. On m’a obligée à faire un cambriolage, mais quand j’ai ouvert le coffre, il était vide.

— C’est louche. Pourquoi ils t’auraient demandé de cambrioler un coffre vide ?

— Comment veux-tu que je le sache ?

— C’est une histoire à dormir debout. On n’ouvre pas les coffres en claquant des doigts.

— C’est un truc que j’ai avec les chiffres. Comme si je les voyais. Ou je les sens, peut-être. Je ne sais pas trop. C’est un peu comme un état second.

— Curieux que tu n’aies qu’un C en maths alors.

— Mon prof trouve que je pose des questions difficiles. Alors je fais semblant de ne pas comprendre.

Une petite visite à l’école s’impose peut-être ? Lui faire bouffer sa calculatrice, à ce con.

Après quelques pizzas décentes avec supplément de fromage, elles reprennent la route, le long de laquelle la Kalix ondule comme un reptile paresseux. Sur des îlots aux endroits où la rivière s'élargit se dressent des petites maisons isolées. Des maisons de poupée rouges avec des pignons à bordure blanche et des toilettes extérieures. La planque idéale. Une vue dégagée et aucune liaison avec la terre ferme.

— Il était comment, mon père ? demande Svala.

La question sort de nulle part mais elle était prévisible.

— Grand et taciturne. Je le connaissais à peine. Et toi ? se force-t-elle à demander. Tu as des souvenirs de lui ?

— Je crois. Il me portait sur ses épaules. Je m'accrochais à ses cheveux. Ils étaient noirs.

— Blonds, corrige Lisbeth. Comme les tiens.

— Blonds, alors. Il a disparu quand j'avais deux ans.

Sans doute même avant ta naissance.

Puisqu'elles ont commencé à feuilleter l'album familial, Svala veut savoir comment était son "grand-père".

Un psychopathe. Quelqu'un qui jouissait de la souffrance d'autrui. Un enfoiré qu'on aurait dû étouffer avec un oreiller à sa naissance.

— Mes parents ont divorcé quand j'étais petite. Il passait nous voir de temps en temps.

— Tu crois que je ne sais pas faire des recherches internet ? demande Svala. La moitié de ta vie est diffusée comme un feuilleton sur la Toile. Je comprends que tu n'aies pas envie de parler de lui, mais je voudrais quand même savoir ce que ça t'a fait.

— Quoi ?

— De lui balancer le cocktail Molotov ?

— Tu veux faire la même chose sur Peder Sandberg ?

— Peut-être.

Pour la deuxième fois du voyage, Lisbeth se rabat sur une aire d'arrêt et tourne la clé. La neige recouvre rapidement le pare-brise. – 4 °C. Il fait nuit alors qu'il est à peine 17 heures.

— OK, dit Lisbeth. Tu as fait des recherches Google, mais tout ce qu'on dit sur le Net ou dans les journaux n'est pas vrai.

— Bien sûr que non. Je suis forte en *fact checking*.

— Dans ce cas, dit Lisbeth. La majorité de ce qui est dit sur Zalachenko est vrai. Ton grand-père… mon père tabassait ma mère à la moindre occasion. Débarquait dès qu'il ressentait le besoin d'évacuer sa colère. En l'occurrence, sa souffre-douleur était ma mère. Il l'a tant frappée et avec une violence telle qu'elle s'est retrouvée avec des lésions cérébrales, le tout pendant que moi et ma sœur Camilla étions dans la pièce voisine et entendions tout. Version courte.

Terrain glissant. Mais la fille n'est pas n'importe qui. *Ça faisait quoi de se venger ?*

— J'ai fait ce que personne d'autre ne voulait faire : essayer de sauver ma mère. Je ne me souviens pas de ce que ça m'a fait. Je l'ai ressenti comme une nécessité, peut-être. Quelque chose que j'étais obligée de faire même si j'avais espéré que ça se règle d'une autre manière. C'est difficile à expliquer. Peut-être que les services sociaux savent mieux aider les familles, aujourd'hui.

Des mots creux dans une voiture bientôt enneigée.

— *Et*, quoi que tu prévoies en ce qui concerne Peder, ajoute-t-elle, il y a d'autres façons de se venger, si c'est ce que tu veux.

— Comme quoi ?

— La police, la justice.

Des mots encore plus creux dans une voiture qui se refroidit rapidement. Elle redémarre. Les poids lourds défilent en vrombissant. La radio s'allume. Svala l'éteint. Un renne perdu du mauvais côté des clôtures passe. Une voiture s'arrête derrière elles.

— Ça m'est égal. Ce n'est pas la vengeance en soi qui me préoccupe. Je dois juste sauver ma mère.

— De quoi ? demande Lisbeth, s'approchant du noyau obscur.

— Je crois qu'elle essaie de piéger Peder-Plastoc pour me sauver.

— Ça n'a pas trop l'air de marcher.

— Non.

Elle n'est là que depuis quelques jours, mais le bar de l'hôtel lui paraît déjà lointain. La rousse du bar aussi.

Elles prennent la même suite. Le bar est vide. Svala traîne les pieds, toute penaude.

— OK, dit Lisbeth. La vie, c'est de la merde, mais on peut toujours faire du sport. Tu as déjà essayé le karaté ?

— Tu veux bien arrêter de jurer et d'utiliser des gros mots, s'il te plaît ? Et non, je n'ai jamais essayé.

— OK. Règle numéro un. Toute séance commence et se termine par un salut.

— C'est Long qui te l'a appris ?

À l'intérieur de cette gosse se cache une bonne vieille moralisatrice.

— Les Chinois font du kung-fu. Les Grecs, je ne sais pas. Le retsina, peut-être.

Les talons collés. Les pieds en éventail. Les bras le long du corps. Le regard respectueux. Et saluer.

Une heure plus tard, Svala a appris quatre techniques de coups, *tsuki*, trois défenses, *uki*, et deux coups de pied, *geri*, ainsi que les positions de base, *dachi*.

— Je sais déjà compter en japonais.

Forcément…

Ce soir-là, Svala décide de dormir seule. S'enferme dans sa chambre sans dire bonne nuit. Quant à Lisbeth, elle est agitée, comme si des poux la démangeaient. Il lui faut un plan. Elle n'en a pas. Faut-il vraiment en élaborer un ? Pourquoi ne pas se contenter de remettre la gosse aux services sociaux et rentrer ? Elle a déjà fait plus que ce qu'elle était tenue de faire. La petite a rencontré le père Noël. S'est baignée dans le luxe, petit répit dans sa vie de merde. S'est fait une nouvelle amie et a vu une aurore boréale bleue. Non, Lisbeth ne lui doit rien. Mais son agitation n'est peut-être pas provoquée par les poux. La fille est comme un pont qui relie Lisbeth à son passé. Le pont qu'elle a elle-même dynamité il y a bien longtemps.

Ce n'est pas Lisbeth qui est le seul parent vivant de la petite. C'est le contraire.

Elle ouvre un Coca, remonte les coussins derrière son dos et poursuit la lecture de la liasse des services sociaux. Il y a tellement de choses qui ne vont pas. La fille est un génie, bordel ! Que les services sociaux ont méprisé avec leurs commentaires du genre “certains professeurs la trouvent provocatrice et portée sur le conflit” et “des difficultés dans l’interaction sociale”. L’idée de l’abandonner aux chiens est plus douloureuse qu’elle ne l’avait imaginé. Elle pèse ses options. L’emmener à Stockholm ? Non. La laisser sans défense à Gasskas dans une famille d’accueil dont le seul but est de se faire du fric sur le dos des enfants ? Non, ce n’est pas possible non plus.

Elle continue de feuilleter le dossier. La mère. Märta Hirak a de la famille dans le coin. Des Samis éleveurs de rennes. Deux frères et une sœur. Le père est mort depuis quelques années. La mère, c’est-à-dire la grand-mère de Svala, semble avoir fait le lien entre Märta et le reste de la famille. Des tas de cousins et autres, sans doute. L’un d’eux aura bien pitié de Svala ?

— Nous avons essayé de les contacter, dit Erik Niskala quand ils se retrouvent dans le bureau des services sociaux le lendemain. La dernière fois, c’était il y a trois ou quatre ans. Ils ont été très clairs : ils ne veulent rien savoir de Märta, ni de sa fille.

La fille en question regarde par la fenêtre. En apparence indifférente à la conversation. Elle a apporté l’ordinateur, qui est posé sur ses genoux. Par moments, elle écrit quelque chose.

— Est-il complètement exclu qu’elle reste avec vous le temps de trouver une bonne alternative ?

Lisbeth regarde par la fenêtre à son tour. Elle ne sait pas quoi répondre.

— Et si je dis non ? finit-elle par demander.

— Espérons qu’on puisse lui dénicher un lieu d’accueil provisoire. Au pire, elle devra passer quelques semaines à Himlagården.

— C'est quoi ? demande Lisbeth.

— Un foyer spécialisé, répond Svala. Ça va être chouette. Au moins, je pourrai apprendre à me droguer et peaufiner mes techniques de cambriolage.

— Ça me paraît être un atout assez complémentaire à la physique des particules élémentaires, commente Lisbeth.

— Oui, ras le bol des quarks et des particules. Il est temps de passer aux choses sérieuses.

— Tu auras une chambre à toi, tu seras nourrie et on t'aidera pour les devoirs, dit Niskala pour relativiser.

Lisbeth comme Svala le regardent avec une sorte de détachement amusé. Elles ne se ressemblent pas physiquement, pourtant on dirait qu'elles ne font qu'un. Lui sent son autorité se liquéfier comme un sorbet dans un sauna. À leurs yeux, il n'est sans doute qu'un assistant social pathétique aux ressources limitées. Ce qui correspond à peu près au regard qu'il porte sur lui-même. Surtout depuis que Marie est partie. Il se demande parfois où elle est et avec qui. Quelqu'un de mieux, évidemment. Un bricoleur qui ne boit qu'une demi-bouteille de rouge avec son entrecôte le vendredi soir. Fait du sport quatre fois par semaine et finit dans les deux cents premiers lors de la course de Vasa.

— Je vais faire de mon mieux pour trouver un lieu d'accueil provisoire, dit-il. Mais en attendant, on peut dénicher un appartement.

— À Svartluten, dit Svala.

— Oui, dit-il. Comment tu sais ?

— Les gens qui lisent James Joyce atterrissent là en général.

— Laisse tomber, dit Lisbeth. On reste à l'hôtel.

34

ELLE ARRIVE DANS LE MAGASIN de quartier juste avant la fermeture. Cinq minutes plus tard, elle mélange une sauce ranch avec de la crème aigre.

— *Kill Bill 2* passe sur la 4, dit-elle. Tu as vu le premier ?

— Je ne crois pas.

— Alors on regarde d'abord le premier. Ils ont Netflix à l'hôtel. Beatrix Kiddo, dit Lisbeth.

— Qui est… ? demande Svala.

— Immortelle.

— Mais pas Bill ?

— Pas Bill.

Svala regarde le film d'un œil et consacre l'autre à ses SMS. Il y a du positif. Des nuances douces parcourent son visage.

— Tu as l'air contente, dit Lisbeth.

— Mmm. J'échange avec Mei. Ils viendront peut-être en Suède après Noël.

— Pas à Gasskas j'espère, dit Lisbeth, qui reçoit un regard parlant en retour.

— Avec Mei, on n'est pour rien dans vos histoires.

Lisbeth se demande ce que Mei a de particulier. Compte tenu de la médiocrité de son père. Svala n'a pas l'air d'avoir d'amis. Un petit ami ?

— Ça ne te regarde pas.

— Non, justement, mais comme tu dis, il est marié. On a dormi chacun de son côté.

— Tu parles, dit Svala. Au fait, tu savais qu'on donnait du sang de mouton aux malades au XVIIe siècle ?

— Non, ça a dû m'échapper.

— Si, ou du sang de jeunes, c'était considéré comme rajeunissant, jusqu'à ce que les patients meurent subitement. Aujourd'hui, on connaît des centaines de groupes sanguins et on en découvre encore de nouveaux. Tu connais le tien ?

— Du genre courant. Et toi ?

— Du genre rare je crois.

— Tu n'as jamais été hospitalisée ? demande Lisbeth.

— Juste pour différentes fractures. Clavicule, côte, fémur, poignets et crâne, dit-elle sur le ton de l'anecdote. J'ai une maladie.

— La maladie de Vittangi, dit Lisbeth, c'est marqué dans ton dossier.

— Tu as lu mon dossier ? Je croyais que ce genre de truc était confidentiel.

— Excuse-moi alors, dit Lisbeth, éteignant la télé quand le générique de fin commence à défiler. Ce n'est pas comme si je comptais les publier dans le *Gaskassen*, non plus.

Elle regarde l'heure. Il n'est pas tard et c'est mercredi, autrement dit le petit samedi.

— Je sors faire un tour si ça te va.

— Pas de souci, répond Svala. Ne rentre pas plus tard que minuit.

— Promis. Appelle-moi s'il y a quoi que ce soit.

— *Dito.*

35

LISBETH PREND L'ASCENSEUR POUR DESCENDRE au bar. Sa vie a été mise sens dessus dessous. Et pas seulement sa vie. Elle tout entière. Elle n'avait qu'elle-même à gérer jusqu'à présent. Avoir quelqu'un d'autre dans sa vie relègue tout le reste au second plan. Notamment son travail.

Elles ne sont clairement pas potes. Si Lisbeth joue en deuxième division du championnat de hockey sur glace de Suède, Svala joue dans l'élite. Du moins selon la gosse. Et c'est vrai qu'elle sait plein de choses, qu'elle absorbe le savoir comme une baleine absorbe le plancton. Mais elle est jeune. La vie n'est pas que théorique.

Elle peut être érotique, aussi.

Le bar de l'hôtel Statt est déjà plein à craquer. Ça doit faire un bail que les voix perçantes des jeunes mâles ont explosé le niveau de décibels acceptable. Elle s'installe au bout du comptoir et cherche à capter le regard du collègue de Tom Cruise. Tom lui-même semble avoir pris sa soirée.

Elle consulte son portable. Un signe supplémentaire de la transformation du loup solitaire en mère poule. Peut-elle s'aventurer à boire de l'alcool ? Et si la gosse l'appelle ?

Peu importe. C'est l'histoire de quelques semaines, ensuite elle retourne à Stockholm. La petite pourrait peut-être lui rendre visite un jour. Elle hallucinerait en découvrant la ville. L'appartement. La vue. Le dojo. Les pizzas.

Et se désolerait de la vie monacale de Lisbeth.

Elle lit encore une fois le message de Micke B.

[Suis à Gasskas dans le Norrbotten. J'ai pensé à toi.]

Chaque fois qu'il lui envoie un message, souvent autour de Noël, ça lui fait d'abord plaisir et puis… ça la rend furieuse.

Les souvenirs affluent. S'installent dans la suite royale et s'attardent jusqu'à ce qu'elle les fiche à la porte. Elle est incapable de faire comme les autres, de laisser les choses derrière elle et de les oublier. Elle sent la honte l'envahir quand elle voit son nom s'afficher. Elle le voulait. Était prête à miser sur lui. Mais juste au moment où elle s'était armée de courage pour le rejoindre, elle l'avait vu sortir d'un immeuble. Main dans la main avec la bonne femme du journal. Erika Berger.

Cela fait partie de votre personnalité, dit Inge Ågren. *Certaines personnes ont plus de mal à oublier que d'autres. Vous avez sans doute aussi une mémoire visuelle exceptionnelle*, dit-il. *Cela va souvent de pair. Les cerveaux brillants ont du mal à oublier. Ils sont obligés de trouver d'autres façons d'apprivoiser leurs démons.*

Elle perçoit le parfum quelques secondes avant qu'une main se pose sur son épaule. Pourtant, elle tressaille.

— Oups, salut, ce n'est que moi, Jessica, si vous vous souvenez.

Elle a l'air différente. Sans-maquillage-différente. Plus délicate. Plus ouverte.

L'I. A. Lisbeth Salander scanne Jessica Harnesk en quelques secondes. Cheveux fraîchement lavés, pas de vernis à ongles, un jean usé et un pull à manches larges parfaitement négligemment rentré dans son pantalon. Boots, les mêmes que la dernière fois, un collier avec des plaques d'identité, sans doute ses enfants, un bracelet en cuir orné de broderies argentées, probablement sami. Un petit sac à main, contenu inconnu, ainsi qu'une parka surdimensionnée qu'elle accroche à présent sur une patère en dessous du bar tout en cherchant à capter le regard du barman.

— J'ai tenté ma chance, dit-elle. Me disais que vous feriez peut-être un tour par ici. Qu'est-ce que vous voulez boire ? Un gin tonic ?

Lisbeth est sur le point de dire Coca, mais se ravise :

— Une bière. Si elle est grande et fraîche.

— Grande et chaude, c'est pas mal aussi, dit Jessica. Pardon, ajoute-t-elle illico, rougissant pour la première fois depuis au moins quinze ans. Le jargon du boulot qui s'accroche, on dirait.

— Vous faites quoi ? demande Lisbeth, bien décidée à ne pas gâcher sa chance cette fois en se comportant comme un homme quelconque.

Intéressez-vous aux autres ! Posez des questions ! Rebondissez en posant d'autres questions !

Ferme-la, Inge Ågren, dit-elle, et elle tend le bras vers son verre. *Lâche-moi ce soir.*

— Santé, dit Jessica. Jouons à la devinette de métier.

— Bibliothécaire ?

— Dyslexique.

— Coiffeuse ?

— Pas loin. Les gens ont en effet tendance à se tailler.

— Courtier ?

— Le salaire ne serait vraiment pas de refus.

— Dans la fonction publique, donc. Infirmière ? Maton ? Travailleuse sociale ? Gardienne de parking ?

— Faites-en un cocktail et vous avez votre réponse.

Un malaise grandissant s'empare de Lisbeth. Elles s'approchent d'une réponse inévitable. Comment elle a fait, bordel ? Ça doit être la petite qui affecte sa capacité de jugement.

— Vous êtes policière ?

Jessica hoche la tête.

C'est pas possible. C'est déjà assez de devoir collaborer avec les services sociaux. Se taper la police en plus ? Elle joue avec l'idée un instant. Coucher avec un flic ? Ce serait coucher avec l'ennemi.

— Si vous n'êtes pas fan de la police, je peux comprendre, dit Jessica.

— Non, vous ne pouvez pas comprendre, répond Lisbeth.

Tout son être l'incite à se tirer de là, mais Jessica insiste :

— Ne partez pas. J'aimerais que vous restiez. Je n'ai pas fouiné, loin de là. Je ne connaissais même pas votre nom de famille. En revanche, j'ai fait une recherche sur quelqu'un d'autre et votre nom est apparu. Nom, photo et j'avoue : j'ai lu tout ce qui est publié, y compris *Flashback*, poursuit-elle. *No secrets.*

No secrets. Tu parles. *Tu penses vraiment que tout ce qui me concerne a été rendu public ?* On s'approche de ce qui est l'essence même de l'aversion de Lisbeth pour la police, et pas seulement la police. Les autorités. Les juristes. Les psychiatres. Les gens qui imaginent savoir des choses sur elle, qui se croient même spécialistes, et en voilà une autre, maintenant. Une googleuse qui s'est délectée des bribes de sa vie. A scruté des images de la pauvre victime. L'enfant sans droit. La fille furieuse. La femme encore plus furieuse.

Jessica pose une main sur la sienne, elle la retire.

Restez dans la sensation. Soyez présente dans l'instant. Inge Ågren ne la lâche pas.

Elle n'a pas envie de ressentir. Elle veut coucher avec une grande rousse aux jambes de Barbie et ensuite rentrer chez elle. Et il se trouve que la poupée est un flic.

Elles restent un moment silencieuses. Terminent leurs bières. En commandent d'autres.

— J'avais espéré vous trouver ici ce soir, dit Jessica. Je n'ai pas cessé de penser à vous depuis l'autre fois.

— Ce n'est pas réciproque.

— Bon, peut-être pas. Je suis mon propre instinct.

— À quel sujet ?

— Au sujet des gens qui m'intéressent. Ça ne m'arrive pas très souvent. Je mène une vie assez austère. Je travaille, récupère les enfants, rentre. Prépare à manger, couche les enfants, regarde une série et me couche. Quand c'est Henke qui a les enfants, je fais des heures sup. Rentre, regarde une série et me couche. Il m'arrive de voir ma sœur. À de rares occasions, mon père.

Pas très différent de la vie de Lisbeth, hormis les enfants.

— Vous faisiez des recherches sur qui quand vous êtes tombée sur mon nom ? demande Lisbeth.

— Mon patron, Hans Faste.

— Hans Faste, ce vieux con.

— Son prédécesseur a fait une attaque cérébrale. J'assurais l'intérim depuis. Du coup, j'ai postulé. Mais c'est lui qui a eu le poste, et il a commencé à la rentrée.

— Et ? demande Lisbeth.

— Bof, dit Jessica. Enfin. Je ne sais pas. Il est peut-être doué dans ce qu'il fait. Le problème, c'est que le service est habitué à une grande liberté dans les échanges et aux discussions informelles. Faste est toujours en train de juger, se moque de toutes les opinions qui ne viennent pas de lui. Il veut donner l'image du grand leader paternel, mais il passe surtout pour un vieux schnock. J'ai décidé de lui laisser une chance de se faire apprécier.

— Bon courage. Il n'y a pas grand-chose à apprécier.

— C'est possible, mais il a quand même une longue expérience. La Crim est un service récent. Apparemment nous avons besoin d'un chef compétent. Quelqu'un qui n'a pas d'enfants en bas âge. Je vais devoir tenir jusqu'à ce qu'il parte à la retraite. Et vous ? Pourquoi vous avez une dent contre lui ? demande Jessica, plus pour créer une connivence.

Elle connaît déjà la réponse.

— Parce que c'est un raciste misogyne. En soi, il est loin d'être le seul dans votre corps de métier. Ça a l'air d'être tout en haut de la liste des qualifications recherchées. Si on ajoute le manque d'intelligence et d'empathie, on obtient le prototype du flic suédois.

— Le tableau n'est pas aussi noir que ça, dit Jessica, que le résumé tranché de Lisbeth fait sourire. Pas chez nous en tout cas. Ça jargonne et il y a un certain nombre de durs, c'est clair, mais dans l'ensemble, ce sont des gens sympas qui essaient de faire leur boulot. Racisme et misogynie, ça paraît un peu exagéré.

— Et pourtant, c'est lui qui a obtenu le poste et pas vous.

— Et vous alors, qu'est-ce que vous êtes venue faire ici ? demande Jessica pour détourner l'attention d'elle-même.

C'est au tour de Lisbeth de pousser un soupir.

— Je m'occupe d'un membre de ma famille, dit-elle. Une nièce dans une situation difficile. C'est temporaire, j'espère pouvoir rentrer chez moi bientôt.

— Et c'est où, chez vous ? demande Jessica.

Elle est gratifiée d'un regard dubitatif :

— Stockholm, bien sûr. Vous voulez encore une bière ?

— Volontiers, dit Jessica. Je vais juste faire un tour aux toilettes.

36

— Je comprends mieux maintenant. C'est vous qui baisez ma femme. J'avoue que j'ai du mal à comprendre ses préférences.

Lisbeth se retourne et lève la tête vers un type costaud avec des yeux pleins de colère.

— Vous faites erreur je crois, dit Lisbeth. Je ne sais pas qui est votre femme, mais elle n'est pas avec moi.

— La fille qui vient de partir aux toilettes. C'est ma femme, pas quelqu'un qui couche avec des gouines dégénérées.

La gouine dégénérée ne prend pas la peine de lui répondre. D'où ils sortent, ces mecs jaloux à la con ? Est-ce qu'ils sont pondus dans une usine spéciale et distribués dans le seul but de pourrir la vie des femmes ou est-ce qu'ils sont simplement porteurs d'un même défaut génétique qui se répète à l'infini ?

— Je ne sais pas ce que vous vous imaginez, dit Lisbeth, mais quels que soient vos fantasmes tordus, lâchez-moi les basques, je parle avec qui je veux. Et si vous tenez à garder votre femme, vous devriez faire la même chose à son égard.

— Ex-femme, dit Jessica. Où sont les enfants, Henke ?

— Ça, dit l'homme en la saisissant par le menton, tu n'as pas à t'en préoccuper dans ta petite tête. C'est *ma* semaine, *mes* enfants.

Il est bourré. Rétorquer ne ferait qu'envenimer la situation. Des années d'expérience lui ont appris à ne jamais s'emporter, ne jamais hausser la voix. En général, il finit par se calmer.

— Arrête, dit-elle en repoussant sa main.

Quand la main récidive pour la troisième fois, Lisbeth en a assez. Dans la cohue, le brouhaha des gens qui s'égosillent et avec l'avantage que lui procure sa petite taille, elle empoigne le dénommé Henke à l'entrejambe – *merci mon Dieu d'avoir donné aux hommes déficients génétiquement l'idée de porter des joggings en guise d'uniforme* – et tord jusqu'à ce qu'il se retrouve sur la pointe des pieds.

— Où sont les enfants ? demande-t-elle.

— Chez elle, souffle-t-il entre ses dents.

Elle serre encore un peu. En cet instant, sa corpulence ou sa stature ne lui sont d'aucun secours. Il pousse un cri venant du plus profond de la douleur et le videur accourt. Lorsque Lisbeth lâche prise, il se plie en deux et gémit comme un chat écrasé.

— Foutez la paix à Jessica, a-t-elle le temps de lancer avant que le videur le mette à la porte. Sinon la prochaine fois, je vous coupe les couilles.

Elle se tourne vers Jessica :

— On ne plaisante pas avec les réflexes de douleur, dit-elle avant de terminer sa bière.

— Mon Dieu, dit Jessica. C'était… Oui, c'était… très con. Il ne va plus me lâcher, maintenant.

— Vous devriez peut-être commencer à poser des limites aussi, répond Lisbeth. Il en profite parce que vous êtes gentille et que vous ne ripostez pas.

— Peut-être, mais ce n'est pas évident quand les enfants sont pris en otages, dit-elle en enfilant sa parka.

Elle fait quelques pas en direction de la sortie, se retourne et regarde Lisbeth :

— Vous venez ?

— Il n'a pas toujours été comme ça, commence Jessica alors qu'elles sont installées dans le canapé avec leurs tasses de thé et le pain plat de Birna imbibé de fromage caramélisé.

C'est reparti. Encore cette phrase pathétique destinée à excuser son comportement. Car en réalité c'est un type formidable. Attentionné et généreux, excellent choix pour être le père de ses enfants et un amant merveilleux. Des questions ?

— Heureusement, il avait au moins couché les enfants, poursuit-elle.

— Mais les laisser seuls ? dit Lisbeth. Une personne normalement constituée ne fait pas ça ! C'est criminel, putain.

Le nom de Svala lui traverse l'esprit. Elle devrait prendre de ses nouvelles. Bientôt en tout cas. La gosse n'est pas une enfant, après tout. Quoique ? Treize. L'enfant Lisbeth de treize ans n'a jamais existé. La gosse peut bien se passer de nounou une soirée.

Les cheveux paraissent encore plus roux sous la lumière du lampadaire. Lisbeth ne peut pas se retenir. Il faut qu'elle sente la soie couler entre ses doigts comme les franges d'un foulard. Elle tire le visage de Jessica vers elle et l'embrasse.

Le Chinois n'était qu'un préliminaire. Le désir la prend par surprise, ses mains se baladent sur son corps, dans les recoins, sous les vêtements. Flic ou non. Elle la veut. Veut la manger. S'enfouir en elle. Se fondre entre ses longs bras et ses jambes de Barbie, glisser sur sa peau transpirante tel un phoque avide de lécher le soleil sur la glace et simplement savourer.

En réponse, Jessica retire le pull de Lisbeth. Jeans, chaussettes, culottes, tout s'envole.

Les bouches se collent. Les dents se heurtent. Langue contre langue et des doigts agiles qui trouvent les points sensibles et des peaux fines et souples qui se bombent et dégoulinent.

— Maman, maman !

— Bordel de merde !

— Ah mince, c'est Jack, dit Jessica en s'emparant d'un plaid. Il a dû se réveiller. Ne bouge pas, je reviens.

Lisbeth se ressert du thé. Les vêtements retrouvent leur place les uns après les autres. Aucun bruit ne provient de l'étage. Elle écrit quelques mots au dos d'une facture et referme la porte d'entrée derrière elle.

Dehors, la neige fraîche tombe et recouvre le sol d'une couche de chantilly. Des fenêtres sont éclairées ici et là. Elle marche aussi vite que le lui permettent ses Stan Smith aux semelles usées. D'après le GPS, elle doit se frayer un passage vers l'ouest sur 2,2 kilomètres. Elle court aux endroits où le bitume est visible. Coupe par un parc. Contourne le magasin Åhlens, ignore le feu rouge pour piétons et manque de se faire renverser par un motard qui n'a visiblement pas compris que c'est l'hiver. Elle se retourne, suit des yeux le chopper et son regard glisse jusque sur le dos de la veste en cuir. La croix celtique et la hache. L'emblème du MC Svavelsjö. Le mal a ressuscité. Et a ressenti du même coup le besoin de changer d'air.

Elle. Micke B. Hans Faste. Le MC Svavelsjö. Tous réunis au même endroit. Et pas dans un quartier de Stockholm, ce qui à la limite aurait pu s'expliquer, mais à Gasskas. Un trou paumé au fin fond du Norrbotten avec une densité de population de 3,4 personnes au kilomètre carré et rien que de la forêt autour.

Il y a forcément un lien.

37

— Amusez-vous bien au club des vieux, dit Pernilla en s'arrêtant devant une bâtisse en pierre, un pâté de maisons au-dessus de la gare routière.

— L'Ordre de la Dent du Tigre a aussi une section femmes, dit Salo. À toi de voir si tu veux y adhérer.

— Pour discuter aménagement intérieur et tresser des étoiles de Noël ? Trop de suspense pour moi. Je viens vous récupérer à 23 heures. Si c'est plus tard, vous devrez prendre un taxi.

La maison aux vitres peintes vient d'être rénovée. Salo devrait être terrorisé à l'idée de laisser Mikael fréquenter le cercle intime, il est journaliste après tout. Une fois qu'il a un os entre les dents, rien ne pourrait lui faire lâcher prise.

Il a évidemment considéré ce risque. Mais plus il y pense, plus l'idée lui paraît judicieuse. Le pisse-copie pourrait lui rendre service sans même le réaliser. Et avec les médias de son côté, c'est à moitié gagné.

— Vous devez le prendre pour ce que c'est, dit Henry, mais n'oubliez pas que vous êtes mon invité. Ce qui se dit ici reste ici. Les gens comptent là-dessus. C'est ainsi depuis au moins cent dix ans.

— Vous vous retrouvez tous les combien ?

— Une semaine sur deux. Anders Renstad et moi vous avons parrainé pour devenir membre. À savoir qu'il faut le parrainage d'au moins deux membres. Mais, encore une fois, ce soir vous êtes là en qualité d'invité.

— Renstad, c'est qui ?

— Le PDG de KGB : Kommunala Gasskasbolagen, le groupement des entreprises de Gasskas.

La Säpo et le KGB dans le même trou. Ça promet.

La porte du monde extérieur se ferme. Aucun son ni aucune lumière ne filtre à travers les murs du bâtiment vieux de deux cents ans qui servait à l'origine de tribunal.

— Il y a du monde ce soir, dit Salo. Peut-être à cause du temps ?

Il salue les gens sur son passage, serre des mains, hoche la tête et papote avec certains.

— Est-ce le moment où nous allons boire du sang et brandir des bâtons ornés de crânes ? chuchote Mikael.

— Vous nous confondez avec les francs-maçons, dit Salo. On ne fait pas ce genre de choses.

— Vous faites quoi alors ?

— On se retrouve pour un moment de convivialité. Le plus spectaculaire, c'est la bague, dit-il en montrant sa main.

Une chevalière ornée d'un symbole stylisé sans doute censé représenter une dent de tigre.

— C'est un peu comme être membre d'un club de sport ou d'une Église libre, poursuit-il. On enfile nos habits du dimanche et on se retrouve entre gentlemen. Costume noir, chemise claire et cravate exigée. Autrement, on ne fait rien d'étrange.

Heureusement que Mikael avait son costume de mariage.

— C'est plus comme un *gentlemen's club* alors, dit Mikael.

— On pourrait dire ça.

— Mais vous ne faites pas de sauna ?

— Ça nous arrive.

— J'ai fait des recherches sur l'Ordre de la Dent du Tigre, mais je n'ai rien trouvé. Bizarre, non ?

— Un peu de mystère ne fait jamais de mal. On est ouverts à la plupart des gens, à condition qu'ils aient le bon profil.

— Mais pas de femmes.

— Non, pas de femmes. Dieu soit loué. Vous vous languissiez de vous retrouver entre hommes. Un peu moins de blabla introspectif et un peu plus d'action.

— Certaines de mes meilleures amies sont des femmes.

Du moins ma meilleure amie, songe-t-il. Elle est passée où d'ailleurs, bon sang ? Il a dû lui téléphoner au moins dix fois depuis qu'il est parti dans le Nord. *Bonjour, vous êtes bien sur le répondeur d'Erika Berger. Laissez-moi un message et je vous rappellerai. Bonjour, c'est Mikael, est-ce qu'on ne peut pas au moins en parler ? Pardon. Rappelle-moi. Bisous.*

— Les hommes peuvent être assez pathétiques aussi. Les sujets de conversation des femmes sont souvent plus intéressants, poursuit-il.

— Maquillage et aménagement intérieur, dit Salo. Oui, le monde est bien avancé avec ça.

— On ne fréquente peut-être pas le même genre de femmes.

— Je ne fréquente pas les femmes tout court. Enfin, sauf Pillan. Elle est différente.

L'assemblée s'installe d'abord dans la bibliothèque. Tous se répartissent dans des fauteuils chesterfield couleur sang de bœuf et des canapés avec des pieds de lion.

— N'y a-t-il pas une hiérarchie ? demande Mikael.

— Si, chuchote Salo. On commence en tant qu'apprenti et on monte en grade avec le temps.

— Et vous êtes ?

— Prince héritier.

— Ce qui est ?

— Élevé.

Le maître de cérémonie fait tinter son verre en cristal et le murmure s'estompe.

— Bienvenue, dit-il. Heureux de vous voir si nombreux ce soir. À la demande générale, nous avons de nouveau la visite de Jens McLarsson. Ce soir, nous allons nous plonger dans les variétés de Speyside, la dernière région d'Écosse à avoir produit du whisky. Mais d'abord, j'aimerais vous présenter un invité. Mikael Blomkvist, je vous en prie.

— Eh, salut, dit Mikael, en se levant. Sympa d'être parmi vous ce soir. Grâce à mon futur gendre, Henry Salo, qui va bientôt épouser ma fille, Pernilla. Bref, dit-il en se demandant de quoi parler. Je suis journaliste. De passage à Gasskas, avec l'intention de venir m'y installer.

Qu'est-ce qu'il raconte ? Habiter à Gasskas, ce trou paumé oublié de Dieu ? Bon, laisse-les y croire. Les commissures des lèvres remontent un peu, en tout cas. Les Stockholmois qui veulent s'installer à la campagne, c'est l'aveu qu'il existe un monde en dehors de la capitale.

— Pendant un peu plus de trente ans, j'ai travaillé pour la revue *Millénium*. Elle n'est peut-être jamais arrivée jusqu'ici, mais c'était… c'est… une revue qui met l'accent sur l'importance du journalisme d'investigation. Avec des articles de fond qui analysent en particulier les structures de pouvoir, le racisme, le néonazisme, les alliances contre nature entre le capital et la politique, par exemple. Les enjeux liés aux changements climatiques mondiaux constituent un thème assez récent.

La petite pique a été plus forte que lui. Certains lèvent les yeux au ciel, l'un d'eux bâille.

— Dorénavant, *Millénium* existe sous forme de podcast, alors si vous voulez que j'envoie quelqu'un pour faire une émission en direct, n'hésitez pas à me faire signe.

C'est une blague. Personne ne rit.

Anders Renstad lève la main pour poser une question :

— Les membres de la Dent du Tigre sont pour la plupart des hommes politiques, des entrepreneurs ou des dirigeants de sociétés, même si nous avons aussi quelques acteurs de la vie culturelle. Comme Jan Stenberg, rédacteur en chef du *Gaskassen*.

Celui-ci fait un signe de tête à Mikael.

— Voici ma question, poursuit Renstad : si on accepte votre demande d'adhésion, qu'est-ce que vous pourrez nous apporter, selon vous ?

— Eh bien, dit Mikael, ça dépend de ce que vous cherchez.

— Du réseau n'est jamais de refus.

Il devrait peut-être s'excuser et prendre congé. Les commérages et le népotisme ne sont pas sa tasse de thé, mais quelque chose dans toute cette assemblée éveille sa curiosité. Voilà le gratin de l'élite masculine de Gasskas – les directeurs, les fonctionnaires, les médias, les politiciens et ainsi de suite –, tous réunis comme des singes en train de se grattouiller respectivement le dos. En mettant un pied dans la porte, il pourrait sans doute dénicher une chose ou deux.

Comme d'habitude, c'est Salo qui le démange. Pernilla ne dit rien et Salo le démange. Il ne sait pas vraiment pourquoi. Il faut qu'il essaie de creuser, au moins pour le bien de Lukas. Un ordre fermé où seuls des hommes tenus par le secret sont acceptés est un bon endroit pour commencer.

— Mon réseau ressemble au vôtre, à la différence près que la majorité se trouve à Stockholm ou à l'étranger. Après, je ne sais pas, mais le journalisme d'investigation est aussi une histoire de timing. Trouver la bonne information au bon moment n'est pas très différent de trouver un concept commercial dans l'air du temps.

Il parlote et ça fait son effet. Des applaudissements s'ensuivent et il se rassied. Il a passé le premier tour avec succès.

— Nous allons maintenant donner la parole à McLarsson, dit le maître de cérémonie. Ensuite, nous allons évidemment bien manger, et nous amuser autant que possible par cette soirée grise.

Six variétés de whisky plus tard, le niveau sonore a augmenté jusqu'au grade propice aux conversations discrètes. Mikael se retrouve entre Renstad et Torben Olofsson, le président du conseil municipal.

— Je ne suis pas vraiment au fait de la politique municipale de Gasskas, dit Mikael.

Une phrase ouverte, qui appelle visiblement une réponse simple :

— Ce n'est pas très compliqué, dit Olofsson. Nous avons une majorité social-démocrate stable, constituée de politiciens expérimentés qui travaillent étroitement avec l'industrie, le commerce et les associations. Le chômage est faible, les écoles font de bons scores dans les classements nationaux, nous n'avons pas de pénurie de logements et une équipe de hockey qui s'achemine vers le championnat d'Élite.

— On dirait l'exemple type d'une commune bien gérée, dit Mikael, toujours avec l'intention de flatter et de paraître plus naïf qu'il n'est.

— Il y a des problèmes, bien entendu, mais nous les résolvons par des circuits de décision courts, dit Olofsson en faisant un geste autour de lui. La politique n'est pas, pour ainsi dire, une entité à part, c'est tout ce qui concerne les citoyens. Et plus il y a de lien avec ces derniers, meilleure est la politique. C'est du moins mon avis.

— Les gens qui sont dans cette pièce ne sont guère représentatifs du citoyen lambda, il me semble, dit Mikael. Mais je suis peut-être complètement à côté de la plaque ? ajoute-t-il pour atténuer ses propos.

— Ils ne le sont pas directement, mais indirectement. Ce sont des employeurs, des prêteurs, des dirigeants sportifs, des constructeurs, etc. Si nous réussissons à créer du lien entre la redistribution social-démocratique des richesses et les couches supérieures de la société, ce sont les citoyens qui y gagneront. De mon point de vue – et je pense parler aussi pour mes camarades –, nous sommes parvenus à établir une collaboration assez étroite avec l'industrie et le commerce. Ça ne fonctionne peut-être pas de la même façon qu'à Stockholm, mais comme je le disais, nous sommes une commune avec peu de chômage et une bonne économie, au vu du nombre d'habitants. Le taux de criminalité n'est pas non plus alarmant. Les gens ici ont le sens du devoir. Ils veulent travailler et se tenir à carreau.

— Et les Démocrates suédois, alors ? demande Mikael. Est-ce qu'ils sont aux portes du conseil municipal ?

La question déclenche un rire franc chez Torben Olofsson.

— Gasskas est fondamentalement social-démocrate, avec une légère participation de gauche et quelques conservateurs épars. SD est négligeable. Je ne crois pas que nous ayons les mêmes problèmes qu'en Scanie. Le quota de réfugiés est faible et ceux qui arrivent sont bien pris en charge. Le taux de criminalité demeure bas comparé au reste de la Suède, SD n'a tout simplement pas de quoi nourrir ses arguments, ici.

— Mais qu'est-ce qui se passera quand les milliards commenceront à affluer dans les nouveaux projets industriels ? dit Mikael. La mine, par exemple, le parc éolien, etc. ?

— Rien n'indique que le développement industriel fera augmenter la criminalité. Au contraire. Les gens viennent ici pour travailler, les plus éduqués comme ceux qui le sont moins. Nous sommes prêts à faire un pas de plus dans le développement de la commune. D'ailleurs, Pernilla est une fille sympa, dit-il en changeant de ton. On se voit de temps en temps, enfin entre couples. Pernilla et ma femme sont de bonnes amies. Et le mariage approche. La saison n'est peut-être pas terrible pour une cérémonie à l'extérieur, mais les habitants du Norrbotten sont habitués aux temps de chien.

Il baisse la voix et se rapproche de Mikael :

— Le fait que Salo se range avec Pernilla ne peut que lui être bénéfique. Il est devenu plus doux depuis qu'il l'a rencontrée. Plus raisonnable, en quelque sorte.

— Tant mieux, dit Mikael, parce qu'il était comment avant ?

— Déterminé et énergique, exactement comme maintenant, mais difficile. Ou en colère serait peut-être plus juste, ce qui est compréhensible.

— Tout à fait, dit Mikael qui repense à la soirée dans le sauna.

— Trinquons à ça, dit Torben Olofsson. On se verra au mariage.

Durant la pause entre whisky et repas, l'assemblée se mélange, permettant quelques mots échangés ici et là, et chacun poursuit son chemin. La toile d'araignée comme image du réseau est clairement une métaphore trompeuse. Car l'araignée tisse sa toile d'après un motif déterminé, pas en fonction de qui va se trouver pris dedans. Si on traçait des lignes suivant les mouvements des membres de l'Ordre de la Dent du Tigre, un motif évident apparaîtrait, avec des personnes clés. Salo en est une. Le patron de KGB en est une autre. Les fils menant à l'un et à l'autre forment une autoroute.

— Je propose qu'on revoie les décisions du parc éolien, dit Salo. Fortum est déjà un acteur dominant. Ainsi que les Néerlandais. Personnellement, je considère le troisième candidat comme le plus approprié pour cette mission. Il est prêt à commencer les travaux dès la fin de l'année prochaine alors que les autres acteurs estiment le début de la construction d'ici trois ans au plus tôt. Le plus important pour la commune, c'est de s'assurer un accès électrique suffisant pour l'avenir. Qui sait de quoi est capable Poutine ? Saboter Nord Stream ou que sais-je encore.

— Vous exagérez un peu, je pense. Mais l'électricité est importante, ça c'est certain.

Sur le bord extérieur, le trafic est peut-être moins dense, mais stable. S'y trouvent par exemple Olofsson et son collègue, Lennart Svensson. Ensuite, il y a des gens auxquels le terme "relation importante" ne s'applique pas et qui ne jouissent pas du même nombre de visiteurs. Comme Douglas Ferm. Le directeur général de Paperflow. L'usine de pâte à papier située sur le meilleur terrain au bord de l'eau et qui appartient au groupe Swedish Wood.

Ferm n'a aucun intérêt à réseauter avec les politiciens ou les fonctionnaires, les sous-traitants ou les banques. Il a des subalternes qui s'occupent de ça. Alex Jung, par exemple. Bien qu'avec ses vingt-trois ans il soit le plus jeune de l'assemblée, ce dernier est courtisé par les chefs d'entreprise, qui lui tournent autour comme les abeilles autour des trèfles. Le plus gros employeur de la commune en dehors de la municipalité elle-même accorde les appels d'offres à ceux qui travaillent le mieux et exigent le moins. Cela laisse à Douglas Ferm le loisir de s'intéresser aux valeurs plus ésotériques, comme l'art et la culture. Il tire un trait en direction de Mikael Blomkvist et lui propose de partager une bonne bouteille de vin en discutant de la dernière édition de *Millénium*.

— Volontiers, dit ce dernier. Je vais juste faire un petit saut aux cabinets.

Un petit saut aux cabinets. D'où lui est venu ce terme ? Un effet de Ferm, peut-être. Les membres de l'Ordre de la Dent du Tigre sont sympathiques, du terroir et assez simples. Comme la plupart des gens. Douglas Ferm, c'est une tout autre histoire. Pas seulement à cause de ses habits, de ses bagues et de sa coupe de cheveux impeccable. Il a du charisme. Le charisme qu'on retrouve chez certains dirigeants. Ceux qui sont nés pour affronter les revers comme les succès, mais sans jamais devoir faire de détour par des boulots de merde. Comme Blomkvist, il fait figure d'outsider dans cette assemblée.

Mikael verrouille la porte des toilettes et sort son carnet. Note des noms, des apparences, les opinions qui fusent, les blagues. Autant de choses qui n'auront sans doute aucune importance. Il en profite pour effectuer quelques recherches sur Ferm. Il pourrait se révéler utile d'anticiper leurs sujets de conversation.

Né à Guernesey en 1964. Le père a été l'un des plus grands fabricants de peinture en Suède, dont le siège et l'usine se situaient à Gasskas. Rachat au début des années 1980, après quoi l'usine a été déplacée en Estonie. Famille : divorcé. PDG depuis 2017. Membre du conseil d'administration de la compagnie minière Mimer. Une carrière antérieure au sein de l'industrie minière internationale en particulier.

Lorsque Mikael ressort, l'entrée a été servie. Toasts aux œufs de corégone. Bière et eau-de-vie à volonté. Tandis qu'il se dirige vers sa place, il est arrêté par Jan Stenberg, le rédacteur en chef.

— Je voulais juste vous saluer. Bon discours, au fait. À la dernière réunion, Jan Emanuel était invité. Sacré type ! Très sous-estimé dans le débat public suédois. Et puisque nous avons un journaliste de choc dans le coin, ça vous dirait de passer aux bureaux du *Gaskassen* pour faire un exposé sur les techniques d'investigation ? Non pas que nous ne soyons pas compétents dans ce domaine, au contraire. C'est plus une histoire d'inspiration, je dirais. Je récupère votre numéro auprès de Salo. Bonne soirée.

Dommage qu'ils n'acceptent pas les femmes. Ils auraient pu inviter Katerina Janouch aussi. Sacrée femme ! Très sous-estimée dans le débat public suédois.*

Ferm alterne vin et eau. Mikael se dit que c'est une bonne idée. Il a encore les jambes flageolantes après la dégustation de whiskies. En plus, son interlocuteur est béton concernant *Millénium.* Il énumère les sujets les plus marquants de la revue et pose des questions avisées. La plus intéressante, ils se la posent tous les deux : où est passée Lisbeth Salander ?

Vers 22 h 30, Mikael décide de rentrer. Il envoie un SMS à Pernilla lui disant qu'il peut prendre un taxi.

[Non, non, répond-elle. J'arrive.]

— Alors, cette première ? demande-t-elle. Tu as fait des connaissances sympas ?

— Oui, dit Mikael. C'était une soirée intéressante. Torben Olofsson te passe le bonjour.

— Ah bon ? Eh ben.

— Qu'est-ce qu'il y a ?

— Rien. Il est sympa.

— Tu fréquentes sa femme, il paraît ?

— Fréquenter c'est beaucoup dire. C'est ma patronne.

— À UMO ?

— Exact.

— Et comment ça va entre toi et Salo ? poursuit Mikael avec l'assurance induite par l'alcool.

— Qu'est-ce que tu veux dire ?

* Journaliste et autrice suédoise connue pour ses ouvrages jeunesse, mais aussi pour ses écrits à propos des mutilations et abus envers les femmes ainsi que des troubles politiques en Suède.

— Rien en particulier, je me demandais, c'est tout. Vous semblez vous disputer pas mal. Je ne suis qu'un simple père qui pose des questions simples, s'excuse-t-il.

— Simple, tu parles. Tu ne t'es jamais vraiment préoccupé de savoir comment j'allais.

— Peut-être, mais j'ai toujours été là quand tu avais besoin de moi. Au moins financièrement. J'essaie de faire mieux vis-à-vis de Lukas, dit Mikael l'esprit ailleurs.

Lisbeth a répondu après tout. Peut-être devrait-il lui faire un autre message ?

— Bon, bonne nuit, papa, dit Pernilla en l'enlaçant. Lukas dort chez un copain. Si tu veux, tu pourras aller le récupérer au centre aéré, demain.

Elle a les yeux cernés. Son regard est ensommeillé.

— Avec plaisir.

Comme tous les papas, il veut aider son enfant. Comme beaucoup de papas, il ne sait pas comment faire. Sa fille est une adulte, désormais. Il la garde dans ses bras aussi longtemps qu'il le peut. Avant de s'endormir, il écrit à Lisbeth.

[On peut se parler ?]

38

ELLE AURAIT DÛ RENTRER. Au lieu de ça, elle enfonce le bonnet sur sa tête et se dirige vers Berget. La neige ne crisse pas sous ses pieds, c'est une pataugeoire et le trajet devient long et glissant, mais Lisbeth n'a pas de temps à perdre, les secrets révélés par la neige sont éphémères. Une fois près de la clôture, elle sort les jumelles. S'efforce de se remémorer la zone en détail d'après ce qu'elle a vu sur Google Maps. Elle préfère éviter d'utiliser le téléphone pour s'orienter, car elle aura besoin de ses deux mains pour chercher Märta Hirak. La probabilité qu'une personne disparue se trouve chez les enfoirés de motards est grande. C'est le bon endroit pour commencer les recherches.

Il y a une barrière. Sans doute fermée à clé la nuit. Elle lit les panneaux à travers les jumelles. Bien que le lieu soit une zone industrielle regroupant un certain nombre d'activités diverses et variées, on pourrait croire à première vue qu'il s'agit du terrain d'une villa ordinaire. Habitée par un parano qui redoute de se faire cambrioler :

ATTENTION AU CHIEN
LA ZONE EST SOUS SURVEILLANCE VIDÉO
DÉFENSE D'ENTRER
TOUTE INFRACTION SERA PUNIE

Plus un vieux panneau dont les lettres s'effacent :

PARKING VISITEURS SUR LA GAUCHE.
ANNONCER SA VENUE AUPRÈS DU GARDIEN EST OBLIGATOIRE

Probablement un vestige de l'ancienne usine de pâte à papier.

Elle ne repère aucune trace de caméras de surveillance. Peut-être du bluff. Reste à savoir si elle peut courir le risque.

L'alternative est de contourner la zone, de découper un passage dans la clôture et d'entrer par-derrière. Il lui faut juste chasser de son esprit l'idée de chiens de garde et autres saloperies.

Elle essaie d'imaginer qu'ils ont un labrador. Baveux et maladroit, mais inoffensif.

Elle longe des bâtisses en bois délabrées derrière la clôture qui les séparent de la forêt. Avance prudemment. Le terrain est en pente, et la neige mouillée et les feuilles mortes rendent le sol glissant.

Arrivée au bout d'un bâtiment, elle constate qu'une longue distance le sépare du suivant. Elle n'ose pas prendre le risque. Sort la pince et découpe un trou suffisamment grand pour pouvoir passer. Elle replace le morceau de clôture découpé pour masquer son intrusion.

Il y a une porte au niveau du mur latéral. Si elle parvient à entrer, elle aura une meilleure vue d'ensemble sur ce qui se trouve à l'avant. Elle tourne délicatement la poignée. La porte n'a pas l'air verrouillée. Elle s'entrouvre en haut, mais le bas est coincé. Lisbeth prend appui et force de tout son poids. Soudain, la porte cède dans un fracas qui se propage dans toute la zone. Elle se glisse rapidement à l'intérieur et referme derrière elle. Reste immobile et tend l'oreille.

Aucun aboiement. Aucune voix. Rien que son cœur qui bat, saturé d'adrénaline.

Du calme, se dit-elle. Du calme. Elle sort son portable et éclaire le sol quelques secondes. Un instant suffit à lui révéler ce qui l'aurait attendue si elle s'était avancée de quelques mètres. Une plongée dans le fond inconnu du sol effondré.

Il y a des tas de façons de mourir. Ce n'est pas la mort en tant que telle qui lui fait peur, ni la douleur d'ailleurs, c'est la durée. Une mort lente et inutile causée par une erreur.

Le simple fait d'être là est sans doute une erreur, mais pour le moment elle n'a pas le choix. Enfin si, elle pourrait évidemment appeler la police, à savoir Jessica, qui de toute façon ne risque pas de répondre parce qu'elle dort paisiblement auprès de ses enfants.

C'est sa mission. Si la mère de la gosse se trouve dans le secteur, c'est à elle de la retrouver. Elle rallume la fonction lampe de poche, abrite la lumière de sa main et décide de longer le mur de façade où le sol a l'air intact. Elle avance précautionneusement. Tâte avec le pied pour vérifier la stabilité du plancher, fait quelques pas et s'arrête. Les fenêtres se situent en hauteur, dans le toit. Personne ne peut la voir depuis l'extérieur, mais elle-même ne peut pas voir au-dehors. Elle s'accroupit, passe la main sur le sol et renifle ses doigts. Sciure.

Le silence est tel qu'elle n'entend rien d'autre qu'elle-même, mais un nouveau problème ne va pas tarder à se présenter. La lumière du jour. Elle devra quitter les lieux aussi. De préférence sans être vue. Car s'il y a bien quelqu'un que le MC Svavelsjö reconnaît, c'est elle.

Ils l'ont cherchée pendant longtemps. L'obligeant à rester cachée. Puis les années ont passé. Les cellules se régénèrent vite dans la vie d'un criminel. Beaucoup meurent. D'autres sont condamnées à vie. Il ne s'agit pas forcément des mêmes personnes à l'époque qu'aujourd'hui. Une génération plus jeune et plus vive a pu monter une start-up. S'approprier la marque, emprunter un peu à la maison mère et trouver de nouveaux concepts plus dans l'air du temps. Comme monter dans le Norrland et obliger une gamine de treize ans à forcer un coffre-fort. La colère pousse Lisbeth à avancer. Ça a toujours été comme ça, ce sera toujours comme ça. La colère a sauvé sa vie et celle des autres. Les inepties pondues par Inge Ågren comme quoi il n'est jamais trop tard pour avoir une enfance heureuse n'y changeront rien. Elles ne lui sont d'aucune utilité.

N'est-ce pas justement ce que vous faites ? dit-il.

Qu'est-ce qu'il raconte ?

En aidant la fille, vous vous aidez vous-même. En en assumant la responsabilité, vous faites ce que les autres auraient dû faire pour vous.

Un bruit, un bruit tout près. Elle s'arrête. Le bruit cesse, puis recommence. Se rapproche, s'éloigne. Elle est arrivée près d'un mur latéral. Le bâtiment semble composé de plusieurs parties. La cloison est lisse. Sans nœuds, ni fentes. Elle allume la lampe de poche une dernière fois, puis la batterie se décharge. Sa main est couverte de plâtre. Elle colle l'oreille à la cloison et entend le bruit de nouveau. Le bruit et autre chose. Une voix. Non, deux voix. Deux voix et un genre de moteur.

— Je me suis renseigné. Personne n'a l'air de savoir ce qui s'est passé.

— Tu as bien entendu ce qu'a dit Benny. Si on ne la trouve pas, on est foutus.

— Benny par-ci, Benny par-là. Il n'a qu'à mettre Peder sur le coup. C'est sa meuf après tout.

— Ex-meuf. Benny revient demain. Débrouille-toi pour retrouver cette pute d'ici là.

Autrement dit, pas de Märta ici.

— Et la gosse ? Elle doit bien savoir où se trouve sa mère.

— Même si elle le savait, elle ne dirait rien. Et la torture ne fonctionne pas avec elle, mais bon. Ça peut valoir le coup d'essayer.

— Avoue que c'était mieux avant, avant l'arrivée de ces types du MC Svavelsjö. L'ancienne bande me manque. On se connaît depuis la crèche, bordel.

— En parlant de l'ancienne bande et de la gosse. Il paraît que toi et Bouddha, vous avez essayé de vous faire du fric en solo. On parle d'un cambriolage chez Salo.

— N'importe quoi, c'est la dernière personne chez qui s'introduire. Belle baraque, mais salaire municipal plus parieur égale mauvais combo.

— Ah, ah, tu n'as pas tort. Mais n'oublie pas d'appeler Bouddha, il y a une fête vendredi.

— *Yes.* Il doit être occupé avec ses petits trafics.

Les voix s'éloignent. La lumière du jour commence à filtrer par les fenêtres du toit. Lisbeth halète.

Benny. Il ne peut y en avoir qu'un. Une pourriture, un salaud meurtrier et misogyne qui aurait mérité d'être emprisonné à vie, violé par ses codétenus pour ensuite s'étouffer dans ses propres excréments, mais qui visiblement est en vie et prospère.

Elle aurait pu couper court. *Navrée Inge Ågren, mais certaines personnes ne méritent pas une seconde chance.* C'est sa faute, elle n'aurait pas dû l'épargner. Mais est-ce vraiment ce qui s'est passé ? Elle a attendu trop longtemps et soudain il avait disparu. Ça revient au même.

Celui-là n'est pas qu'une ordure, comme les autres. Il est plus que ça.

Elle retourne vers la porte par laquelle elle est entrée, s'arrête près du trou et fixe l'obscurité. Les vestiges d'un escalier qui mènent droit en enfer.

Pourquoi la vie ne peut-elle pas se contenter d'être ?

Partout où elle va, quelle que soit la direction qu'elle prend, son passé la rattrape.

C'est pour ça que vous devez continuer à venir. Vous n'en avez pas encore fini avec ce qui a été, mais je peux vous aider.

Pardon, Inge, mais je ne crois pas que ta méthode marchera ici.

Préparez-vous à la guerre, Lisbeth. Mettez la fille à l'abri et sauvez-vous.

39

JOUR DU MARIAGE. TEMPS DE SE MARIER. Le côté du lit de Salo est vide. Pernilla reste un moment allongée, guettant ses émotions, qui devraient être en train de jubiler au bord du lit. Aujourd'hui je me marie, youpi ! Mais les disputes de ces derniers temps pèsent tel le brouillard sur la rivière. Et peut-être pas que les disputes. Les soupçons.

Sa voix. Des phrases pâteuses et décousues adressées dans son sommeil à une certaine Märta. *Ça aurait dû être nous deux.*

Elle a cherché le bon moment pour en parler, mais l'occasion ne s'est jamais présentée. De toute façon, il nierait sans doute en bloc. Infidèle ? Moi ? Mais ma petite Pernilla, tu as dû mal entendre.

Elle réveille Lukas et fonce sous la douche. S'assied par terre et laisse couler l'eau chaude. La loi devrait imposer le mariage dans l'année qui suit le premier rencard, lorsque le sentiment amoureux est encore à son apogée et que l'avenir semble radieux. Avant que tout parte en vrille.

Invités. Parents, famille, amis. Enfin, surtout les amis de Henry. Des gens avec lesquels ils dînent parfois. De longues heures avec toujours la municipalité de Gasskas en arrière-plan. Et elle dans le rôle de l'hôtesse attentionnée. Trop tard pour annuler, maintenant.

Quelqu'un frappe à la porte.

— Attends, lance-t-elle, et elle se drape dans la serviette. Qu'est-ce qu'il y a ?

— Allez, ouvre.

Henry. Il aurait pu attendre.

“Pour la jeune mariée, c’est le grand jour, vive la mariée !”

Les bras soudain chargés de roses, elle observe son futur mari. Les cheveux qui n’ont pas encore été domptés par la cire. Le lacis de cicatrices comme des traits de pinceau sur son dos. Sa nuque. Ses mains de bûcheron. Son sourire béat quand il se poste devant la cuvette et se soulage en arrosant bruyamment les parois.

— Alors, ça te fait quoi, Pillan ? Ça va être une fête que les gens n’oublieront pas de sitôt.

— Qui est Märta ?

— Pourquoi cette question ?

— Contente-toi de répondre.

— Un amour de jeunesse. On était voisins.

— Alors ce n’est pas quelqu’un que tu continues à fréquenter ?

— C’était il y a des années.

Il rabat le couvercle avec fracas, lui donne une petite tape sur les fesses et sort son rasoir.

`Faut-il viser la mariée ?`

`Ça dépendra des circonstances. Privilégiez l’enfant.`

Le cortège s’étire sur la roche tel un long serpent, jusqu’au point culminant de la chute de Storforsen. C’est ici qu’ils s’apprêtent à échanger leurs vœux, avec le tumulte de l’eau en fond sonore. Seul l’officier qui célèbre la cérémonie entendra leurs réponses.

Pour celles et ceux qui ne sont jamais allés dans le Norrbotten, ce qui est le cas pour la plupart des gens, le Storforsen est le plus long rapide naturel d’Europe. L’eau mugit sur une distance de plus de cinq kilomètres avec un dénivelé de quatre-vingt-deux mètres. Et bien que la zone soit un véritable trou glacé avec des températures descendant jusqu'à – 40 °C, elle ne gèle jamais.

Au XIXe siècle, les humains qui empruntaient la rivière Piteälv pour acheminer du bois vers la mer ont aménagé un canal afin d'éviter que les grumes ne soient fracassées par les masses d'eau. La Chute morte. C'est un site magnifique, avec des ruisseaux qui enserrent de gros blocs et des roches aussi lisses qu'une peau de chamois.

C'est là, au bord de la Chute morte, que Pernilla avait imaginé que le mariage se déroulerait. Un jour d'été ensoleillé, avec des calypsos bulbeux, des sabots de Vénus et des linnées boréales qui fleurissent dans les fentes. Au lieu de ça, elle se retrouve sur une rampe en bois aménagée pour les personnes handicapées, par une journée grise d'octobre, avec une clôture qui protège le cortège des violentes trombes d'eau en contrebas. L'endroit est terrifiant. Elle s'efforce de ne pas regarder en bas.

C'est du Henry Salo tout craché. À couper le souffle, comme il dit.

Il s'y rend aussi souvent qu'il le peut. Parfois tous les jours. Grimpe sur la clôture. S'accroche à l'aide des pieds, se penche au-dessus du vide et se laisse hypnotiser par le grondement de l'eau.

Pernilla tourne le dos à la chute et remonte la capuche sur sa coiffure soignée. Autant en finir.

Voulez-vous prendre…

Elle lève les yeux. Parcourt du regard les cheveux plaqués en arrière qui luttent pour se libérer, les yeux qui fixent l'eau écumante, et elle tente de pénétrer le cerveau au-delà de la beauté irréelle de ce visage.

Le garçon à l'intérieur de lui. Est-ce ce garçon qu'elle cherche à retrouver ? Celui qui transparaît par moments sous les multiples couches de personnalités.

— Oui, répond-elle.

— Oui, répond-il sincèrement.

Il se tourne vers Pernilla et dit oui encore une fois à la femme qui lit en lui comme dans un livre ouvert.

C'est son espoir. Être démasqué comme l'imposteur qu'il est. Ne plus faire semblant. Pouvoir abandonner et remonter les égouts de la vie pour être évacué dans une nouvelle enfance. Avec le même frère mais d'autres souvenirs.

Joar est là quelque part. Sans doute est-il, comme lui-même, un être à part dans un bel emballage. Les frères Bark ont toujours été des beaux gosses. Et si misérable qu'ait été leur enfance, elle n'a pas pu leur enlever ça. Le problème, c'est ce qu'il y a à l'intérieur.

Salo tourne la tête vers Lukas. Il fait de son mieux pour apprécier le garçon, mais ce petit est sensible et les enfants sensibles se font bouffer. Leur père ne les frappait pas parce qu'il était en colère ou qu'il voulait les éduquer. C'était juste un passe-temps. Pour se faire plaisir le week-end.

Dieu préserve Lukas de cette inconscience héréditaire.

`Cérémonie terminée. Ils seront de retour au car d'ici cinq minutes.`

Le filet de renne fond dans la bouche comme du beurre et les discours sont nombreux. À présent, c'est celui du marié à la mariée.

— Ma chère Pillan, dit Salo. Nous voici enfin unis. Notre chemin a été tortueux, mais chaque embûche était un pas de plus vers la félicité. Non seulement tu es belle, mais tu brilles par ton intelligence et tu es une mère merveilleuse pour Lukas. J'espère que nous aurons une longue vie ensemble, *et cetera, et cetera.*

Le discours est sûrement disponible d'un clic de souris, en libre accès. Pernilla sourit, à l'instar de tous les autres, sauf Lukas qui a l'esprit ailleurs.

Au début il était assis entre Mikael et sa grand-mère maternelle. À présent, il est sur les genoux de Mikael et se remémore la pose des filets de pêche à Sandhamn : le soleil est juste sur le point de se lever. Le meilleur moment pour attraper des poissons. Le soir, ils font griller le petit hareng et le mangent sur des craque-pains.

— On pourra le refaire l'été prochain ? dit-il. Je pourrais rester toutes les vacances.

— Tu crois que ta maman peut rester aussi longtemps sans toi ? répond-il et il observe Pernilla de l'autre côté de la table.

Son regard est perdu au loin. Pernilla ne remarque même pas que Salo vide son verre, le pose devant elle pour ensuite s'emparer du sien, qu'elle a à peine touché.

L'ambiance aurait sans doute été plus relax au bar Raimos. Henry Salo n'est pas le seul à préférer boire et danser. Parmi les autres jolies robes et les beaux costumes, même ses amis d'enfance dans leurs tenues du dimanche rêvent d'être ailleurs.

La plupart ont sacrifié un week-end de chasse pour le mariage de Henry. Pas parce qu'ils l'apprécient. Il est devenu trop hautain. Seulement, il est sacrément avantageux de le connaître maintenant qu'il est gérant municipal. Que ce soit pour avoir un emplacement de mouillage sur la rivière ou pour obtenir la priorité sur un appartement, Salo est devenu incontournable.

Mais ils ne se seront pas tapé le dîner pour rien. Ils ne vont pas tarder à migrer jusqu'au Raimos, pas très loin. Il ne reste plus qu'à finir le dessert aux mûres arctiques et vider ces verres remplis de boissons de bonne femme.

Une pause. Pernilla se dirige vers les toilettes, se ravise et prend le chemin de la sortie. Le local est étouffant. Elle a besoin d'air.

```
La mariée dans la ligne de mire. En train de
sortir. Le gosse est dehors aussi. On prend
les deux ?

Patientez.
```

— Maman, crie Lukas. Hé ho, tu vas où ?

— Nulle part, dit-elle, et elle drape son fils dans le tissu de sa robe. Il faisait juste trop chaud à l'intérieur. On fait un petit tour ?

— Non, j'ai froid.

Elle lui caresse les cheveux. Les rafales de neige se sont arrêtées, la pluie aussi. La température a baissé, il fait froid et le ciel est dégagé. Le croissant de lune est suspendu au-dessus de la forêt.

40

LE DÎNER EST BIENTÔT TERMINÉ. La dernière heure, Mikael s'est rendu aux toilettes à deux reprises pour avoir quelques minutes de répit. Il a téléphoné à Erika Berger sans résultat et il a surtout discuté avec la mère de Pernilla au sujet de tout et de rien, depuis l'arthrose de celle-ci jusqu'à son divorce avec Arne. Pour finir, il a dû faire un discours.

Comment s'est-il démerdé pour oublier ça ? L'institution la plus fondamentale dans le système patriarcal du mariage, en dehors de la remise de la fille au futur époux : le discours du père à l'intention des jeunes mariés.

Quand le moment arrive, il lui est impossible de se dérober sans humilier Pernilla. Il fait l'éloge de son savoir-faire de maman, de sa musicalité et de son talent d'écriture. Mais pour Salo, il sèche. Peu importe qu'ils aient partagé un sauna. Et même qu'il ait pleuré devant lui. Il ne connaît pas ce type. Et il n'est pas emballé par le peu qu'il sait. *Millénium* est peut-être un chapitre clos et lui un handicapé des relations, mais s'il y a quelque chose que personne ne pourra lui enlever, c'est son instinct.

Pour l'instant, il est faible et surgit furtivement au détour de phrases ou de mots isolés, mais il est là. Jusqu'à présent, il ne l'a jamais trahi.

Il se tourne vers Salo et débite quelques banalités au sujet de l'amour et du sentiment de sécurité. Égalité et prévenance. Amen.

Des applaudissements disparates retentissent autour de la table. Pernilla le regarde avec tendresse et Salo renverse son verre d'eau. Lorsque l'attention se porte ailleurs, Mikael sort le carnet de sa poche intérieure. Il commence par I. B.

Il se passe des choses étranges à Gasskas. Des gens disparaissent. Vérifier de qui il s'agit.

La commune : Henry Salo. Qui est-ce ? Son histoire ? Éducation ? Sortir des documents officiels. Lire des articles. La mine. Le parc éolien. Autres projets ? Parler avec les collègues de Salo.

Il regarde les gens autour de la table. C'est une assemblée hétéroclite. Comme un échantillon représentatif des différentes couches de la société. Du moins en apparence.

Parler avec les invités. C'est la dernière chose qu'il a le temps d'écrire avant que Lukas n'insiste pour grimper sur ses genoux de nouveau. Des boucles noires lui chatouillent le menton. Il le serre contre lui.

— On ira pêcher demain ? demande le petit. Tu peux emprunter une de ses cannes, à lui… à Hen… papa.

— Volontiers, mais tu crois qu'on va attraper des poissons à cette période de l'année ?

— On s'en fout, non ? dit Lukas.

Puis il fait tinter son verre. Comme personne n'y prête attention, il le fait tinter encore, descend des genoux de Mikael et patiente jusqu'à ce qu'il n'y ait plus un bruit autour de la table.

— J'aimerais faire un discours, dit-il, et il sort un bout de papier de la poche de son pantalon. En réalité, c'est un poème. À maman, dit-il en la regardant.

On n'était que nous deux
Toi et moi et personne d'autre
Je n'aime pas le brie
Tu es belle quand tu souris
Je n'ai pas de cadeau de mariage
Juste une pierre que j'ai trouvée pour toi

Papi a fait un collier avec une ficelle
Ne m'oublie pas

Il tend la main vers sa mère sans un regard pour Henry. Une pierre grise en forme de cœur attachée à une ficelle rouge atterrit dans la paume de Pernilla. Ils se regardent avec gravité. Pernilla enfile le collier. Les applaudissements auraient retenti si Henry n'avait pas fait tinter son verre avec autant d'insistance.

— À la santé des mariés, dit-il. Et maintenant, passons aux choses sérieuses au bar Raimos. Boissons à volonté !

41

MIKAEL FAIT COMME LA PLUPART. Rejoint le bar et tente de commander une bière. En un rien de temps, le niveau sonore est passé d'un murmure sympathique à une vraie cacophonie. C'est un soulagement. Dans le vacarme général, personne n'ira exiger qu'il participe. Il peut se contenter d'observer l'assemblée de loin. Les plans de table du repas se sont défaits. Les gens qui se connaissent se regroupent. Leurs choix vestimentaires, leurs comportements et leurs façons de s'exprimer distinguent les uns des autres. Les fonctionnaires municipaux, les politiciens et les entrepreneurs d'un côté. Les chasseurs et les ouvriers de l'autre, ainsi que plusieurs petits groupes moins faciles à cerner. Les potes de Pernilla peut-être, puis des parents tels que la sœur de Mikael et sa famille, qui recherchent la complicité du clan. Il repère Annika dans la foule. Elle reçoit un appel et se dirige vers la sortie.

`La tante de la mariée.`

`Sans intérêt. Attendez instructions.`

— La quête de bière ne donne rien ?

Mikael se retourne.

— Si vous y arrivez, vous pourriez peut-être en commander une pour moi par la même occasion ? dit-elle en tendant la main. Birna. Une amie de Pernilla.

— Mikael Blomkvist, le père de Pernilla.

— Je sais. Vous avez fait un discours. Peut-être pas du niveau d'un Obama, mais je vous comprends. Ça ne doit pas être facile de trouver des trucs positifs à dire sur Salo.

— Je ne le connais pas, dit Mikael.

— Moi non plus. Juste ce que je lis dans la presse. En privé, c'est peut-être quelqu'un de formidable. Si Pernilla se marie avec lui, c'est qu'il doit l'être.

— Comment vous vous êtes rencontrées ?

— On est dans le même club de lecture. On discute d'un livre pendant une demi-heure et on boit du vin le reste de la soirée. C'est comme ça qu'on fait de nouvelles connaissances.

— *In birro veritas*, dit Mikael, et il lui tend une bière.

— Oui, trinquons aux confidences de comptoir, dit-elle. Encore que, Pernilla ne raconte pas grand-chose au sujet de Salo. Elle parle d'autant plus de vous.

— De moi ?

— Oui, enfin peut-être pas de vous personnellement. Elle est en train d'écrire un polar dont le protagoniste est un journaliste. C'est excellent. Elle nous en lit des chapitres de temps en temps.

— Elle ne m'en a pas parlé. On n'a pas encore eu vraiment le temps de discuter. Je suis arrivé il y a une semaine à peine.

— Elle me l'a dit. C'est vrai que vous avez couché avec quatre cents femmes mais que vous n'avez jamais été marié ?

Il allait commencer à compter dans sa tête mais se ressaisit :

— Au moins ! Je suis un tombeur notoire. Vous devriez prendre garde.

— Me voilà prévenue. Vous voulez une autre bière ? demande-t-elle.

Tout en se frayant un chemin à travers la foule, elle siffle comme une racaille pour attirer l'attention du barman.

— Pas mal, dit Mikael, être une fille a ses avantages.

— Et ses inconvénients, dit Birna. Vous au moins, vous n'avez pas à subir les mains baladeuses autour de la taille et sur les fesses.

— Non, malheureusement, répond-il au moment où le groupe commence à jouer et où les gens trouvent leur partenaire aussi naturellement que le veau trouve le pis maternel à la naissance.

Pour esquiver la danse, il prétexte de devoir aller aux toilettes. Consulte son portable. Aucun appel d'Erika, ni de SMS, mais qu'espérait-il ? Peut-être qu'elle le prenne par la douceur. Qu'elle tente au moins de le convaincre, même si rien ne le fera changer d'avis. Il ne compte pas devenir un putain de podcasteur.

— Qu'est-ce que vous voulez faire, alors ? demande Birna.

Ils se sont retirés dans une alcôve un peu à l'écart de la piste de danse. Ce n'était pas prévu, mais il se surprend à raconter l'histoire de l'ascension et de la chute de *Millénium*. Plus il parle, plus il a l'impression de passer pour un naze. Pour la vieille tête de lard conservatrice dont le traite Erika.

— Je veux faire ce que j'ai toujours fait, dit-il. Je ne sais rien faire d'autre.

— Postulez au journal, dit-elle. Ils cherchent un directeur de l'information.

— Au *Gaskassen* ? demande-t-il en pouffant. Vous êtes la deuxième personne cette semaine à me le conseiller. Voilà le summum d'une carrière, s'il en est !

— C'est quoi le problème ? demande-t-elle.

— Il n'y en a pas, sauf qu'il s'agit d'une feuille de chou locale qui consacre sa une à l'inauguration du marché couvert et dont le supplément est exclusivement dédié au hockey sur glace.

— Justement. En tant que directeur de l'information, vous auriez le pouvoir d'y remédier.

— On pourrait croire que vous y travaillez.

— Ce n'est pas le cas, mais on dirait que le gâteau est servi, dit-elle en se levant. Venez, j'ai envie de sucré. Après, je vous expliquerai pourquoi vous devriez postuler.

42

L'AMBIANCE EST À LA HAUTEUR des espérances de Salo. Le truc des boissons à volonté marche à tous les coups, surtout au Raimos. La tradition est incrustée dans les murs. Il a même réussi à dégoter des serveuses thaïes qui s'affairent désormais à remplir les verres de whisky. C'est peut-être un peu incongru, mais une fête est une fête et le Norrbotten reste le Norrbotten. Une sorte de catharsis pour les hommes qui ont été contraints d'enfiler un costume à la place de la tenue de chasse et du fusil. D'autant plus en ce qui le concerne. Ce ne sont pas des rangées de costumes dans une penderie qui font un fonctionnaire. Au fond de lui, il sera toujours un sauvage. Un ours de cirque qui rêve de briser ses chaînes. L'alcool fort est une échappatoire civilisée. Une liberté liquide. D'ici la fin de la soirée, des vérités seront énoncées, les toilettes déborderont de vomi et un coup ou deux seront échangés. Du moins s'il a son mot à dire.

Il cherche Pernilla du regard. Elle a parlé de la pièce montée. Les femmes se dirigent déjà vers la table des desserts. Il est prêt à se plier à un dernier devoir. Ensuite, il pourra s'en mettre une bonne.

`Vérifiez les cagoules. Pas droit à l'erreur.`
`Tirez s'il le faut. Prenez X, tuez Y.`

Le président du conseil municipal Torben Olofsson est en train de se frayer un chemin vers Salo à travers la foule agglutinée au bar. *Merde. Pas lui.* Salo l'a évité toute la soirée et même la semaine dernière. Il lève la main :

— Stop ! On ne cause pas boulot le jour de mon mariage, merci.

— Dans ce cas, tu devrais commencer par répondre aux mails, dit Olofsson. Tout ce projet de parc éolien commence à ressembler à une sorte de règlement de comptes maffieux.

— Ah bon, dit Salo, il s'est passé quelque chose ?

— Si tu veux mon avis, il se passe toujours quelque chose. Des menaces anonymes, notamment. Ça te parle ? On a évidemment alerté la police, mais ça ne peut pas continuer comme ça. Quand des hommes politiques élus par le peuple sont menacés, c'est la démocratie même qui est menacée.

Blablabla. Salo l'entraîne vers les toilettes pour plus d'intimité.

— Encore une chose, dit Olofsson. Ton nom est cité dans un des mails. Envoyé à mon Gmail perso. On affirme que tu as accepté un dessous-de-table. Des pots-de-vin, Henry, tu as perdu la tête ou quoi ?

C'est visiblement Olofsson qui a perdu la tête. Un appartement avec vue imprenable sur la rivière et son emplacement de mouillage en contrebas, un permis de chasse alors qu'il n'est même pas propriétaire terrien, qu'est-ce qu'il s'imagine ?

— Écoute-moi, dit Salo. Il n'y a pas de pot-de-vin. Ils essayent seulement de nous mettre la pression. Je vais tout faire pour tirer ça au clair et on en reparle lundi.

Il n'a pas eu de nouvelles depuis la réunion avec Branco. Il se félicite encore d'avoir eu le dernier mot. Les négociations sont parfois musclées, mais il est loin d'être une mauviette. Ce sont ses mains qui dirigent la commune. Les mêmes mains qui vont bientôt diriger la pelle à tarte à travers la crème du gâteau. Il doit juste aller pisser, d'abord.

Mais c'est quoi ce bordel ? Des feux d'artifice, déjà ?

Vous vouliez de l'action, Henry Salo, bang, bang.

Vous me preniez pour un infirme, bang, bang.
Ceci n'est qu'un avant-goût, bang, bang.
Vive les mariés, bang, bang.

Enfin. Une excitation quasi sexuelle parcourt le corps de Loup. Ça faisait longtemps.

Once a soldier.

Il remonte sa cagoule. Son regard passe sur Glouton et Ours, tout est en place. Fait un signe de tête à Lynx.

Always a soldier.

La rivière gronde au loin. La lune disparaît derrière les nuages filants. Un fumeur écrase sa cigarette sous son talon et retourne à l'intérieur.

MAINTENANT !

Sa sensation, lorsqu'il franchit la porte et dégage un quidam qui s'apprête à sortir d'un coup de pied, est indescriptible. Le poids rassurant de l'AK5 qui repose contre sa hanche tel un bébé endormi. Glouton et Ours derrière lui.

Comment décrire les secondes qui précèdent la prise de conscience des invités sur ce qui est en train de se produire ? Le passage de l'esprit festif à celui de la terreur. Le déni – ce n'est pas possible –, puis la réalité qui provoque des réactions différentes chez chacun.

Si un expert du comportement observait les mécaniques réactionnelles depuis le coin de la pièce, il pourrait écrire l'étude du siècle sur le comportement de fuite de l'être humain. Certains crient, d'autres courent, bousculent, tombent. Trébuchent sur des jambes, brisent des poignets, piétinent des corps d'enfants pour atteindre les toilettes dans l'espoir de rester en vie.

Bang, bang. Quelques coups de feu par la porte. Sacrée stratégie.

Toujours est-il qu'il ne s'agit pas d'une tuerie de masse. Loup savoure la peur. Il est le maître de la vie et de la mort. La peur excrète une odeur qui transperce celles des parfums et après-rasages. La peur se pisse dessus, se chie dessus. S'écarte pour laisser passer celui qui domine.

Loup domine. Depuis son premier tir en Afghanistan jusqu'à aujourd'hui, il a dominé sa vie, ses actions et sa dignité. Il ne regrette pas un seul jour. Se languit uniquement du prochain. Le prochain conflit, ou le prochain ordre qui fera pulser l'adrénaline dans son sang comme des stéroïdes.

Glouton, Ours et Loup. L'amour indéfectible qui les lie. La jouissance partagée.

Un dur à cuire en costume tente de protéger sa femme. Ça rendrait si bien en *slow motion*, une rangée de dents qui éclate. Une mère soulève son enfant et court vers la sortie. Dommage pour la jolie coiffure qui ornait sa tête.

Ça marche à tous les coups. Un nouveau coup tiré en l'air. Un Ours qui crie *Nobody moves* et tous s'arrêtent. Abandonnent. Capitulent. Plaident. Prient.

Phase deux : on pourrait presque entendre leurs pensées comme une seule voix ; *On ne bouge pas. Ne me tuez pas. Laissez-moi vivre. J'ai des enfants. Je suis bientôt à la retraite. Ma vieille mère a besoin de moi.*

Loup n'a même pas besoin d'employer la violence. Tel un roi, il traverse la foule terrifiée en direction du garçon. Qui reste planté là. Aussi immobile que les autres. Ses yeux ont compris. Il ne va pas protester.

À part cette bonne femme qui fait subitement un pas en avant pour s'interposer. Elle n'a pas l'air d'avoir peur. Son regard soutient celui de Loup. Respect. Il le lui accorde, avant de lui asséner un coup de crosse à la tempe et de soulever le garçon. Lequel ne crie même pas. Il est trimballé à l'envers comme une poupée de chiffon, avec la tête qui ballotte contre la cuisse de Loup.

`Sécurisez X. Y non repéré. Le temps est compté. Retirez-vous.`

L'histoire aurait pu s'arrêter là. Personne ne bouge. Il ne reste qu'à reculer avec le gamin sous le bras, au son des notes sirupeuses de *Chansons sentimentales*, volume 29.

Si seulement l'enfant.

Si seulement il n'avait pas ouvert la bouche en criant "papi" au moment où ils atteignaient la sortie.

Sans réfléchir, Mikael Blomkvist fonce vers la porte, vers Lukas, vers la voix qui continue de l'appeler à l'aide. Franchit l'ouverture, derrière le garçon, puis en bas des marches que la pluie et le gel ont rendues glissantes.

Il suit les cris au pas de course. Ils ont pris de l'avance. Il ne les voit plus. Ne voit plus le garçon et la voix s'est tue. Ce visage grave. Ce sourire prudent. Lukas ! Une fois, plusieurs fois, et là. Il les voit de nouveau. Entend le garçon. *Plus vite maintenant, tu peux y arriver, récupère le petit, allez Blomkvist, cours, bordel de merde, cours !*

`Bang.`
`Bang.`

D'abord le son, puis son corps. Les pieds qui glissent. Putain de souliers. Il faut se relever. Lukas. Mikael Blomkvist tombe en arrière. Sa tête heurte le bitume. Le sang se répand en une aquarelle cramoisie humide. Ça devient chaud.

C'est l'été. Les journaux du soir sont posés sur la table. Le 14 juillet. Mille neuf cent quelque chose, une tasse à café cache l'année. Des piqûres de moustique parsèment ses chevilles.

En face de Mikael, son père est assis torse nu en slip de bain. Il est blanc comme un linge, hormis le crâne qui a rapidement viré au rose. Il vient d'arriver à la campagne. Enfin, son corps mais pas son esprit, qui est resté au bureau.

Mikael aimerait grimper sur les genoux de son père, mais il n'ose pas. Annika, en revanche, s'y trouve déjà. Elle est petite. Elle ne comprend peut-être pas que la brume qui entoure son père doit d'abord se dissiper. Elle veut qu'il lui lise une histoire. "Plus tard, papa doit se reposer un peu avant", dit-il et il la pose sur la chaise. Il sirote une bière. Embrasse du regard la mer, qui en son honneur est d'huile aujourd'hui.

Ils vont dîner dehors et voilà qu'arrive sa mère avec un plateau. Elle dispose sur la table le service en porcelaine réservé aux invités.

Mikael a pêché le poisson qu'ils vont manger. De jolies perches aux dimensions parfaites, selon son grand-père. Ni trop petites et difficiles à dépiauter. Ni trop grosses à la chair coriace.

C'est le genre de chose qu'il aurait aimé raconter à son père.

Un filet de perche avec des pommes de terre nouvelles, du beurre fondu, du pain polaire et des radis du jardin.

— Délicieux ce poisson, dit son père en triturant le filet comme s'il était plein d'arêtes. Dis, Micke, toi qui es si agile, tu files chercher une bière à papa ?

Il boit son eau-de-vie d'une traite. Se ressert de la bouteille de bière fraîche et lâche un rot.

— Voilà, dit-il, on se sent redevenir humain.

Une sorte de lueur éclaire son regard et Mikael se prend à espérer. Il lui a manqué. Pas tout le temps, il était trop occupé, mais par moments.

— Demain on fera une sortie en bateau, dit-il et Mikael peut de nouveau respirer.

Il demande la permission de quitter la table et descend sur le ponton. Il se couche à plat ventre et observe l'eau. Des bancs d'épinochettes glissent sous la surface. Pour mieux voir, il plonge la tête sous l'eau. Ce n'est pas profond, un mètre tout au plus. Les petits poissons les plus téméraires effleurent sa joue, puis détalent subitement. Au début, il ne comprend pas ce que c'est que cette ombre qui fait fuir les épinoches, jusqu'à ce qu'il reconnaisse le museau pointu du grand brochet.

Celui-ci ouvre une immense bouche. Se propulse en avant d'un coup de nageoire caudale et chope sa tête entre ses mâchoires. Mikael crie, mais il est impossible de crier sous l'eau. Crier à l'intérieur de la gueule d'un brochet est comme crier dans une cellule insonorisée. Personne ne l'entend, personne ne voit son corps disparaître centimètre par centimètre dans la gorge du brochet monstrueux.

43

UN CHAOS D'UN AUTRE ORDRE S'ENSUIT. Lorsque le dernier coup de feu retentit devant la salle de réception, les premiers SMS ont déjà été envoyés aux familles et aux amis.

Je suis en vie, ne t'inquiète pas. De quoi tu parles ? Tu es où ?

Un onglet spécifique "Gasskas" apparaît sur Facebook : "Je suis en sécurité."

Et les médias sont évidemment alertés. Alors que Birna prévient la police de Gasskas et demande des renforts de tout le Norrbotten, la rédaction d'*Aftonbladet* à Stockholm reçoit un appel confus.

— Des putains de terroristes ont attaqué une fête de mariage au Raimos ! C'est un truc de malade !

— C'est quoi le Raimos ? demande le journaliste la bouche encore pleine de son sandwich du soir.

Il entend le brouhaha général en arrière-fond et se demande s'il s'agit d'une énième fusillade en banlieue.

— Le gérant municipal de Gasskas s'est marié aujourd'hui et on était en train d'arroser ça comme il faut quand, d'un coup, des tarés ont débarqué et ont commencé à tirer partout. Ça vient d'arriver à l'instant, putain.

— Le gérant municipal de Gasskas, vous voulez dire dans le Norrland ? D'accord. Il y a des morts ?

— Sûrement, j'en sais rien. C'est le chaos complet, ici. Mais ils ont pris le gamin. Les tarés, ceux qui tiraient, ils ont pris le gamin.

— Quel gamin ? Calmez-vous. Vous venez de dire qu'ils avaient tiré et maintenant vous dites qu'ils ont pris le gamin.

— Le petit du gérant municipal, ils l'ont pris. C'est fou. J'envoie la vidéo.

Onze minutes après ce coup de fil reçu à Stockholm, une contrepartie financière pour le tuyau a déjà été négociée et le premier flash info est diffusé dans tout le pays *via* le site d'*Aftonbladet*.

DANS LE NORD, UN MARIAGE SE TERMINE EN BAIN DE SANG

Au milieu d'une fête de mariage dans la petite commune de Gasskas, dans le Norrbotten, des hommes masqués ont fait irruption et ont commencé à tirer sauvagement autour d'eux. Des témoins ont affirmé à *Aftonbladet* que le but de l'attaque était de kidnapper un enfant. La police de Gasskas ne souhaite pas commenter l'affaire à l'heure actuelle. *Aftonbladet* suivra en temps réel l'évolution de l'affaire.

Aftonbladet

ENLÈVEMENT D'ENFANT LORS D'UN MARIAGE

Selon la police de Gasskas, un jeune enfant a été enlevé plus tôt dans la soirée. Un groupe d'hommes masqués munis d'armes automatiques a fait irruption dans une fête de mariage à Gasskas, dans le Norrbotten. Les hommes ont tiré plusieurs coups de feu avant de quitter les lieux. Pour l'heure, la police ne se prononce pas sur le nombre de blessés ou de morts éventuels. Les coupables n'ont pas encore été appréhendés.

L'agence de presse TT

LE FILS DU GÉRANT MUNICIPAL KIDNAPPÉ

Le mariage du gérant municipal Henry Salo a tourné à la tragédie. Des hommes armés se sont introduits dans la fête et ont kidnappé son beau-fils âgé de neuf ans.
"C'est incompréhensible. Qui peut nous en vouloir à ce point ?" dit Henry Salo au *Gaskassen.*
Durant l'assaut, le beau-père de Henry Salo, le célèbre journaliste Mikael Blomkvist, de *Millénium*, a également reçu une balle. Selon les informations dont nous disposons, la blessure serait grave mais ses jours ne seraient pas en danger. D'autres blessés ont été pris en charge et transportés à l'hôpital.

Gaskassen

COUPS DE FEU ET KIDNAPPING AU RAIMOS
– QUE SE PASSE-T-IL, BON SANG ?

Que diable s'est-il passé au Raimos ce soir ? Qui y était et pourrait nous en dire plus ? Viens de lire *Aftonbladet* et le *Gaskassen* – ils n'auraient pas pu tuer ce putain de Mikael Blomkvist une bonne fois pour toutes ? Et pourquoi est-ce qu'ils ont pris le garçon ? Je parie que le père du gosse est un bougnoul et que c'est lui le responsable.

Il n'y a presque pas de bougnouls dans le Norrbotten. Je parie que c'étaient les Russes. Ils savent y faire. Faut dire qu'ils ont un dirigeant compétent, aussi.

Flashback

KIDNAPPING VIOLENT,
LE RÉSULTAT D'UN CONFLIT DE GARDE ?

Les coupables ont frappé alors que la mère du garçon de neuf ans venait de se marier en secondes noces avec le gérant municipal de Gasskas. Équipés d'armes automatiques, ils ont pris le garçon de force et ils sont toujours dans la nature. "Nous avons demandé des renforts pour appréhender les coupables au plus vite", dit Hans Faste du département de la Crim à Gasskas. Selon les sources de l'*Expressen*, un conflit de garde pourrait être à l'origine des coups de feu et de l'enlèvement d'un garçon à Gasskas, dans le Norrbotten.

Expressen

C'est le week-end, même pour la police de Gasskas. Trente-cinq minutes s'écoulent entre l'alerte donnée par Birna Guðmundurdottir et l'arrivée des secours. L'ambulance est la première sur place. Suivie par les reporters pigistes. Dans le chaos de l'ivresse, de la peur et de la panique, Birna fait de son mieux pour réconforter les gens tout en tâchant de réunir un maximum de témoignages.

— Ils étaient trois.

— Ils étaient au moins cinq.

— Je les ai entendus parler russe.

— Le garçon n'a pas opposé de résistance. Il devait les connaître.

— C'est la faute de Salo. Je suis persuadé qu'il est derrière tout ça. Il s'est enfermé dans les toilettes. C'est fou de faire un truc pareil.

— Trois personnes. Tout en noir, un peu comme le groupe Wagner. Deux aux yeux bleus. Marron pour le dernier. Des armes automatiques russes, sans doute des AN-94, connues aussi sous le nom d'Abakan. Il pourrait éventuellement s'agir d'AK5D de l'armée suédoise ou de M4A1 américains. En tout cas, ce n'était pas le fusil mexicain FX-05 parce que la crosse est différente.

— Vous vous y connaissez en armes, dit Birna, vous êtes militaire ?

— Non, bibliothécaire.

44

APRÈS LES INTERROGATOIRES, plusieurs sessions menées par différentes personnes, ils sont raccompagnés chez eux. Toujours en habits de fête. Pernilla monte directement dans la chambre. Sa robe a une longue déchirure tout du long de sa cuisse jusqu'en bas. Le tissu la démange comme des poux. Au lieu de demander à Henry de l'aider avec la fermeture éclair, elle l'arrache, faisant exploser les coutures. Le soutien-gorge, les collants et la culotte s'empilent par terre. Nue, elle serre entre ses mains le cœur en pierre qui pend à son cou et s'observe dans le miroir. Remarque à peine que Henry entre dans la pièce. Il lui tend un verre. Elle l'écarte sèchement de la main.

— Le whisky, on dirait que c'est la solution à tout pour toi, dit-elle.

— Je suis aussi triste que toi, dit-il, la tête basse.

Mais ce n'est pas de la tristesse qu'elle ressent. Pas en cet instant. D'autres émotions ont pris le dessus. Elle est… Comment dire ? Folle de haine, peut-être. Sa nuque courbée, ses cheveux plaqués qui ne sont plus domptés et lui tombent sur les joues. Les bras devenus encombrants. Visiblement, il est capable d'endosser n'importe quel rôle à la perfection.

— Tu pourrais au moins enlever ce costume ridicule, dit-elle en le poussant.

Une fois, deux fois. Il trébuche et tombe sur le lit.

Elle est Pernilla. La fille sensée, la gentille Pernilla. Celle sur laquelle on peut compter. Une femme qu'il est bon d'avoir à ses côtés, un roc dans la tempête. Elle l'observe. Pour le moment, les mots ne résonnent qu'en son for intérieur : si tu es mêlé à la disparition de Lukas, je t'écorche vif. Je ne te tuerai pas avant. Tu éprouveras la même douleur que moi. Que Lukas. Non. Ne pas prononcer son nom. Garder la tête froide. Tenir les émotions à l'écart.

Il ne s'agit plus d'eux, d'elle et Henry Salo. À peine un jour qu'ils sont mariés et elle sait déjà que c'est terminé. Elle prend une douche, enfile un pull et un jean, ôte la bague, la laisse tomber dans la cuvette et tire la chasse. Elle a sciemment évité la chambre de Lukas, mais elle repense à ce qu'il portait. Chemise blanche, pantalon noir, souliers. Sa veste, c'est elle qui l'a accrochée sur un cintre dans les vestiaires du Raimos. Elle jette un œil au thermomètre. Moins huit. Elle frissonne.

La porte est entrouverte. Le lit n'est pas fait. Ils sont partis à la bourre pour Storforsen. Elle se glisse dans le petit lit. S'empare du lapin en peluche de son fils et ferme les yeux, bien consciente du fait qu'elle n'arrivera pas à dormir. La peur, la terreur, les images persistent, lui serrent la gorge. Elle sent son odeur sur l'oreiller. Son garçon. Son garçon si sensible, si beau, si intelligent. Il est déjà tellement mûr et perspicace.

Ne m'oublie pas !

N'est-ce pas justement ce qu'elle a fait ? En se focalisant sur ses propres besoins et en l'obligeant à la suivre ? Il ne voulait pas déménager, et n'a jamais aimé Henry. Il se plaisait à Uppsala, à l'école, avec ses amis, près de sa grand-mère. Tout est sa faute. Elle aurait dû se douter. Au lieu de ça, elle a serré les dents en se disant que tout allait s'arranger. Même l'infidélité de Henry ne lui a pas ouvert les yeux. Maintenant qu'ils sont grands ouverts, tel l'œil de l'aigle au-dessus du nid de campagnols, elle voit tout avec une netteté parfaite. Elle doit retrouver son garçon. Rien d'autre n'a d'importance. Peut-être est-ce déjà trop tard.

45

LUKAS SE RÉVEILLE À L'AUBE. La première chose qu'il sent est l'odeur de fumée et il se dit que son grand-père a peut-être fait un feu pour fumer du poisson. Cette nanoseconde de sentiment de sécurité sera la seule qu'il ressentira avant très longtemps. Car même si la lumière dessine à peine l'endroit où il se trouve, il sait qu'il n'est ni chez son grand-père à Sandhamn, ni chez lui.

Il est dans un cabanon.

Les murs sont en bois, avec des petites fenêtres et une porte. À côté du lit où il est couché se trouve une chaise. Un peu plus loin, une table et une autre chaise. Sur laquelle est assis un homme. À l'aide d'une pierre à feu, il vient d'enflammer des écorces de bouleau et des éclats de bois. Il nourrit désormais le feu avec des bûches de bouleau. Ça fume. Le garçon se rendort.

Cela fait presque vingt-quatre heures que le Nettoyeur l'a récupéré au point de rendez-vous. Il n'a pas dormi depuis, tandis que l'enfant est resté dans la même position et que sa respiration et son pouls sont de toute évidence stables.

— Un enfant. Pourquoi un enfant ?

— Qu'est-ce que ça change ? demande le Livreur.

— Je ne veux pas de lui ici, répond le Nettoyeur. Cet endroit n'est pas fait pour les enfants.

— Il me semble que tu as une mission, dit le Livreur.

— Les enfants n'en font pas partie. Les femmes non plus d'ailleurs.

— *No women no kids*, Léon. Je vois. Si tu veux, je peux t'apporter une plante en pot et le film sera complet. Mais il se trouve que tu as un contrat. Il n'y est fait mention ni d'âge ni de sexe. Et les femmes ne te posent pas de problème, en général. L'enfant, en revanche, doit rester en vie jusqu'à nouvel ordre. C'est compris ? En vie.

Il ne répond pas. La conception d'*être en vie* est large. Sa mère était-elle en vie ? D'un point de vue clinique, oui. Son père ? Il se nourrissait de la destruction de la force vitale de sa femme. Et lui-même ? La mort d'un être humain permet la survie d'un aigle de mer. Et si la mort de l'un sauve la vie de l'autre, qui a le droit de juger quelle vie a le plus de valeur ? En fin de compte, ce sont les circonstances qui décident. Maintenir un enfant en vie ne va pas de soi. Mais pour l'heure, le garçon est vivant parce que cela fait partie de l'accord. En vie. Garde le garçon en vie. Sinon… Sinon est quelque chose dont il ne sait rien. Et tout.

— Il a un nom, dit le Livreur.

— Je m'en doute, répond le Nettoyeur, qui décolle en direction du chalet.

Dieu sait ce qu'ils ont utilisé pour endormir le corps. Il tombe du quad, puis sa tête cogne contre une racine et pour finir un pied se coince dans la porte, le tout sans qu'il se réveille une seule fois.

Le corps ne pèse pas plus qu'un renard. Il couche le renard sur le lit, l'unique lit, le recouvre d'un plaid, non par tendresse. Seul le nez émerge. Quinze heures plus tard, le corps dort toujours et ne montre pas le moindre signe de réveil.

Il vérifie que le garçon dort bel et bien et ferme la cabane à clé. Le soleil vient de se lever. Il a apporté le seau muni d'un couvercle et le remplit de bouts de viande, avant de descendre en direction de l'aire de nourrissage. Plus il approche, plus son humeur s'allège. La forêt est profonde, les arbres robustes. Certains ont plusieurs centaines d'années. Ici, la forêt a été éclaircie par la main de l'homme et s'est régénérée d'elle-même. Des mousses n'ayant jamais été arrachées par les pneus d'engins forestiers de quarante tonnes s'étendent sur les sentiers et les souches comme une moquette moelleuse. L'étrange combinaison de champignons et d'algues ; les lichens qui drapent les arbres tels des cheveux d'elfes, avec leurs douces variations allant du vert clair jusqu'au noir, donnent vie aux pierres et aux rochers.

À la différence de la plupart des gens qui pensent que les arbres poussent en lignes droites, le Nettoyeur sait apprécier la beauté naturelle qui l'entoure. Il s'arrête près d'un chablis en décomposition, fouille délicatement au cœur du bois qui s'effrite dans l'espoir d'apercevoir des habitants. La chance est avec lui. Un scarabée s'extrait de la masse, passe sur sa main, perd l'équilibre et se retrouve sur le dos, les pattes en l'air. *Quiconque retourne un scarabée tombé sur le dos est lavé de ses péchés.*

Il poursuit son chemin en direction du nid d'aigles. Contrairement à la majorité des oiseaux, les aigles de mer construisent leurs nids exclusivement dans des arbres très vieux et très robustes. Depuis le sol, ils ressemblent à des paniers tressés. Des années à les consolider avec des brindilles, des branches, des plumes et de la tourbe en font des lieux sûrs pour les femelles qui couvent et, plus tard au printemps, pour les oisillons lorsqu'ils grandissent.

Il n'y a pas un bruit autour du nid. Peut-être ont-ils déjà senti l'odeur de la viande, se dit-il en s'approchant de l'appât. Mais même de loin, il se rend compte que quelque chose ne va pas. Il pose le seau et court jusqu'au coin repas. "Non, non, non, non, non, non, répète-t-il à voix haute. Pas toi, mon pauvre petit, tu t'étais remis. Tout se passait bien."

L'un des oisillons qui avaient éclos au printemps gît par terre, sans vie. Le Nettoyeur se laisse tomber à genoux sur la mousse humide. Lui caresse la tête. Le soulève et le berce. Ça a dû se produire récemment. Le corps est encore chaud. Aucun signe extérieur de violence ou de maladie. Les plumes marron foncé ont des reflets verts dans la lumière douce du soleil. Il le repose sur le sol. Vide le seau de ses bouts de viande puants, ramasse le corps de l'oiseau et prend le chemin du retour.

Juste en contrebas du chalet, sous un sapin dont les branches forment un abri, il enterre l'aigle de mer en le recouvrant de mousse, de lichen et de brindilles. Il termine en posant des grosses pierres sur la tombe, et il joint les mains.

Dieu, accueille mon enfant en Ton sein. Laisse-le voler à jamais entre les arbres éternels du paradis. Amen.

46

LUKAS A FROID. Il voudrait remonter la couverture, mais il n'ose pas bouger. Pour l'instant, il n'a fait qu'ouvrir et refermer les yeux. C'est comme si son corps lui disait qu'il devait se rendormir pour se réveiller dans un endroit meilleur, alors c'est ce qu'il essaie de faire.

Pense à l'été, comme dit maman. Il enfile le ver sur l'hameçon et jette la ligne. Il attend. Le soleil lui brûle les épaules. Ça ne mord pas. On est au milieu de la journée. Même le gardon est occupé ailleurs. Il pose la canne sur le ponton et regarde autour de lui.

Ne pas regarder, refermer les yeux et penser à… pas à maman. Elle n'a pas le temps. À Henry. Pas s'il peut l'éviter. Il fait le tour en commençant par Ylva avec qui il joue parfois, puis Åke, l'entraîneur de ping-pong qui vient de lui apprendre à smasher, grand-mère qu'il ne connaît pas très bien, et Daniel, le jardinier. Enfin, il a beau s'occuper du jardin, il n'a pas remarqué qu'un carreau de la porte de la cave a été cassé par un oiseau. Lukas l'a réparé lui-même avec un panneau d'aggloméré et des clous.

Il finit par penser à son grand-père et c'en est trop. À contrecœur, il ouvre les yeux et les souvenirs le rattrapent.

— Tiens, tu es réveillé, dit le Nettoyeur, qui est en train de verser de l'eau dans la casserole au-dessus du feu. Tu as soif ?

Lukas est obligé de dire oui bien qu'il n'ait pas envie de répondre. Sa bouche n'a jamais été aussi sèche. Il arrive à peine à l'ouvrir. La tasse est rouillée et l'eau est froide. Il se redresse pour boire. Tente de s'asseoir sur le bord du lit, mais son pied ne suit pas.

— On dirait que je suis accroché, dit-il.

— C'est un collier de serrage, dit le Nettoyeur.

— Ça fait mal, dit Lukas, qui tire pour essayer de dégager son pied.

— Plus tu tires, plus il se resserre. Et arrête de pleurer. Tu peux faire ce que tu veux. Crier, parler ou te taire, ce qui serait le mieux, mais ne pleure pas. Personne n'aime les larmes. Pas plus moi que les aigles de mer. Leurs becs sont aussi aiguisés que des pioches. Et ils peuvent s'en prendre à des chiens ou à des enfants s'ils sont vraiment affamés.

Lukas cesse de pleurer. Au lieu de ça, il vomit l'eau, les restes du repas de fête et la peur qui lui encombre la gorge comme une espèce de ragoût de foie.

— Bien, dit le Nettoyeur, tu apprends vite.

Il s'approche du garçon, plie la couverture et la balance dans le feu.

— Le problème, c'est que tu vas avoir froid maintenant. C'était la seule couverture.

Lorsque l'eau bout, il y ajoute une louche de riz et ôte la casserole du feu. Avec l'automne vient le froid. L'hiver sera là d'un jour à l'autre, ce qui a ses avantages. La nature est son frigo. Quand le froid sera installé, il pourra stocker du poisson et du gibier. Aujourd'hui, ils vont devoir se contenter de riz, de pommes de terre et de pain *gahkku*. Il tend un bol de riz et une galette à l'enfant, sur le lit.

— Mange, dit-il, ce sera ton seul repas de la journée.

— Je n'ai pas faim, dit Lukas en détournant le regard. Je veux rentrer chez moi.

— C'est où chez toi ? lui demande-t-il, et Lukas est obligé de réfléchir.

Il regrette sa vie d'avant leur déménagement, il s'est efforcé de ne pas l'oublier et de ne pas aimer leur nouvelle vie à Gaupaudden.

— Je veux rentrer chez ma maman, bredouille-t-il.

Il n'arrive pas à retenir ses larmes. Au moins, elles coulent en silence.

— Moi je n'ai pas de maman, dit le Nettoyeur. Et tu vas devoir te passer de la tienne. On s'habitue. Au début, le cerveau est nostalgique du regard d'une mère, de ses caresses dans les cheveux, mais il oublie vite. On accorde trop d'importance aux parents. Plus vite tu l'auras accepté, mieux ce sera.

Il ne comprend pas pourquoi les enfants pleurent. Il va devoir méditer sur la question. Il ferme la porte et s'installe de l'autre côté, sur la pierre plate devant l'entrée. Pleurer, c'est sans doute le moyen pour un enfant d'attirer l'attention. Qu'est-ce qu'il veut de plus celui-là, bordel ? Il lui a laissé le seul lit. Et c'est sa faute à lui si la couverture est brûlée. En plus, il refuse de manger. Ça ne va pas le faire.

Le Nettoyeur va chercher la scie et la hache, et il descend jusqu'au bord de la tourbière, où poussent des arbres de la bonne taille. Ça lui prend presque la journée entière pour couper et ébrancher les arbres, écorcer les troncs et les traîner jusqu'à la cabane.

Une dépendance y est accolée, également en rondins. Le toit s'est affaissé. Ainsi que les rondins du haut. Des taillis aussi hauts que des arbres ont poussé sur le sol en terre battue, mais les fondations semblent en bon état, il suffit de rafistoler ici et là.

Le temps qu'il vide son dernier chargement et qu'il cache le quad sous des branches de sapin, le soleil s'est couché. Le garçon, assis sur le lit, fixe l'obscurité sans fond.

— Vous me détacherez le pied si j'arrête de pleurer ? dit-il.

Le Nettoyeur allume la lampe à pétrole. Ce qui donne à la pièce un air chaleureux. Il taille quelques morceaux de viande séchée et prépare le café. Le garçon se réchauffe les mains sur la tasse en bois. C'est un moment agréable, mais le gamin a soudain envie de faire pipi. Ils s'observent. Est-ce une ruse ?

— D'accord, dit le Nettoyeur, et il coupe le collier de serrage.

Il passe une corde autour du cou du garçon et le conduit dehors, comme un chiot pour sa promenade du soir.

— Vas-y, dit-il, tandis qu'il scrute le ciel.

Demain, c'est un jour de nourrissage. Un moment qu'il attend avec impatience. S'il avait eu des enfants, il les aurait emmenés dans ses tournées. Leur aurait appris tout ce qu'il sait. Et à aimer les aigles autant que lui les aime. Sans réserve. Avec la même crainte de voir quelque chose leur arriver.

Il observe le garçon. Le dos frêle qui tente de s'ériger en barrière.

Si tu te comportes bien, tu pourras m'accompagner.

Ils rentrent à la cabane. L'instant de faiblesse est passé. Il attache un nouveau collier de serrage autour de la cheville de l'enfant et lui rappelle qu'il est interdit de pleurer.

La veste d'hiver a une utilité toute trouvée. Il la lance au garçon. De son côté, il se couche sur une peau de renne qui traînait là et se sert de son pull Helly Hansen comme d'une couverture. La journée a été longue. Ses muscles se détendent au contact des poils rêches.

— Il est temps de dormir, dit-il et il souffle la flamme de la lampe.

47

LE SENTIMENT MISÉRICORDIEUX D'IRRÉALITÉ qui permet à Mikael de s'endormir, se réveiller et se rendormir passe bien trop vite. Son épaule est douloureuse, mais il y a des remèdes contre la douleur. Pour le reste, c'est une autre histoire.

— Quels sont vos souvenirs de la soirée ? demande Birna Guðmundurdottir.

Elle a un pansement à la tempe. Au début, il ne comprend pas la question. Quelle soirée ?

— Je me suis endormi et je viens de me réveiller, dit-il.

— Vous ne vous souvenez pas du mariage ?

— Bien sûr que si, répond-il. C'est là qu'on s'est rencontrés.

Eh, eh, il a toujours ses vieux réflexes.

— Tout à fait, mais ensuite ?

Il s'efforce de mettre des mots sur ce qui lui échappe, mais sa bouche s'ouvre et se ferme comme celle d'un poisson hors de l'eau. Il est un poisson hors de l'eau et il manque d'oxygène.

— Tenez, dit Birna, buvez un peu.

Mikael se redresse d'un coup. Le verre valdingue. Il dégage la couverture. Fait pivoter ses jambes au bord du lit. Quelqu'un essaie de le retenir.

— Lâchez-moi, bordel, je dois retrouver Lukas !

— Calmez-vous, écoutez-moi, vous êtes à l'hôpital de Sunderbyn. Nous allons retrouver Lukas, tout ira bien.

— Lâchez-moi, bon sang ! crie-t-il, plus fort cette fois. Tout n'ira pas bien. Je dois retrouver le petit. Il l'a pris.

— Qui l'a pris ?

— Le brochet, évidemment ! hurle-t-il. Le brochet, le brochet, le brochet !

Il a dû se rendormir. Lorsqu'il émerge, c'est le soir. Une femme dort dans le fauteuil près du lit. Ses cheveux tombent sur son visage. Il la connaît. Ils se sont déjà rencontrés.

— Ils s'apprêtent à couper le gâteau, dit-il tout haut.

Elle a le sommeil léger, le son de sa voix la réveille.

Pernilla attend Salo, la pelle à tarte à la main. Elle passe son bras autour des épaules de Lukas. Lui chuchote quelque chose à l'oreille.

— Nous deux, on est un peu plus loin. C'est bien vous, Birna ? demande-t-il. Je ne savais pas que vous étiez policière, pourquoi vous ne m'avez rien dit ?

— Vous ne m'avez pas demandé.

— Bon, peu importe. Au début, je ne comprends pas ce qui se passe. C'est blindé de monde, les gens parlent fort. Quelques gosses se courent après. Puis les coups de feu résonnent. D'abord un, puis un autre. Peut-être un troisième. Des femmes crient, un enfant commence à pleurer. Vous vous frayez un passage jusqu'à Pernilla et Lukas. Vous vous interposez. Pourquoi vous faites ça ?

— J'ai présumé que les mariés étaient la cible, dit Birna. J'ai suivi mon instinct.

— Trois hommes masqués, dit Mikael. Tout en noir. Deux sont près de la porte, un troisième avance en direction du gâteau. Non, vers vous. J'ai les pieds cloués au sol, une femme s'accroche à moi, je n'arrive pas à me dégager. Vous recevez un coup à la tête et vous perdez l'équilibre. Il soulève Lukas, le prend sous le bras gauche, l'arme pointée vers les gens. Juste avant qu'il atteigne la sortie, j'entends la voix. *Papi.* Tout doucement au début, puis plus fort. *Papi !* Je me dégage, bouscule la foule, cours vers la porte, arrive dehors, perds l'équilibre, me redresse et fonce, guidé par le son. Après… après je ne sais pas trop. Un coup de feu, peut-être. Ou je glisse ?

— Vous recevez une balle. Heureusement, c'est une blessure superficielle à l'épaule.

— Sacrée histoire à raconter aux petits-enfants, dit-il, et à cet instant la réalité le rattrape à nouveau. Lukas ! Je dois sortir d'ici et le retrouver.

— Chaque chose en son temps, dit Birna. Pour le moment, vous devez faire confiance à la police pour faire son travail.

— C'est le cas ?

On sait ce qu'on fait. Faites-moi confiance. Ce Faste de mes deux.

— Juste une dernière chose, dit-elle. Est-ce que vous vous souvenez de quoi que ce soit de particulier avant d'avoir été touché ?

— Le ciel était étoilé, dit-il.

— D'accord, mais rien de plus concret ?

— Il y a un truc par rapport aux étoiles. Mais je ne me souviens pas de ce que c'est.

48

DEPUIS QU'ELLE LUI A RENDU VISITE, Svala a repensé à la femme de la forêt. À elle et au cadavre de l'autre côté de la montagne, après la tourbière, à travers les bois. *E. alias Bouddha.* Quelqu'un pourrait très bien tomber dessus. Les cueilleurs de baies sont rentrés chez eux, mais la saison de la chasse bat toujours son plein. *La vitre cassée. Le sang de son bras. Il pourrait y avoir des traces.*

Alors que seulement quelques jours se sont écoulés, un doute s'empare d'elle. Il devrait se trouver là. Il a plu et neigé depuis. On distingue à peine le sentier. Mais rien. Hormis des traces de lièvre et de coq de bruyère. Définitivement pas de cadavre. Même la branche avec laquelle elle l'a tué a disparu. Elle rebrousse chemin. La maison est éclairée. Elle frappe à la porte qui fut bleue autrefois, peut-être verte. La femme met du temps à venir. Marianne Lekatt a la tête de quelqu'un qui vient de se réveiller.

— Oh, ma pauvre petite, c'est toi ? Tu es venue à pied depuis la ville ? Viens, je vais faire un feu.

Elle marche lentement. On dirait qu'elle a vieilli d'un coup.

— Vous n'êtes pas bien ?

— Si si, répond-elle. Mes articulations me font un peu souffrir, c'est tout. À cause du temps. Des vacances au soleil m'auraient fait du bien.

— Vous n'avez qu'à aller en Thaïlande, comme tout le monde.

— Tu y es déjà allée ?

— Moi ? Non, mais je suis partie en Finlande.

— Comme moi, alors, dit Marianne.

— J'ai apporté mon ordi, dit Svala en l'ouvrant. Vous avez dit l'autre fois qu'il vous aurait fallu un ordinateur.

Elles s'installent sur la banquette de la cuisine. Svala se rapproche pour lui permettre de voir l'écran.

— D'abord, il faut taper le mot de passe. Le mien, c'est "hermine", comme votre nom de famille mais en suédois*. Il ne faut le répéter à personne, c'est secret.

— Ma foi, je l'ai déjà oublié. Est-ce qu'on peut voir des cartes sur ton ordinateur ?

— Tout à fait, dit Svala. De quel pays ?

— Pas un pays, plutôt des cartes de propriétés.

— Je regarde, répond Svala, et elle partage sa connexion avec son téléphone. L'Autorité suédoise de cartographie, de cadastre et d'enregistrement foncier, ça vous paraît bien ?

— Parfait.

— Apparemment, il faut indiquer la référence cadastrale, dit Svala. Ça ne me parle pas.

— Tout terrain appartient à quelqu'un, explique Marianne. Dans la grande majorité à l'État et aux compagnies forestières, mais pas uniquement. Tape Gasskasliden 1:13.

— Votre maison.

— Oui, dit Marianne, et elle pointe un doigt sur l'écran. Nous, on se trouve juste là. Hultet, comme on l'appelle. Je suis née dans le grenier. Avec mon mari, on a repris l'exploitation à la mort de mes parents. Je n'avais que dix-huit ans. Quelques années de plus que toi.

— J'ai treize ans.

— Et déjà drôlement futée. J'ai vécu dans cette maison toute ma vie. Mais maintenant ils veulent me chasser.

— Pourquoi ?

— Parce que je refuse que ces messieurs construisent un parc éolien sur mes terres. Je veux qu'on laisse ma forêt tranquille.

* *Lekatt* signifie "hermine" en sami et en vieux suédois.

Les arbres comme le silence. Enfin, il est temps de manger. Tu dois avoir faim.

— Un peu, dit Svala.

En général, elle évite de se poser la question. C'est plus simple. Elle range l'ordinateur dans son sac à dos et demande si elle peut se rendre utile. Et si elle peut emprunter les toilettes. Elle est surprise quand elle en découvre les murs : autour du lavabo, et d'ailleurs partout dans la pièce, Marianne a accroché des articles de presse. Certains parlent de la mine, mais la plupart semblent concerner le parc éolien.

Les actualités. Un concept rasoir que personne n'apprécie dans la classe, à l'exception, peut-être, de Svala.

— Mais si les habitants de Gasskas ne veulent ni des éoliennes ni de la mine, est-ce qu'il ne faudrait pas les écouter ? demande-t-elle à son professeur, Evert Nilsson.

— On ne peut pas dire non à tout, juste parce que ça va gâcher la vue ou parce que ça obligera les pêcheurs à acheter le saumon en magasin, comme tout le monde. La région a besoin de ce marché et le monde a besoin d'électricité. D'électricité et de minerai.

— N'empêche que ce genre de décision devrait être soumis au référendum, non ? On vit dans une démocratie, après tout. Vous l'avez dit vous-même : dans une démocratie, chacun a le droit de se forger sa propre opinion.

— Dans une démocratie, la décision appartient à la majorité, répond-il, mais pas toujours. Dans ce cas précis, il vaut mieux se fier aux experts.

— Et c'est qui, les experts ? demande-t-elle sans obtenir de réponse.

— Bon ça suffit, dit le prof, on a d'autres sujets à traiter.

Svala suppose que l'un des experts est cet homme brun qui apparaît sur presque toutes les images collées aux murs des toilettes. Elle sait qui il est. C'est le gérant municipal de Gasskas. Elle a vérifié l'adresse. Gaupaudden n° 7. Henry Salo. Celui qu'elle a aperçu entre les costumes et qui a réveillé des souvenirs. Ou plus exactement les fragments d'un souvenir qu'elle n'arrive pas à reconstituer complètement.

Elle tire la chasse et se lave les mains. Elle s'apprête à retourner dans la cuisine lorsque quelqu'un frappe à la porte. Elle entend Marianne dire :

— Encore toi ? Je croyais qu'on en avait terminé au moins jusqu'à la fin du siècle.

Pourtant, elle semble laisser entrer la personne. Svala est gênée à l'idée de sortir des WC pile à ce moment-là. Elle n'entend pas ce qu'ils se disent avant que l'autre hausse la voix :

— On dirait que tu es en train de perdre la tête. On ne devrait pas vivre seul quand on en est là. On a besoin d'être pris en charge. Quand les gens qui souffrent de démence ne sont plus capables de veiller à leur bien-être, il faut envisager de prendre des mesures.

— Je ne souffre ni de démence ni de quoi que ce soit de la sorte, dit Marianne et son ton a changé. Si tu crois qu'il suffit de débarquer ici pour récupérer mes terres à coups d'allégations insensées, tu te fourres le doigt dans l'œil.

Il devient de nouveau difficile de les entendre. Doucement, Svala déverrouille, éteint la lumière et entrouvre la porte de quelques centimètres. Elle aperçoit l'homme par l'interstice. Il s'est assis. La tête baissée, il a l'air misérable.

— Tu ne comprends pas, dit-il d'une voix complètement différente. Si je ne peux pas garantir la construction sur Björkberget, c'en est fini pour moi et pour ma famille.

— On te menace, dit Marianne.

Elle ne semble pas désolée pour lui.

— Si c'est le cas, tu l'as sans doute cherché. Tu as dû faire des promesses que tu ne peux pas tenir. En prétendant que j'ai donné mon accord, par exemple.

— Oui, dit l'homme d'une voix pathétique.

— Ce n'est pas pour autant que je vais dire oui.

Svala s'apitoierait presque quand il se lève soudain, renversant la chaise, et qu'il se met à hurler :

— Tu n'as pas idée du genre de personnes à qui j'ai affaire ! Si tu refuses, ils vont te tuer ! Tu comprends ? Te tuer. D'abord toi, puis d'autres encore. Des innocents.

Il sort de son champ de vision. Elle entend seulement Marianne. Le cri et le choc quand elle tombe. La seconde d'après, l'homme passe à quelques centimètres à peine de Svala. Referme la porte avec fracas. Puis c'est le silence complet.

Svala reste immobile jusqu'à ce qu'elle entende la voiture s'éloigner. Elle trouve Marianne assise par terre et l'aide à se relever. Lui apporte de l'essuie-tout afin qu'elle puisse se moucher, et l'accompagne jusqu'à la banquette en la soutenant par le bras.

— Il vous a frappée ? demande-t-elle.

— Non, mais il m'a bousculée. Qu'est-ce que tu as entendu, ma pauvre ? Tu as dû être terrifiée.

— Vous allez prévenir la police ?

— Non, ma foi, j'ai connu pire. Dans mon ménage, notamment.

— Votre mari vous frappait ? demande Svala, et Marianne hoche la tête.

— C'était un enfer. Personne ne peut imaginer à quel point.

Sauf Svala. C'est son domaine d'expertise. Et d'un expert à l'autre, elle sent l'obscurité en elle se dissiper. Peut-être y a-t-il une voie de sortie, après tout.

— Je vais devoir rentrer. Ça va aller ou vous voulez que j'appelle le service d'aide à domicile ou quelque chose ?

— L'aide à domicile ? Non, ma petite, je n'en suis pas encore là, contrairement à ce qu'il dit. En revanche, tu peux m'apporter un verre d'eau. Et si tu veux bien poster une lettre pour moi, je t'en serai reconnaissante.

— Bien sûr, dit Svala en endossant son sac.

La main de Marianne cherche la sienne :

— Prends soin de toi, tu seras toujours la bienvenue.

49

— Eh bien, dit Pernilla, te voilà cloué au lit.

Elle avait fini par s'endormir. Tout habillée, dans le lit de Lukas. Elle avait à peine pensé à Mikael. D'après la police il allait bien, alors… Elle s'était préparé un thé, avait arrosé les plantes et décidé de commencer par l'hôpital. Peut-être les émotions qui ont surgi en elle ont-elles été provoquées par son dérapage dans le virage juste après Harads. La peur, le manque, la colère. Oui, surtout la colère. Des années de colère. Une vie de colère.

— Tu ne veux pas t'asseoir ? demande Mikael en lui tendant une main.

— Non, dit-elle en ignorant sa main tendue, je ne vais pas rester.

— Comment tu vas ?

— À ton avis ? Mon enfant a disparu. La police n'a pas la moindre piste, mais toi si, peut-être ?

— Je comprends que tu sois bouleversée, mais pourquoi j'en saurais plus ?

— Parce que pour toi, tout ce qui importe, c'est le scoop. Tu crois que je ne sais pas que tu essaies de dénicher des saloperies sur Henry ? Que c'est pour ça que tu voulais l'accompagner à l'Ordre de la Dent du Tigre ? Je sais que tu ne l'aimes pas, le message est passé, putain, mais c'est vraiment minable d'essayer de te faire de l'argent sur son dos. Est-ce que Lukas fait partie du plan aussi ?

— Mais enfin, arrête un peu, dit-il en se redressant contre l'oreiller. Lukas est mon petit-fils. Tu crois que je ne tiens pas à lui ? Que je ne suis pas aussi choqué que toi qu'il ait été enlevé ?

— Ça je veux bien le croire, mais il n'est pas uniquement ton petit-fils, pour toi c'est aussi un futur article en perspective. Je te connais par cœur. Dès qu'on te laissera sortir, tu vas te mettre à creuser. Le gérant municipal dont le beau-fils a disparu. Tu es pire que l'*Expressen*, putain ! Chaque fois qu'on se voit, c'est en lien avec ton travail. Le célèbre journaliste a besoin d'aide et j'accours comme une conne pour te filer un coup de main. Tu n'appelles jamais si tu n'as rien à y gagner. Tu t'es déjà demandé ce que ça me faisait ? Tu ne sais rien de moi, où je travaille, ce que je fais, ce que je sais faire ou ce que j'aime. Je suis la fille en trop que tu traînes comme un fardeau et qui n'a jamais compté pour toi.

— Je sais que je n'ai pas toujours été…

— Tu ne t'es jamais comporté comme un vrai père et maintenant tu comptes coincer Henry pour quelque chose dont tu le soupçonnes, c'est ça ? Tu vas lui coller aux basques et ne pas lâcher prise avant d'avoir retourné le moindre petit caillou, sans te préoccuper des conséquences pour moi. Ni pour Lukas, d'ailleurs. Il n'a pas de père, mais il a Henry. Que tu penses avoir autant d'importance pour lui juste parce qu'il a passé une semaine ou deux chez toi montre bien quelle image tordue tu as de toi-même. Ton orgueil démesuré. Tu entends, vieux con ? Tu as un orgueil démesuré !

— Ça suffit à la fin, bordel ! crie Mikael à son tour. Je ne suis pas un saint, mais je ne suis pas le mal personnifié non plus, merde. À la différence de ton sacro-saint Henry Salo qui fourre ses sales pattes un peu partout, je fais un boulot de journaliste honnête. Est-ce que tu as la moindre idée de ce qu'il fait, des risques auxquels il vous expose en essayant de devenir une putain d'huile municipale ? Et qui est-ce qui a couru à la rescousse et a pris une balle ? Lui ? Non, il était au bar en train d'essayer d'impressionner les serveuses.

— La preuve que tu n'entends même pas ce que tu dis. Lukas a disparu, ils l'ont emmené comme un sac de patates et toi, tu es allongé là comme une vedette avec ton égratignure à l'épaule, à te lamenter au sujet de ton intégrité de journaliste. C'est mon enfant qu'ils ont pris, mon enfant ! Merde !

Pernilla se dirige vers la porte. Elle s'arrête et se retourne :

— J'ai fait tes valises. Tu vas devoir loger ailleurs. Au fait, n'oublie pas de demander un autre pansement. Je suis sûre qu'ils en ont avec un joli motif de nounours.

50

— Vous avez pris une sacrée rouste !

Mikael n'avait pas remarqué l'arrivée d'un autre patient dans la nuit. Un rideau les sépare. Qu'une main écarte.

— Ça va ?

Bonne question. Non. Loin de là. Les propos de Pernilla et sa propre colère tambourinent dans son crâne. Le pire, c'est qu'elle a raison. Depuis qu'il a repris connaissance à l'hôpital, il réfléchit à l'article qu'il pourrait écrire sur la façon dont la commune gère les affaires et au lien possible avec le kidnapping. Qu'il ait reçu une balle est même plutôt une aubaine.

— Ma fille a un sacré tempérament, dit Mikael sans vraiment savoir pourquoi.

L'homme tend le bras aussi loin qu'il peut :

— Per-Henrik Hirak.

— Mikael Blomkvist, dit-il en lui serrant la main. Qu'est-ce qu'il vous est arrivé ?

— Un petit accident de chasse, rien de grave. Je me suis malencontreusement tiré une balle dans le ventre en enjambant une clôture. J'ai été soigné dans un autre service pendant quelques semaines. Là, je vais enfin pouvoir sortir demain.

— Ah merde, dit Mikael. Vous avez eu du bol de vous en tirer.

— Il paraît.

— Hirak. Vous faites partie de ceux qui refusent que le parc éolien soit édifié sur leurs terres, non ? Du moins selon le procès-verbal de la dernière commission exécutive de la commune.

— Oui, c'est bien ça. En fin de compte, c'est ridicule de refuser. De toute façon, on sera obligés d'arrêter l'élevage si le projet aboutit. Ça n'a pas vraiment d'importance, ajoute Per-Henrik en se rallongeant sur le dos. Les rennes n'ont pas d'avenir.

— Sombre perspective, dit Mikael. Il n'y a aucune loi qui puisse empêcher la construction ?

— La commune estime que les éoliennes seront construites de façon à ne pas empiéter sur le pâturage des rennes. Et qu'il y a des secteurs alternatifs.

— Des secteurs alternatifs ?

— Oui, mais ça implique qu'on y transporte les rennes par camion et hélicoptère, et nous n'avons pas les moyens de le faire. La commune considère qu'elle a fait sa part en proposant une solution. Que ce soit irréaliste, ils s'en tapent. Et vous ? Qu'est-ce que vous allez faire une fois votre blessure soignée maintenant que votre fille vous a mis à la porte ?

— Ça va s'arranger. Au pire, je trouverai un hôtel.

— Excusez-moi, ça ne me regarde pas, mais je n'ai pas pu éviter d'entendre ce que vous disiez. Henry Salo est loin d'être inconnu. Et j'ai lu les journaux, sur les coups de feu et tout. Difficile de croire que c'est arrivé à Gasskas. Vous avez des pistes pour découvrir où se trouve le garçon ?

Mikael secoue la tête :

— Non, malheureusement.

— Quand on parle du loup…, dit Per-Henrik et il ferme le rideau.

— Henry, dit Mikael, quelle surprise.

— Oui, j'avais des affaires à régler à Boden, comment allez-vous ?

— Ça va, on me laisse sortir cet après-midi.

— Tant mieux, tant mieux. Quelle sale histoire, on pouvait s'attendre à quelques embrouilles au comptoir, mais des tirs de mitraillette dans le plafond et Lukas… enfin, Lukas.

Il s'assied sur le bord du lit et cache son visage dans ses mains.

— Allons, dit Mikael. Je… la police… va le retrouver.

— C'est horrible. S'en prendre à un enfant. Vous pensez que c'est ma faute ?

— Qu'est-ce que vous en pensez, vous ?

— Je suis un fonctionnaire municipal. Les gens croient que j'ai du pouvoir, alors que je ne fais que mettre en œuvre ce que les politiciens ont décidé. Que ce soit construire des parcs éoliens, installer des mines, fermer des crèches. Je pense qu'il s'agit d'autre chose, mais je vois bien que je suis montré du doigt. Les journaux spéculent même au sujet d'un conflit de garde.

Il se balance d'avant en arrière.

— On doit récupérer notre gosse. Il n'a fait de mal à personne, poursuit-il.

— Vous n'avez pas la moindre idée de qui aurait pu faire ça ? demande Mikael.

— Les gens ont tendance à devenir rancuniers lorsque les choses ne se passent pas comme ils veulent, mais non, pas spontanément.

— Et si vous vous creusiez un peu plus la tête ?

— J'étais sur le point de vous poser la même question. C'est une sacrée coïncidence, quand même. Vous montez ici, les propriétaires terriens se rebellent, Pernilla fait des siennes et Lukas disparaît.

— Donc tout est ma faute ?

— Ce n'est pas ce que je dis, mais les gens parlent. Certains trouvent que vous avez posé des drôles de questions lors de la réunion de la fraternité. Je ne vous ai peut-être pas parlé de la devise de l'Ordre de la Dent du Tigre : tolérance, fraternité et acceptation. Autrement dit, être ouvert à toutes les opinions.

Tolérance, fraternité et ignorance.

— Je suis journaliste, Henry. Vous vous doutez bien que votre club soulève des questions de népotisme et de décisions antidémocratiques.

— Oui, mais vous êtes à côté de la plaque. Nous respectons le cadre de la loi. Discuter des choses avant qu'elles n'arrivent sur le bureau des politiciens n'a rien de scandaleux. Connaître le dessous des cartes permet aux entrepreneurs déjà surtaxés de faire des économies.

— Avant que les élus du peuple, dont des femmes, aient eu leur mot à dire.

— Enfin, bref, dit Salo en se levant. Je voulais simplement vous mettre en garde. Si vous ne pouvez pas vous rendre utile, rangez votre stylo et rentrez chez vous. Sachez que Pernilla est folle d'inquiétude.

51

— Tiens, tiens, tiens… Super Blomkvist. C'est ici que tu te planques, dans un hôpital au fin fond du Norrland. Tu ne peux même pas assister à un mariage sans te retrouver dans un film d'action ?

Ça fait longtemps. Ou pas du tout, selon le point de vue. Mais ça lui fait plaisir. Plus encore, ça le touche, peut-être. En tout cas, il est soulagé.

— Lisbeth ! Mon Dieu, ça me fait tellement plaisir, comment tu as su que j'étais là ?

— Tu as envoyé des messages confus, ce qui ne te ressemble pas. D'habitude, ils transpirent le "vieux schnock cherche compagnie". Alors je me suis dit qu'il valait mieux vérifier ce qui était arrivé au grand détective. Voir s'il avait eu un AVC ou s'il était devenu sénile.

Même Per-Henrik Hirak s'est ranimé à la vue de ce drôle de personnage qui reste planté sur le pas de la porte et semble ne pas savoir s'il faut s'asseoir ou repartir.

— Il y a une chaise sous les affaires de Micke, dit-il.

— En voilà au moins un qui a le sens de la politesse.

— Per-Henrik s'est tiré dans le ventre. Et moi j'ai reçu une balle dans l'épaule.

— Le service des bras cassés, dit Lisbeth.

Le voisin de chambre de Blomkvist ne lui est pas inconnu. Elle a consacré pas mal de temps à faire des recherches sur la famille Hirak.

— Vous êtes le frère de Märta Hirak ? demande-t-elle, et elle note qu'à ces mots le visage de Per-Henrik s'assombrit.

— Oui, je suppose, dit-il.

— Vous *supposez* ? dit Lisbeth. Vous savez sûrement que Märta a une fille dont personne ne se préoccupe alors qu'elle a perdu aussi bien sa mère que sa grand-mère.

— C'est plus compliqué que ça, dit-il.

— Pas pour moi, répond-elle et elle pousse Mikael du doigt. Et toi, tu ne peux pas traîner ici. On a plein de trucs à faire. D'ailleurs, j'ai déjà commencé.

— Je sors cet après-midi, mais Pernilla…

— Elle t'a viré de chez elle, je sais. Mais on ne peut pas trop lui en vouloir. Il faut te supporter quand même. Blague à part, comme tu ne répondais pas après tes messages cryptiques, je lui ai téléphoné.

— Elle est en colère, dit-il.

— Terrifiée, rétorque Lisbeth.

— Injuste.

— Honnête. Où est-ce que tu comptes habiter ?

— Je ne sais pas, à l'hôtel je suppose.

Pas avec nous en tout cas. Jamais de la vie. Je vais t'aider, mais après c'est au revoir et adieu pour de bon.

Creusez cette émotion, Lisbeth. Il vous a blessée une fois. Mais vous l'appréciez quand même. Vous pouvez lâcher prise, maintenant.

Ferme-la, Inge Ågren !

— Vous pouvez loger chez nous sans problème, dit Per-Henrik. On a de la place.

— Pas pour Svala visiblement, dit Lisbeth.

Mikael lui pose une main sur le bras.

— Merci, Per-Henrik, j'accepte volontiers cette proposition.

— Quant à Svala… dit Per-Henrik, et sa phrase reste si longtemps en suspens que Lisbeth se lève pour partir. Vous pourriez peut-être passer nous voir à la ferme ?

Ces mots lui coûtent, elle le voit bien. Pour Lisbeth, il peut aller se faire foutre, mais c'est de Svala qu'il s'agit. La fille a besoin d'une maison. Il doit y avoir pire que les Hirak.

— Tu as l'air de lui plaire, dit Mikael.

— C'est mon charme irrésistible, répond-elle.

— Attends, je te raccompagne.

Ils longent le couloir. S'installent sur un banc devant les ascenseurs.

— OK, Super Blomkvist, on commence où ?

52

Pourquoi tu pleurniches ?
Ils sont à mes trousses.
Mais tu as la clé.
La clé de quoi ?
La clé de tout.

Penser comme Maman-Märta, c'est comme être au fond du trou. Trouver une voie de sortie, mais jamais l'issue. Svala a beaucoup pensé à Maman-Märta. Comprend ses choix. Certains pour la protéger. D'autres pour se protéger elle-même. La voie existe. Svala doit simplement choisir. Rester l'enfant qu'elle n'a de toute façon jamais été. Ou prendre ses propres décisions.

Heian shodan, *nidan* et *sandan*. Dans le schéma du kata, les pensées n'ont pas leur place. Seule compte la recherche d'équilibre du corps. Elle se douche, s'habille, glisse la carte-clé dans sa poche arrière et ferme la porte de la chambre d'hôtel. Il faut bien commencer quelque part.

— J'aimerais voir Henry Salo, dit-elle. Nous n'avons pas rendez-vous, mais vous voulez bien l'appeler ? Vous pouvez lui passer le bonjour de Svala Hirak.

N'oublie jamais d'être polie, dit Maman-Märta. *La politesse ouvre des portes.*

— Tu peux t'asseoir en attendant, dit la réceptionniste. Il va venir te chercher.

Henry Salo a l'air plus sympathique que la dernière fois, et plus fatigué. Il souffle en montant les deux étages jusqu'à son bureau. Ferme la porte et l'invite à s'asseoir.

Elles ne se ressemblent pas tellement, Märta et sa gamine. Son nom lui serre le ventre. *Faites-en ce que vous voulez.* Et si c'était exactement ce que Branco envisage ? Peut-il vraiment être fou à ce point ? Un homme d'affaires à la renommée internationale ?

— Qu'est-ce que je peux faire pour toi ? demande-t-il.

— Je me suis introduite par effraction dans votre maison.

— Je ne comprends pas. Aujourd'hui ?

— Non, il y a quelque temps.

— Mais nous n'avons pas été cambriolés. Rien n'a été volé.

— Si, mais vous ne l'avez peut-être pas remarqué. Je sais que vous connaissez ma mère. Märta Hirak.

— Oui, enfin… Nous sommes des amis d'enfance. Comment va-t-elle ?

— Je ne sais pas. Elle a disparu. J'ai pensé que vous saviez peut-être où elle est.

Tu me manques !

— Pourquoi ? Nous ne sommes plus en contact.

— Mais vous connaissez Peder-Plastoc. Peder Sandberg.

— Oui, je sais qui c'est, dit Salo en remplissant deux tasses de café. Tu bois bien du café ?

Elle acquiesce.

— Tu veux une tartine ? demande-t-il. Fromage ou pâté ?

— Fromage, merci.

Ils mangent, sirotent leur café et réfléchissent. Elle veut quelque chose. Sait quelque chose.

— Pourquoi tu voulais me parler ? demande Henry.

— Pour revenir au cambriolage, dit-elle en fouillant dans son sac à dos.

Elle en sort un singe hirsute et lui demande des ciseaux.

— Tu as volé un singe en peluche de Lukas ?

C'est n'importe quoi. Mais la fille est sérieuse. Il lui donne des ciseaux. Elle fait un petit trou dans la peluche et en extrait une boîte de pastilles. Elle la secoue devant lui et lui demande s'il sait ce que c'est.

— Je n'ai pas de temps à perdre, dit-il. Viens-en aux faits.

— Le coffre-fort dans votre zoo, dit-elle. Derrière vingt costumes bleu marine.

— C'est impossible, dit-il. Je suis le seul à connaître la combinaison.

— Il y a vous et moi, dit-elle. FQZ0081VG. Je sais que c'est Maman-Märta qui vous a donné cette clé. Et si elle vous a confié une clé, cela signifie qu'elle vous fait confiance. Pourquoi, je l'ignore. Moi, chaque fois que je lis un article sur vous, je me dis : douteux personnage.

Elle a une drôle de façon de s'exprimer. On dirait une vieille. Pour les gens comme elle, il y a deux voies possibles. Soit elle meurt jeune, soit elle ira très loin. Pour l'heure, elle le tient.

— J'aime ta mère, dit-il.

C'est tellement inattendu qu'ils en sursautent tous les deux.

— Vous avez une liaison avec elle ? demande Svala. Je croyais que vous veniez de vous marier. Avec Pernilla ou je ne sais qui.

— Märta et moi formions un couple il y a longtemps, mais on a dû se séparer pour *x* raisons.

Plus précisément à cause d'un monstre albinos, mais il ne peut pas lui dire ça. Il lui paraît inconcevable que cet être humain répugnant ait pu engendrer la personne qui lui fait face.

— Ta mère est… comment dire ? Spéciale.

— Des tas d'hommes partagent cet avis, dit-elle, et elle reporte son attention sur la clé. Elle correspond à quoi ?

— Je ne peux pas te le dire. Enfin, je n'en sais rien.

Est-ce qu'il ment ? Évidemment. C'est facile de mentir à un enfant. Tous les adultes le font.

— Vous n'avez pas l'intention de me dire à quoi correspond la clé, donc ?

— Non, répond-il. C'est déjà gonflé de l'avoir volée. Je devrais peut-être téléphoner à la police ?

— Ou je m'en charge, moi, répond Svala, qui fouille de nouveau dans son sac. Nous avons une amie en commun. Marianne Lekatt.

Et maintenant qu'il y pense, il se dit qu'il a déjà vu ce sac à dos. Un machin bleu clair de fille posé sur la banquette de la cuisine. Il détonnait. C'est ce qu'il s'était dit, qu'il détonnait dans la vieille cuisine vétuste, mais il n'a pas relevé.

— J'étais là, dit-elle et elle tend son portable. Veuillez excuser la qualité de l'image. Si vous me dites à quoi correspond la clé, j'efface l'enregistrement. Autrement, je le diffuse.

Par-delà la fenêtre, la rivière serpente à travers la ville telle une couleuvre grise. Le moment est peut-être venu. Ce serait tellement simple de tout lâcher. Il suffit de faire un grand pas du haut d'un rocher.

— OK, dit-il.

— Pas de mensonge.

Il pousse un soupir :

— Pas de mensonge. Je ne sais pas exactement ce qu'elle ouvre, dit-il et c'est la vérité. Personnellement, je trouve qu'on dirait une clé de boîte postale. Éventuellement une consigne. Ta mère m'a demandé de la garder.

— Elle n'a rien dit de plus ?

— Non, dit-il, ce qui n'est pas loin de la vérité.

Märta est allongé au creux de son bras et lui caresse les cheveux. La chambre baigne dans la douce obscurité de l'après-midi. Un instant de paix. Il pourrait les compter sur le bout des doigts.

— Je peux te demander un service ? dit-elle en allumant la lampe de chevet.

Elle est grave. Tellement belle en cet instant que quelque chose cède en lui.

— Tout ce que tu veux, répond-il.

— Ce n'est pas compliqué, dit-elle, et elle pose la clé dans sa main. Tu peux la garder pour moi ? L'enfermer quelque part ou la cacher ?

— Elle sert à quoi, cette clé ?

— Peu importe, répond-elle. Mais si je meurs. Quand je mourrai. Je veux que tu la donnes à Svala. Elle n'a de sens que pour elle.

— D'accord, dit Svala, je vous crois.

Elle brandit le téléphone et efface l'enregistrement.

— À propos, vous n'avez pas la bonne technique d'approche avec Marianne. C'est quelqu'un de bien. Vous ne la connaissez pas.

Sale gosse qui croit tout savoir. Rien que de penser à cette mégère, il sent sa colère monter. Tout est sa faute. Toute cette putain de galère commence et s'arrête avec elle.

— Une dernière chose, dit Svala. Vous savez où se trouve Maman-Märta ?

Il secoue la tête :

— Non, malheureusement. Si je le savais, je l'aurais ramenée à la maison.

53

— Je ne supporte pas les gens qui passent leur temps à donner des coups de pied dans les pneus. 42 000, à prendre ou à laisser. Elle est pas toute neuve, mais 70 000 kilomètres, c'est rien pour un diesel.

— 40 000 et pas une couronne de plus, dit Lisbeth. Et si elle lâche avant la fin du mois, je sais où vous trouver.

— Vous pouvez me faire un virement instantané, dit-il, et il débite son numéro.

— Même pas en rêve, répond Lisbeth, qui commence à énumérer les risques liés au fait de connecter des services en ligne à son compte bancaire. Ou pire encore, d'interconnecter différents appareils.

Le regard flottant sur la cour, il allume une cigarette :

— Vous la voulez ou pas ?

Elle affectera cette dépense au compte réservé aux imprévus. Depuis quelques années, elle touche des dividendes en plus de son salaire mensuel. Armanskij doit apprécier ses services. Juste pour le plaisir, elle fait un dernier tour du véhicule en tapotant scrupuleusement chaque pneu du bout du pied.

— Ils tiendront jusqu'à la fin de l'hiver ?

— Même avec deux gonzesses au volant.

Elle ne rétorque pas que la seule gonzesse qu'elle voit ici, c'est lui – il leur faut une voiture. Elle lui tend la liasse de billets et le laisse compter. Une fois qu'ils ont rempli les papiers et se sont serré la main, il lui rend un billet de 500.

— Vous avez mal compté, dit-il.

— Je sais.

Il secoue la tête et marmonne quelque chose au sujet des femmes.

— Au fait, dit Lisbeth, la motoneige là-bas, elle est à vendre aussi ?

— Vous plaisantez ? Je préférerais encore vendre ma femme.

— Heureusement, vous n'en avez pas, chuchote Lisbeth à Svala en aparté.

— C'était vraiment pas cool, dit Svala alors qu'elles roulent en cahotant sur la route gravillonnée. Il voulait juste vendre la voiture. Sa mère est morte la semaine dernière. C'était Ann-Britt, une amie de ma grand-mère.

— Il fallait me le dire, répond Lisbeth. Tu connais la route pour aller chez les Hirak ?

— Autant demander si les perruches vivent dans des cages.

— Je croyais que tu n'y étais jamais allée ?

— Le fait que je ne les aie jamais rencontrés ne veut pas dire que je n'y suis jamais allée, dit Svala, qui prend à droite au croisement.

Lisbeth a une autre question qui lui brûle les lèvres, mais elle se retient. Remuer les émotions pourrait lui faire prendre conscience de ce qu'elle ressent. Dans certains cas, la plupart en réalité, il vaut mieux remettre les sentiments à plus tard. Et encore.

— Les freins ont l'air en bon état, dit Svala. Et aucun accroc au niveau de la boîte de vitesses.

Le siège est avancé au maximum. Sa tête dépasse tout juste au-dessus du volant. La monitrice d'auto-école Lisbeth n'a même pas besoin de rappeler à Svala de bien vérifier tous les rétros. La petite n'en est pas à sa première sortie.

— On ne risque pas de croiser les flics à mon avis.

— Comme si ça avait une quelconque importance, répond Svala. Tu as l'air de savoir y faire avec eux.

Qu'est-ce qu'elle raconte, la gosse ?

— J'imagine que tu n'as jamais entendu parler de TikTok ?

— Bien sûr que si, répond Lisbeth. C'est un truc sur le Net pour les mômes.

— Je croyais que tu étais une geek… et que tu bossais dans le domaine de la sécurité.

— Quel rapport ?

— TikTok, dit Svala. Il y a deux clips qui circulent avec toi et Jessica Harnesk dans les rôles principaux. Tout le monde la connaît, ici. Elle passe à l'école au moins une fois par an pour faire de la prévention contre la drogue. Tout le monde l'aime bien. Surtout quand ça fait sauter le cours de maths.

— Arrête-toi ! dit Lisbeth. Maintenant. Range-toi sur le côté. Illico. Et coupe le moteur.

— On va avoir froid.

— Rien à foutre, coupe le moteur et répète ce que tu viens de dire.

— Dans l'un des clips vous dansez et dans l'autre, vous êtes sur un canapé, dit Svala en sortant son portable.

Là où nage le brochet et où le renard rampe sur le pont,
Là où on distille l'alcool maison dans son garage,
C'est là que je veux vivre, bon sang.

— On a dansé, tente Lisbeth, et alors ?

— C'est ta vie, je m'en fiche, mais tu es ma tante alors c'est un peu la honte.

Elle tourne l'écran vers Lisbeth.

Les lèvres qui l'obsèdent depuis une semaine. Les cheveux, les jambes de Barbie. Et le reste… être une inconnue dans une ville inconnue. Leurs discussions. La légèreté. La liberté.

— Qui les a postés ?

— Un certain Henkebacken.

Super, il ne va plus me lâcher, maintenant.

Vous devriez peut-être commencer à poser des limites aussi.

— On devrait peut-être échanger nos places ? dit Svala. Tu te rends bien compte à quel point ça craint de laisser un enfant conduire. Si on se fait coincer, c'est mort pour mon permis.

— OK, dit Lisbeth en saisissant le menton de la gosse et en le tournant vers elle. Je t'explique : je ne suis pas ta mère. Il se trouve que je suis ta tante, d'ailleurs je n'ai rien demandé. Tu voulais conduire. Je t'ai laissée conduire. Assume ce que tu fais, bordel, et arrête de rejeter la faute sur les autres comme une morveuse.

— Tu n'avais qu'à dire non.

— Tu n'avais qu'à pas demander.

54

LA FERME DES HIRAK RESSEMBLE à la plupart des fermes autour de Gasskas. Une maison rouge avec des encadrements blancs, un bâtiment plus petit perpendiculaire, une étable qui a vu des jours meilleurs et un chenil avec deux trois spitz qui aboient frénétiquement lorsqu'elles sortent de la voiture.

Svala hésite. Met sa capuche et fixe le sol. Lisbeth regarde autour d'elle. La maison est dans le noir. On dirait qu'il n'y a personne. La petite a l'air perdue. *Pardon, je sais ce que ça fait. Je vais faire un effort.*

— Allons sonner, dit Lisbeth – mais personne n'ouvre. Bizarre, on avait dit 16 heures pourtant.

— C'est allumé dans l'étable.

— L'étable ?

— Le han-gar-à-bes-tiaux, dit Svala en articulant chaque syllabe, et elle suit les traces de pas en direction d'une porte entrouverte.

Des carcasses sont suspendues aux poutres. Mais le plus étonnant dans cette scène, c'est de voir Mikael Blomkvist vêtu d'un tablier en plastique ensanglanté, penché sur la dépouille d'un renne, en train de débiter des quartiers de viande. Non sans aide. Per-Henrik Hirak est entièrement concentré sur le couteau qui se trouve dans la main de Mikael.

— Salut, dit-il en les apercevant, et il reporte aussitôt son attention sur l'animal.

— Comme vous pouvez le constater, je suis devenu apprenti boucher, dit Mikael. Pas évident pour un végétarien de Stockholm.

— Je t'ai déjà dit que le végétarisme c'est pour les mauviettes, dit Lisbeth.

— Si vous coupez le gîte à la noix trop épais, vous allez rater le rond de gîte, dit Svala.

— Je crois qu'il vaut mieux céder le couteau à l'experte, dit Per-Henrik à Mikael, tout en faisant un mouvement de tête en direction de Svala. Il y a un tablier là-bas. La femelle et son faon se sont égarés sur la route. Il faut aussi découper la femelle.

Unna gehtsul várrista, várrista, várrista.

Unna gehtsul várrista, ietján váldáv duv.

Maman-Märta, je ne sais pas quoi faire.

Mais enfin, mon petit escargot, tu sais comment on fait. Commence par ouvrir le corps en deux pour pouvoir sortir le filet tout de suite. Après, tu coupes la selle entre les vertèbres, comme ça les restaurants récupèrent les morceaux de choix.

Le corps est lourd. Elle doit batailler avec le fémur. Elle vacille et réussit à le hisser sur l'établi.

Maintenant, tu enfonces le pouce et tu extrais l'aloyau.

Elle pose les morceaux en enfilade à côté du filet. Le gîte, l'aloyau, le rumsteck, le rond de gîte, le gîte à la noix. Ses bras lui semblent sans force, elle s'est écorché un doigt.

— Je fais l'autre partie, dit Per-Henrik. Tu peux détailler des morceaux pour le ragoût. Vous aussi, dit-il à Lisbeth. Vous avez l'air de savoir manier un couteau. Mikael, en revanche, va devoir se contenter d'emballer.

Il lui jette un marqueur :

— La date du jour, le nom de la pièce et le propriétaire. Pour le coup, faut marquer Märta. Ou peut-être Svala, dit-il en la regardant. Marquez Svala.

Tu es lapone et tu as tes rennes.
On dit sami.
Sami-sami, tu as ta marque. Ne l'oublie pas.
Tu peux revenir au lieu de me parler dans ma tête ?
Bientôt. J'ai quelques trucs à régler et j'arrive.

Laura Hirak, la sœur cadette de Märta, rompt un pain polaire et pose les deux morceaux dans du bouillon frémissant. À l'aide d'une louche, elle verse dans une assiette un peu de viande avec une part de pain ramolli qui s'étale comme un flan à côté.

— Et il faut ajouter plein de beurre sur le pain, dit-elle en posant l'assiette devant Svala. Commence par manger la viande, avant d'avoir le ventre plein.

— Je ne mange pas de viande, dit Svala.

— Je peux comprendre, dit Laura. Moi non plus je ne mangerais jamais du poulet ou de la viande qu'on achète dans les magasins mais ça, c'est de la viande de renne. Tout ce qu'il y a de plus naturel.

— L'animal n'a pas demandé à mourir et à être mangé par l'être humain, dit Svala tout en coupant un bout de pain imbibé.

— On peut s'estimer heureux qu'il nous reste encore quelques rennes, dit Elias, le frère aîné de Märta. Ton père a tout fait pour…

— Ce n'est pas le moment, l'interrompt Laura. La petite n'y est pour rien.

— Non, mais elle a ses gènes, dit-il. Et ceux de Märta.

— Elle n'est pour rien dans quoi ? demande Lisbeth. Maintenant que vous avez commencé, autant terminer.

Les frères et sœur échangent des regards. Il est temps de crever l'abcès.

— Eh bien, dit Elias. Märta, enfin sa mère, n'était pas comme nous. Au lieu de se ranger, elle voulait voir le monde. C'est la faute du paternel. Il lui a mis des idées dans la tête. Il prétendait qu'elle avait du potentiel qu'il ne fallait pas gâcher et qu'elle était faite pour autre chose qu'une vie ordinaire.

— Un parent clairvoyant apparemment, dit Lisbeth, qui reçoit en retour un regard agacé.

— Märta était…

— On est obligés d'en parler comme si elle était morte ? interrompt Svala.

— Ce n'est pas le cas ? demande Elias.

Svala bondit si vivement qu'elle renverse sa chaise, enfile ses bottes, attrape sa veste et sort en claquant la porte.

— C'était vraiment nécessaire ? dit Laura.

— Oui, je trouve.

— Tu n'as qu'à raconter le reste aussi alors, dit-elle. Je vais aller voir où est passée la gosse.

— Allez-y, dit Lisbeth. Je veux tout savoir sur les misères de la famille Hirak, dont Svala est apparemment responsable. Pas mal pour une gamine de treize ans.

— Ce n'est pas sa faute, mais celle de Märta et du paternel, dit Per-Henrik. Elle a suivi ses conseils. Elle est partie faire son intéressante et elle est revenue quelques années plus tard, complètement toxico, en compagnie du père de la gosse, Ronald Niedermann. Ils s'étaient rencontrés à Stockholm. Un beau jour, ils ont débarqué en réclamant les parts de Märta sur la ferme alors que nos parents étaient encore en vie. Le paternel, qui avait toujours eu un faible pour elle, avait du mal à dire non. Elle a raconté un bobard au sujet d'une entreprise qu'ils allaient lancer et le vieux a ouvert son portefeuille. Et ce n'est pas comme s'il était plein à craquer. Ce n'est pas avec l'élevage de rennes qu'on fait fortune, mais il avait dû mettre de côté au fil des ans. Peu de temps après, ils sont retournés à Stockholm. On n'a plus eu de nouvelles pendant quelques années, jusqu'au jour où on nous l'a soudain déposée dans la cour, devant la maison, tabassée à mort. La moindre parcelle de son corps était couverte de bleus, de fractures, de plaies. On lui a offert un toit. Elle a arrêté la drogue et s'est trouvé un job à la mairie. Elle s'est sorti ses rêves artistiques farfelus de la tête, Dieu merci. Elle a même renoué avec Henry et petit à petit elle est redevenue elle-même.

— Le même Henry qui… ? demande Mikael.

— Oui, dit Per-Henrik. Salo. Ils étaient déjà inséparables quand ils étaient petits. Le vieux n'était pas tellement ravi de leur relation, mais Henry n'était pas un mauvais gars. À l'époque, en tout cas. Tout aurait pu bien se passer, sauf qu'elle s'est retrouvée enceinte. Il y a eu un test de paternité et Niedermann a tiré la plus longue paille. Et c'est là que l'enfer a commencé.

55

SVALA PASSE LA MAIN DANS LE GRILLAGE du chenil. Le laïka reste en retrait, mais les spitz du Norrbotten sont d'autant plus ravis de l'attention. Tout en surveillant le laïka, elle ouvre la grille et s'installe sur une gamelle retournée. Les spitz font tout pour se faire remarquer. Elle les grattouille et les chiens la lèchent en retour. Du coin de l'œil, elle voit le laïka s'approcher.

Laura s'est arrêtée net en voyant que la fille se trouve dans le chenil. On aurait dû la mettre en garde, mais qui aurait pu deviner qu'elle entrerait là-dedans ? Il y a longtemps qu'il aurait fallu faire piquer la vieille chienne. Elle n'ose pas crier à la gamine de sortir de là au plus vite. Un mouvement brusque pourrait provoquer une attaque.

Lorsque la chienne n'est qu'à quelques mètres, Svala tend la main.

— Tu as peur, dit-elle. Mais tu as le courage de me lécher la main. Ton maître n'a pas l'air très sympa. Je comprends que tu aies envie de le mordre. Maman-Märta parle souvent de toi. Quand elle rentrera, on viendra te récupérer.

À la surprise de Laura, la chienne s'assied à côté de Svala. Pose la tête sur ses genoux et se laisse caresser.

Unna gehtsul várrista, várrista, várrista.

Unna gehtsul várrista, ietján váldáv duv.

— Je connais seulement *Petit escargot*, dit Svala.

Laura s'approche lentement. Le laïka gronde.

— Elle vous déteste, dit Svala.

— Sans doute, dit Laura. Tout comme Märta. Elle aurait mieux fait de prendre son chien avec elle.

— Elle aurait été malheureuse avec nous, répond Svala. Peder-Plastoc a peur des chiens. Vous connaissiez mon vrai père ?

— Connaître, c'est beaucoup dire.

— Il était comment ?

— Il est venu te chercher. Il voulait que tu grandisses dans sa famille, en Allemagne. Tu venais de naître. Mes frères ont réussi à le chasser, mais il est revenu à la charge. Il était… comment dire… flippant. Puis l'été est arrivé. Le tri des rennes battait son plein et les troupeaux étaient rassemblés pour le marquage des faons. Märta… poursuit Laura, qui hésite un instant… avait disparu et t'avait laissée chez nous. Avec un mot sur la table de la cuisine. *Prenez soin de la petite.*

— Qui s'est occupé de moi ?

— Moi, dit Laura. Je te portais sur le dos dans un porte-bébé en écorce. Il s'est fait tard, chacun est rentré chez soi. Papa n'a pas dit qu'il avait reçu un appel de Niedermann quelques jours plus tôt. Lorsqu'on est revenus le lendemain, les rennes gisaient à terre. Certains avaient été abattus par balle, d'autres au couteau. Plusieurs étaient encore en vie mais grièvement blessés. Comme si un troupeau de loups avaient attaqué l'enclos. C'était horrible. On a perdu presque tout le cheptel.

— Mais Maman-Märta a bien dû revenir ? dit Svala.

— Oui, après la mort de ton père. Elle s'était mise avec Peder Sandberg. Elle prétendait qu'il lui avait sauvé la vie, ainsi que la tienne. Du coup, elle était venue pour te récupérer. Le vieux et mes frères ont essayé de l'en empêcher. Peder Sandberg avait déjà une mauvaise réputation, mais elle affirmait qu'elle lui était redevable à cause de Niedermann.

— C'est Peder-Plastoc qui a tué mon père ?

— Selon Märta, non. Elle disait simplement qu'il avait bien cherché ce qui lui était arrivé. Toi, tu avais le visage tout rouge à force de crier. Tu criais *Li, li*, non, non, quand Märta essayait de te soulever.

— Je parlais sami ? demande Svala, étonnée.

— Bien sûr. Très bien même. Tu n'avais que quelques mois quand tu as prononcé ton premier mot.

— Et c'était quoi ?

— *Eadni*, répond Laura. Maman.

— Bizarre, dit Svala. Pourtant Maman-Märta n'était pas là.

Laura ne répond pas. Ses yeux sont humides lorsqu'elle se tourne vers Svala.

— Les derniers mots d'Elias à Märta ont été durs. "Si tu pars maintenant, tu n'es plus la bienvenue. Ni toi, ni la gosse."

— Vous nous avez virées.

— Je sais que ça doit être difficile à comprendre, mais Märta attirait les ennuis. On ne pouvait pas se permettre de perdre plus que ce qu'on avait déjà perdu.

— Et moi ?

— Toi, dit-elle en tentant de caresser le bras de Svala malgré sa réticence. J'ai toujours espéré que tu reviennes.

Le laïka se traîne jusqu'à la gamelle d'eau. Les autres chiens sont étalés sur le sol. Des nuages chargés de pluie s'accumulent au-dessus de la rivière, les corbeaux se disputent les restes de carcasses.

— Je comprends pourquoi je ne me sens pas trop la bienvenue ici, dit Svala, et elle se lève. Il vaut mieux qu'on rentre, je crois.

56

“LE *GASKASSEN* – VOTRE COIN du monde.”

Mikael secoue la tête et franchit sans se presser l’entrée principale du journal. Il trouve le chemin de la rédaction, puis celui du bureau du rédacteur en chef situé juste après l’*open space*. Celui-ci l’accueille les pieds sur la table :

— Salut Blomkvist, sympa d’être venu. Vous voulez un café ?

Il appuie sur le bouton de l’interphone et ils se retrouvent aussitôt avec chacun une tasse dans la main.

— Bon, dit Jan Stenberg. Il s’en passe des choses, dans cette ville. Vous avez des nouvelles au sujet du gosse ?

— Non, malheureusement, répond Mikael. La police ne semble pas avoir la moindre piste. On se demande bien ce qu’ils foutent.

— La forêt est profonde et le monde est vaste, mais tout dépend évidemment de la raison pour laquelle ils l’ont enlevé.

— C’est sûr, dit Mikael. On s’organise comment, alors ?

— Vous avez carte blanche, répond Stenberg. La rédaction est tout feu tout flamme !

Une partie du feu et des flammes est penchée sur le journal des sports hippiques avec autant de recueillement que des mormons étudiant la Bible et ne lève même pas la tête lorsque Mikael se présente.

— J’ai donc travaillé pour la revue *Millénium* dès le début des années 1990, dit-il, et quelqu’un lève la main.

— La publication a cessé, non ?

— La version papier, oui, mais elle a été remplacée par un podcast. Et elle existe toujours en version numérique, évidemment.

— Oui, je sais, dit la main levée, mais on n'a pas entendu parler de vous ni vu votre nom depuis un moment.

Mikael s'éclaircit la gorge :

— C'est vrai, j'ai pris un peu de recul. On verra bien ce qui se passera l'année prochaine. Et ici alors ? Qui est chargé de retourner les pierres ?

— C'est toi Anna, non ? Tu aimes bien le jardinage, il paraît, dit une voix derrière le journal de sport hippique, provoquant l'hilarité de ses camarades.

— On n'a pas de responsable, répond l'intéressée. C'est un travail d'équipe.

— Et vous êtes satisfaits du résultat ?

— La semaine dernière, on a fait un sujet sur le financement du Gasskas IK. C'était bien.

— Qu'est-ce qui était bien, le financement du club de hockey ou l'article ?

Mikael l'a lu. Les finances du Gasskas IK sont stables, fournies par l'industrie et le commerce ainsi que la commune. L'article n'était pas mauvais en soi, mais superficiel et trop complaisant. Le journaliste s'est contenté d'apporter des réponses convenues. Un sujet d'investigation réduit à la soupe d'écrivaillon habituelle.

— Les deux, dit Anna.

— Et à part ça ? demande Mikael. Qu'est-ce que vous diriez de la manière dont a été couvert l'enlèvement ?

C'est tellement surréaliste de parler de Lukas. Comme si c'était n'importe qui.

— Au début on était deux journalistes dessus, maintenant il n'y a plus que moi.

— Et c'est quoi votre nom ?

— Janne Bolin.

— Enchanté, Janne. Et comment vous l'abordez en ce moment ? J'imagine que vous continuez à suivre l'enquête de police ?

— Oui, carrément, répond-il, on a campé devant la maison de Salo avec les gars de l'*Expressen*, mais il s'est terré. Votre fille aussi. Pernilla ou je ne sais quoi.

Je ne sais quoi.

— Ils veulent qu'on les laisse tranquilles, je suppose, dit Mikael. Vous n'avez pas d'autres pistes ?

— Non, dit Bolin, la police n'arrête pas de faire des conférences de presse, tenues par leurs plus jolies petites policières, mais il n'en est rien sorti dont *Flashback* n'ait pas déjà parlé.

— Et qu'est-ce que vous, avec votre connaissance du terrain, pouvez tirer des propos de *Flashback* pour faire ressortir quelque chose d'un tant soit peu tangible ?

— Surtout des cas de disparitions et l'apparente indifférence de la police, dit Anna. En particulier lorsqu'il s'agit de disparitions liées à la drogue. Gasskas est au Norrbotten ce que Järvafält est à Stockholm. Les réseaux criminels y fleurissent tout aussi tranquillement, en moins spectaculaire, certes. Il n'y a pas de coups de feu. Simplement, les jeunes disparaissent comme dans un gouffre. Quelques-uns ressurgissent la tête enfoncée dans les marais, mais la plupart ne sont jamais retrouvés.

— D'un point de vue journalistique, qu'est-ce que vous en pensez ?

— Que *Flashback* c'est de la merde, dit Bolin.

— Pas de fumée sans feu, dit Anna.

— Exactement, dit Mikael. À votre place, je creuserais certains de ces commentaires.

La matinée passe vite. À midi pile, tout le monde part déjeuner. Mikael reste devant l'ordinateur habituellement réservé aux stagiaires et parcourt les archives en libres accès. D'abord, il lance une recherche sur Henry Salo, ce qui donne plus de trois mille résultats. Pour en réduire le nombre, il met un moins devant "Salo" et des parenthèses autour de "Henry". Toujours plusieurs centaines de résultats. La plupart datent du début des années 2000 et ont pour sujet l'une des plus grandes stars du Gasskas IK, le Canadien Paul Henry.

Il change de méthode, remonte en arrière et fait une recherche par année. À 13 h 55, il trouve ce qu'il cherche. 3 juillet 1991. Gros titre : UN GARÇON FEND DU BOIS ET Y LAISSE DES DOIGTS. Sous-titre : *Mineurs pris en charge en raison de suspicion de négligence.*

Bark. Le nom de Henry avant l'adoption. Joar Bark. Son frère.

Il note les noms et ferme la fenêtre de recherche tandis que les journalistes reviennent au compte-goutte.

— OK, dit-il. Hormis l'enlèvement, quels sont les événements que vous avez le plus couverts ce dernier mois ?

— La petite réfugiée disparue a fait les gros titres, dit Janne Bolin. Sinon, il a surtout été question du marché couvert et de la fermeture de l'un des services de la maternité. Et puis de hockey, évidemment. Gasskas s'en sort bien. En deuxième place de la division. S'ils continuent comme ça, on pourrait bien se qualifier pour le SHL.

— Et les projets de mine, bien sûr, dit Anna. Mais là-dessus, on a surtout repris les infos de l'agence de presse TT, pareil pour les éoliennes. De toute façon, il n'y a pas grand-chose à en dire avant le début des travaux.

— Comment ça ? demande Mikael.

— Une fois le parc terminé, on pourra couvrir l'inauguration, mais pour l'instant ils n'en sont qu'à l'élaboration du projet.

— Et les riverains du site de construction, alors ? dit Mikael. Les protestations du mouvement écologiste et les propriétaires terriens qui résistent ? Ils ne vous intéressent pas ? Ou le projet de mine de Mimer et toutes les chamailleries autour de ça ?

— Pas vraiment, dit Anna. Les gens ont l'air d'en avoir marre, de Greta Thunberg et compagnie.

— Et la faute à qui ? demande Mikael.

— La sienne, dit Janne. Personne ici ne supporte son rabâchage. Les gens ont besoin de la voiture. Il n'y a qu'une ado privilégiée pour imaginer qu'on devrait tous rouler en voiture électrique.

Il faut un moment à Mikael pour rassembler ses esprits. C'est pire que ce qu'il pensait.

— OK, dit-il. Si je vous dis que c'est la faute des médias et non celle des politiciens si les gens ne parlent plus des changements climatiques, vous en pensez quoi ?

— C'est-à-dire ? demande Anna.

— Que vous êtes des moutons, dit-il, et il brandit le journal du jour, un troupeau de moutons qui pâturent tous au même endroit avant de passer en masse au suivant. Là, c'est crime et châtiment qui sont à l'ordre du jour, c'est ça ?

— C'est important, dit Janne. On avait un article sur les cambriolages la semaine dernière. Les gens ont peur.

— Même à Gasskas ?

Les journalistes de la rédaction échangent des regards en coin.

— Peut-être pas ici, dit Anna.

— Tu plaisantes ? dit Janne. Il y a plein d'immigrants qui sont venus s'installer et Dieu sait ce dont ils sont capables pour ne pas avoir à travailler.

Mikael prend le taureau par les cornes :

— Vous êtes raciste ?

— Appelez ça comme vous voulez, je n'ai pas envie que Gasskas se transforme en ghetto à la Rinkeby, bordel !

— D'accord, on pourrait peut-être parler du MC Svavelsjö, alors.

— Eh bien, figurez-vous qu'ils ont collecté 140 000 couronnes pour le fonds de recherche contre le cancer chez les enfants cet été, dit Anna. Je sais qu'ils ont des sales têtes, mais qui ferait ça ? Pas des criminels, en tout cas.

— Et si ce n'était qu'une façade ? demande Mikael.

Mais il est alors 15 heures et c'est l'appel du ventre, café et viennoiseries obligent.

— C'est quoi le mot de passe pour les grandes archives ? demande Mikael avant qu'ils ne partent. Je vais essayer de vous trouver des bons sujets.

— "allezgasskas", tout en minuscules, dit Anna.

Après la pause, il leur expose un exemple concernant le prix de l'électricité et des articles récurrents sur des gens qui se gèlent pendant la période hivernale.

— C'est horrible, dit Janne Bolin. Des retraités qui ont travaillé toute leur vie et qui n'ont pas les moyens de payer leur facture d'électricité. C'est quoi ce pays ?

— Oui, dit Mikael, c'est vrai, mais pourquoi vous ne poussez pas la question jusqu'au bout en vous demandant pourquoi le prix de l'électricité a doublé alors que vous habitez dans la région qui produit la moitié de l'électricité du pays ?

— Coupez la Suède au niveau du fleuve Dalälven, dit Bolin. Et laissez les ressources ici. C'est ma proposition.

— Très original, dit Mikael. Je suis étonné que vous ne vous soyez pas lancé en politique.

Une fois Janne Bolin parti chez le dentiste, l'air devient plus respirable. Même si la journée du journalisme d'investigation a commencé laborieusement, Mikael est parvenu à en motiver quelques-uns parmi les plus jeunes qui, sans pour autant le regarder avec des étoiles dans les yeux puisqu'ils n'ont tout simplement jamais entendu parler de *Millénium*, se sont toutefois montrés intéressés. Avant la fin de la journée, ils ont esquissé un plan sur un sujet de fond qui englobe notamment Salo et l'Ordre de la Dent du Tigre, et ils ont surligné des mots-clés comme : corruption, contraire à la loi sur la concurrence, décisions antidémocratiques et enfin KGB, le groupement des entreprises de Gasskas.

— N'oubliez pas, dit-il en enfilant son cuir par-dessus sa veste. Les réponses dépendent de la façon dont les questions sont posées. Ne vous contentez pas de réponses faciles simplement pour boucler. Demandez un délai supplémentaire s'il le faut. Posez les questions qui fâchent. Un non reste une réponse. Une hésitation est une ouverture et un mensonge un rideau de fumée pour cacher autre chose. La prochaine fois, nous parlerons de l'importance des sources crédibles et peut-être même loyales. *Tchuss !*

Tchuss. D'où sort-il ce mot ? Il aurait dû se contenter d'un signe de tête.

57

IL PREND LES ESCALIERS EN MONTANT les marches deux par deux, traverse la place et franchit les portes du Statt. Une fois au comptoir, il fait des gestes pour commander une pression, qui ne tarde pas à réduire sa douleur à l'épaule et à ralentir son pouls.

— Mikael Blomkvist, ça fait un bail, dis donc !

Il se retourne. L'idée l'avait effleuré. Il aurait été étrange qu'ils ne se croisent pas à un moment ou un autre. Le voilà donc. Face à face avec Hans Faste. Un peu plus gros et plus vieux que la dernière fois, mais le même regard vide et ce sourire en coin qui semble figé en une paralysie partielle. Ça ferait ralentir le pouls de n'importe qui.

— J'ai cru t'apercevoir l'autre jour, dit Mikael. Comment tu t'es retrouvé ici ? Pas assez d'action à Stockholm ?

— Ah ah, non j'ai obtenu un poste de responsable de la Crim. Ils avaient besoin d'un policier expérimenté pour leur tenir la main.

— Et c'est toi qu'ils ont trouvé, dit Mikael.

— J'ai mes contrats, euh, contacts. Ma femme est du coin.

— Un baptême du feu pour toi, du coup. Vous avez du nouveau sur l'enlèvement ?

— Rien dont je parlerais à un pisse-copie.

— Je ne demande pas ça en tant que journaliste, dit Mikael. C'est mon petit-fils.

— Ah merde, c'est vrai, j'ai vu ton nom dans le journal, mais je n'avais pas fait le lien. C'est toi qui as reçu une balle, alors ? À ta santé !

— Ce n'est qu'une égratignure. C'est étrange que vous n'ayez encore appréhendé personne, non ? Si vous êtes incapables de trouver la moindre piste, tes collègues vont se demander si tu es qualifié pour le poste.

— Ce n'est pas très sympa, dit Faste. On fait un vrai travail de police qui conduira à des arrestations.

— Je m'excuse, dit Mikael, en changeant de tactique. C'est que je suis un peu perturbé par ce qui s'est passé.

Ce qui est vrai, plus que vrai. Lukas occupe ses pensées jour et nuit, ainsi que la frustration de voir toutes les pistes s'arrêter devant le Raimos.

— Je comprends, dit Faste qui semble sincèrement désolé. On a perdu notre dernier petit-enfant d'un cancer l'année dernière. C'était dur, très dur, alors je comprends ce que ça fait.

Mikael hausse les sourcils intérieurement. Les gens peuvent être surprenants.

— Le mois d'après, j'ai eu des calculs biliaires, dit Faste. Ça m'a aussi fichu un coup. Comme si on n'avait pas assez souffert.

— La vie est dure, parfois.

— Impitoyable, comme dirait l'autre.

Mikael avait évacué de son esprit le rire de Faste. Une sorte de gloussement de fille interminable. Un gloussement de fille piégé dans le corps d'un policier de soixante-trois ans. Flippant.

— Mais pas de piste ? demande Mikael.

— Que des salades, répond Faste en essuyant les larmes provoquées par le rire.

— Tu veux une autre bière ? demande Mikael.

— Volontiers, dit-il, et il lèche la mousse sur sa lèvre supérieure.

— Et qu'est-ce qu'elles racontent, ces salades ? dit Mikael en espérant que Faste ne prendra pas sa question pour un trait d'humour.

— Une voyante qui a interprété les étoiles. Un vieux de la maison de retraite qui affirme avoir vu le groupe Wagner marcher en direction de Björkberget. Un toxico qui prétend que plusieurs de ses connaissances ont disparu dans l'indifférence générale de la police. *Et cetera.*

— La voyante, dit Mikael. Qu'est-ce qu'elle a vu dans les étoiles ?

— Des étoiles, dit Faste. On est bien avancés avec ça, mais je vais devoir mettre les voiles. Carola m'attend pour le dîner.

— Salut, dit Mikael, puis il se dirige vers la réception. Une chambre simple pour deux nuits, s'il vous plaît.

4 h 05. Toutes les nuits, c'est toujours à la même heure, à l'aube, qu'une pensée le tire de son sommeil, pointant le bout de son nez et réclamant son attention.

Des étoiles. Une camionnette blanche. Il fouille dans ses souvenirs. Se fraye un chemin à travers le goût du sang et le bruit des coups de feu. Une portière latérale se ferme et la voiture démarre. Des étoiles. Une étoile.

Il se lève. Remplit la bouilloire, verse du café soluble dans la tasse prévue pour la brosse à dents et retourne au lit. Il se connecte au *Gaskassen*, au tarif douteux de 259 couronnes par mois, et fait défiler les actualités.

PARIER AVEC LE MILLIONNAIRE DU TROT ATTELÉ
– RANGEZ-VOUS DERRIÈRE BOSSE LUNDQVIST
55 OURS ABATTUS DANS LE DÉPARTEMENT
SILENCE DE LA POLICE AU SUJET DE L'ENLÈVEMENT

Cela confirme ce que Mikael sait déjà. La police n'a pas de piste concrète quant aux ravisseurs de Lukas.

> Nous en sommes à un stade sensible de l'enquête, dit le responsable de la Crim Hans Faste. Nous avons reçu un grand nombre d'informations du public que nous sommes

actuellement en train de traiter. Plusieurs sont jugées pertinentes. Nous avons bon espoir de retrouver le garçon dans les prochains jours. Pour des raisons stratégiques liées à l'avancement de l'enquête, nous ne sommes pas en mesure de donner plus d'informations à l'heure actuelle.

À la différence de Lisbeth Salander qui se lève tôt aussi, Mikael ne fait ni pompes ni sit-up. Il se douche, s'habille, se prépare un autre café et retrouve son numéro.

— Tu es réveillée ?

— Maintenant, oui.

— Tu m'accompagnes à Storforsen ? Je dois revenir au point de départ.

— Tu es où ?

— Au Statt.

Les jours passaient. Pièce après pièce, ils reconstituaient le puzzle Vanger. Et les nuits… Non, c'était il y a longtemps.

Bien Lisbeth, on progresse !

— Devant l'entrée à 9 heures, dit-elle, et elle raccroche.

58

LISBETH RENONCE AU PETIT-DÉJEUNER à l'hôtel. Cocooner de bon matin avec Blomkvist autour de petits pains secs la tente moyennement. Elle préfère en profiter pour faire le plein et réfléchir. Hésite avant d'envoyer un SMS à Jessica.

[On se voit plus tard, ce soir ?]

La réponse arrive aussitôt.

[Volontiers, si j'arrive à me libérer au boulot.]

À 8 h 45, le Ranger se gare devant l'hôtel. Quelques minutes plus tard, Mikael grimpe dans la voiture. Les essuie-glaces s'activent pour balayer la neige mêlée de pluie qui forme des traînées glissantes sur la route.

— Tu as bien des pneus neige ? dit-il.

— Si c'est pour râler, tu n'as qu'à prendre le volant, dit Lisbeth. À supposer que tu aies passé le permis depuis la dernière fois ?

— Tout va bien. Et je ne râle pas, c'était juste une question.

— Alors, raconte, dit-elle. Tu divaguais au sujet des étoiles. Le Grand Chien, la Grande Ourse, etc.

Ils sont devant le Raimos et embrassent du regard le flux majestueux des rapides. Mais dans la tête de Mikael, c'est le néant.

— J'étais arrivé à peu près à ce niveau-là au moment du coup de feu, dit-il en indiquant la sortie. Ils devaient être garés derrière le camion de glaces. Tu aurais fait comment, toi ? Tu viens de kidnapper un enfant et tu ne veux pas prendre le risque de croiser d'autres voitures.

Lisbeth affiche une carte sur son portable et zoome sur la zone.

— Vers le nord-ouest, où il y a surtout de la forêt et des pistes forestières.

Ils suivent la grand-route en amont de la rivière. Ignorent les bifurcations dont les boîtes aux lettres et les poubelles indiquent des propriétés privées, avant de prendre à gauche sur un chemin de tracteur à peine visible.

— Quelqu'un l'a emprunté en tout cas, dit Lisbeth.

— Ça peut être des chasseurs ou n'importe qui, dit Mikael.

Au bout de quelques centaines de mètres à peine, une barrière leur coupe la route.

— Fermé, dit Mikael.

— Fermé pour les amateurs, dit Lisbeth.

Elle ouvre son étui Leatherman et fait son choix parmi les nombreux outils.

— Clic, dit-elle, en fourrant le cadenas dans la poche de sa veste, et elle pousse la barrière.

— On dirait un truc militaire, dit Mikael.

Ils passent devant un bâtiment à la toiture trouée flanqué d'une remise en tôle verte. Le chemin se dégrade progressivement pour s'achever abruptement sur la berge de la rivière.

— On fait un tour, dit Lisbeth.

Reconnaissante pour les bottes d'hiver du pays du père Noël, elle trace en direction de la forêt tout en riant intérieurement. Mikael, derrière elle, glisse dans des souliers qui sont rapidement trempés. Le Stockholmois dans toute sa splendeur, perdu dans la nature.

Ils suivent un vague sentier, pourtant suffisamment fréquenté pour ne pas être envahi par la végétation. La montée est raide. Mikael halète à l'arrière.

— La forme, Blomkvist ?

— Tout va bien, répond-il, avance.

Tout en haut, la vue est imprenable. Un échiquier infini de forêt parsemée de zones nues, mais pas de bâtiments. Aucune fumée de cheminée ou autre signe de vie.

— Beau mais désert, dit Mikael. Comment les gens peuvent vivre par ici ?

— Au moins on leur fout la paix, dit Lisbeth en étudiant la carte de nouveau.

— Ça caille, en plus.

Il réprime l'envie de se rapprocher d'elle. Peut-être l'entourer de ses bras. Respirer son odeur particulière et l'embrasser. Aspirer entre ses dents l'anneau de son piercing à la lèvre et…

Arrête ! Tu te sers des femmes pour flatter ton ego, c'est pour ça que tu ne tombes jamais amoureux.

Erika Berger, d'où tu sors, bon sang ?

Mais elle a raison. Il veut que Lisbeth le voie. Voie l'homme pour ce qu'il est vraiment.

— Ils ont pu emprunter la rivière, dit Lisbeth. Ou alors ils sont partis par un tout autre chemin.

— On perd peut-être notre temps, tout simplement.

— Je me suis renseignée sur le grand projet du moment pour Salo, le parc éolien, et sur les sociétés en lice pour le chantier, dit Lisbeth. Côté finnois, Fortum est tellement transparent que ça frise le ridicule. Les Néerlandais sont un chouïa plus discrets, mais il suffit de creuser un peu pour tout mettre au jour. En revanche, la troisième, The Branco Group, est intéressante.

— Ah bon, dit Mikael. Comment ça ?

— La société existe à peine. J'ai mis Plague sur le coup mais pour l'instant, il n'a consulté que ce qui est en libre accès sur le Net. À savoir des photos d'entreprise impersonnelles, des gens qui se serrent la main et ainsi de suite.

— Tu as l'air à fond, dit-il.

Lisbeth Salander. Si folle, si merveilleuse, si étrange. Comment est-ce que je me suis débrouillé pour te perdre ?

— J'aime les nouveaux défis, dit-elle. Ils prennent le pas sur les anciens.

— Ils ont dû fournir des documents financiers à la municipalité, dit Mikael. Le cas échéant, ils sont certainement accessibles au public. J'irai y faire un tour cet après-midi.

— Ça m'étonnerait, dit Lisbeth. Les grandes entreprises exigent sans doute une clause de confidentialité avant de partager leurs chiffres. En revanche, on a trouvé pas mal de choses sur Salo. Il semble avoir des dettes de jeu. Assez importantes, pour le coup. Mais il vient de recevoir un don du ciel, on dirait. 600 000 couronnes ont été virées sur son compte. Malheureusement, il est impossible d'en déterminer la provenance.

— Tu n'as jamais peur de te faire attraper en fouillant la vie privée des gens ?

— Si tu savais ce que j'ai trouvé sur toi, dit-elle, le gratifiant d'une bourrade dans l'épaule.

— Aïe, t'es grave, Salander !

— Pardon.

Sur le chemin du retour, ils s'arrêtent près des bâtiments. Un panneau fendu et planté de travers signale que l'entrée est interdite au public. Le site est clôturé et les outils trouvent une nouvelle fois leur utilité.

La bâtisse est plus qu'à l'abandon. Un arbre s'insinue à travers la porte. Le papier peint pend en grands lambeaux.

— Bizarre d'avoir laissé les meubles, dit Lisbeth en ouvrant un placard. Il y a même la porcelaine.

— Mais pas de Lukas.

La main du garçon dans la sienne. Ses cheveux bouclés qui lui caressent le visage.

Laisse Henry tranquille. Ce n'est pas sa faute si Lukas a disparu. Si ça se trouve, c'est la tienne.

Le coup de colère de Pernilla a recouvert son existence d'une chape de plomb. Il voudrait pouvoir la rejoindre à mi-chemin et faire l'impasse sur l'éventuelle implication de Salo, mais c'est plus fort que lui. Le lien qui saute aux yeux, ce sont les affaires de Salo. Il doit poursuivre, même si cela met en péril la relation père-fille déjà fragile. Il est assez minable en tant que père, mais s'il ne peut même pas être Mikael Blomkvist, il n'est plus rien.

Lisbeth pousse la porte de la remise en tôle. Il faut un moment pour que les yeux s'habituent à l'obscurité.

— Le van, dit Mikael en activant la lampe torche sur son portable. Comment la police a-t-elle pu passer à côté ? Franchement, ça me dépasse.

— Alors qu'ils ont un chef si compétent…, dit Lisbeth.

La main protégée par sa manche, elle ouvre la portière avant. Rien, hormis un paquet de chewing-gums entre les sièges.

La portière coulissante résiste. Ils se mettent à deux pour l'ouvrir. Rien là non plus. Mikael éclaire les sièges et le sol.

— Attends, dit Lisbeth. Éclaire encore entre les sièges.

Elle passe la main dans le cône de lumière et repêche un bout de métal.

— Une ancre, dit-il.

Le collier protège de plein de choses.

Mais pas de tout.

— Tu n'avais pas un collier de marin, justement ? demande Lisbeth.

— Si, répond Mikael. Je l'ai donné à Lukas cet été.

Il doit sortir. Il lui faut de l'air. Respirer. Réfléchir.

Lisbeth prend quelques photos, avant de repousser la porte de la remise et de fermer le verrou. Mikael est déjà dans la voiture.

— On va le retrouver, dit Lisbeth.

Il renifle et pose la tête contre la vitre.

— Il était chez moi cet été. Au début, je ne voulais pas, l'idée de m'occuper de l'enfant de quelqu'un me fatiguait d'avance.

— L'enfant de Pernilla, ton petit-fils, pas n'importe qui, dit Lisbeth.

— Oui, et lorsqu'elle est venue le récupérer, il ne voulait plus partir.

— Drôle de gosse, dit-elle, et elle déniche un mouchoir en papier.

— Je sais, dit Mikael en se mouchant. Pardon, je ne pleure pas d'habitude. Toi, c'est pareil, non ?

Quand avez-vous pleuré pour la dernière fois ?

Je ne me souviens pas.

À la mort de, voyons voir, c'est quoi le nom de ce bon vieux… Holger Palmgren ?

Non.

Votre mère ?

Non.

Les larmes sont parfois libératrices.

Si tu le dis, Inge Ågren.

— Avec un peu de chance, les flics pourront dénicher quelques empreintes. Fais une recherche de plaque sur ton appli pour DXC711.

— Les Fleurs de Sirius, un fleuriste à Luleå.

— La voilà ton étoile, dit-elle.

59

À SA DEMANDE, LE NETTOYEUR s'est fait livrer des journaux récents, un paquet de chocolat en poudre O'boy, du lait frais et un kilo de bonbons en vrac.

— Je ne me suis jamais occupé d'un enfant, dit-il au Livreur. On fait quoi avec un gosse ?

— Je ne sais pas. Peut-être que le vendredi il faut se faire plaisir.

Le Nettoyeur coupe le collier de serrage qui entrave les chevilles du garçon pour qu'il puisse se redresser. Il sort le petit-déjeuner et se sert un café. Le garçon boit le chocolat et se coupe un bout de saucisse. Le Nettoyeur entreprend de nettoyer ses armes. Il sort le Glock et ôte le magasin. Il démonte le ressort de percussion et le percuteur, et étudie les éléments minutieusement. Il les essuie à l'aide d'un chiffon et les remet en place.

Le feu crépite dans le poêle. L'ambiance chaleureuse se répand dans la cabane. C'est vendredi et on se fait plaisir.

— On va faire une sortie aujourd'hui. Si tu essaies de t'enfuir, je t'abats sur place.

Le garçon sirote la fin de son verre. Une mouche à l'agonie rebondit contre la vitre sans grande conviction. L'eczéma sur son coude le démange comme des piqûres de moustique. Il a lu quelque part un truc au sujet de pommade à base de venin de serpent et qui sait, ils pourraient croiser une vipère, ou un lièvre ou un renard.

Ils se dirigent vers le premier nid d'aigle. Le garçon marche devant. Le Nettoyeur ignore son nom. Il le lui a dit plusieurs fois, mais il ne le retient pas. Il ne veut pas le retenir. "Le garçon" lui convient. Ils s'entendent bien. Il pose une main sur son épaule :

— Attends, chuchote-t-il en désignant la cime des arbres.

Un panier formé de branches et de brindilles tressées est suspendu entre les fourches. Le nid se balance dans le vent. La neige fond en gouttant des arbres.

— Il est habité ? chuchote Lukas.

— Non, pas pour l'instant. La femelle commence à pondre au mois de mars. Chaque œuf doit être couvé pendant trente-huit jours avant d'éclore. Si je ne les avais pas aidés avec la nourriture, la moitié des oisillons seraient morts.

— Pourquoi on chuchote ?

— Pour ne pas les effrayer. Ils ne sont pas loin. Viens, je te montre.

Ils avancent encore un peu. Le garçon n'a pas les vêtements adéquats. Contre le froid, il porte par-dessus ses habits du dimanche la veste Helly Hansen du Nettoyeur, maintenue par une corde autour de la taille. Il n'arrête pas de trébucher dans les baskets de l'homme qui ont été rembourrées avec le contenu d'un coussin. Le Nettoyeur lui fait signe de stopper. De son côté, il avance pour vider le seau dans la clairière. Lukas pourrait prendre ses jambes à son cou. Il y a forcément une route quelque part. Il observe l'homme qui se dirige vers l'appât. Il reste immobile. La puanteur de la viande est portée par le vent. Ça lui pique les yeux. Il a un haut-le-cœur. Il serre les dents. Cloué sur place, il attend le prochain signal.

— Viens, dit le Nettoyeur en se faufilant sous un sapin.

Le garçon suit.

— Assieds-toi sur ma veste, poursuit-il, en étalant celle-ci par terre.

Lukas colle ses jambes contre son ravisseur pour garder la chaleur. Le bras du Nettoyeur est suspendu en l'air. Le premier aigle atterrit sur la viande. Le bras atterrit sur l'épaule de Lukas. Ce dernier se blottit contre lui.

— Tu as froid ? demande le Nettoyer en lui frictionnant le bras.

— Un peu.

Après le premier aigle vient un deuxième. Un troisième dispute sa place dans la hiérarchie.

— Ils sont beaux, non ? chuchote le Nettoyeur, et il lui tend les jumelles.

— Oui, chuchote Lukas. J'aurais aimé les dessiner. Vous pouvez les prendre en photo ?

Le Nettoyeur sort son portable. Le manipule dans tous les sens.

— Je vais vous montrer, chuchote Lukas. Ensuite, vous appuyez ici.

Le spectacle s'achève aussi vite qu'il a commencé. Les aigles décollent vers le ciel et les deux spectateurs retournent à la cabane. Le Nettoyeur rallume le feu dans le poêle. Il arrache l'emballage en papier du rouleau de film alimentaire et le tend à Lukas, avec un bout de crayon. Puis il sort le sachet de bonbons, déplie les bords et le pose sur la table.

— Lesquels tu préfères ?

— Les acidulés, dit Lukas. Ma maman est gentille, poursuit-il. Elle n'aurait pas dû se marier. On était bien quand on n'était que tous les deux.

Le Nettoyeur se verse une larme de whisky dans la tasse en bois.

— Henry est plus sympa que ce que tu crois, dit-il, et le garçon lève les yeux sur lui.

— Henry, répète-t-il, tu le connais ?

L'instant. La connivence. La confiance inattendue.

— C'est mon grand frère, dit-il, ce qu'il regrette aussitôt.

Il n'y a plus de retour en arrière possible. Et puisqu'on ne peut pas ravaler ses propos, autant continuer.

— On peut voir ça comme un conte, poursuit le Nettoyeur.

Le garçon dessine, son geôlier raconte. Se verse un autre whisky et rassemble les mots. Il ne les a jamais dits à voix haute. Pourtant, ils tournent en boucle dans son esprit depuis toujours.

— Mon frère, dit-il, était le plus fort d'entre nous. De tous. De mon côté, j'avais la peau sur les os. Un peu comme toi. Petit, maigre et chétif. Notre père était un enfoiré. Notre mère était un papillon. *Sauve-toi, Joar, sauve-toi dans la forêt.* Et je me sauvais. Au bout de quelques heures, je m'aventurais à rentrer. Henry était assis sur le porche. L'enfoiré était parti. Mais notre mère… Enfin, bref. C'était il y a longtemps. Allez, c'est l'heure d'aller au lit.

Le garçon regarde ses pieds.

— Si, dit le Nettoyeur. Il le faut.

Il accroche le collier de serrage autour de ses chevilles. Le garçon se retourne et pose l'oreiller sur sa tête. Dans une cabane forestière construite en 1880, le bois des murs a absorbé bien des larmes.

Le lendemain matin, le paysage est blanc. Quelques dizaines de centimètres sont tombées pendant la nuit. Bien qu'il continue de neiger, un soleil d'hiver bas luit entre les arbres. Le Nettoyeur sort sur le porche avec sa tasse de café. Il urine contre un arbre et laisse les pensées de la nuit affluer.

Le garçon dort. Le garçon s'était endormi. Quant à lui, il s'était servi les dernières gouttes de whisky et avait feuilleté les *Gaskassen* de la semaine écoulée. Lisant attentivement les rubriques nécrologiques en rêvant d'une autre vie.

Il ne peut pas se plaindre, il y a bien plus malheureux que lui. Pourtant, il est temps de prendre des décisions.

Personne ne connaît son identité. Ni Henry, ni personne d'autre de la ville. À l'exception du garçon.

Il retourne à l'intérieur et le réveille.

Coupe ses liens et le pousse vers la sortie.

Voit-il les pieds nus qui pataugent dans la neige ?

Non.

Voit-il les bras parcourus de chair de poule dans le froid ?

Non.

Entend-il sa voix suppliante ?

Non.

Voit-il l'aigle de mer qui plonge vers le garçon et enfonce ses serres dans son épaule ?

Oui.

Et il entend le cri. Le bec qui pique l'arrière de la tête du garçon et le cri.

Une vie contre une autre.

Un coup de feu résonne.

Un oiseau tombe au sol.

Un garçon saigne.

Le Nettoyeur soulève le corps et le porte à l'intérieur de la cabane.

Il ignore si le garçon est en vie.

Mais tout ce qu'il avait prévu de faire avant l'arrivée de l'aigle s'est comme volatilisé.

Il fait chauffer de l'eau.

Rince les blessures et les panse avec un tee-shirt déchiré en lanières.

Pose le sachet de bonbons sous le nez du garçon et prie pour sa vie.

— Mon Dieu, dit-il. Je ne suis pas un tueur d'enfants. Laissez vivre le garçon, au moins.

60

IL Y A DES AVANTAGES À ÊTRE ATTENTIVE pendant les cours d'actualité et d'histoire géo.

— Excusez-moi, dit-elle à l'hôtesse d'accueil. Nous faisons un travail de groupe à l'école. J'aurais aimé consulter les documents relatifs aux décisions politiques concernant le parc éolien. Si j'ai bien compris, ce sont des informations publiques.

— Bien sûr, dit la fille derrière la vitre. Tu n'es pas la première à faire cette demande aujourd'hui. Un journaliste de Stockholm est passé tout à l'heure. Ce qu'il peut bien y avoir d'intéressant dans ce trou paumé, ça me dépasse. Perso, je compte partir au plus vite. Je fais juste des remplacements. Tu veux les e-mails aussi ou le compte rendu du conseil municipal suffit ?

— Donnez-moi tout, dit Svala, notre professeur trouve que les élèves doivent s'engager dans les questions citoyennes. J'ai besoin de faire remonter ma moyenne.

— Ce serait pas Evert Nilsson, ton prof ? dit la fille avec un sourire ambigu.

— Dans le mille. Pas vraiment le prof le plus généreux en termes de notes.

— Non, mais il est bien.

Pour les nuls et les blasés, peut-être. À condition que personne ne lui dispute le rôle principal. Svala en a marre, de discuter avec lui. Il finit le plus souvent par lui demander de se taire.

Au bout d'une demi-heure passée à feuilleter un magazine féminin, elle voit enfin revenir la fille, avec un sac en papier qui semble contenir assez de lecture pour l'occuper un bon moment.

— Amuse-toi bien, dit-elle, et passe le bonjour à Evert.

Svala se rend à la bibliothèque. Après avoir hésité, elle envoie un texto à Lisbeth.

[Travail de groupe à la bibliothèque. Rentrerai tard.]

En réalité, elle devrait tout raconter à sa tante, du début à la fin. Mais plus elle en sait, plus ce sera difficile pour Svala de faire ce qu'elle doit faire. La liste n'est pas longue : 1. Trouver Maman-Märta. 2. Coincer Peder-Plastoc.

Il lui faut l'après-midi pour parcourir le contenu du sac. *Je le fais pour vous, Marianne.* Les plans d'attribution de terrain à l'un des plus grands projets de construction de parc éolien au monde sont en cours depuis plusieurs années. Elle met de côté les informations susceptibles d'être utiles, telles que les listes de protestation et des recours concernant différentes décisions.

En fin de compte, les dossiers juteux sont sans doute détenus par KGB, non par la municipalité, et elle ne peut pas y avoir accès. KGB relève d'une société anonyme. Hormis le bilan annuel obligatoire et le rapport du conseil d'administration, les détails des sociétés ne sont pas accessibles au public. Parmi tous les échanges, il y a un seul message qu'elle ne comprend pas – un mail daté du 25 octobre adressé par Henry Salo au Branco Group et leur réponse :

[L'heure tourne.]

Peu importe. Elle n'a pas besoin de tout comprendre. Elle a pu confirmer l'essentiel : d'un point de vue juridique, Marianne Lekatt est dans son bon droit.

Une boîte postale ou une consigne. Elle se rend à la gare.

— Je dois vider notre boîte postale, mais j'ai oublié le numéro, dit Svala en montrant la clé à quelqu'un qui ressemble à un employé.

— Ce n'est pas une clé de boîte postale, ça, dit-il. Du moins, pas à Gasskas.

— Merci quand même, dit-elle, et elle rejoint le hall de la gare.

Le départ de l'autorail pour Boden est imminent. Un autre arrive de Luleå. Dans le désordre des allées et venues de passagers, personne ne remarque la fille qui passe de consigne en consigne pour tester une clé.

À l'exception d'une personne. Mikael Blomkvist. Ses pensées retournent aussitôt à Lisbeth. Il aurait vraiment voulu apprendre à la connaître davantage. Pas uniquement comme une sorte de secouriste d'urgence qui surgit quand il a besoin d'aide.

— Bonjour, dit-il. Tu as l'air de chercher quelqu'un, tu veux un coup de main ?

— Non, merci, dit-elle.

— On dirait qu'on trimballe le même genre de sac. Enfin, pardon si je me mêle de ce qui ne me regarde pas.

— Vous allez écrire au sujet du parc éolien ?

— Oui, et toi ?

— Un travail scolaire. Une dissertation.

— Tu as un titre ?

Elle en a plusieurs :

— "Méthodes de décision antidémocratiques pour l'appel d'offres du parc éolien". "Chapeau bas au gérant municipal cupide". Ou que dites-vous de celui-ci : "Meurtre et chantage, le prix à payer pour la construction du parc éolien" ?

Mikael Blomkvist siffle.

— Pas mal comme accroches, je vais devoir changer d'angle. Si tu as envie de boire ou manger un truc, on peut aller à la cafèt'.

Svala hésite. Il pourrait se révéler utile, mais ça risque de prendre du temps et elle craint de se retrouver à devoir écouter poliment l'exposé du vieux.

— Non, merci, il faut que je rentre, mais j'ai trouvé ce qu'il me faut. Vous pouvez prendre mes notes, dit-elle en fouillant dans son sac.

Lorsqu'il tourne le coin du 7-Eleven, elle s'attaque à la dernière rangée. Sans grand espoir. La plupart des consignes sont vides, seules les deux du fond n'ont pas de clé. Elle sent aussitôt que ça correspond. Regarde autour d'elle avant d'ouvrir la porte. Pas de journaliste, et personne d'autre qui fasse attention à elle.

Un carton du genre boîte à chaussures. Elle le pousse du doigt pour évaluer son poids. Pas lourd. Le couvercle est fermé avec du scotch argenté. Elle approche son sac en papier et fourre le carton à l'intérieur. Puis elle quitte la gare et se dirige vers le centre-ville. Arrivée sur Nygatan, elle se ravise et prend le chemin opposé.

Un peu plus loin, un journaliste lui colle au train, mais elle est trop fatiguée et affamée pour être sur ses gardes. Ses baskets glissent sur la neige boueuse. Elle aurait dû prendre ses bottes d'hiver. Mais user ses bottes d'hiver avant la saison, c'est comme mettre des pneus neige en été. Un vieux dicton de Gasskas, sans doute inventé par Maman-Märta ou une autre mère célibataire portée sur les hommes parasites et le vin blanc.

Son estomac crie famine, alors Svala se répète des mots pour éviter de penser aux effluves de pizza qui s'échappent par la porte du Buongiorno.

Forêt. Terre. Forêt. Terre.
Le sol me maintient ancrée.
Les arbres me tirent vers le haut.
Entre les deux, il n'y a que de l'air.
Forêt. Terre. Forêt. Terre.
Pour que je puisse respirer.

Automatiquement, elle s'est dirigée vers Tjädervägen au lieu du Statt. Il vaut peut-être mieux éviter le Buongiorno.

Elle baisse la capuche sur son visage. Ressemble à n'importe quelle adolescente, mais pas pour tout le monde, visiblement.

— Attends !

Elle reconnaîtrait cette voix même s'il s'adressait à elle au bord de sa tombe. Peder-Plastoc.

Elle continue de marcher. Plus vite désormais.

— Bon sang, petite, attends, je te dis !

Avec son bide à bière et ses poumons abîmés par la cigarette, ce n'est pas un sprinteur, mais elle non plus, avec ses chaussures glissantes et le sac qui lui taillade la paume de la main.

Lorsqu'il s'est rapproché au point qu'elle entend l'emphysème siffler sur sa nuque, elle se retourne.

— Qu'est-ce que tu veux ? demande-t-elle.

— Juste parler.

— Non, dit-elle, et elle se remet en marche. On n'a rien à se dire.

C'est peut-être idiot. Il pourrait lâcher quelque chose au sujet de Maman-Märta.

— Parler de quoi ? se ravise-t-elle.

— Ça fait un moment qu'on ne s'est pas vus, je voulais juste savoir comment tu allais.

Lorsque la réalité dépasse la fiction.

— Vous avez déménagé, on dirait ? poursuit-il.

— On a oublié d'envoyer une carte pour annoncer le changement d'adresse, désolée, dit-elle, et elle repart.

Il lui empoigne le bras avec une telle force qu'elle lâche le sac et n'a d'autre choix que de s'arrêter pour le ramasser.

— Ta mère a volé un truc qui m'appartient. Tu sais peut-être de quoi je parle ?

— Je ne lis pas dans les pensées.

— Le disque dur. Mon disque dur.

A-t-elle entendu parler d'un disque dur ? Non. Elle serre le sac plus fort dans sa main. Nouvelle tentative de la part de Sandberg :

— Ta mère me doit de l'argent. Si tu ne me dis pas où elle est, tu vas devoir bosser pour me rembourser.

Il forme un cercle avec la main gauche et y effectue des va-et-vient avec son index.

Svala détourne le regard.

— Tu te fous de moi ? dit-elle, et l'étau se resserre autour de son bras. Tu m'as déjà foutu tes gros lards sur le dos.

Sa surprise est sincère. Il ne sait pas de quoi elle parle.

— Jörgen et Bouddha, dit-elle, et elle lui explique en détail ce qu'ils l'ont obligée à faire et comment ils ont surveillé l'appartement.

Il la lâche. Et il a bien fait. Posté sous la balustrade du Buongiorno, Mikael Blomkvist observe la scène de loin. Au moment où le type commence à tirer la petite par le bras, il pose son sac, prêt à accourir. Mais lorsque l'autre lâche prise pour aussitôt revenir dans la pizzeria, Mikael se glisse lui aussi à l'intérieur et commande une bière au comptoir. Dos à la table où un autre spécimen tout aussi charmant respire la joie et la bonne humeur en émettant un rot retentissant après chaque gorgée de bière, le journaliste peut suivre leur conversation.

— La gosse ne sait rien, dit Peder Sandberg à l'homme en face de lui.

— Tu es devenu trop mou, dit l'autre. Tu aurais dû être plus violent avec elle. C'est comme ça qu'on fait parler les filles.

— Pas celle-là, grommelle Sandberg. Elle ne ressent rien. Tu peux lui déboîter l'épaule qu'elle bronchera pas. Crois-moi, j'ai essayé. D'ailleurs, elle a parlé de toi, dit Sandberg.

— Ça ne m'étonne pas, comme toutes les filles.

Avant que Jörgen n'ait le temps de cligner des yeux, Peder Sandberg le chope par les cheveux et lui écrase la face dans sa pizza. Le sang qui s'échappe du nez se mêle à la sauce tomate. Une famille avec enfants attrape vestes et manteaux et quitte les lieux.

— On va faire un petit tour en voiture, dit Sandberg à l'autre, et il le pousse devant lui en direction d'une BMW mate aux vitres teintées garée à l'extérieur.

À travers la fenêtre, Mikael le voit fourrer le type ensanglanté sur la banquette arrière et s'y installer à son tour. Le journaliste a juste le temps de prendre une photo. Il arrive à capter un bout de la plaque d'immatriculation.

Il écrit à Lisbeth :

[Tu les connais ?]

[L'un d'entre eux est le beau-père de Svala. Elle est là ?]

[En train de rentrer, je crois.]

61

LORSQUE JÖRGEN – DE SON VRAI nom Daniel Persson, mais sa mère est sans doute la seule à le savoir – comprend qu'ils sont en route pour Vaukaliden, il se met à implorer. D'abord les supplications, puis les pleurs.

— Boucle-la, merde, dit Sandberg, qui se retient de lui éclater la tête contre le siège avant pour ne pas risquer de salir la voiture. Si tu fais ce que je dis, il ne t'arrivera rien. Passe par le Max, dit-il à l'intention du chauffeur en lui tapant l'épaule, on va chercher le Russe aussi.

Le chauffeur n'a pas d'autre nom. C'est toujours lui qui conduit. À moins de poser la question à Svala. Qui dira qu'il se nomme "H." et se distingue par des favoris à la Elvis et des pantalons qui lui tombent sous la raie des fesses. Dans la même veine, le Russe est désigné par la lettre "J." : taciturne, cheveux roux, lunettes de soleil en hiver. Sous la lettre "F.", il n'y a plus qu'un seul mot : gros.

— Aloooooooors, dit Sandberg une fois le Russe récupéré et la voiture arrêtée au point culminant de Vaukaliden. Il paraît que vous l'avez joué solo ?

— Comment ça, solo ? dit Jörgen, ce qui lui vaut un coup de coude dans les côtes. Enfin, c'était pas prémédité. On déconnait un peu, c'est tout. On s'est dit que la gosse pouvait bricoler le coffre de Salo. Sa mère devait de l'argent, tu l'as dit toi-même. On voulait notre part, c'est tout.

— Vous vous en êtes donc pris à ma famille. Comme ça. Sans me consulter. Un enfant qui plus est.

— Le coffre était vide. On aurait évidemment partagé avec toi.

— Et Bouddha, il est où ? demande Sandberg en appuyant un couteau contre le cou de Jörgen.

— Disparu dans la forêt. Il a couru après la gosse et il a disparu. J'ai attendu un moment. Quand j'ai vu qu'il ne revenait pas, je suis parti. Valait mieux ne pas prendre le risque de se faire choper.

— Ta gueule, Einstein. Salo n'a jamais eu d'argent, putain.

— Tu as dit…, tente Jörgen d'une voix pleurnicharde… qu'il avait un coffre, alors on pensait…

— Ça suffit, dit le Russe, et il extirpe Jörgen de la voiture.

À la différence de Sandberg, le couteau n'est pas son truc. Lui compte entièrement sur son physique et *zastan*. Car ils ont beau le surnommer "le Russe", il est en réalité bosniaque.

Ils se dirigent vers le précipice connu dans la région sous le nom de la chute du Finnois après qu'un Finlandais bourré y a perdu l'équilibre dans les années 1950.

La rivière coule en contrebas. Pour l'heure, noire au point d'être invisible. Un corps qui tombe heurterait les parois rocheuses et s'enfoncerait dans l'eau assassine avec un plouf.

— J'ai dit la vérité, je le jure, Peder, putain, je veux pas mourir, il faut que tu comprennes qu'on déconnait, c'est tout. Écoute, j'ai une fille, je sais qu'on a merdé, pardon. Vraiment, je le jure. Pardon.

— La ferme à la fin ! crie Peder en appuyant la pointe du couteau plus fort contre son cou.

Celle-ci a déjà pénétré la peau de ce porc, quelques centimètres de plus et ils pourront le vider de son sang comme un animal à l'abattage. Le Russe est tellement sur les nerfs qu'un coup de feu lui échappe.

— On voulait juste s'amuser un peu, chuchote Jörgen, ce qui pousse Peder au-delà de la limite inextensible de sa patience.

Sans hésiter. Sans égard pour le fait qu'il connaît Jörgen Persson depuis la maternelle et qu'il est le parrain de sa fille, Peder écarte le couteau et balance le gars dans le vide. Les couches de graisse le protègent lors du premier choc contre la roche primitive. Ainsi, c'est en pleine conscience que le corps dégringole dans le vide jusqu'à ce que la tête heurte la saillie suivante, et le voilà propulsé dans sa nouvelle vie, réincarné en lapin.

Quelqu'un qui baladait son chien se dit que c'est une drôle d'heure pour la chasse.

Une femme dans la résidence pour seniors demande si les Russes ont débarqué.

Ce qui n'est pas complètement faux.

Si Svala avait été là, elle aurait sorti son carnet du singe et aurait tracé une nouvelle ligne.

F. : Décédé.

62

EST-CE LE JOUR OU LA NUIT ? Märta Hirak l'ignore. Elle ignore aussi depuis combien de temps elle est là. Ils l'ont déplacée, ça elle le sait. Les coussins et l'odeur des bougies parfumées ont disparu. L'air est lourd et humide. Comme si elle se trouvait dans une cave enterrée.

L'obscurité est totale derrière le gros scotch. Parfois, on lui libère la bouche. Le temps d'un bol de soupe ou d'une assiette de coquillettes. Visiblement, ils ne veulent pas qu'elle meure. Même si elle a l'impression d'être en bonne voie. Ses pensées la ramènent au passé. Elle ne supporte pas de rester dans le présent. Jusqu'à la langue. Les mots anciens la rassurent.

Les rennes leur tournent autour à l'intérieur de l'enclos. Ils se suivent, toujours en rond. Toujours avec le soleil dans le dos.

Le village sami est réuni pour le tri des rennes. Hommes, femmes, enfants. Tout le monde doit aider et ça ne chôme pas. Avant l'automne, il faut que les nouveaux faons soient marqués, que certaines bêtes soient traitées contre l'hypodermose et que d'autres soient sélectionnées pour l'abattage. Le pâturage d'été est terminé et, après le marquage, les animaux seront transportés vers l'est afin qu'ils fassent des réserves en prévision du long hiver.

Cette année, c'est la première fois que Märta dispose de son propre lasso, mais elle s'entraîne depuis toute petite. Elle a désormais quatorze ans. Elle vise la bonne marque et évalue la distance.

Sa brasse, son salla, *mesure un mètre quarante. C'est le* salla *qui détermine la portée du lancer.*

Elle commence, avec prudence, par un faon. Sa première tentative échoue, mais elle réussit à la seconde. La bataille commence. Le faon lutte pour se libérer, Märta lutte pour le forcer à rentrer à l'intérieur du bercail.

De nombreux rennes plus tard, les bras endoloris par l'effort, la voilà assise avec les autres autour du feu. Elle sait que le lasso est un outil d'homme. Il était inapproprié qu'elle ait eu l'honneur de l'utiliser. Elle reste silencieuse, mais en son for intérieur, une voix distincte se révolte. Je veux participer, dit-elle. Je vaux autant que mes frères. J'ai ma propre marque. Laissez-moi m'occuper de mon propre troupeau.

— On a déjà suffisamment de mal à préserver nos traditions, on n'a pas besoin que les femmes se mettent à faire des histoires, comme ces espèces de féministes de Stockholm, dit Elias.

De quatre ans son aîné, son frère est déjà une autorité. Les femmes ont leurs tâches, les hommes les leurs. Le lasso est un outil d'homme, un point c'est tout. Plus tard, lorsque le feu est presque éteint et que la plupart sont partis, son père se tourne vers elle et chuchote :

— Tu t'es bien débrouillée aujourd'hui.

Papa. Qu'est-ce qui s'est passé ?

Märta chasse les vieux souvenirs. Finalement, c'est tout ce qu'ils sont : d'anciens souvenirs.

— Allô, je te parle, dit Loup.

La peau autour de sa bouche accompagne le scotch lorsqu'il l'arrache. Elle s'efforce de grimacer, de former des mots.

— Pardon, dit-elle. Je n'entendais pas.

— On va causer un peu tous les deux, dit-il en la hissant pour la mettre debout.

Si seulement elle pouvait voir.

— Tu n'as pas besoin des yeux pour parler, dit-il en la poussant à coups de pied.

Son nom, c'est bien Loup ? Le loup guette les rennes. Il chasse le faon, tout comme le glouton, le lynx et l'ours. Des bêtes qu'on abat. C'est une idée réconfortante.

On l'assied sur une chaise.

Les mains sur la table.

Le bruit. Celui de la lame qui fend l'air. Si familier, et pourtant…

— Oups !

Elle pousse un cri lorsque le couteau lui transperce le doigt. Elle retire ses mains et reçoit un coup à l'arrière de la tête. "Laisse-les sur la table." Une nouvelle voix. Une femme. Le bruit de la lame reprend. L'angoisse monte à chaque coup. *Pas mes mains.*

— Oups ! J'ai encore dérapé, on dirait.

Elle oblige ses mains à rester immobiles. Tchac, tchac, tchac.

Une porte s'ouvre. Le son est amplifié par le fait qu'elle ne peut pas voir. Des roues, un roulement, un chariot peut-être, non, un fauteuil roulant.

— Je vais prendre le relais. Et allez me chercher un truc pour nettoyer, bordel. Je n'ai pas envie de recevoir des bouts de chair sur ma chemise. Salut Märta, dit la voix – plus calme désormais.

Elle bredouille un bonjour.

— Il paraît que tu as quelque chose qui ne t'appartient pas.

— Comme quoi ?

— Un disque dur.

Elle est allongée au creux de son bras. Le soleil se couche. La chambre flamboie comme si elle était en feu. En feu, comme leurs corps. Il enroule une mèche de ses cheveux autour de son doigt. La lâche et recommence. Le monde est ailleurs. Ici, il n'existe pas. Pas plus qu'elle, pas plus que Henry. Ce sont seulement quelques heures de répit. Elle se lève, s'habille. Sort un objet de sa poche. Une clé. Je peux te demander un service ? Tout ce que tu veux.

Märta réalise que mentir ne sert à rien. C'est cet abruti de Peder, évidemment. Il a profité de l'occasion pour se venger. Tellement prévisible.

— Il a disparu, dit-elle et elle reçoit le coup prévisible sur la nuque.

Elle commence à les connaître.

— Je l'ai balancé dans la rivière. Personne n'a le mot de passe, de toute façon.

Un autre coup, plus fort cette fois.

— Tu veux un peu de thé, peut-être ? dit-il.

Elle ne répond pas. Imagine une fine membrane qui lui recouvre le visage. Et c'est parti. Splash. Il semble s'amuser. Elle joue le jeu et gémit. Il prend son pied à infliger la souffrance.

— Ça doit être chiant de ne pas avoir de jambes, dit-elle. C'est une infirmité motrice cérébrale ou c'est ta mère qui a foiré des étapes en s'en mettant plein le nez ?

C'est un coup de poker. S'ils l'assomment d'un coup, elle ne pourra pas répondre. Et ils ne sauront jamais. Mauvais calcul. Il rit.

— Un sacré phénomène, celle-ci, dit-il.

Les autres rient docilement. Le rire de la femme est rauque. Märta en prend note.

— On a toujours le choix, dit le fauteuil roulant. Dans ton cas, il y a deux options. Un : tu nous dis où se trouve le disque dur. Deux : on tue la fille. Svala, me semble-t-il.

Elle peut aussi choisir de ne pas parler. Pour l'heure, ça lui paraît être une bonne stratégie.

Est-ce le jour ou la nuit ? Elle ne sait pas. Est-elle en vie ? Elle ne sait pas. Henry lui caresse le dos. *Ce sera toujours nous deux.*

63

— On habite ici pour le moment, un point c'est tout, dit Lisbeth, qui sort un Coca du minibar et pose le journal intime de Märta sur la table de chevet. Je continuerai de le lire à mon retour.

— Je me sens comme une prisonnière ici, dit Svala. On ne peut même pas se faire à manger.

— Tu peux aller et venir comme tu veux, seulement fais gaffe aux gars avec des cheveux longs et des vestons en cuir. Et c'est quoi le problème, avec le room-service ?

— J'ai envie de traîner devant la télé, dit Svala. Tu ne veux pas rester et regarder un film avec moi ?

— Si, je vais juste faire un tour avant. Je ne rentrerai pas tard. Il y a *Apocalypse Now* qui passe sur la 4. Tu l'as déjà vu ?

— Non. Tu vas encore voir la flic ?

— Ça fait partie de la culture générale, dit Lisbeth. À tout à l'heure.

Le Ranger ronronne comme un chat à travers la ville. L'impatience ronronne comme un tigre. Elle se gare devant le commissariat. Au bout de dix minutes, Jessica appelle pour s'excuser.

— Certains collègues sont en arrêt, j'ai eu une journée de fou, dit-elle, puis elle baisse la voix. Faste a décidé qu'on allait résoudre l'affaire du kidnapping nous-mêmes, sans faire appel aux NOA, les forces opérationnelles nationales. Il est de pire en pire, putain. Il a mis le petit nouveau sur des choses pour lesquelles il n'a aucune expérience, juste pour pouvoir parader devant lui. On n'avance pas.

— Je veux bien aider. Prends tes affaires, j'attends en bas.

— Désolée Lisbeth, c'est impossible. Certains ont fait les trois-huit, ils ont besoin de dormir.

— On va bosser, nous aussi. C'est juste une dernière petite mission, et tu ne le regretteras pas.

— C'est au sujet de quoi ?

— Je t'expliquerai.

— OK, chef, dit Jessica en lui tendant un gobelet de café. On va où ? N'hésite pas à dire "rentrer nous coucher".

— Bientôt. On doit d'abord passer à une fête du MC Svavelsjö. Ils font une soirée portes ouvertes.

— Les Svavelsjö, tu es folle ?

— Toi qui viens de lire mon autobiographie sur le Net, tu devrais savoir que j'ai une relation assez particulière avec eux.

— J'ai dû rater ce chapitre, dit Jessica. On les a à l'œil, on y passe sans arrêt. Pour l'instant, on n'a vu qu'une bande de branleurs qui nettoient leurs motos, mais m'y rendre en civil et sans être armée me paraît une très mauvaise idée.

— Va chercher ton flingue alors, si ça peut te rassurer. J'attends.

— La police en mission secrète avec Lisbeth Salander. Je serai virée sur-le-champ si ça s'ébruite.

— Allez, on va juste à une fête.

— Sans armes dans ce cas, dit-elle. En off. À nu. Une cruche partie étudier les crapules de bas étage.

— On se contente de faire les belles au bar. D'accord ?

— Je t'aime bien, dit Jessica. Plus que ça, peut-être. Je crois que je suis un peu amoureuse de toi, en fait.

Les cheveux. La bouche. Les jambes de Barbie.

— Mais je me doute bien que tu ne te rends pas à une fête avec la lie de la société sans raison, poursuit-elle.

— Ils ont un lien avec Salo, en tout cas indirectement.

— Tu te bases sur quoi ?

— Sur les affaires de Salo. Rassure-moi, même la police a dû faire le rapprochement avec l'enlèvement, non ?

— Bien sûr, mais on n'a rien trouvé qui le lie au MC Svavelsjö. C'est un con prétentieux, mais il y en a plein, des comme lui, et qui ne sont pas des criminels pour autant.

— Salo n'a pas besoin d'être un criminel pour merder. Il veut sauver le projet du parc éolien. Et les types du MC Svavelsjö ne font pas la fine bouche côté boulot. Comment va ton merveilleux ex-mari Henke, à propos ?

— Il est en HP. Il a téléphoné en menaçant de se suicider, alors on a envoyé une voiture. Je ne savais pas qu'il était mal à ce point. Qu'il soit jaloux, d'accord, mais de là à vouloir mourir ?

— Ça arrive à tout le monde de temps en temps, dit Lisbeth. Et parfois, on peut se faire assister.

— Il est à Sunderbyn, pas en Suisse.

— Tu as vu les clips sur TikTok ?

— Il les a retirés, répond-elle. Il n'est pas…

— Quelqu'un de méchant, complète Lisbeth. Peut-être pas, juste un crétin jaloux qui trouve que tu devrais rester seule pour le restant de ta vie afin que ça ne soit pas trop dur pour lui. Si ce n'est pas méchant, je ne sais pas ce que c'est.

— J'abandonne, dit Jessica en bâillant. On pourrait aller se coucher tôt, sinon.

— C'est une dernière mission, dit Lisbeth. Après, on rentre chez toi.

— Ou chez toi. Tu habites où, maintenant ?

— À l'hôtel, avec la gosse.

— Ah oui, la gosse…

Lisbeth franchit les grilles de Berget et se gare aussi près de la porte que possible, à côté des voitures de péquenauds, des quads et des motos.

— La tienne ne détonne pas, dit Jessica en tapotant le capot du Ranger.

— C'est important de s'intégrer, dit Lisbeth.

C'est ce qu'elles font. Du moins au début. En vestes en cuir, Levi's noirs et boots, elles ne sont pas aussi apprêtées que les nanas qui se trémoussent sur la piste dans des tenues en cuir diversement sexys, mais au moins elles passent inaperçues.

Elles traversent la piste, croisant des vestons en cuir et autres racailles dont Jessica pourrait réciter les noms et dates de naissance.

— C'est ça, être flic dans une petite ville, dit-elle. Les voyous, on les connaît. Mais c'est quoi, l'idée ? demande-t-elle en redevenant Jessica la policière. Dis-moi que tu n'as pas des motifs cachés.

Lisbeth réfléchit. Pas vraiment. Enfin, si.

— Non, si ce n'est que j'en ai ras le bol de voir leurs sales tronches devant l'hôtel. Ils cherchent à mettre la main sur Svala. Il faut qu'on trouve Märta. Elle n'est pas ici, je suis déjà venue vérifier sur place, mais un des parasites pourrait lâcher quelque chose par vantardise.

Jessica commence déjà à regretter d'avoir accepté de venir. Elle n'est pas un détective privé mais une simple policière, caressant l'espoir d'une carrière une fois Faste à la retraite ou victime d'une mort prématurée. Elle ne recherche pas non plus les émotions fortes, à la différence de Lisbeth. Elle veut juste une vie ordinaire et pouvoir être une bonne mère. Elle aime bien Lisbeth, elle est attirée par elle comme une mite par le garde-manger, mais l'imaginer en belle-mère pour ses enfants ? Pas évident.

— En parlant de Faste, dit Lisbeth, j'ai des pistes que la police ignore au sujet de Lukas.

— Le garçon kidnappé ? dit Jessica. Ça m'intéresse.

— Bien sûr, dit Lisbeth. Si tu m'aides, je t'aide. Commençons par boire un coup.

— Tu conduis.

— Ouais, dit Lisbeth, qui commande deux pressions. Et arrête de te comporter comme un flic, bordel. On est là pour faire la fête.

Ça doit être la fatigue. Elle aurait dû s'en douter : Peder Sandberg.

— On peut y aller ? demande-t-elle à Lisbeth, mais il est déjà trop tard.

— Jessica Harnesk ! Je n'aurais jamais cru tomber sur toi ici. Tu es passée du côté obscur ?

Il rit fort de sa propre blague et écarte une mèche du visage de Jessica.

— Arrête, dit-elle. À moins que tu aies envie de te retrouver dans la cage aux singes sur-le-champ, je te conseille de dégager.

— Ouuuuuh, dit-il, j'ai trop peur.

— C'est qui, ce branleur ? demande Lisbeth bien qu'elle le sache déjà.

— Peder Sandberg, dit Jessica.

— Son ex-ex, dit l'intéressé en levant sa bouteille de bière vers Jessica.

— On n'est jamais sortis ensemble.

— Si, si. Une vraie petite sauvage au lit, personne n'aurait pu deviner que tu finirais dans la police.

Viens, on descend à la rivière. J'en ai marre de tous ces gens. Tu as froid ? Tiens, prends ma veste.

— J'ai lu un truc l'autre jour, dit Lisbeth. Écrit de manière un peu enfantine, immature, mais ça collait assez bien avec vous. Je crois même que c'était à votre sujet. Si, c'est ça, Peder-Plastoc Sandberg, c'est forcément vous.

— Ah oui ? dit-il en croisant les bras. C'est cette sale gosse qui en est l'auteur, si je comprends bien. Cette vermine ne serait même pas en vie sans moi.

— Exact, vous avez sans doute fait une ou deux bonnes actions, même si ça date. Quoi qu'il en soit, cette vermine, comme vous dites, est très forte pour dessiner des plans. Vous vous doutez bien de ce qui risque d'arriver si jamais la police l'apprend. Oups, dit Lisbeth en plaquant une main devant sa bouche. La police est déjà là, on dirait.

Viens, les vestiaires sont ouverts, on y va.
Je crois que je vais devoir rentrer, ma mère m'attend.
Ta mère écarte les jambes à Svartluten. Je parie que tu ne vaux pas mieux qu'elle.

Les mêmes mains, les mêmes yeux. Autre temps, autre rapport de force. Elle réalise qu'elle a attendu ce moment. Rêvé du jour où elle pourrait se venger. Pas en tant que flic. En tant que femme.

— Je ferais gaffe à votre place, dit Peder Sandberg. Il y a un tas de gens ici qui n'hésiteraient pas à s'en prendre à un flic.

— Original, dit Jessica. Tu ferais mieux de retourner faire le coq auprès des petits morveux.

— Aujourd'hui si possible, dit Lisbeth en posant l'index sur son épaule.

Son regard vague est soudain tout proche du sien et ensuite, tout se passe très vite. Sa main attrape Lisbeth entre les jambes et la pousse en arrière. C'est venu de nulle part. Avec tout ce qu'elle sait de Sandberg et des clones génétiques de son genre, elle aurait dû s'y préparer. Sa tête heurte le comptoir rudimentaire composé de pneus et de tôle ondulée. Il a désormais les mains autour de son cou. *Lève le bras et envoie-lui ton coude dans la tempe*. Mais avec le manque d'oxygène vient la panique. La vision du tunnel. L'envie de simplement abandonner. Dans quelques secondes, elle perdra connaissance, même si la mort prendra encore plusieurs minutes.

Tu es une bushi, *Lisbeth, une guerrière. Si tu as perdu ton katana, utilise ton épée.*

Au moment où Jessica réussit à faire desserrer son emprise à Sandberg, Lisbeth forme un V ferme avec l'index et le majeur, qu'elle lui enfonce dans les yeux en un *nihon-nukite* parfait.

Encore une fois, le vieux réflexe du corps pour protéger les parties vitales est infaillible. Lorsqu'il lâche son cou pour se protéger les yeux, elle lance un *ura-zuki* vers le haut. Peder Sandberg n'est plus maître de ses mouvements et se plie en deux.

Une fois qu'il est neutralisé, du moins temporairement, elle peut se permettre de s'amuser un peu. Elle vise du tranchant de la main et lui envoie un *shuto-uchi* bien vif sur le gras de la nuque. Sandberg s'écroule, réduit à un tas informe qui n'est plus que douleur.

— Krav maga, dit la flic.

— Karaté. Il suffit de pas grand-chose, dit Lisbeth. En visant bien, on peut neutraliser une ordure la main ouverte.

Je sais que tu en as envie. Laisse-toi faire. Voilà. Bien. Ahhh. C'est bon, t'aimes ça, sale pute.

— Fascinant, mais il a peut-être besoin d'un dernier rappel, dit Jessica, et elle le propulse sur la piste d'un coup de pied au cul.

Sans lui laisser le temps de lécher ses blessures et d'encaisser l'humiliation, elle le roue de coups de pied, encore et encore. Autour d'eux, les fêtards s'agglutinent en un cercle hurlant. "Bute-le, bute-le, bute-le."

Lisbeth finit par intervenir pour l'écarter du corps geignant de Sandberg.

— On ne doit pas le buter, seulement lui faire peur. Et tiens, voilà le grand chef, remarque Lisbeth, faisant un signe de la main à Benny. Mais je crois qu'il est temps de s'esquiver avant que ses méninges ne réussissent à s'aligner dans les bonnes cases sur l'allée des souvenirs. On peut espérer que le message est passé.

Vivez dans le présent, regardez vers l'avant, n'oubliez pas le passé.

Exactement, Benny Nieminen. N'oublie pas ce qui fut. Les années de prison. La montée et la chute du club. Et surtout : n'oublie pas Lisbeth Salander.

Il serre les poings.

Elle. Encore. Ce n'est pas possible.

— Fonce, dit Jessica, qui garde les yeux fixés sur la route jusqu'à ce que Lisbeth s'arrête devant sa maison.

Elle coupe le moteur et laisse le silence s'installer.

Il s'est passé quelque chose. Mais quoi ?

Lisbeth tire Jessica vers elle. Hume l'odeur de ses cheveux ébouriffés. Caresse les ailes de ses omoplates.

Vous avez vécu des choses qui vous dépassent. Si vous arrivez à mettre des mots dessus, vous aurez déjà fait une bonne partie du chemin.

Merci mais non merci, Inge Ågren, certaines personnes ne comprennent que la violence.

— Raconte, dit-elle.

Jessica se redresse. Enfouit ses mains dans ses manches. La buée de leur souffle recouvre les vitres.

— Il m'a violée, voilà l'histoire. C'était il y a longtemps. Au bal de fin d'année du collège. Après, il s'en vantait auprès de qui voulait bien l'entendre, probablement tout Gasskas.

— Et toi, tu as fait quoi ?

— J'ai fait ce que font les filles en général, je me suis murée dans le silence avec ma souffrance. Ça m'a fait un bien fou de me venger. Un peu trop, même. Sans toi, je l'aurais tué.

— Tu pourras toujours bosser pour moi si jamais on te vire. C'est mieux payé, en plus.

Jessica secoue la tête, ouvre la portière et laisse entrer le froid de la nuit.

— Au fait, c'est quoi cette histoire de lettres et de plans dont tu as parlé à Sandberg ?

— Rien, j'ai menti. Tu veux de la compagnie ?

— Non, une autre fois.

Les cheveux, la bouche et les jambes de Barbie ouvrent et referment la porte de la maison sans se retourner.

Je crois que je suis un peu amoureuse de toi.

Moi aussi.

Avant de reprendre le chemin de l'hôtel, elle sort les coordonnées de l'endroit où ils ont trouvé le van et tape un SMS. Ajoute un cœur, le supprime et appuie sur "envoyer".

64

ELLES SONT INSTALLÉES SUR LE LIT DOUBLE, lisant le journal de Märta Hirak à voix haute. Il est constitué de brèves notes sporadiques prises à partir de 2010.

— Où est-ce que tu as trouvé le journal ?

— La clé, dit Svala en continuant la lecture. Il y a presque toute ma vie là-dedans. Et celle de maman. Je ne sais pas comment elle a fait pour le supporter.

Comment la mère de Lisbeth a-t-elle supporté ? Pourquoi n'a-t-elle pas demandé de l'aide, pourquoi n'est-elle pas partie en prenant ses enfants avec elle ?

— Elle avait peur, dit Lisbeth. La peur transforme les gens. Les pousse à prendre des décisions irrationnelles afin de survivre.

— Même si leurs enfants en pâtissent ? demande Svala.

Déménager, se cacher, prier pour être protégée par la société. Il les aurait toujours retrouvées.

— Même dans ce cas.

Certains passages évoquent les actes de violence de Peder Sandberg sur la fille. Lisbeth s'efforce de rester calme. Elle n'aurait peut-être pas dû empêcher Jessica de l'achever à coups de pied.

— Tu crois que c'est Peder-Plastoc qui a tué mon père biologique ? demande Svala.

La question est naturelle. Mais la réponse… Elle n'a pas arrêté de se répéter qu'elle devrait le dire à Svala, pourtant la vérité refuse de sortir. Elle ne peut pas parler de la mort de Niedermann sans évoquer le reste. La fille a suffisamment de débiles autour d'elle. Moins elle en sait, mieux c'est.

— Je ne sais pas, dit Lisbeth. C'était il y a longtemps, mais je crois que tu devrais t'estimer heureuse. C'était un gros criminel. Peder Sandberg en comparaison, c'est du niveau bac à sable.

— Tu sais beaucoup de choses tout d'un coup, fait remarquer Svala.

— Il travaillait pour Zalachenko. Beaucoup de gens en avaient après lui.

— Il faisait quoi pour grand-père ?

— On pourrait dire qu'il était son garde du corps. Mais dis-moi, si tu devais la définir, tu dirais que Märta est quel genre de personne ?

— Un peu comme toi. Petite et arrogante, mais plus drôle.

— Merci, c'est sympa !

— Toi, tu ne rigoles jamais. Maman rigole tout le temps. Si seulement elle avait choisi Henry Salo, dit Svala.

— C'est une autre sorte de cinglé, dit Lisbeth.

— Mais il aime encore Maman-Märta.

— Comment tu le sais ?

— Il me l'a dit. Je suis allée le voir à son bureau.

— Pourquoi tu as fait ça ?

Elle hésite avant de répondre :

— Marianne Lekatt, tu sais qui c'est ?

— La femme qui ne veut pas des éoliennes sur sa propriété ?

— Exact. J'étais chez elle par hasard, aux toilettes. Quand il est arrivé et l'a menacée.

— Menacée comment ?

— Au début, il lui a crié dessus en disant que lui et sa famille seraient foutus si elle ne cédait pas ses terres pour la construction du parc. Et quand elle lui a répondu que c'était bien fait pour lui, il l'a poussée, elle est tombée et s'est cogné la tête contre la cuisinière. Je l'ai filmé.

— Tu faisais quoi chez Lekatt ?

— On est amies.
— Et tu faisais quoi chez Salo ?
— Je voulais qu'il me dise à quoi correspondait la clé.
— Il le savait ?
— Non, et je l'ai cru.
— Je peux le voir, ce film ?
— Je l'ai effacé. C'était le deal.
Bon. Il y a toujours moyen de récupérer un fichier effacé.
— Je doute que le journal intime constitue une preuve suffisante pour incriminer Sandberg, même si ta mère le croit sans doute. Il n'y avait vraiment rien d'autre dans la consigne ? Svala ?
Svala tend la main vers le singe :
— Tu as un couteau ?
— Autant demander si les poissons panés savent nager, dit Lisbeth en ouvrant l'étui Leatherman accroché à sa ceinture.
— Purée. Sérieux. Tu ne connais pas la loi de 1988 sur le port de couteau, visiblement.
C'est toi qui ne devrais pas la connaître.
Svala défait la couture et y introduit la main.
— Si tu parles du singe à quelqu'un, je ne t'adresserai plus jamais la parole, dit-elle.
— Un disque dur, constate Lisbeth en l'étudiant de tous les côtés. Tu sais ce qu'il y a dessus ?
— Je l'ai apporté au magasin de jeux vidéos.
— *Shit !* Et ?
— Il contient un compte de cryptomonnaie. Mais sans le mot de passe, on ne peut pas y accéder. J'ai tout essayé. Maman-Märta est la seule à le connaître, à mon avis. Je n'ai plus qu'à attendre qu'elle revienne, dit-elle, puis elle s'enferme dans la salle de bains.

[Au bar de l'hôtel dans dix minutes ?]
[OK.]

65

— Voilà ce qu'on sait, dit Lisbeth à Mikael Blomkvist, autour d'une bière.

— Attends, dit-il. Il faut que je prenne des notes.

— Ça doit être relou d'être sénile si jeune, non ? Moi, je n'ai jamais besoin de prendre de notes.

— Vas-y, remue le couteau dans la plaie.

— Jeune, jeune, jeune. Sénile, sénile, sénile.

— On commence où ?

— Lukas se fait enlever. Est-ce qu'il est la cible ?

— Secondaire, en tout cas.

— Dans ce cas, il devrait se trouver dans le coin. Ça paraît inutile de prendre le risque de l'emmener loin.

N'aie pas peur. On va te retrouver.

— Noté.

— L'entourage de Salo, donc ? Ta fille adorée, Pernilla, qu'est-ce que tu sais d'elle ?

— Trop peu, admet-il.

— Je m'en doute. Il vaut peut-être mieux que je lui parle. Elle m'aime bien.

— Comme tout le monde, non ?

— Bref, et Salo alors ? dit-elle, se gardant pour le moment d'évoquer l'histoire de la vidéo Lekatt.

— Un large cercle de connaissances. Commençons par le centre. Le cœur, comme il dit.

— La municipalité ?

— Oui, avec en premier lieu les affaires actuelles. Beaucoup de choses sont dissimulées par KGB. Ils sont couverts par la loi sur les sociétés et ne sont pas contraints de divulguer des détails au grand public en dehors des bilans annuels. Leur correspondance par exemple, n'est pas accessible.

— On parie ?

— Noté.

— Que dit ton instinct ?

— Salo, répond Mikael. Et la société fantôme, Branco.

Le moment est venu de parler de Lekatt. Elle lui rapporte mot pour mot ce que Svala a dit au sujet de Salo, que quelqu'un pourrait le menacer.

— Ça ne m'étonne pas, dit Mikael. D'ailleurs j'ai récupéré une pile de notes de Svala. Elle devrait travailler pour le *Gaskassen*. Un sacré sens du détail. Elle semble avant tout s'intéresser à Lekatt, mais elle a aussi trouvé un mail envoyé par Branco. Ils ont l'air de communiquer *via* une sorte de réseau alternatif. Le mail a sans doute été imprimé et s'est trouvé dans les archives par erreur.

— Qu'est-ce qu'il y avait d'écrit dessus ?

— "L'heure tourne."

Il se comporte bizarrement. Il pose des questions étranges au sujet de gens que je croise au travail.

On dirait qu'il a peur.

Bref, on s'en fout. Tu veux voir la piscine à l'arrière ?

— On en revient à Branco, dit Lisbeth. Mais je n'arrive pas à comprendre comment un bout de terrain peut justifier d'enlever un enfant.

— En soi, c'est une grande propriété, dit Mikael. Plus de cinq cents hectares.

— Mais quand même. Il doit y avoir quelque chose de particulier avec ce Branco Group.

— Je fais un peu le guide spirituel au *Gaskassen* en ce moment. Ils ont pour mission de passer la municipalité au crible.

— D'accord, dit Lisbeth, mais si même Hacker Republic fait chou blanc, c'est pas les pisse-copies locaux qui vont trouver.

— Non, mais on peut leur laisser la partie facile et nous, on se concentre sur la vue d'ensemble. Essaie d'obtenir des infos de la police. J'ai vu que tu avais un bon contact chez eux.

— Comment ça ?

— TikTok.

— Tu as lorgné une appli de gosse ? J'hallucine.

— Ben toi aussi, visiblement.

— Ce que je fais dans le privé ne te regarde pas.

— Absolument, mais tu as un contact dans la police en tout cas. Profites-en.

— De ton côté, tu n'as qu'à utiliser Faste. Vous êtes à peu près au même niveau, dit Lisbeth en se levant.

— Attends un peu, rassieds-toi. Pardon si je suis allé trop loin. On doit terminer d'établir notre stratégie.

— Je l'ai déjà en tête. Je vais faire une petite visite chez Salo, ça devrait faire avancer les choses.

— Noté.

— Connard.

— Noté aussi.

66

LISBETH FAIT UN DÉTOUR PAR LA CHAMBRE pour voir si la gosse a faim. Personnellement, elle aurait bien mangé… une pizza peut-être… mais il n'y a personne. En revanche, Svala a laissé un mot.

Je vais potasser avec un pote qui habite à l'extérieur de la ville. Je dormirai peut-être sur place. Je te tiens au courant.

Louche, mais tant mieux si c'est vrai. Lisbeth ne l'a jamais entendue parler d'un pote. Au contraire, lorsqu'elle évoque le sujet, elle se fait rembarrer.

Elle sort son ordinateur portable. Aucune nouvelle de Plague, mais du nouveau en revanche sur l'intranet de Milton. Elle parcourt le rapport sur l'intrusion informatique au ministère de la Santé et des Affaires sociales et elle manque de s'étouffer de rire.

Regarde, Svala, je ris !

Dick et Bite mettent en scène un putsch pour tester la naïveté du personnel : ils débarquent tranquillement avec leurs mallettes de service respectives sous prétexte de réparer quelques ordinateurs qui buggent. Ils doivent certes montrer leurs cartes d'identité, mais personne ne leur demande qui a commandé l'intervention. Ils n'ont plus qu'à se servir.

Ils se font au moins une dizaine d'ordinateurs les uns après les autres, y plantent des spywares et autres pépites diverses et variées. Une fois la mission terminée, ils repartent comme des fleurs avec les secrets du ministère littéralement sous le bras. Mais puisque ce sont les *good guys*, ils réunissent le personnel et expliquent ce qu'ils ont fait. Évidemment, les autres sont tout abasourdis. Ce qui n'empêche pas deux *bad guys* de débarquer deux jours plus tard en annonçant qu'ils sont de chez Milton Security. Ils doivent également montrer leurs cartes d'identité, après quoi ils lancent à peu près la même procédure, pour ensuite quitter les lieux après un au revoir courtois. Trois heures plus tard, de Deus reçoit son premier courrier de menace.

Lisbeth s'efforce de se concentrer sur le boulot, mais finit par abandonner. Ses idées tournent autour de Salo et Branco.

> [Salut Dragan, est-ce que tu connais une société, Branco, qui bosse notamment dans le domaine de la sécurité ? Je me suis dit que tu en avais peut-être au moins entendu parler. Je file un coup de main à la municipalité de Gasskas.]

> [Salut Lisbeth, le nom de Branco me dit vaguement quelque chose, en rapport avec des montres, plus exactement. Comme tu le sais, j'ai un faible pour les Rolex. Le cliché de l'immigré, je sais, mais il faut bien que l'argent serve à quelque chose. Il y a quelques années, une Daytona très singulière ayant appartenu à Paul Newman a été vendue dans une vente aux enchères à New York. Il se trouve que j'y étais, en même temps que l'homme qui a remporté les enchères. Je l'ai abordé après pour le féliciter, je me suis présenté, lui aussi évidemment. Il se trouve que c'était un Suédois, Marcus Branco. Un homme sympathique. En fauteuil roulant en raison d'une malformation due au Thalidomide. On a même bu un thé ensemble et on a un peu parlé de sécurité informatique. Je ne crois pas qu'il ait mentionné son travail. Une simple intuition, comme tu peux le constater, mais vu le prix, autour de quinze millions de dollars, ce devait être une grosse légume. Bonne chance, à la fois pour Branco et pour la fille. Bien à toi, Dragan A.]

Lisbeth envisage de hacker elle-même le téléphone de Svala, mais décide finalement de missionner Plague. La gosse péterait les plombs si elle le savait. Elle crierait sans doute un truc au sujet de viol d'intégrité ou, pire encore, se murerait dans le silence pendant des jours en guise de punition.

[Besoin de récupérer une vidéo effacée. 073-435 88 91. Top prio.]

Puisqu'elle a le numéro devant elle, autant appeler Svala. Pas de réponse.

[Désolée si je te dérange en pleines révisions. Je voulais juste te dire qu'il y aurait de la pizza pour le dîner. Délicieux, non ?]

[Je dors ici. Demain ce sera avec plaisir pour la pizza.]

"Et c'est où *ici* ?" est-elle sur le point d'écrire, mais elle se retient. Elle fait confiance à la petite, ce n'est pas la question. Elle n'est pas du genre à boire de la gnôle, fumer en cachette ou traîner avec des garçons plus âgés. Au contraire, elle semble toujours avoir un but précis quand elle fait quelque chose.

Au même moment, Lisbeth constate que le singe qui trône habituellement comme un gardien sur le montant du lit a disparu. Elle vérifie dans la salle de bains et dans l'autre chambre. Pas de singe, et pas de journal intime.

[Tu as peur que je vole ton singe ?] Émoji souriant.

[On m'aide à le recoudre.] Émoji encore plus souriant.

Lisbeth se détend. Tout va bien. Elle se connecte à Plague. Pas de réponse pour l'instant. Appelle Jessica pour la troisième fois. Pas de réponse non plus.

[On se voit ?]

[Je bosse.]

Merde. Elle fait la gueule. Lisbeth s'efforce de comprendre pourquoi. Quelque chose qu'elle a dit, qu'elle a fait ? Un autre message suit aussitôt.

[Je me concentre sur le travail. On se voit plus tard.]

Elle balance le portable sur le lit et saute dans la douche. Non par nécessité, la dernière remonte à peine à trois ou quatre jours, mais plus pour passer le temps.

[Plague à Wasp : *Show time.*]

Le son n'est pas génial. Lisbeth met son casque Sennheiser pour limiter le grésillement. Conformément à l'interprétation de Svala, il y a une indication de menace à l'encontre de Salo et de sa famille. Mais il y a aussi autre chose, qu'elle ne comprend pas tout de suite. Elle revient en arrière et écoute de nouveau, encore et encore.

67

— Salut, Lisbeth Salander, de Milton Security.

— Eh bien, qu'est-ce que je peux faire pour vous ? demande Salo, qui la prie de s'asseoir.

De son côté, il est installé derrière un grand bureau et se balance sur sa chaise. Des rangées de classeurs s'alignent derrière lui. Les piles de documents sont parfaitement ordonnées. Son costume est froissé. Une odeur fétide de transpiration et de vieille cuite flotte dans la pièce.

— Je suis experte en sécurité informatique. Actuellement, j'aide la police de Gasskas à réunir des informations concernant l'enlèvement de votre fils, Lukas. J'ai quelques questions.

— Je vous écoute, dit Salo. Vous voulez du café ?

— Non, merci. L'enquête a révélé l'existence d'une menace à l'encontre de votre famille. Ou plutôt à votre encontre, en premier lieu.

— Je ne suis pas au courant, dit Salo.

— C'est en rapport avec le parc éolien.

— C'est un gros projet. Avec de gros enjeux. Bien entendu, il y a toujours des désaccords dans ce genre de cas, le contraire serait étonnant, mais une menace ? Non. J'ai déjà raconté tout ce que je savais à la police. Plusieurs fois. La disparition du gosse est un mystère pour moi aussi.

— Vous en pensez quoi, vous ? demande-t-elle.

Que dire ? Il observe la femme étrange en face de lui. Impossible de lui donner un âge. Maigre et débraillée. Habillée comme une ado, cheveux noirs, piercing dans le nez. Quelque part entre quatorze et quarante-quatre. Elle ne ressemble à rien.

66.301252, 20.387050.
19 heures. Venez seul.

— Vous avez une carte d'identité ? demande-t-il.

Lisbeth lui tend sa carte de Milton Security.

— Ah d'accord, c'est vous. Il paraît que vous jouez aux enquêteurs, avec le pisse-copie.

Salo prend une carafe, se verse un verre d'eau et y glisse quelques antalgiques. Le mal de tête, la fatigue se sont propagés comme un virus dans tout son corps. À la maison, Pernilla pleure en continu. Au bureau, ses collègues s'agitent comme des proies fébriles, en imaginant que leurs enfants sont aussi en danger, ce qui est peut-être le cas. "Allez voir la police, leur conseille-t-il. Elle est là pour nous protéger."

Salo est un homme d'action. Un instigateur. Celui qui résout les problèmes. Mais à présent, tout ce qu'il veut, c'est que la créature qui se trouve dans son bureau disparaisse pour pouvoir retourner à son canapé et à sa bouteille. Malheureusement, la journée n'est pas terminée. *Venez seul.*

— Y avait-il autre chose ? dit-il. J'ai beaucoup à faire.

Elle sort son portable. Il ne lui faut que quelques secondes pour comprendre de quoi il s'agit. Sale gosse. Dire qu'on ne peut même pas faire confiance à un enfant.

— Vous avez rendu visite à Marianne Lekatt, dit Lisbeth.

— Oui. Juste pour lui parler.

— Drôle de façon de parler. Je trouve qu'on dirait plutôt que vous la menacez, dit-elle, et elle monte le son.

— Arrêtez, ce n'est pas aussi grave que ça en a l'air.

— Je comprends, et en réalité je m'en fous que vous forciez la main des propriétaires afin qu'ils vous vendent leurs terres pour le parc éolien.

— Qu'ils mettent à disposition, dit Salo. Ils ne vendent pas, ils mettent à disposition et gagnent quelques centaines de milliers de couronnes par an, en contrepartie. Sans lever le petit doigt.

— Merci pour l'info, mais ce n'est pas du tout ce qui est intéressant ici, dit Lisbeth, et elle approche son portable plus près de lui.

Ils sont après moi. Tu dois lâcher la terre. Fais-le pour moi.

— Alors, dit-elle en stoppant la vidéo. Soit vous me racontez toute l'histoire, soit c'est soirée cinéma pour la police.

Il se lève, fais quelques allers-retours dans la pièce. S'arrête près de la fenêtre. Le niveau de la rivière est élevé. Cette pensée le rassure. Ce serait tellement facile. Monter à Storforsen. Faire le pas dans le vide en haut de la falaise et se fondre aux masses d'eau.

— Il s'agit de votre fils, dit-elle. Vous ne voulez pas qu'on le retrouve ?

C'est bien ce qu'il veut ? Il veut surtout retrouver Pernilla à la place de l'épave qui zone chez lui. Ne plus subir les reproches comme quoi tout est sa faute. Quel démarrage merdique pour un mariage !

— Bien sûr que si, dit-il. Mais je dois faire les choses à ma façon.

— Vous allez passer un accord avec les kidnappeurs, constate Lisbeth.

— Comme je l'ai dit, je ne sais pas qui c'est, dit Salo. Faites ce que vous voulez de la vidéo.

— Juste une dernière question. Après, je m'en vais. Pourquoi Lekatt devrait le faire *pour vous* ?

Il se retourne. Passe la main dans ses cheveux et s'attarde sur le regard dépourvu d'émotion de la créature.

— Parce que c'est ma mère, dit-il.

68

POUR LA TROISIÈME FOIS AU MOINS, Salo vérifie les coordonnées et quitte le parking. La grand-route est déserte, à l'exception de quelques grumiers venant en sens inverse, à destination de Karlsborg ou de Piteå. Il passe le lac Kallak et prend à gauche, vers Kåbdalis.

Il a regardé sur la carte. L'endroit ne lui est pas inconnu. Il lui arrive de s'y rendre. Lancer la petite carabine dans le coffre et abattre un grand coq de bruyère occupé à picorer les gravillons de la route.

Le véhicule se trouve à l'extrémité de la zone de manœuvre, au bout de la piste forestière. Un Transporter noir. Il se gare à côté et baisse la vitre.

— Vous m'avez demandé de venir. Je suis là. Qu'est-ce que vous voulez ?

— Sortez de la voiture.

Une voix qu'il ne connaît pas. Il a la bouche sèche. Ses jambes flageolent. Salo n'est pas petit. L'homme fait au moins une tête de plus. Des habits noirs et le visage masqué. C'est absurde. Un type Wagner dans ce petit coin paisible qu'est Gasskas. Un endroit où les gens laissent la clé sur la porte et n'ont jamais besoin de surveiller leurs arrières le soir. Comment diable en était-on arrivé là ?

— Il semblerait que vous n'ayez pas pris la situation au sérieux, dit l'homme.

— J'ai fait ce que j'ai pu, dit Salo. Où est le garçon ?

— Quel garçon ?

Salo halète. Son pouls palpite dans son cou. Sa voix se brise. *Lukas.*

— La question, c'est de savoir ce qu'il faut faire de vous. Puisque vous n'êtes pas en mesure d'influencer les propriétaires terriens, vous ne nous êtes plus d'aucune utilité, dit l'homme en saisissant Salo par le cou. Mais il se trouve qu'on est des gars assez sympas, alors on s'est dit qu'on vous laisserait une nouvelle petite chance.

Il traîne Salo vers les portières arrière. Une deuxième personne est sortie du van. Même tenue. Seuls les yeux révèlent des indices. *Écarte-le.* Une femme. Elle braque une lampe torche dans son visage et ouvre la portière. Aveuglé par la lumière, il ne comprend pas tout de suite ce qu'il voit. Une cage ? Un chien ?

— Voilà, dit l'homme. Dites bonjour à une connaissance.

Salo se retourne et vomit.

— Aïe aïe aïe, c'est pas une façon terrible de saluer un ancien amour, dit-il et il pousse Salo vers la cage.

Le corps est immobile. Le visage réduit en une bouillie sanglante, comme s'ils lui avaient plongé la tête dans l'eau bouillante. Pourtant il l'a reconnue. Il renifle. Tente de passer la main à travers le grillage pour atteindre la sienne.

Pas Märta, pas sa Märta.

— Comme vous pouvez le constater, Roméo, nous avons eu la gentillesse de lui laisser la vie sauve. Si on peut appeler ça une vie, mais bon. Vous vous souvenez peut-être que c'est vous qui avez dit qu'on pouvait en faire ce qu'on voulait, et on ne s'est pas privés, dit-il en gloussant. On comprend pourquoi vous l'aimez tant.

Samedi. Leur père rentre. Henry et Joar guettent. Se cachent dans le garage et attendent la voiture. Le père s'extirpe du véhicule. Henry lève le marteau.

Dans un hurlement, il repousse la femme et réussit à atteindre l'homme d'un coup de poing. Un autre et encore un autre. Il ne sait pas où ses coups atterrissent. Le rire de la femme est froid comme un matin de novembre à Murjek. Puis tout devient noir.

Bien plus tard, il ignore combien de temps s'est écoulé, il ouvre la portière et vomit. Le Transporter est parti. Le gel a transformé la buée en glace. Il gratte le pare-brise et laisse couler ses larmes.

Au lieu de retourner à Gasskas, il continue en direction de Storforsen. Il prend la sortie avant l'hôtel et s'avance vers la chute. Il court sur les passerelles en bois. Glisse sur les roches jusqu'à atteindre l'extrémité. Escalade le garde-fou et plonge son regard dans la masse d'eau grondante.

Dieu. Nous nous sommes déjà parlé. Tu veux que je vive et que je m'occupe de ce merdier, mais je n'ai pas la force. Tu entends ? Je n'en peux plus. D'abord Lukas, puis Märta. Ils vont me prendre, moi aussi. Comment suis-je devenu comme ça ? Tu ne comprends pas que tout ce que je voulais, c'était juste un peu de considération ? Tout ce que je fais, c'est pour le bien de la commune, pour la famille, pour l'équipe de chasse, mais personne ne le voit. Pour toutes ces raisons je jette l'éponge, Dieu.

Puis le téléphone sonne.

Mon Dieu, appelle plus tard.

Il est déstabilisé. Sort son portable. Pernilla.

— Tu es où ? demande-t-elle.

— Au bord des rapides.

— Qu'est-ce que tu fais là-bas ?

— Je compte sauter.

— Henry. Va-t'en. Éloigne-toi des chutes. Sur-le-champ !

— Non, dit-il. C'est trop tard. Trop tard pour tout. Je suis désolé, Pillan. Ce n'est pas ta faute.

— D'abord Lukas, maintenant toi. Tu te rends compte à quel point c'est égoïste, merde ?

— Oui, mais c'est comme ça.

— Non, dit-elle. Je te l'interdis.

Elle était en colère. S'est défoulée sur Mikael. Mais elle n'est pas bête, même si tout le monde la prend pour une fille gentille. Celle sur laquelle on peut compter. Qui est toujours là pour les autres.

Le fait que Henry le pense est pathétique, mais dans le cas présent, c'est un avantage, puisqu'il ne fait pas grand-chose pour lui cacher ses secrets. Elle fouille son bureau. Fait des photocopies. Parcourt ses poches à la recherche de cartes de visite et de numéros de téléphone. Passe en revue ses e-mails personnels quand il s'endort sur le canapé et oublie de se déconnecter.

S'il meurt, Lukas ne reviendra pas.

Elle court à la voiture, démarre en trombe et fonce en direction de Storforsen. Il y en a pour une demi-heure de route, au moins. La neige tombe dru. Peut-être plus.

Elle parle. Raconte n'importe quoi. Ça n'a pas d'importance. Parfois, il répond.

— Tu es encore là ? Henry ?

— Oui.

— Tu te rappelles comment on s'est rencontrés ?

— Oui.

— Raconte. On s'est rencontrés comment ?

— Tu étais en tournée avec une chorale. J'étais dans le public.

— Continue, raconte la suite, qu'est-ce qui s'est passé ?

Elle crie désormais, le grondement de la chute est omniprésent. La neige rend le chemin difficilement praticable. Elle doit y arriver à temps.

— Tu étais si belle, dit-il. Et adorable.

— Merde à la fin ! crie-t-elle. Je ne suis pas adorable. Je suis une personne normale. Ne saute pas ! lance-t-elle à travers le rugissement de l'eau.

Elle grimpe par-dessus le garde-fou et s'efforce de ne pas regarder en bas.

— Je suis derrière toi.

— Non, dit-il. Tu ne comprends pas.

— Peut-être, mais si tu sautes, je saute aussi.

— Tu as Lukas. Il est en vie.

— Comment tu le sais ?

— Quelqu'un me l'a dit. Quand j'ai joué à Dieu en échangeant une vie contre une autre.

— Quelqu'un ? hurle-t-elle. C'est qui ce quelqu'un, bon sang ?

Il abandonne. Visiblement, son heure n'est pas venue.

— Recule, crie-t-il. Je te suis.

Il rampe de l'autre côté de la rambarde. Il veut la prendre dans ses bras, être enlacé. L'humidité et le froid les font frissonner. Sans l'adrénaline, les rochers sont glissants et la nuit impénétrable, noire. Il veut tout raconter. Partager la peur. Se sentir en sécurité. Ils se réchauffent dans la voiture de Pernilla. Les mains devant l'air chaud. Progressivement, la carapace se reconstitue autour de Salo et les images s'estompent.

— Je vous ai entendus. Quand tu lui téléphonais.

— Qui ?

— Märta Hirak, j'ai vu le numéro et j'ai lu tes SMS.

Le corps. Le sang. La cage.

— Märta était une erreur. Une aventure d'une nuit. Elle s'est pointée un jour avec une clé. On a bu quelques verres et on s'est retrouvés…

— Arrête ! Ça suffit.

Je vais te coincer, enfoiré, n'en doute pas une seconde.

Le mal de crâne s'est dissipé. Vider son sac lui procure aussitôt un sentiment d'apaisement. Pour la première fois depuis des mois, il ressent une sorte de calme.

— On va récupérer Lukas, dit-il en posant sa main sur la sienne.

Elle la retire et passe la première.

— Tu dors à la maison ce soir ?

— Tu veux bien ? demande-t-il tandis qu'il sort de la voiture.

Il a à peine le temps de fermer la portière avant qu'elle démarre.

69

SVALA DESCEND DU BUS À HARADS. Elle se dirige vers le Britta Treehotel.

— Salut, dit-elle, mon père a réservé The Seventh Room. Peder Sandberg. Il arrivera un peu plus tard.

— Bienvenue, dit la réceptionniste, qui vérifie la réservation. Tout à fait. Deux nuits. Tu veux attendre qu'il arrive pour régler ?

Svala hésite. C'est tentant, mais pas très malin. Elle ne peut pas risquer que le personnel commence à y regarder de trop près.

— Non, il m'a donné de l'argent, dit-elle en posant 23 000 couronnes sur le comptoir.

La dernière fois, elle est passée par-derrière, à travers la forêt. Elle s'est mêlée à un groupe de touristes et a pu passer de cabane en cabane, apprenant presque tout au sujet de l'architecture, de la luminosité et, avant tout, de la hauteur des cabanes.

23 000 constituent pas loin de la moitié de la réserve du singe. Disposée en U entre les arbres, The Seventh Room est la plus grande et s'élève à dix mètres au-dessus du sol. Un gros filet est suspendu entre les deux chambres à coucher, formant une sorte de terrasse flottante. Elle ouvre la porte du balcon, s'avance sur le filet mouvant, s'allonge à plat ventre et observe le monde en contrebas. Elle a du temps devant elle. Il fera noir.

Une demi-heure avant le rendez-vous fixé avec Peder-Plastoc, elle emprunte le sentier pour retourner à la réception et remet l'une des clés.

— Je repars déjà, dit-elle, mais papa reste encore demain. J'ai réussi à trouver une place pour le match. Il me dépose à Gasskas et revient s'enregistrer après.

Peder Sandberg fait profil bas. Ce qui ne signifie pas qu'il a cessé de nourrir de mauvaises pensées. Au contraire. Il rumine sa vengeance. L'humiliation l'obsède. Lui à quatre pattes. Les coups de pied de cette pute de flic. Le premier surtout, dans le cul, il ne supporte pas d'y repenser. Et cette espèce de Karaté Kid le rend malade direct. Mais le pire, ce sont les autres. Les membres du MC Svavelsjö tout autour qui se marrent. Pas seulement sur le moment. Mais encore maintenant, après et pour toujours.

Au bout de quelques jours, les bosses ont cessé de lui faire mal, mais il y a un problème au niveau des côtes. Sans doute cassées. Tousser lui est impossible. Quant au rire, il ne risque rien. Il ramasse son Glock, le tient à deux mains et imagine les corps éclater sous la pluie de balles. Bras, jambes, poitrines. Et les dernières balles qui font gicler les cervelles sur tout le mur. Il se sent déjà mieux.

Il est tellement obnubilé par son désir de vengeance qu'il a presque oublié qu'il avait une mission à accomplir.

En réalité tu mérites de laver les chiottes, mais je t'accorde une dernière chance. Retrouve la gosse, c'est quoi son nom déjà ? Svala. C'est ça. Récupère le disque dur et débarrasse-toi d'elle.

Tu veux dire que je dois la tuer ? demande-t-il pour être sûr d'avoir compris les instructions.

C'est ça, dit Benny, à condition que tu aies récupéré le disque dur. Enfin, fais ce que tu veux, pourvu qu'elle disparaisse. On va commencer avec ça. Après la gosse, tu auras une mission plus importante, mais on en reparlera.

Il aurait préféré buter des putes de flics. Non pas qu'il ait quelque chose à foutre de la sale gosse, mais il a un minimum de décence.

[J'ai des infos sur ta mère, on peut se voir ?]

[Buongiorno, 17 heures ?] écrit-elle.

[OK.]

Crétin.

À 15 heures, elle est déjà à la pizzeria.

— Svala, ça fait une éternité, tu as faim ?

— Non, merci, je viens de manger. Vous pouvez donner ça à Peder ? dit-elle en tendant un petit mot à une main blanche de farine.

— Bien sûr, dit-il et il demande des nouvelles de Maman-Märta.

— Euh, dit Svala, soudain pressée de partir.

D'habitude ça ne l'affecte pas. Elle est douée pour prendre sur elle. Peut-être que c'est le lieu. Elle l'a vue assise là, riant. S'est revue là avec Maman-Märta.

Tout est sa faute à lui. Les fautes, il faut les corriger.

Peder Sandberg n'est pas bête. De son propre point de vue, il est même sacrément malin. Il bifurque sur une piste forestière un peu après le Treehotel, verrouille la voiture et pose la clé sur le pneu avant pour ne pas risquer de la perdre, puis se dirige vers les cabanes dans les arbres.

L'hôtel est réputé dans le monde entier. Pas uniquement à cause de Justin Bieber et autres losers qui s'amusent à jouer les oisillons. Ici, des espions recherchés dans tout le pays ont échappé à la Säpo. C'est le genre de choses que Peder Sandberg garde en mémoire. Un jour, il sera connu lui aussi. Il est en bonne voie.

Cette pute de flic. Calme-toi. Son heure viendra. Rendez-vous avec Branco la semaine prochaine. À l'insu de Benny, bien sûr, mais le double jeu n'a jamais tué personne. *On a besoin de quelqu'un comme toi.* Normal, qui n'a pas besoin de quelqu'un comme lui ?

The Seventh Room est située tout au bout. Pour être sûr, il a vérifié sur Google. Bouchée, cette gosse. Il n'aurait pas pu rêver mieux. Seuls dans une chambre d'hôtel. Non pas qu'il ait l'intention de la buter sur place. Ça serait *vraiment* débile. Mais dans le noir, personne ne les verra quitter les lieux.

Svala regarde sa montre. 19 h 55. Elle lance la cafetière et verse un sachet de biscuits Singoalla dans un bol. Une dernière vérification.

> [Salut Amineh,
> J'ai lu votre histoire. Vous aviez treize ans lorsque vous avez fui votre famille pour devenir soldat peshmerga. J'ai treize ans aussi. Moi je ne fuis pas ma famille, ce sont eux qui me fuient. Ce soir, j'ai rendez-vous avec mon beau-père. Il est la misogynie et la violation des droits de l'homme incarnées. J'espère pouvoir être aussi courageuse que vous.]
>
> [Salut Svala,
> Merci pour ton message. Ça me fait de la peine. Aucun jeune de treize ans ne devrait avoir à se battre comme toi. Aux yeux de la loi, tu es encore une enfant. Pourtant, je te comprends et je sais que parfois on n'a pas le choix.
> Fais attention à toi.
> Amineh.]

Est-ce que Peder Sandberg a le choix ?

Évidemment. Aussi frénétiquement qu'il s'efforce d'être le pire, il pourrait tenter de devenir le meilleur. L'homme a toujours le choix. Les destructeurs sont plus fréquents car ce choix n'exige pas d'accord mutuel. Le guerrier en nous, ou le chasseur si l'on veut transposer le sujet dans la faune, est une fonction génétique héritée alors que l'amour inconditionnel, l'altruisme et la compassion s'acquièrent et demandent de ce fait plus d'efforts.

[Alors comment atteindre un changement de la société en profondeur ? Il faut commencer par les leaders politiques corrompus qui prêchent la globalisation, le multiculturalisme et l'immigration de masse. Dans les systèmes politiques, les appareils d'État et les partis derrière eux, il y a également un grand nombre de subalternes qu'il faudrait éliminer. Oui, mes amis, éliminer. Personne ne pose la vraie question. Comment la Terre va-t-elle survivre ?]

[Salut Marcus, j'ai vu votre conférence TED. Sacrément inspirant. Vous avez une organisation à laquelle on peut adhérer ? Ou, genre, des vidéos à recommander ?]

[Peder, gardez les yeux ouverts. Nous sommes nombreux à penser comme vous. Nous sommes sur le point de nous organiser, d'infiltrer la société à grande échelle. Ce sera bientôt notre heure. Marcus.]

Monter un escalier, c'est se mettre en position de faiblesse, mais il est bien obligé de monter. Pour rejoindre une gamine heureuse de retrouver son beau-père. Il n'a rien à perdre. En réalité, il doit le reconnaître, ça va être chouette de revoir la petite freak. Elle est folle, mais elle est loin d'être la seule. On peut dire ce qu'on veut de Svala, mais si l'on en croit Märta, elle est du genre à faire des compromis. Sans se battre, sans faire d'histoires. La mort n'a pas besoin d'être compliquée.

[N'est-ce pas, Marcus ?!]

[Exactement, Peder, certains individus ne sont pas censés vivre.]

Un toc à la porte. La poignée qui s'abaisse. Le pouls qui monte. Il est clair qu'il cherche quelque chose.

— Comme on se retrouve, dit-il en regardant autour de lui. Pas mal, ta nouvelle planque. Tu as cambriolé un retraité ?

— J'ai économisé, dit-elle. Tu veux du café ?

— Volontiers, répond-il et il ouvre un biscuit pour en lécher la garniture. Telle mère telle fille, dit-il avec un grand sourire qui révèle ses dents écartées. Ta mère t'a appris une chose ou deux, on dirait.

— Tout à fait, dit-elle, puis en ouvrant le journal intime : J'aimerais te lire un passage.

— D'accord, tant que ce n'est pas la Bible.

La bible de Maman-Märta.

Le 4 mars 2016. Il y a un conflit avec un dealer à Kalix. Peder veut que je l'accompagne. Quand je demande pourquoi, il répond "Pour apprendre quelque chose". On arrive à un appartement. C'est le soir. Un garçon ouvre, peut-être cinq ou six ans. Peder s'installe dans la cuisine pour parler avec le père, à savoir le dealer. Moi et le garçon, on regarde une émission pour enfants. Il y a une embrouille. Le gosse est inquiet. Je l'enferme dans la chambre à coucher pour qu'il n'entende pas. Il pleure.

— C'est quoi ces conneries ? dit Peder.

— Attends, dit Svala et elle reprend sa lecture.

Peder attache le dealer sur une chaise de cuisine et commence par le haut. Lui coupe un lobe d'oreille. Puis l'autre. Le dealer crie, supplie, promet de payer, et cetera. *Le garçon crie aussi. Je demande à Peder d'arrêter. D'accord, dit-il et il sort une arme, la pointe sur moi, me tend le couteau et me dit que j'ai le choix entre continuer à couper ou prendre une balle. Je choisis de prendre une balle, mais il est incapable de tirer. On quitte l'appartement. Plus tard dans la soirée, il s'en prend à Svala pour se venger. On passe la nuit aux urgences.*

Elle referme le journal.

— Deux cents pages, dit-elle, photocopiées à la bibliothèque et conservées en lieu sûr.

— Qu'est-ce que tu veux ?

— À ton avis ?

— De l'argent, évidemment. Combien ?

— Je ne veux pas de ton argent sale, je veux savoir où se trouve maman. Si tu ne me le dis pas, le journal se retrouvera entre les mains de la police. Surtout si tu me tues. Il n'y aura alors aucun retour en arrière possible pour toi.

Elle a déjà noté qu'il est armé. Rien d'anormal en soi. Elle doit simplement veiller à avoir un temps d'avance sur lui. Peder n'est pas un stratège. La colère guide ses actions. D'ailleurs il est lâche et a peur du vide. Il n'ose même pas sortir sur le balcon.

— Un journal ne prouve rien, dit-il. N'importe qui aurait pu écrire cette saloperie.

— J'ai d'autres preuves, dit-elle.

Ce qui est vrai. Le singe contient de nombreux secrets. Il s'agit simplement de sortir les bonnes cartes au bon moment.

Sandberg rit et pointe son arme sur elle :

— On va faire un petit tour toi et moi. On va commencer par aller chercher le disque dur, et après ce sera la fin de la récré pour toi.

— Tu devras m'attraper d'abord, dit-elle et elle s'élance rapidement sur le filet.

Elle s'est entraînée. Elle sait comment contrebalancer le mouvement. Sait qu'il va hésiter à la porte. Elle sort son portable et pointe la caméra sur lui. *Dis* cheese, *Peder-Plastoc*. Le flash le capte dans une pose parfaite avec l'arme, son regard fou et tout. Envoyé.

— Ce serait bête de me tuer ici, dit-elle. Les gens vont entendre. Il y a des touristes français dans le nichoir d'à côté.

Si tu réussis à m'attraper, je promets de t'accompagner de mon plein gré.

Le sol tangue sous ses pieds lorsqu'il commet l'erreur de regarder en bas. Il la hait. Il hait toute cette situation de merde. Il s'est attendri et la punition a été immédiate. Siroter du café et écouter ses salades au lieu de la buter direct. Il pourrait la descendre ici et maintenant, mais entre l'obscurité et le filet vacillant, il risque fortement de la rater. Il est loin d'être un sniper. Préfère abattre les gens à bout portant. Le silencieux est resté sur son lit. Le coup va résonner dans tout Harads. Il fait quelques pas dans sa direction, le filet est plus tendu qu'il ne le pensait. Ah, ah, elle croyait peut-être qu'il n'oserait pas.

Elle décrit un arc de cercle. Longe le bord de la cabane en se dirigeant vers la porte opposée, qui mène à la deuxième aile de la construction en U. Peder-Plastoc va tenter de la rattraper. En tout cas, c'est ce qu'elle espère. Et s'il ne le fait pas ? Son seul plan B, c'est la photo qu'elle vient d'envoyer à Lisbeth, mais la route pour venir jusqu'ici est sinueuse et il faut compter au moins une demi-heure depuis Gasskas. Elle s'arrête. Il est tout près maintenant. Elle est prête.

Gagne du temps. Déstabilise l'ennemi.

— Si tu me dis où est maman, je te donnerai le journal et les photocopies, dit-elle.

Comme s'il savait où se trouve cette pute. Elle avait manigancé un truc, ça il le sait. Grâce à lui, son plan n'a pas abouti.

— J'imagine qu'elle voulait jouer dans la cour des grands, dit-il. Et il faut croire que ça ne s'est pas très bien passé.

— Et c'est qui ? Les bras cassés du club de motards ?

S'il n'avait pas si affreusement mal aux côtes, il rirait.

— Arrête de me saouler maintenant, dit-il. Tu sais que je vais t'attraper. Allez, on rentre, on retourne en ville et on en finit. Au fond, je n'ai rien contre toi, tu n'es qu'un boulot pour moi. Ça sera rapide et sans douleur.

— Puisque tu es là pour me tuer, autant me le dire. Je ne risque pas de le répéter, du coup.

Têtue, la petite crapule. Comme sa mère.

— Que tu me croies ou non, dit-il, je ne connais pas leurs noms.

— Où ils se trouvent, alors ?

— Quelque part où personne n'ira les chercher. Elle aurait dû rester avec moi.

Il fait un pas en arrière, puis un autre.

Merde. Réfléchis. Exploite ses faiblesses. Provoque-le.

— Maman était avec Henry Salo, dit-elle.

— *Old news.*

— Pendant tout le temps où vous étiez ensemble. Elle te trompait. Couchait avec Salo dès qu'elle le pouvait.

Bien. Il refait un pas en avant.

— Je l'ai toujours su, dit Svala. On se moquait de toi. De voir à quel point tu étais débile de ne pas avoir remarqué la bague à son doigt. Märta & Henry. Pour toujours. Tout le monde sait qu'ils sont ensemble. Sauf toi, visiblement.

Il se colle au mur et s'avance par la même voie qu'elle. Ses halètements à quelques mètres. Merde, elle doit l'amener à venir au milieu.

Il lève son arme. Colère contre bon sens. Il n'y a plus de retour en arrière possible. Elle court vers la porte. Comme prévu, il coupe par le milieu pour la rattraper. Mais à quelques mètres de l'abri, elle dérape.

Il la saisit par les cheveux et la remet debout. Le canon appuie contre sa nuque. Il est sur le point de la pousser par la porte quand elle lui envoie un coup de coude dans les côtes. La douleur foudroyante lui fait bouillir le cerveau. Il lui saisit le bras et le tord dans son dos, comme dans les jeux de son enfance.

Ça fait mal ?

Non !

Là alors ?

Non !

Et là ?

Bang. Le ligament qui se rompt résonne tel un coup de feu dans la nuit. Ils s'immobilisent une seconde.

Mae geri. Un coup de pied droit, le premier qu'apprend le débutant, et dans la situation adéquate l'un des plus efficaces. Monter le genou, lancer la jambe, concentrer la force sur la surface d'impact et laisser la hanche faire le travail dans un puissant mouvement vers l'avant.

Encore une fois. C'est mieux. La chambre d'hôtel est leur dojo. Les coussins leurs tapis de frappe.

Tu as un don naturel, dit Lisbeth, qui noue la ceinture d'une robe de chambre autour de sa taille et fait un salut.

Malgré son bras de poupée de chiffon, Svala Hirak exploite la force centrifuge, amorce le *mae geri* et le projette dans la partie du corps dont le nom sonne comme un hôtel sur une plage en Grèce : plexus solaire. Le dernier voyage au soleil de Peder-Plastoc l'entraîne dans un grand arc par-dessus la balustrade en verre qui borde le filet.

Un corps de cent kilos qui tombe d'une hauteur de dix mètres ne crie pas. Il atterrit obligeamment sur une pierre et se brise le cou.

No Fear. *Tu es une guerrière. Ne réfléchis pas. Fais ce que tu as à faire.*

Le bras ne lui fait pas mal. L'analgésie congénitale a ses avantages. Les maladies articulaires et l'atrophie sont pour plus tard. En revanche, le bras est inutilisable. Le gauche, qui plus est.

Elle fourre le journal dans le sac à dos, essuie la carte-clé avec un chiffon imbibé de liquide vaisselle et fait de même avec la poignée de la cafetière. Elle éteint les lumières et ferme la porte. Reste immobile un moment et tend l'oreille. La forêt est silencieuse. Elle dévale l'escalier en colimaçon.

Durant une grande partie des treize années de sa vie, elle a songé à diverses façons d'échapper à Peder-Plastoc. Voilà qu'il gît ici. Neutralisé et à jamais éradiqué de sa vie. Ce n'est pas une joie. Ce n'est pas une peine. C'est une nécessité.

Il aurait dû se contenter du journal. Comment vais-je te retrouver maintenant, Maman-Märta ?

Si personne ne se rend intentionnellement sous The Seventh Room, le corps ne sera pas retrouvé avant le lendemain matin au plus tôt. Et si jamais un touriste zélé tombe dessus ? Elle essaie de le soulever par une jambe mais se rend bien compte qu'il est trop lourd pour qu'elle puisse le bouger avec un seul bras. Elle démonte le chargeur et glisse les composants de l'arme dans son sac. Sort la carte-clé de sa poche arrière, l'appuie quelques fois contre les doigts mous du cadavre et la lui fourre dans sa poche de veste.

Le bruit d'une branche qui casse. Elle s'arrête et retient son souffle. Encore un bruit. Des pas. Merde. Si elle est découverte maintenant, c'est foutu. Les pas se déplacent. S'éloignent. Reviennent. Elle s'allonge au sol et rampe dans la direction opposée. Si elle parvient à atteindre l'orée de la forêt, elle sera en sécurité.

Un chuchotement. Son nom.

— Svala, tu es là ?

Lisbeth. Elle se lève et tire sa tante à l'abri de l'obscurité, sous la cabane.

— Fais gaffe de ne pas trébucher sur l'ordure, dit-elle.

— Il a l'air mort, dit Lisbeth et Svala hoche la tête. Tu es sûre ?

Elle hoche la tête de nouveau.

Les soldats peshmergas se faufilent dans l'ombre protectrice des bois.

Après une brève visite aux urgences et le bras temporairement remis en place, Svala arrive tout juste à temps pour la troisième période. Gasskas mène 3-1 contre Björklöven. À 22 h 40, elle se glisse dans le lit avec son singe. Utilisant son portable en guise de règle, elle trace une nouvelle colonne sous la lettre A.

A comme achevé.

70

À LA MAISON, SALO MONTE dans son bureau. S'allonge sur le chesterfield et s'efforce d'organiser ses pensées. Il devrait se soucier de Branco et du moyen de prendre une longueur d'avance. En temps normal, c'est ce qu'il ferait. Pourtant, il pense à la gamine. Elle et Märta. Combien la vie aurait pu être différente.

Mais c'est avant tout Marianne Lekatt qui occupe son esprit. Tout ça à cause de la gamine.

C'est quelqu'un de bien.

Lorsque le père travaille, la mère danse sur la table. S'illumine, rit, s'occupe de ses fils. Ils cueillent des champignons, des baies. Soignent les animaux ensemble, unis dans une lutte contre la pauvreté dont l'ombre plane constamment.

Pourquoi a-t-il oublié ce qui était bien ? Parce que la trahison était alors plus facile à supporter.

Elle aussi était une victime.

Mais elle les a abandonnés. S'est enfermée dans son monde, dont ils étaient exclus.

Celui qui n'arrive pas à pardonner devient amer.

Sale gosse qui croit tout savoir. Il se lève, enfile ses bottes et, pour la première fois depuis qu'ils sont installés ici, il emprunte le sentier en direction de la montagne.

Il a oublié comment pouvait être la forêt.

C'est le lieu où il chasse, essentiellement une zone de combat au sein d'une végétation plus ou moins dense. Mais soudain, il voit les choses sous un autre jour. Un arbre solitaire qui s'accroche entre des fentes rocheuses et tend ses bras noueux vers la lumière. Une fourmilière en forme de pain de sucre, le lédon des marais encore vert qui sent fort quand on le touche.

La forêt se révèle à lui peu à peu, lui parle. Elle survit à tout si on la laisse faire, dit-elle. La forêt donne à celui qui voit.

La conscience de tout le mal qui jalonne son existence s'efface. Progressivement, la piste disparaît. Au fil de ses pas, les autres pensées s'estompent, elles n'ont pas leur place sous des bottes glissantes.

Au lieu de contourner la montagne, ce qui serait la voie la plus facile, il poursuit son ascension, jusqu'au point culminant, et s'installe là où ils s'asseyaient toujours, Joar et lui. Tels des aigles, avec une vue imprenable sur la petite ferme et ses habitants. Quelques enjambées furieuses à travers la cour suffisaient à leur indiquer s'ils pouvaient rentrer.

C'est sur la montagne que Branco veut construire. Au point le plus haut, le plus venteux. Leur montagne, à Joar et lui.

L'humidité traverse le tissu de son pantalon, il descend par le chemin le plus escarpé mais le plus rapide pour rejoindre la maison. Le crépuscule tombe. La température passe en dessous de zéro. Aucune lumière n'est allumée. Pas de fumée sortant de la cheminée.

Alors qu'il a enfin réuni assez de courage pour l'affronter comme un être humain, voilà que l'être humain brille par son absence. Merde.

Il monte les marches. Vérifie la porte : ouverte.

Le "bonjour" sort comme un réflexe resurgi de l'enfance. Un bonjour en retour signifiait que la voie était libre. Personne ne répond. Il ôte ses bottes, accroche sa veste. Allume la lumière du couloir et entrouvre la porte de la cuisine.

La première chose qu'il voit, ce sont les jambes. On dirait qu'elles sont empêtrées dans les pieds d'une chaise.

— Maman, dit-il.

Un mot oublié.

Une maman gît, au-delà de tout secours, étalée sur une lirette tressée avec les chiffons de son enfance. Du rouge s'est répandu sur le bleu.

Il s'assied à ses côtés. Tourne son visage vers lui, ce qui en reste après qu'une balle lui a transpercé le front. Il ne peut qu'espérer qu'elle ait tué Marianne Lekatt sur le coup.

Salo se traîne jusqu'à l'évier. S'appuie sur le garde-manger et s'efforce de décider de ce qu'il faut faire. Le plus naturel serait d'appeler la police. Il n'a rien à voir avec sa mort. Pourtant, il se sent tout sauf innocent. Qui a fait le geste importe peu. Il a joué en misant sa mère, et maintenait elle est morte. C'est lui le coupable.

71

QUELQUE PART OÙ PERSONNE n'ira chercher…

Lisbeth jette un coup d'œil à la gosse. Elle dort encore. Elles ont veillé tard. Elle a fini par lui soutirer toute l'histoire. *Quelque part où personne n'ira chercher…* Le plan d'extorsion et le filet troué.

Lisbeth a un doute sur cet aspect du récit de Svala. Il lui paraît bizarre qu'un hôtel de luxe ne soit pas au point en termes de sécurité, mais peu importe. Parfois, il est plus facile de vivre avec une semi-vérité. La disparition de Peder Sandberg n'est pas une perte pour l'humanité.

Quelque part où personne n'ira chercher…

La phrase obsède Lisbeth pendant tout le trajet jusqu'à la bibliothèque.

Mikael Blomkvist n'est pas seul. Lisbeth reconnaît le genre de loin. Une flic. La ville semble grouiller de policiers, et en effet : Birna Guðmundurdottir lui tend la main.

— Je suis de la Crim. Mikael me dit que vous essayez de trouver les responsables de l'enlèvement.

— Entre autres, dit Lisbeth.

— Je n'ai pas saisi votre nom.

— Je ne l'ai pas donné, répond Lisbeth.

Elle n'a pas de temps à perdre avec les fréquentations de Mikael. Elle va chercher un café au distributeur et demande à un employé de lui indiquer la section des cartes.

— Attends, Lisbeth, dit Mikael, on peut refaire un point sur le dossier ? J'aurais voulu ajouter des choses.

— Vous connaissez un certain Marcus Branco ? demande Lisbeth à la femme.

— Non, répond-elle. Nous savons que l'une des sociétés en lice pour le parc éolien se nomme Branco, mais je ne connais pas de Marcus. Non.

— Pourquoi cette question ? veut savoir Mikael.

— Armanskij m'a filé un mauvais tuyau.

— Pas d'autres nouvelles ?

Rien pour les oreilles de Miss Police en tout cas.

— Je vais dans la section des cartes. Tu n'auras qu'à me rejoindre quand tu auras fini avec elle.

Elle repart de zéro avec un plan du cadastre de la région à l'échelle 1:10 000. Maisons, routes, lacs et ainsi de suite. Tout autour de la commune serpente un lacis de petites routes qui mènent à des maisons isolées, souvent près d'un lac. Vérifier chaque baraque serait impossible. Elle doit prendre les choses par un autre bout.

Au lieu de consulter une carte à une échelle différente, elle demande du papier et un crayon.

Où est-ce que personne n'irait chercher ?

Tunnels d'évacuation.
Maisons abandonnées.
Mines désaffectées.
Les combles des bureaux de la municipalité.
Le sous-sol du commissariat.

Elle cale. Tout bien considéré, c'est l'hiver. Elle peut donc tout barrer sauf les deux derniers. Puis elle les barre à leur tour et remet maisons abandonnées.

Une maison abandonnée n'est pas forcément une habitation.

Réserve.
Garage.
Industrie.

Elle mâchouille le bout de son crayon et s'efforce de réfléchir de manière constructive. La commune est la plus petite de la région, en termes de surface. Mais elle est suffisamment grande pour qu'on ne retrouve jamais les gens qui disparaissent. *A fortiori* les morts. Par exemple les sept répertoriés dans le journal de Märta. Lisbeth avait pensé mettre Blomkvist là-dessus. Elle entend le rire de la femme d'ici. Elle ne sait pas qu'on est supposé être silencieux dans une bibliothèque ?

Lisbeth consulte l'*Expressen* et le *Gaskassen*. Aucun homme retrouvé mort à Harads. Pour l'instant. Elle est futée la gamine, d'avoir réglé pour deux nuits. Qui que soit le commanditaire du meurtre de Svala, il sera d'autant plus motivé lorsque le corps de Sandberg aura été découvert. La gosse est en danger. Reste à savoir s'il se contenterait de récupérer le disque dur. Lisbeth a déjà copié le fichier sur son ordinateur. Sans le mot de passe, le disque dur ne vaut que dalle. Et il n'y a aucune garantie que Märta soit encore en vie.

Pour le reste, elle est à court d'idées. Elle froisse la feuille et sélectionne des cartes au hasard. Elle ne sait pas ce qu'elle cherche. *Pas*. La question est de savoir ce qui n'est *pas* sur les cartes.

— Excusez-moi, dit Lisbeth à un vieil homme assis quelques chaises plus loin. Il existe des cartes pour tout, du nombre d'habitants aux reliefs, en passant par les maisons, les usines, les hôpitaux, etc. Est-ce qu'il y a des choses qui ne figurent jamais sur les cartes ?

— Drôle de question, répond-il, mais laissez-moi réfléchir.

Lisbeth jette un œil en direction de Mikael. Il est penché sur son portable. Elle fait une nouvelle recherche sur Harads. Toujours pas de nouvelles, bien qu'il soit presque 13 heures.

Si seulement elle pouvait rentrer chez elle. Mettre le verrou et s'abriter du monde. Se lover sur le rebord de fenêtre et observer le flot continu de la circulation sur le pont Doré pendant que la graisse de pizza lui coule sur le menton.

— Hum, dit l'homme. Vous vous interrogiez au sujet des cartes. La seule chose qui me vient à l'esprit, ce sont les installations militaires, les bunkers et ce genre de choses. À ma connaissance, même désaffectés, les bâtiments militaires ne sont pas répertoriés.

— Il y en a à Gasskas ?

— Vu la proximité avec Boden et Älvsbyn, il devrait y en avoir par-ci par-là.

— Mais rien de spécifique ?

— J'ai un vague souvenir d'enfance. Une connaissance de mes parents qui avait acheté une propriété dans la forêt et un bunker était compris dans le lot, mais je ne me rappelle pas où c'était.

Lisbeth déploie de nouveau la carte avec le plan cadastral.

— Essayez, dit-elle. Si c'était une ferme, il doit bien y avoir une route qui mène là-bas.

— Pas sûr. Certaines villes, surtout celles avec peu d'habitants, n'ont pas eu de routes en dur avant les années 1950. Il y avait des chemins évidemment, et des pistes pour les chevaux et les charrettes.

Il passe son doigt sur la carte. Marmonne pour lui-même et débite des noms de lieux.

— Quelque part dans ce coin me semble-t-il, et il trace un cercle qui englobe plus ou moins toute la commune.

La patience de Lisbeth est quasiment à bout. Presque une journée s'est encore écoulée sans aucun progrès.

— D'accord, dit-elle, et si vous deviez deviner, au hasard. Peu importe si c'est ça, indiquez juste un endroit.

— Ici, dit-il, et son index laisse en plein milieu de nulle part une empreinte brune de tabac à priser.

Une fois l'homme parti et pendant que le bibliothécaire regarde ailleurs, Lisbeth plie la carte et la fourre à l'intérieur de sa veste.

— Je me casse, dit-elle à Mikael qui a troqué son téléphone portable contre son ordinateur.

— Tu savais que Marianne Lekatt est la mère biologique de Salo ?

— Oui, il me l'a dit.

— Tu as lu les infos du coup, j'imagine ?

— Non, qu'est-ce qu'il y a ?

— Elle est morte. Tuée par balle. On l'a retrouvée par terre dans sa cuisine.

— Qui l'a trouvée ? demande Lisbeth.

Subitement, la journée a retrouvé un sens.

— Henry Salo.

72

LE MESSAGE ARRIVE DANS LA NUIT. Il le découvre au matin.

[Nettoyez les lieux.]

Le garçon dort. Il ne fait presque que dormir ces derniers jours. Le Nettoyeur le regarde. Parvient à lui faire ingurgiter un peu d'eau mais pas de nourriture.

Les blessures causées par l'attaque de l'aigle ne guérissent pas, ce qui n'a rien d'étonnant. Le bec a entaillé son crâne. Les serres ont saisi son corps dans le but de l'emporter. Un aigle de mer est capable de soulever un faon de renne en fuite. Dans la hiérarchie prédatrice, le garçon n'est peut-être pas censé survivre.

Au lieu de faire du café suivant sa routine habituelle, il sort. La neige s'est résolue à tenir. Le mois de novembre est venu remplacer octobre. Il reste un quart de tonneau de viande. Le dernier gueuleton.

Le ciel est dégagé. Un coq de bruyère décolle. L'homme doit prendre une décision.

Le cri de l'aigle est un mystère pour le Nettoyeur. Selon les livres d'ornithologie, l'espèce est relativement silencieuse, hormis durant la période de reproduction, où elle crie comme un pic noir.

Les aigles du Nettoyeur caquettent lorsqu'ils aperçoivent les morceaux de viande qu'il a étalés sur l'appât. Quelle quantité exceptionnelle, crient-ils, il y a assez pour tout le monde !

Un, deux, trois. Les aigles ont atterri. Mais au lieu de rester dans sa cachette comme d'habitude, il retourne à la cabane et fait le ménage.

Il nettoie pour effacer ses traces. Nettoie et laisse couler ses larmes. Nettoie en sachant que, sans être nourrie, au moins la moitié du cheptel est promise à la mort. Nettoie en pensant à ses deux années passées dans la cabane en rondins. Les gens qui sont arrivés et sont repartis sous forme d'oisillons d'aigles, lesquels ont éclos pour, environ dix semaines plus tard, effectuer leurs premiers coups d'ailes hésitants.

Sauf le garçon.

Même pour quelqu'un comme le Nettoyeur, il doit y avoir des exceptions.

Sa décision est prise. Le garçon a besoin de soins. Lukas.

Il n'y a qu'une personne vers laquelle il puisse se tourner. Henry Bark. Ou celui qui est désormais connu sous le nom de Henry Salo.

La voix. Son grand frère. La façon dont il a toujours eu du mal à prononcer distinctement le *s* et le *f* depuis que ses dents de devant… *Brûle en enfer, vieux con.*

— J'ai quelque chose que tu veux, dit une voix.

— Qui est à l'appareil ? Allô ?

— C'est Joar, dit la voix. Choisis un lieu.

— Comment ça, quelque chose que je veux ? demande Salo.

— Tu verras. Choisis un lieu, répète la voix.

Salo pose son portable. Il pourrait s'agir d'un piège. Il pèse le pour et le contre. Continuer sa vie sans Joar ou avoir la possibilité de se sentir entier à nouveau.

— Comment je peux savoir que tu es bien Joar ?

— Tu as une tache de vin entre les omoplates.

N'importe qui pourrait le savoir. Henry Salo n'a pas honte de son corps.

— Notre cheval s'appelait Pontus et le chiot que le vieux a écrasé avec le tracteur s'appelait Finn.

— Il y a une cabane entre Vaikijaur et Kvikkjokk, dit Salo. Je t'envoie les coordonnées.

— Je pars maintenant.

— On se retrouve là-bas.

— Viens seul, sinon tu le regretteras. Frère ou pas.

Dès son arrivée à la cabane, le Nettoyeur a su qu'il y aurait une fin. Tout comme il y a eu une fin en Afghanistan. En Syrie. *Au Mali.*

Il a chargé le garçon. La cabane est en feu. Et les restes : ossements, crânes, ADN. Qui sait.

Un nettoyeur arrive puis repart. Assure la propreté de la société un moment, avant de poursuivre vers des contrées plus sales.

Le garçon est couché dans une caisse en bois. D'aucuns appelleraient ça un cercueil. Le Nettoyeur tire la caisse à la main sur les quelques kilomètres qui les séparent du quad. L'engin est couvert de neige. Une voiture aurait été préférable, même un scooter des neiges, mais au moins il est équipé d'une remorque et de chaînes pour les pneus. Il couvre le garçon avec la peau de renne sur laquelle il était censé s'asseoir, puis il ferme le couvercle. Il attache la remorque, fixe la caisse et rejoint la route.

Au bout de quelques dizaines de kilomètres, il s'arrête sur une aire de stationnement. À mi-parcours, il remet de l'essence.

Il desserre les sangles et soulève le couvercle. Le garçon dort. En tout cas, il l'espère. Son visage est immobile. *Allô. Réveille-toi. Je ne te voulais pas de mal. Je n'ai fait qu'obéir aux ordres.* Le petit bouge légèrement. Ouvre les yeux et les referme. Des flocons de neige fondent sur son visage. Le Nettoyeur lui essuie les joues, referme le couvercle et repart.

La nuit approche. Le feu crépite doucement. Les gens se serrent les uns contre les autres. Il les regarde un à un dans ses jumelles. Il est censé y avoir des rebelles parmi eux. Il ne voit que des femmes, des enfants, des vieux. Aucun homme.

Il doit y avoir une erreur. L'opération doit être exécutée comme prévu.

Un tambour solitaire donne le rythme. Les notes d'une kora les guident vers le village. Le feu automatique est impersonnel. Se répand. Personne ne sait qui descend qui. Retour le lendemain matin. Il pousse un corps du bout de son fusil. La femme tombe sur le côté. En dessous d'elle, des yeux s'écarquillent. Le regard candide d'une fille. Les yeux n'ont pas peur. Descends-moi, disent-ils. Descends-moi maintenant.

— Stay dead, *dit Joar.* Stay dead.

73

DANS LA VIE DE HENRY SALO, c'est le chaos. À l'instar de la météo. L'Institut suédois de météorologie annonce une tempête. La route de Kvikkjokk risque d'être bloquée à cause du vent. Il avance aussi vite qu'il le peut. À Jokkmokk déjà, des monticules de neige s'accumulent en travers de la route, mais il n'a pas le choix. Au moins, il n'est pas en voiture électrique. Presque cent dix kilomètres encore à parcourir. Le réservoir à moitié plein. Pour la troisième fois, il appelle Pernilla.

Votre correspondant n'est pas joignable pour le moment, mais vous pouvez…

Il balance son portable sur le siège passager et allume la radio.

> La compagnie minière Mimer vient d'obtenir le feu vert du gouvernement pour procéder à l'ouverture d'une mine à ciel ouvert à l'ouest de la mine désaffectée de Gasskas. La décision a été prise en dépit de protestations massives de la part de la population locale et du mouvement écologiste. Par ailleurs, l'Unesco a rendu ses conclusions sur le dossier, selon lesquelles cette mine violera les droits indigènes des Samis. La décision est unique en son genre, dans la mesure où la préfecture avait rejeté la requête de Mimer.
>
> Le gouvernement et l'Inspection suédoise des mines choisissent donc d'outrepasser la décision initiale. Sven-Åke Nordlund, en tant que ministre de l'Industrie, comment justifiez-vous cela ?

> “La Suède et le reste du monde ont besoin de nouvelles mines sécurisées afin de garantir l’accès à des minéraux rares, indispensables notamment pour fabriquer les batteries des voitures électriques. La transition vers l’industrie verte est une priorité majeure dans la société actuelle. Le gouvernement considère que les mines sont un atout pour la Suède. Mimer a accepté des conditions tout à fait exceptionnelles et garantit que le secteur de l’élevage de rennes ne sera pas touché.”
> Aussitôt après l’annonce, l’activiste écologiste Greta Thunberg a dénoncé dans un tweet la décision gouvernementale comme étant une honte pour la Suède, une agression à caractère raciste…

Il éteint la radio.

Des sales Lapons et des écolos à la con. Où qu’il tourne la tête, bordel. Ne peuvent-ils pas se mettre dans le crâne qu’il ne veut que le bien de la commune ?

Le téléphone sonne de nouveau. Même numéro. La voix. *Petit frère*. Basse. Grave.

— Je prends la sortie vers Vaikijaur, là.

La tempête siffle dans le combiné.

— Je suis encore loin ? poursuit-il.

— Quarante kilomètres jusqu’à Björknäs, répond Salo, ensuite tu prends à droite en direction de Nautijaur.

Puis l’appel est coupé.

Joar avait neuf ans quand ils ont été séparés. Il en a trente-neuf désormais. Reste à savoir ce qu’il s’est passé entretemps.

Il s’efforce de penser au présent et Branco ressurgit dans son esprit. Le délai a expiré. Märta n’était que le début, puis ça a été le tour de Lukas, et ensuite ? Sans doute Pernilla, et lui-même pour finir. Il l’appelle. Veut entendre sa voix, même si elle le déteste en ce moment. Si le pire devait arriver, ce sera la dernière fois. Il se le répète : après trente ans sans aucun contact avec Joar, tout est possible.

— Tu as foutu le merdier, c’est à toi de trouver une solution. Je n’ai plus le courage de rester, dit-elle.

— Tu vas où ?

— J'accompagne Olofsson à…

Il n'a pas écouté la destination mais a déjà tiré ses conclusions. Des détails, des mots, des salutations, des allusions. Comment a-t-il pu être aussi aveugle, bon sang ?

— Toi et Olofsson ? dit-il.

— Va te faire foutre, dit Pernilla, et elle renifle. Je veux seulement récupérer Lukas.

Merde, pas encore des larmes. Il n'en peut plus.

— Il est un peu vieux pour toi, non ?

— T'es vraiment un abruti, dit-elle, et elle raccroche.

Les derniers dix kilomètres, il roule au pas à travers les amoncellements de neige. Alternant pleins phares et feux de croisement. Les essuie-glaces luttent contre la neige collante. Par moments, il est obligé de s'arrêter et de dégager des blocs de glace. Pour le petit chemin qui monte à la cabane, ce n'est même pas la peine. Les traces du quad sont déjà recouvertes de neige. Il force le passage à travers des congères hautes d'un mètre. Une faible lumière luit à la fenêtre de la cabane.

74

QUELQUE PART AU MILIEU DE NULLE PART, dans un paysage quasiment dépourvu de routes composé de forêts, de lacs, de ruisseaux et de montagnes, se trouve un homme en fauteuil roulant qui se sent assez satisfait. La journée a été productive. Il a enseigné à la poupée de nouvelles finesses. Il a bu le thé avec Märta Hirak. Il consulte sa montre une nouvelle fois. Il le fait plus souvent que nécessaire. C'est peut-être ce qui arrive lorsqu'on a des bras mais pas de jambes. Ou alors c'est à cause de l'origine singulière de la montre. Il n'est même pas droitier, mais il ne se sent pas de la porter au poignet droit. Paul Newman n'aurait jamais fait ça.

Les autres vont bientôt le rejoindre. Il traîne, profitant du silence. Ouvre quelques bouteilles de champagne, réarrange les assiettes d'amuse-gueules et prépare son discours.

Ce soir, c'est la fête dans le Nid d'aigle. Ils célébreront leur vingt-cinquième anniversaire, ma foi. Il aurait aimé qu'ils puissent fêter autre chose aussi, mais ça viendra, il en est persuadé. Certains obstacles sont déjà dégagés. D'autres le seront prochainement.

Ils se sont mis sur leur trente-et-un. Ils adressent à Marcus un signe de tête un peu solennel avant de s'installer autour de la table en marbre soi-disant ronde, qui pour l'occasion est recouverte d'une nappe.

— Déjà enfants, nous avions une vision, dit Branco avant de faire une pause théâtrale. Nous voulions gagner de l'argent.

Et nous voulions découvrir le monde. Nous avons traversé le feu et la guerre. Littéralement, pour certains d'entre vous. C'était le prix à payer pour ce que nous avons sous les yeux aujourd'hui. Je me souviens encore de la soirée magique à Nicosie. Le toit-terrasse, la nourriture, le vin et l'air doux de la nuit. C'est là que nous avons défini ce que nous voulions être et comment y parvenir. Nous étions arrivés à un carrefour, à un stade où il était temps de tirer un trait sur le passé et de regarder vers l'avenir. Depuis lors, les activités des sociétés Branco ont été prospères. L'immobilier, les mines, la sécurité et le plaisir – voilà une combinaison à toute épreuve. Pourtant, on ne s'en est jamais contenté, on a toujours voulu aller plus loin. Vous vous êtes interrogés sur la raison pour laquelle on allait dans le Nord alors que nos autres activités sont éparpillées partout dans le monde et j'ai répondu "On retourne à nos racines".

Loup, Glouton, Ours, Ulf et Lynx. À l'exception de Lynx, ils se connaissent depuis l'âge de dix ans. Ils font des affaires depuis qu'ils savent calculer des pourcentages. Économiser, investir, développer. Ils sont à la fois différents et similaires. Loup est un guerrier dans l'âme et dans son cœur. Glouton est taciturne et peut-être le plus malin de tous. Ours est le fanatique de technologie. Ulf le fétichiste des armes, puis il y a Lynx. Son regard s'arrête sur elle. Jamais il ne rencontra une femme plus fidèle. C'est presque dommage de penser qu'aucun homme ne pourra jamais en profiter. À l'exception de lui-même, évidemment. Et elle ne mettra jamais d'enfants au monde non plus.

"Cancer", est la première chose qu'elle dit. En guise de réponse quand il lui demande la raison pour laquelle elle choisit une autre vie. Une vie avec eux. "Ma mère, ma tante, ma sœur. Alors, j'ai tout fait enlever. Vingt-quatre ans et caduque, du moins d'un point de vue reproductif. Mais je ne le vois pas comme ça. Il n'y a aucune horloge biologique qui tourne chez moi. Ma vie n'est pas guidée par les hormones. J'ai une liberté que les autres femmes n'ont pas."

Il se trouve que Lynx n'est pas la seule d'entre eux à être infertile. Par solidarité, ils se sont tous fait stériliser. Famille et enfants sont tout simplement incompatibles avec leur mode de vie.

— Comme d'habitude, je compte commencer la soirée avec un discours, dit Marcus. Un discours sur l'avenir, pourrait-on dire.

Loup se racle la gorge :

— Excuse-moi, est-ce qu'on peut prendre une tartine ? J'ai faim.

Si Branco ne connaissait pas Loup, il serait furieux. Ce n'est pas le plus futé, mais il remporte le prix de la persévérance. Et de la loyauté, évidemment. Il a aussi une facette qui manque aux autres : il a de l'empathie. C'est la raison pour laquelle il est le seul des chevaliers à qui il se confie sur une tout autre question. Celle de la destruction de la planète.

Comme tous les grands hommes, Branco a besoin de coucher ses idées sur le papier. Mais sans lecteurs, sans public. Ils se voient donc parfois en tête à tête. Marcus lit à voix haute et Loup, avec son cerveau lent, questionne chaque point jusqu'à ce que le message soit d'une clarté cristalline. Une fois que Loup a bien tout compris, il n'y a plus de retour en arrière possible. Il est du côté de Marcus. Bien qu'il le traite à la fois de Hitler et de sympathisant des Verts.

— En réalité, les partis écolos et Greta Thunberg ont raison, dit Branco. L'homme est en train de détruire la Terre qui constitue la condition *sine qua non* de toute vie. Pour éviter la destruction de la planète, il n'y a pas moyen de faire autrement. La menace climatique n'est pas une invention de scientifiques et de filles qui cherchent à se faire remarquer, c'est la réalité. L'homme et ses besoins en termes de chaleur, de nourriture, de transport et de confort constituent la plus grande menace pour la Terre et, paradoxalement, pour lui-même. Cela peut paraître brutal, dit-il, mais pour assurer la survie de la planète, une grande partie de l'humanité doit mourir. Traduit dans une prose politique policée, cela donne à peu près ceci.

Il sort son *paperboard* adoré et sa baguette :

1. Les générations fertiles actuelles sont les dernières. L'être humain doit cesser de se reproduire jusqu'à ce que la Terre retrouve son équilibre.
2. Les sociétés qui encouragent les émissions de CO_2 d'origine fossile et dépassent la limite autorisée doivent être sanctionnées économiquement et subir une interdiction d'exercer toute activité commerciale ou industrielle.
3. L'ensemble des véhicules qui contribuent aux émissions au-dessus de la limite zéro sont interdits au public.
4. Seule une énergie neutre en carbone peut être produite.
5. Si la force est nécessaire pour que le monde réalise la gravité de la situation, alors il faut user de la force.

— On se lance en politique ? demande Glouton d'une voix étonnée. Je croyais que tu détestais les politiciens.

— Tout à fait, c'est le cas, mais comme vous le savez, le vent a tourné. Les gens en ont marre des demi-mesures. Je crois qu'il y a une occasion à saisir.

D'autres points figurent sur la liste de Marcus. La peine de mort, par exemple. En revanche, il n'a pas l'intention de devenir une sorte de nouveau Kim Jong-un. Il ne se place pas lui-même au centre. Il est un acteur de l'ombre, il l'a toujours été. Le fait qu'il n'ait pas de jambes n'a rien à voir. L'absence de certains de ses membres l'a rendu plus fort mentalement. Il est un leader-né. Les bons leaders n'ont pas besoin d'être admirés, ils ont besoin d'être obéis.

Dans le monde de Hitler, il aurait été parmi les premiers à passer à la chambre à gaz. Un monstre sans jambes. Un infirme sans valeur. Un Untermensch.

— Mais écoutez, nous ne sommes pas ici uniquement pour parler divertissement, on va manger et boire aussi ! Trinquons pour le reste de notre vie, dit Branco en levant son verre. Elle va être fabuleuse !

Ulf remplace Ours. Il faut bien que quelqu'un tienne le fort. Les moniteurs de la salle de conférences permettent seulement de surveiller les alentours immédiats. Au cas où ils recevraient de la visite, ce qui n'est encore jamais arrivé.

Depuis la salle de contrôle, un demi-étage au-dessus, il est possible de basculer l'image d'une caméra à une autre. Le bunker, les parties habitées – à l'exception de la suite privée de Marcus –, la salle de réception, les cellules ainsi que le terrain extérieur clôturé de quelque mille hectares.

Mais au lieu de suivre la routine, il fait un tour par les cellules. La pute Hirak, il l'a assez vue. Les toxicomanes ont quelque chose de crasseux. D'ailleurs, elle commence à faire plus morte que vivante. Il ne comprend pas pourquoi Marcus insiste pour la garder.

"Elle m'amuse, dit-il. Et elle n'a pas pleuré une seule fois."

La poupée, en revanche, est aussi tentante qu'un gâteau au moka, un fruit exotique interdit, avec son air enfantin innocent et sa jolie fente.

Il fait souvent un arrêt sur image quand elle est allongée sur sa couchette, seule, en train de renifler. Elle lui inspire de la tendresse, l'envie de l'étreindre pour de vrai. Caresser sa peau noire soyeuse et lui chuchoter des mots réconfortants à l'oreille. Il lui arrive de descendre juste pour lui parler. Il s'occupe de changer les draps, simplement pour pouvoir rester plus longtemps.

— Tu es réveillée ? chuchote-t-il à travers le guichet de la porte.

Elle ne bouge pas. Il essaie un peu plus fort :

— Tu es réveillée ?

Enfin. Elle l'attendait.

Elle se retourne et le regarde :

— Qu'est-ce que vous voulez ?

— Je peux entrer ? demande-t-il en s'assurant que personne d'autre ne s'est aventuré dans les recoins plus obscurs du bunker, puis il pianote le code et ouvre la porte.

— Tu as froid ?

Il s'assied à côté d'elle.

Doucement, tu n'auras qu'une seule chance.

— Vous avez toujours été gentil avec moi, dit-elle. Pas comme les autres.

— Ils ne sont pas si méchants, dit-il, ils ne font que leur boulot.

— La femme, c'est la pire, dit Sophia.

— C'est une dure à cuire.

— Mais pas vous, dit-elle et elle se penche vers lui.

Les premiers jours, elle était trop effrayée pour réfléchir. Le monstre – elle ne sait pas comment le qualifier autrement – jouit de son infériorité, mais seulement jusqu'à un certain point. Il veut du feu et des flammes. Elle joue le jeu. Obéit au moindre geste. Lui procure du plaisir. S'enfonce les doigts dans la gorge dès qu'il s'en va.

Tu es la seule de ta famille à avoir survécu. Un témoin. En cela réside ton devoir de rester en vie.

Tôt ou tard, le monstre se lassera d'elle, elle le sait. Lorsque l'un des autres, celui qui est désormais assis sur son lit, commence à tourner autour de sa cellule, elle entrevoit une opportunité.

— C'est quoi votre nom ? demande-t-elle.

— Mon nom est Ulf, ce qui signifie loup, dit-il.

Elle le surnomme donc Lupus. Lupus lui apporte à manger. Sophia joue la comédie du syndrome de Stockholm. Heureusement, il n'ose pas aller jusqu'au bout. Le monstre a visiblement bien des façons d'être monstrueux. Haletant d'excitation, il oublie de remporter le plateau.

Maintenant, Lupus s'approche d'elle. L'entoure de son bras. Lui prend la main et la pose sur son entrejambe. Elle le caresse à travers le tissu, ouvre sa braguette, lui demande de baisser son pantalon pour qu'elle puisse accéder à son membre, qu'elle tire fermement et qui se dresse contre son ventre. Tandis qu'il gémit de plaisir, elle tâtonne de son autre main sous le matelas. Elle fait encore quelques va-et-vient, il ferme les yeux. Dans l'intensité du dernier geste, juste avant qu'il jouisse, elle saisit la fourchette, la lui plante dans les testicules et frappe encore et encore. Dans le cou, dans l'œil et enfin dans le cœur, si tant est qu'il en ait un. Mais cela ne suffit pas. Un *Canis lupus* peut avoir plusieurs vies. Elle presse l'oreiller sur son visage. Voit ses jambes tressaillir une dernière fois. Ôte le couteau de la gaine qu'il porte à la ceinture. Constate que la lame est aiguisée, avant de se faufiler par la porte de la cellule qu'il avait laissée entrouverte afin de pouvoir repartir rapidement.

L'idée que la fille puisse tenter d'échapper à tout cet amour ne lui était même pas venue à l'esprit.

75

LE VÉHICULE TOUT-TERRAIN GARÉ à côté de la cabane est un Can-Am muni d'une remorque. Salo note des traces de chaussures et de quelque chose qui a été traîné en haut des marches.

Il n'est pas porté sur les armes. Bien que la chasse occupe tous ses week-ends durant l'automne, il connaît à peine le nom de son fusil. Il aurait encore moins l'idée de se procurer une arme de poing. En cet instant, il le regrette.

La vie est pleine de paradoxes. Par exemple, vouloir mourir à un moment et vouloir vivre l'instant d'après. Plus que tout, il aimerait pouvoir choisir lui-même sa façon de mourir. Pas disparaître comme un de ces gosses toxicos au pays de Branco, ni dans sa propre cabane de vacances, d'ailleurs.

La chaleur de l'intérieur le heurte tel un mur. Le feu crépite, la lumière douce de la lampe à pétrole éclaire la table de la cuisine, où est installé un homme ayant plus ou moins la même apparence que lui. Hormis le fait qu'il n'a pas plaqué ses cheveux en arrière comme le prince Daniel.

Le Nettoyeur se lève. Se tord les mains comme s'il ne savait pas trop où les mettre, et Salo se détend. Il ouvre sa parka, balance son bonnet sur l'étagère à chapeaux, traverse la cuisine en cinq enjambées et prend son frère dans ses bras.

Cours, Joar, cours.

Je ne compte plus courir. Il faut qu'on se débarrasse de lui.

La voiture de leur père arrive devant la maison. Ils attendent dans le garage. Joar lève le marteau. Lance un cri de guerrier et… trébuche sur ses propres lacets.

Combien de temps ? Il l'ignore. À la fin, c'est Joar qui s'extrait des bras de Henry. Il retourne s'asseoir sur la chaise et Henry s'installe en face.

— Raconte, dit Henry et Joar raconte.

— Raconte, dit Joar et Henry raconte.

Deux frères. Deux vies.

— Tu m'as dit au téléphone que tu avais quelque chose que je voulais ? dit Henry.

— Ça dépend, répond Joar avec un signe de tête en direction de la chambre.

Il a ôté le couvercle. Baissé la peau de renne. Le garçon ne bouge plus quand Joar écarte les cheveux de son front.

— Mon Dieu. Lukas. C'est quoi ce délire ? C'était toi, depuis le début ? Tu devais bien savoir qui c'était ?

— Pas au début. Je ne suis qu'un nettoyeur, répond Joar.

— Tu travailles pour une drôle de société de nettoyage, constate Henry.

— Il est en vie, dit Joar. Mais peut-être pas pour très longtemps. L'aigle l'a pris pour une proie.

— L'aigle, dit Henry. Qu'est-ce que tu as foutu, bordel ?

— Pas moi, l'aigle de mer. Tu peux emmener le garçon, mais à une seule condition. Deux. Björkberget. Quoi que Branco exige, c'est non. Tu comprends ? Il n'aura pas notre montagne. Maman a le droit de faire ce qu'elle veut.

— Tu ne sais donc pas…, dit Henry.

— Je ne sais pas quoi ?

— Elle est morte. C'est toi qui hérites de Hultet.

Les souvenirs affluent dans la pièce. Trente ans, c'est long. Parfois rien du tout.

— Branco va imposer sa volonté, dit Henry. Lukas n'est que le début. Tu hérites, mais si tu ne te plies pas à leurs projets, tu seras sur la liste.

J'ai ma propre liste.

Lukas bouge, pousse un gémissement et ouvre les yeux. Il tend la main vers Joar et lui demande de l'eau. De la neige fraîche fond dans une tasse en bois. Le garçon boit et se rendort.

Pernilla ne lui pardonnerait jamais.

— On en reparle plus tard, dit Henry. Il faut l'emmener à l'hôpital.

Et qu'est-ce que je vais leur raconter là-bas, bordel ? Que je l'ai trouvé dans un cercueil ?

Joar lui prend le bras.

— Encore une chose. Tu ne m'as jamais vu. Je vais partir et on ne se reverra plus.

— Dans ce cas, occupe-toi de Branco, dit Henry. C'est la moindre des choses.

Joar observe son frère avec les mêmes yeux tristes que le garçon d'antan.

— Branco n'est qu'un nom. Je travaille pour lui, mais je ne le connais pas. Tu ne l'as pas compris ?

Un frère part vers l'inconnu. Un autre vers l'hôpital de Sunderbyn. Un cercueil brûle dans la cheminée de Tulikivi. Un garçon délire sous l'emprise de la fièvre. Sa mère pleure dans les bras d'un autre.

Henry, tu n'as jamais peur ?

Non, ça ne sert à rien.

La prochaine fois, on le tue.

Oui, promis. Dors, maintenant.

76

L'APRÈS-MIDI CÈDE BIENTÔT la place à la soirée, mais Lisbeth décide néanmoins de prendre la voiture pour partir en reconnaissance dans le nord-est de Gasskas.

— Je veux venir, dit Svala. C'est ma mère qui a disparu.

— Tu as un contrôle demain. Et n'oublie pas de préparer tes affaires de sport.

Elle sourit de sa propre remarque. Jouer au parent peut être amusant, finalement. Et en bonne mère poule, elle laisse quelques billets de cent pour les plats à emporter.

Elle allume l'autoradio sur la chaîne locale et sourit de nouveau. Mieux encore, elle éclate de rire.

> Un homme d'une trentaine d'années a été retrouvé mort au Tree Hotel de Harads aujourd'hui. Selon le chef de la Crim, Hans Faste, l'enquête s'oriente vers une mort accidentelle. L'homme serait tombé d'une hauteur d'environ dix mètres et aurait succombé à ses blessures.

Le SMS de Svala casse un peu l'ambiance :

> [Ta petite amie a téléphoné. Elle a posé plein de questions au sujet de Peder-Plastoc.]

Juste après, ladite petite amie appelle Lisbeth à son tour. Cela fait un moment qu'elles ne se sont pas parlé. Lisbeth s'est lassée de la solliciter, obtenant toujours la même réponse : "Désolée, je bosse."

— Je viens de parler à Svala. Je suppose que tu es au courant pour la mort de Peder Sandberg ?

— Paix à son âme pourrie, dit Lisbeth.

— Et tu ne sais rien de plus, évidemment ?

— Seulement qu'il avait pris une raclée de la part d'une rousse aux jambes de Barbie.

— Arrête, dit Jessica.

Le malaise de la soirée chez les MC Svavelsjö est encore palpable. Non pas en raison de la rouste infligée à Sandberg, mais à cause des souvenirs qu'il a pris tant de plaisir à faire ressurgir. Le viol, le sentiment de honte qui a suivi, la grossesse, l'avortement. Le deuil de cette gamine de quinze ans qui a dû se débrouiller seule. *Ta mère écarte les jambes à Svartluten.* Elle a eu envie de le tuer à coups de pied. Démolir ce rictus qui l'avait hantée toute sa vie. Les mots impossibles à oublier. Certains mots ont cet effet.

— Est-ce que Svala est impliquée ? demande-t-elle. Selon l'hôtel, une adolescente s'est présentée pour cette même chambre et a payé en espèces.

— Svala était au hockey. Je l'ai récupérée à la patinoire de Gasskas après le match. D'ailleurs, tu ne crois pas que Sandberg avait suffisamment d'ennemis dans son entourage ?

— Si, bien sûr, mais on a trouvé quelque chose dans sa poche intérieure. Un journal qui semble avoir été tenu par Märta Hirak.

Petite futée. Bientôt, je n'aurai plus rien à t'apprendre.

— Dommage que d'autres soient entraînés dans sa chute. Littéralement.

— C'est le cas de le dire. Tu fais quoi, de ton côté ? Tu veux qu'on se voie ?

Lisbeth a étalé la carte de la bibliothèque sur ses genoux et étudie l'empreinte marron laissée par le tabac, qui semble se trouver au beau milieu d'une tourbière. C'est un coup au hasard, mais elle doit bien commencer quelque part.

— Désolée, dit Lisbeth. Je bosse.

Les cheveux soyeux, les jambes de Barbie.

— Mais on peut s'appeler plus tard, poursuit-elle.

La solitude s'étend devant elle tel un paysage désolé. Partout la forêt ponctuée de lacs et de tourbières, mais quasiment pas de routes. Elle ignore ce qu'elle cherche et par où commencer. Sa seule piste est le souvenir d'enfance d'un vieux.

L'Administration des fortifications devrait pouvoir nous renseigner. S'ils ont vendu la propriété dans les années 1950, ça doit apparaître dans leurs registres. Je vais me renseigner et je te tiens au courant.

Mikael Blomkvist. Elle n'a pas de nouvelles depuis.

C'est qui la flic avec laquelle Blomkvist fricote ?

Tu parles de Birna ? Blonde, souriante, belle ?

Autrement dit, tout le contraire d'elle-même.

Elle s'arrête sur un parking et vérifie la carte de nouveau. Les souvenirs du vieux pourraient être erronés.

En attendant Birna – Lisbeth n'est pas complètement à côté de la plaque –, Mikael Blomkvist s'installe avec une bière dans un coin de la pizzeria Buongiorno. Lorsque son rendez-vous lui envoie un SMS pour le prévenir qu'elle a une demi-heure de retard, il ressort encore une fois les coordonnées transmises par I. B. Celles qui correspondent à la maison de Pernilla et Henry Salo. Quelques mois avant qu'ils aménagent. Il compose le numéro de Lisbeth.

— Salut, tu fais quoi ?

C'est fou, ils se sont tous donné rendez-vous pour savoir ce qu'elle fait ?

— Je suis sortie faire un tour. Il commence à faire nuit.

— Ce plan que le vieux t'a montré, tu peux le prendre photo ?

— Je suppose, pourquoi ?

— Je te dirai, envoie-le-moi, OK ?

— Et toi, tu fais quoi ? demande-t-elle, mais il n'a

— On se tient au jus, n'oublie pas de l'envoyer.

Au bout de quelques secondes, il reçoit une carte avec des marques de pliures et une tache de tabac au milieu de nulle part. Mikael ouvre Google Maps pour zoomer sur la zone. Fait quelques clics aux alentours, avec le pressentiment qu'il a raison. Téléphone à Lisbeth qui bloque son appel. Essaie de nouveau juste au moment où Birna arrive.

Des boucles dorées fraîchement lavées rebondissent dans son dos. Son sourire pétille comme une source chaude. Quelle bombe.

Pourtant, il ne peut pas s'empêcher de penser à Lisbeth. Son contraire. La personne la plus aride qu'il ait jamais rencontrée. Si Birna est une source, Lisbeth est un volcan. Brûlante comme la lave. Dure comme la roche primitive.

— Excuse-moi, dit-il. Je dois juste passer un coup de fil.

77

SOPHIA KONARÉ TENTE DE S'ORIENTER. S'arrête devant la cellule de l'autre femme mais réalise qu'elle n'a aucune chance de l'ouvrir. Elles se sont rencontrées mais n'ont jamais parlé. Quand Sophia partait voir le monstre. Que l'autre en revenait.

La lumière, le jour. La chambre à coucher du monstre est munie d'une sorte de lucarne. Mais pour y accéder, elle doit traverser tous ces autres espaces. Des bureaux, peut-être. Avec des gens qui bougent, passent des coups de fil, installés devant des ordinateurs et semblant travailler comme n'importe qui.

Les cellules sont à l'écart, ça, elle le sait. D'habitude, on vient la chercher dans la soirée. Parfois elle reste toute la nuit. Éveillée à côté du corps endormi du monstre, et ce n'est pas le fait qu'il n'ait pas de jambes qui l'effraie. Le Mali est plein de gens estropiés. C'est surtout de savoir ce qui se passe dans son cerveau malade. Il est le scientifique. Elle est le cobaye.

Une fois ses besoins sexuels provisoirement assouvis, il faut qu'il parle. Qu'il pérore. Il roule sur le côté, se repose sur le bras de Sophia, et ses mots remplissent l'obscurité d'une obscurité plus grande encore. Ça tourne le plus souvent autour du temps, celui qui approche, et du besoin du monde de se réunir autour d'un même leader.

— Vois-tu, poupée, dit-il, on grandit dans la croyance que nous sommes les petits rouages d'une grande machinerie. Que nous avons tous une valeur, peu importe qui nous sommes ou ce à quoi nous ressemblons. C'est faux. Avec les médicaments, la technique, la manipulation génétique et ainsi de suite, nous privons la nature du processus de sélection naturelle. La Terre ne peut supporter qu'un nombre limité d'individus. La question est de savoir qui a le droit de vivre.

C'est peut-être précisément ce qu'elle a fait : aider la Terre à éradiquer la partie de l'humanité qui n'apporte rien. Dans une des cellules gît un homme mort. Aussi mort qu'elle le sera si on la découvre avant qu'elle n'arrive à sortir de là. *Ma famille*, comme le monstre les appelle. *N'est-ce pas, poupée, que rien n'est plus important que la famille ?*

Elle s'arrête. Entend des voix enjouées, comme dans une fête. Elle s'approche pas à pas. Les aperçoit. Se penche en avant et les compte. Ils sont tous là, sauf un.

Seule une vitre les sépare, et elle doit passer devant. De préférence sans être vue. Après la vitre se trouve un escalier, près de l'ascenseur. Avec un peu de chance, il mènera à la liberté. Si elle joue de malchance, il la reconduira en enfer.

Loup se lève et s'avance vers la porte vitrée. C'est son tour de remplacer Ulf. Il jette un œil à l'écran qui montre l'extérieur. Note qu'un troupeau de rennes brouille les détecteurs, une fois de plus. Ils vont devoir améliorer la technologie. Le sentiment de sécurité induit par le peu d'événements des deux dernières années les a ramollis. Il faudra qu'il soulève le problème lors de la réunion matinale. Il abaisse la poignée. Se retourne et pose sur les autres un regard affectueux. Le champagne pétille joyeusement dans son corps. Ça n'a jamais été eux contre le monde. Bien au contraire.

Sophia se rencogne dans l'ombre, tout au fond du couloir. Elle a raté l'occasion. L'autre solution est de rejoindre les tunnels. Elle frissonne rien que d'y penser. Et ensuite ? Sans vêtements chauds ni chaussures ? Elle ne porte pour affronter le froid de l'hiver qu'une courte chemise de nuit de fillette à imprimé nounours. C'est comme ça qu'il la veut. Le monstre. Un morceau de chair tendre en chemise de nuit à l'effigie de l'ours Bamse.

Le deuxième jour, ils l'avaient emmenée faire un tour dans les sous-sols. Elle avait perdu le sens de l'orientation dès le troisième tournant, ce qui était sans doute le but. Partout de nouvelles portes, des escaliers, des salles, des échelles, des tunnels.

Même si elle parvenait à y accéder, elle ne trouverait sans doute pas la sortie. Elle doit prendre des risques. Au moment où la porte de l'ascenseur se referme, elle file devant la porte vitrée, un trait dans le coin de l'œil de Lynx. Ouvre la porte coupe-feu d'un geste sec et monte l'escalier en pierre jusqu'à atteindre deux nouvelles portes.

Son instinct lui dit de prendre à droite. Pourtant, elle bifurque à gauche. Un escalier qu'elle descend deux marches à la fois, et soudain il n'y a plus qu'un blindage qui la sépare de la liberté. Une pression de doigt plus tard, elle est dehors.

Elle court. La dernière fois qu'elle a vu le sol extérieur, il était dégagé. Désormais, la neige lui arrive à mi-mollets. La chemise de nuit bat contre ses cuisses. Elle trébuche, se relève. Cherche l'abri des arbres, tel un gnou qui aurait perdu son troupeau.

Son cerveau l'exhorte à s'allonger et dormir. Elle continue de courir. Comme elle a toujours couru. Pieds nus, vite et dans un but bien précis.

Lisbeth Salander s'apprête à faire demi-tour et rentrer à Gasskas lorsqu'elle entrevoit un reflet quelques mètres plus loin, près d'un chemin de tracteur à l'abandon. Elle baisse la vitre, sort les jumelles de la boîte à gants, ajuste la netteté sur la partie inférieure de l'arbre et remonte progressivement vers le haut du tronc. Une caméra. Nom d'un chien, c'est bien une caméra. Placée de façon que le risque de la découvrir soit minime. Si elle n'avait pas suivi la course d'un écureuil à travers les branchages, elle ne l'aurait jamais vue. Et s'il y en a une, il y en a probablement d'autres.

Elle s'efforce de penser de manière stratégique. Si les caméras sont placées uniquement le long du chemin, elle n'a pas encore été repérée. Mais s'il y en a également sur l'aire de stationnement, c'est foutu. Elle n'ose pas prendre le risque. Elle enclenche la première et roule jusqu'à l'aire suivante, deux kilomètres plus loin.

Là, il n'y a ni piste ni chemin pour se repérer. De surcroît, il fait presque noir, désormais. Seules la lune et la neige éclairent la pénombre. Doit-elle continuer ou revenir quand il fera jour ? Elle fait comme les gens du Nord : pose la clé sur la roue avant, allume sa lampe frontale, saute par-dessus le fossé, découpe une ouverture dans ce qui semble être une clôture pour le gibier et s'enfonce entre les arbres.

Deux kilomètres à travers la forêt. La couche de neige n'est pas épaisse. Le froid l'a durcie, mais pas au point qu'elle résiste complètement. Par endroits, ses pieds passent au travers. La transpiration coule dans son dos. Elle étanche sa soif avec de la neige. D'après la carte, elle devrait bientôt arriver à une tourbière. En espérant que celle-ci soit gelée. De temps à autre, elle s'arrête et tend l'oreille.

Loup constate qu'Ulf n'est pas devant le panneau de contrôle. C'est pas sérieux d'aller aux toilettes pendant le service. Mais bon, avoir un besoin pressant peut arriver à tout le monde. Dans huit secondes, lorsque les images des cellules et des autres espaces seront réactualisées, il déclenchera l'alerte, ce qui verrouillera automatiquement le bunker.

Il zoome sur l'image de la cellule de la poupée. La première fois, tout a l'air normal. La deuxième fois, il voit la main. Il enfonce le bouton de l'intercom pour la salle de conférences, puis lance une alerte générale, qui provoque la fermeture automatique des portes. Il faut désormais des empreintes digitales pour sortir. *Pourquoi ne pas avoir instauré ce système d'emblée, bordel ?*

— La poupée a disparu. Intrus présumé. Ulf est mort, *a priori*. Armez-vous et déployez-vous. Je me charge de l'extérieur.

Ils sont menacés, pourtant il ne peut s'empêcher de ressentir de l'excitation. La vie dans le bunker est monotone et ennuyeuse. Lui est un soldat. Un *universal soldier*, dont la vie trépidante à proximité des épicentres des foyers de guerre a laissé place à une routine de bureau.

Même Märta ne peut pas ignorer l'agitation. Quelqu'un ouvre la porte de sa cellule à toute volée, lui arrache sa couverture, puis ressort tout aussi précipitamment. Elle est trop faible pour ramasser la couverture, mais ses idées sont aussi limpides que l'eau vive du ruisseau de Njakaure.

Salopards. Votre heure est arrivée, elle finit toujours par arriver. N'est-ce pas ce que tu as dit, l'estropié ? Que l'heure était bientôt arrivée ? La voilà, ton Apocalypse. Now !

Sophia est désorientée. Elle est presque au bout de ses forces, le froid imprègne sa conscience, ralentissant ses pas et bloquant ses pensées. Au début, elle n'entendait que le bruissement des arbres et le vent. Désormais, un autre bruit devient de plus en plus net. Des pas. Un souffle. La sonnerie d'un portable et une voix. *Les gnous se déplacent en troupeau. Le nombre les protège d'une attaque. Un animal solitaire devient rapidement une proie.*

Loup suit les traces. Il va la retrouver. Pieds nus et sans habits chauds. Même traqué, un animal ne peut pas courir indéfiniment. Soudain, les traces se divisent, ou plutôt se croisent. Elle n'est pas seule. Il s'accroupit pour mieux voir. L'une des empreintes a été faite avec des chaussures, l'autre pieds nus.

Pas de chasse sans chasseur. Lisbeth suit les traces un moment. Se cache derrière un arbre et patiente.

Tata, je dois te dire quelque chose.

La fille se redresse dans le lit. Le singe à côté d'elle.

Tu sais, quand j'ai cambriolé la maison de Salo ?

Oui ?

J'ai menti. La voiture n'était pas partie quand je suis sortie. E. m'a poursuivie à travers la forêt. Il m'a tiré dessus. C'était lui ou moi.

Ne t'inquiète pas, les corbeaux vont se charger de lui.

Lisbeth le Corbeau Salander.

Elle n'a jamais trouvé de cadavre. En revanche, elle retrouve l'arme du crime, la branche maculée de sang séché. Elle la rapporte dans sa voiture avec l'intention de s'en débarrasser. Puis ce foutu Blomkvist appelle et la branche reste dans le coffre. À présent, elle lui sert d'appui pour progresser dans la neige. Bientôt, elle servira d'arme une nouvelle fois. Il y a un sens à tout.

Depuis sa position, elle voit soudain quelque chose bouger. Sans doute un homme. Le corps avance. S'immobilise, s'accroupit, passe la main sur les traces, se relève et continue d'avancer.

Un peu plus loin, un peu plus loin, maintenant ! Le coup sur la nuque le projette dans la neige, tête la première. *Dire que quelqu'un t'a mis au monde et t'a peut-être allaité.*

Elle n'a pas le temps de réagir au balayage. Bien qu'elle lui ait porté un coup sévère, il a réussi à rouler sur le côté et lui a fauché les jambes. À présent, c'est elle qui se retrouve le nez dans la neige, lui debout. La branche est hors de portée.

— Redressez-vous, dit-il en la menaçant avec une arme.

Elle se met à genoux, les bras en l'air pour signifier "Ne tirez pas".

C'est une enfant, ou peut-être une naine ?

— Vous êtes qui ?

— Je fais une petite promenade, dit-elle.

— Tu parles ! s'exclame-t-il dans un rire. Et dire que, plus loin, la poupée doit être en train de crever de froid. Bravo !

— Je peux me lever ?

Ce n'est pas le moment de faire la maligne. Elle doit trouver une nouvelle occasion. Et très vite.

— J'aillais justement le suggérer. On va continuer à marcher, tous les deux. Comme vous aimez vous balader, ça tombe bien.

Ils repartent, remontant ses traces à lui. Elle marche devant. Une attaque rapide au moment où il s'y attend le moins pourrait résoudre la situation. Elle doit réduire la distance entre eux. Elle ralentit. La lune les suit à travers la cime des arbres.

— Zut !

Elle fait un faux pas et perd l'équilibre.

— Bordel de merde, jure-t-il et il la relève en la tirant par le bras.

Un gentleman, merci bien, Branco, tu as dressé tes singes comme il faut.

Elle pivote et réussit à le désarmer par un *shuto-uke*. Il réagit exactement comme prévu, en essayant de lui faire une clé de bras.

Concentre-toi, Lisbeth. Le karaté c'est bien, mais en combat rapproché, rien de tel que le krav-maga.

Elle se dégage avec la rapidité d'une belette. Se trouve subitement derrière lui.

Avec la bonne prise, un bras autour du cou et le poing serré sur la nuque, tu coupes le flux d'oxygène. Du moins temporairement.

Merci pour le tuyau, Jessica, mais je suis trop petite pour l'atteindre.

À la place, elle exécute un *migi-ashi-fumikomi* au niveau de l'articulation du genou, tout en lui envoyant un *yoko-empi* droit dans la tempe.

L'articulation cède avec un petit *plop* sympathique. S'il n'a pas d'autres armes dans son froc, le voilà neutralisé, du moins temporairement. Elle ramasse le revolver et retourne en courant jusqu'aux traces de pieds nus.

La neige a quelque chose de miséricordieux. Elle devient chaude, comme le petit lac dans la forêt, où ils se baignent l'été. Elle qui a toujours rêvé de la mer nage nue dans un petit lac. Il y a Fatma ; Amina aussi, maman, son petit frère. Et papa ? Tu t'es caché cette fois-là. Tu es venu pour me sauver ?

Lisbeth hisse la fille sur son épaule. *La poupée. Vous allez payer pour la poupée.* La transporte telle une carcasse d'animal à travers bois. C'est leur seule chance. Si elles ont rencontré un ennemi, c'est qu'il y en a d'autres. *La voiture. Pourvu qu'ils n'aient pas atteint la voiture.* Elle est obligée de poser la fille plusieurs fois et de changer de prise. La lune se reflète sur le toit de la voiture. Lestée de son fardeau, elle s'extirpe tant bien que mal du trou dans la clôture. Aucun Branco qui vive.

78

LES RÉFLEXIONS DE HENRY SALO sont impénétrables, mais sa première impulsion est naturelle. Il appelle Pernilla. *Votre correspondant n'est pas…* La jalousie lui tord les boyaux aussi violemment qu'une occlusion intestinale. *Olofsson. Espèce de vieux pervers.*

Sur la banquette arrière se trouve son fils, toujours enveloppé dans la peau de renne. Salo ne sait pas s'il n'est pas en train de se balader avec un cadavre, et il ne sait pas plus où il va. L'hôpital le plus proche est à Gällivare. Mais lorsqu'il arrive sur l'E4, la route en direction du nord n'est toujours pas déblayée. Le chasse-neige a fait demi-tour au niveau de Vaikijaur pour retourner vers Jokkmokk. Seules les faibles traces d'un quad sont visibles sur cette voie. Il n'ose pas prendre de risques et opte pour Sunderbyn, au sud de Boden.

Ou bien… ? La question est de savoir ce qui se passera lorsque Branco apprendra que le gosse est libéré, à qui va-t-il s'en prendre ? À Märta, évidemment… Il a déjà troqué une fois sa vie contre celle de Lukas. Le moment est-il venu d'inverser l'échange ? Salo n'est pas cynique, il est pragmatique. Tant que Branco ignore que le garçon a été retrouvé, rien n'a changé.

Tout le monde cherche le garçon. Le pisse-copie, la créature qu'il fréquente, la police, les médias… Mikael est incorruptible, Salo l'a bien compris. Mais la police pourrait se révéler utile, pour une fois.

— Police de Gasskas, Birna Guðmundurdottir.
— Henry Salo à l'appareil.
— Henry, il s'est passé quelque chose ?

Comme convenu, ils se retrouvent à l'hôpital. Le garçon est en vie. Sa mère reste injoignable.

— Éteindre son téléphone alors que son enfant a disparu. Qui fait ça ? demande Salo.

— Je vais lui écrire sur Messenger. Vous voulez un café ? Alors, racontez-moi, dit Birna.

Elle pose les gobelets de café et sort un carnet et un stylo.

— Comment l'avez-vous retrouvé ? poursuit-elle.

— J'ai reçu un coup de fil. De quelqu'un, j'ignore qui c'était. Quand je suis arrivé dans la cabane, le garçon était couché sur le lit. Il y avait même un feu dans l'âtre. Mais personne d'autre. Et les rafales de neige avaient effacé toute trace.

— Pourquoi n'avez-vous pas aussitôt appelé une ambulance et la police ?

Il s'est préparé. Il doit bien lui donner quelque chose pour lui faire comprendre la gravité de la situation.

— Toute notre famille est menacée. Si on apprend que le garçon a été retrouvé, Pernilla est susceptible d'être la prochaine sur la liste.

En soi, ce serait bien fait pour elle.

— Ou vous-même, dit Birna. Autrement dit, vous savez qui est derrière l'enlèvement de Lukas.

Elle s'efforce de garder une voix calme. *Il sait. Il le sait depuis le début. Il a gardé le silence pour sauver sa peau. Quelle ordure.*

Les coudes sur les genoux, la tête pendante entre les jambes, il a l'air vraiment pitoyable. Pour ne rien arranger, il a fini par avouer que Märta Hirak est détenue par les mêmes personnes.

— Lukas a donc été kidnappé à cause du projet de parc éolien ? De même que Märta Hirak, sans que vous ayez révélé à la police ce que vous saviez ?

— Vous vous doutez bien qu'ils ont proféré d'autres menaces pour le cas où je préviendrais la police. Je croyais que j'arriverais à tout arranger moi-même, avec les propriétaires terriens et les politiciens.

— Les propriétaires terriens, comment ça ?

— Si ces derniers avaient accepté de mettre à disposition leurs terrains, rien de tout ça ne serait arrivé.

Malheureusement, ça n'aurait rien changé, mon petit Salo. Le parc éolien n'est qu'un début. Nous allons également avoir besoin d'un serviteur loyal à l'avenir.

— Ce qui fait de vous le principal suspect pour le meurtre de Marianne Lekatt.

— Moi ? s'exclame Henry en se redressant sur sa chaise. Non, mais c'est n'importe quoi ! C'est moi qui l'ai trouvée. C'est ma mère biologique.

— Autrement dit, les arguments ne manquent pas. Vous allez devoir m'accompagner au commissariat, vous le comprenez aisément. J'ai appelé des renforts. En attendant, vous pouvez toujours réfléchir à comment expliquer les 600 000 couronnes versées sur votre compte bancaire.

Mais la première à arriver est Pernilla, avec Olofsson dans son sillage, et Salo serre les poings. Elle ne lui accorde même pas un regard. Olofsson débite une vague excuse, avant de la suivre dans la chambre où se trouve Lukas.

— Ma femme, dit Salo à Birna.

— Vous auriez difficilement pu trouver mieux. Vous devriez aller lui parler.

Salo entre tandis qu'Olofsson ressort.

— C'est quoi ce délire ? dit-il. De toutes les personnes possibles et imaginables, tu étais obligée de te mettre avec *lui* ?

— Tu ne sais rien. Tais-toi, dit Pernilla en reportant toute son attention sur son fils.

Sa chevelure bouclée sur l'oreiller. Un enfant innocent, en sécurité.

— Merci, Henry, d'avoir retrouvé Lukas, dit Salo.

Elle se retourne. Se lève. S'approche de lui. Se racle la gorge et lui crache en pleine figure.

— Échanger une vie contre une autre, c'est ce que tu as dit ? Comme si tu étais un putain de dieu.

Soudain, le garçon se redresse dans le lit :

— Salut, maman, il est où papi ?

79

LISBETH FOURRE LA FILLE SUR LE SIÈGE passager et roule pendant plusieurs kilomètres avant d'oser s'arrêter. Elle lui enfile ses propres bottes, puis la recouvre d'une doudoune et d'une couverture. Le chauffage à fond et quelques gorgées de Coca sans bulles plus tard, elle s'est suffisamment remise pour parvenir à chuchoter. Difficilement – Lisbeth prend sur elle pour ne pas la brusquer –, elle décrit un endroit très étrange.

— Attends un peu, dit Lisbeth et elle appelle Mikael Blomkvist.

Pas de réponse. Elle hésite, avant de joindre Svala *via* le kit main libre de la voiture. Personne ne sait tenir sa langue comme elle.

— Salut, tu as de quoi écrire ?

— Tu es où ?

— Chaque chose en son temps.

La voix de la fugitive est faible et enrouée :

— C'est comme un labyrinthe sans fenêtres, dit-elle. En dehors de la chambre à coucher du monstre, où il y a des lucarnes dans le plafond.

— En quoi est-ce un monstre ?

— Il est diabolique, dit-elle. Et son corps… comme un animal étrange. Il n'a pas de jambes, juste des pieds qui sortent directement du tronc.

Elle renifle, laisse couler ses larmes un moment, avant de poursuivre :

— Mais… entre ses pieds…

Elle pleure de nouveau.

— Il t'a violée, dit Lisbeth et la fille hoche la tête.

Lisbeth a compris qui elle est. Elle a lu des choses à son sujet. C'est la fille du centre d'hébergement pour les réfugiés. Sophia Konaré. Elle devrait la prendre dans ses bras. La réconforter. Lui dire qu'elle sait ce qu'elle a enduré, qu'elles ont des expériences en commun, mais le temps presse. La fille a besoin de soins et Lisbeth a des choses à faire.

— Doucement, dit-elle. Bois encore un peu de Coca. Quand tu te sentiras de parler, j'aimerais en savoir plus sur le bâtiment. Souterrain, tu as dit. Un bunker ?

— Avec des cellules et des couloirs qui relient différentes pièces, je crois.

— Il y a combien de personnes ?

— Avec le monstre, six, euh, cinq.

— C'était qui, le sixième ?

Au début, elle ne veut pas répondre.

— Ma porte de sortie, finit-elle par dire.

— Qui sont ces gens, à ton avis ?

Stay dead, stay dead.

La tête de la fille penche sur le côté. Dormir. *Les mêmes hommes que toujours. Ceux qui sauvent d'une main et tuent de l'autre.*

— Une dernière question, dit Lisbeth. Tu as parlé de cellules, est-ce que tu as vu quelqu'un d'autre là-dedans ?

— Une femme, dit Sophia d'une voix à peine audible. Blanche. Cheveux foncés. Je ne sais pas si elle est toujours en vie.

— Est-ce qu'elle s'appelait Märta ? demande Svala, qui n'est pas loin de crier. Tu dois connaître son nom, au moins ?

— Je ne sais pas, dit la fille. Je ne sais pas, c'est tout.

— À tout de suite, dit Lisbeth, et elle raccroche.

Quelques dizaines de kilomètres plus tard, elle bifurque en direction de l'hôpital de Sunderbyn. Il est presque impossible de réveiller la fille. Elle se redresse laborieusement et marmonne quelque chose au sujet de la femme :

— Désolée, dit-elle. Désolée.

— Ce n'est pas ta faute, dit Lisbeth.

Enfoirés.

— On va faire de notre mieux pour la retrouver, mais pour ne pas risquer de tout faire capoter, il est important qu'on s'en tienne à la même version des faits. D'accord ?

On vous aura. On vous aura un par un.

— D'accord, dit la fille.

Elle ôte la veste et les bottes à contrecœur. Elle descend de la voiture sur le parking sud et se dirige vers l'entrée d'un pas mal assuré.

80

L'INSTITUT DE MÉTÉOROLOGIE ANNONCE encore du mauvais temps dans la majeure partie de la province de Lappland, aujourd'hui. La tempête qui avait atteint la chaîne de montagnes hier se déplace désormais vers l'est. En raison des rafales violentes et d'importantes chutes de neige, tout déplacement inutile est fortement déconseillé.

Mais avant de terminer l'émission de ce matin, nous allons réécouter la séquence avec Hans Faste, du service de la Crim de Gasskas, au sujet de la jeune Malienne de dix-huit ans qui avait disparu du centre d'hébergement pour les réfugiés Fridhem mi-octobre et qui vient donc d'être retrouvée.

“Le déroulement des événements est le suivant : la jeune femme a été découverte par un automobiliste alors qu'elle marchait sur la route entre Murjek et Kirtik. Pieds nus et sans manteau. La police a lancé plusieurs recherches depuis sa disparition, mais jusqu'à présent, tout indique que la jeune femme a disparu de son plein gré. Selon les informations dont nous disposons, elle aurait passé tout ce temps en compagnie d'un homme de son âge originaire de Gällivare. La police souhaite entrer en contact avec l'automobiliste qui a trouvé la jeune femme et l'a conduite à l'hôpital de Sunderbyn.”

Lisbeth éteint la radio. Parfait. La police peut désormais commencer à chercher du mauvais côté de la limite de la commune, ou alors ne pas chercher du tout. Tôt ou tard, ils auront de quoi se mettre sous la dent, mais pour l'heure elle ne peut pas risquer de voir la police débarquer chez Branco avec ses gros sabots et gâcher la possibilité d'en faire sortir Märta Hirak en vie. Elle envoie un SMS à Jessica Harnesk.

[Veille sur Sophia. Je te tiens au courant.]

La réponse est immédiate :

[Cette affaire concerne la police. Tu es où ? Qu'est-ce qui s'est passé ?!]

Lisbeth n'est pas la seule à écouter Hans Faste à la radio. C'est aussi le cas de Marcus Branco.

Les chevaliers sont réunis pour marquer une minute de silence. Par chance, Loup a la tête dure et va s'en sortir. Mais avec l'articulation du genou pétée, il est plus un fardeau qu'autre chose.

Quant à Ulf, ils commémorent sa mémoire autour d'un thé de la province de Fujian, tout en analysant les événements de la soirée. Les images de télésurveillance n'ont révélé qu'une seule anomalie, sans doute provoquée par des rennes. Ils savent quel a été le parcours de la poupée à travers les bois. En revanche, ils ignorent l'identité de son complice.

— Il ne peut pas s'agir d'un hasard, dit Glouton en regardant autour de lui. Est-ce qu'elle aurait pu inciter Ulf à engager quelqu'un de l'extérieur ?

— Ulf ? demande Marcus. Pourquoi lui ?

— Il était obsédé par elle, amoureux.

— Amoureux ? dit Branco. Pathétique.

Le hasard, Branco. S'il y a quelqu'un qui sait ce que le hasard peut provoquer, c'est bien toi. Tu n'es pas né en 1961 comme la plupart des victimes du Thalidomide en Suède. Non, tu es né en 1987 d'une mère brésilienne qui souffrait d'une immunodéficience dont la cause exacte était inconnue.

Dès 1965, le Brésil réintroduit un médicament connu en Suède sous le nom de Neurosedyn sous la nouvelle appellation de Thalidomide, pour ses effets antiangiogéniques et bénéfiques dans la modulation du système immunitaire. Ta mère achète le médicament sur le marché noir. Tombe enceinte et donne naissance à un enfant sans jambes, aux bras anormalement longs et dont la taille disproportionnée du sexe par rapport au reste du corps pourrait être comparée à celle d'un cheval. Pas étonnant que la poupée t'appelle le monstre.

— État d'alerte, dit Branco. Vous connaissez la marche à suivre.

— Qu'est-ce qu'on fait de la pute ?

— Elle est toujours en vie ?

— Oui, mais ne vous préoccupez pas d'elle pour l'instant, crie Glouton, vous devez voir ça d'abord.

LE GARÇON KIDNAPPÉ RETROUVÉ

Le garçon qui avait été enlevé par des hommes armés lors d'une fête de mariage au bar Raimos, à Storforsen, a été retrouvé en vie dans une cabane près de Kvikkjokk.

Selon des informations pas encore confirmées, ce serait le beau-père du garçon, le gérant municipal Henry Salo, qui l'aurait retrouvé. La police de Gasskas ne souhaite pas communiquer plus d'informations par égard pour la famille. En exclusivité, le *Gaskassen* a néanmoins réussi à obtenir un commentaire du chef de la Crim, Hans Faste.

— Des recherches considérables ont été menées qui ont fini par porter leurs fruits. Je ne peux pas entrer dans les détails, mais je tiens à féliciter mes excellents collègues pour leur travail.

— Vous avez choisi de ne pas collaborer avec les NOA, mais de résoudre l'affaire avec vos propres moyens. Est-ce la preuve que même les petites unités de police peuvent accomplir de grandes choses ?

— Au plus haut degré, dit Hans Faste. C'est notre connaissance locale et notre grande expérience qui ont été déterminantes dans cette affaire.

— Contactez le Livreur, dit Branco. Assurez-vous qu'il trouve le Nettoyeur.

La voix monocorde donne des ordres. Au sujet de Salo, de sa femme. Ensuite, il roule jusqu'à l'ascenseur, descend les étages et continue jusqu'aux cellules. Ou "l'hôtel", comme ils surnomment l'aile entre eux. Il tape le code, entre et ferme la porte derrière lui. Il n'a pas l'intention de refaire la même erreur qu'Ulf.

La couverture a glissé. Il la ramasse et la pose sur le dossier du fauteuil roulant.

Est-elle en vie ? Il sort son ramasse-objet. Un long manche muni d'une pince, semblable à l'outil utilisé par les balayeurs pour ramasser les déchets. Il saisit sa main et la soulève.

— Le carnage, dit-il. La plaie à la lèvre a l'air d'avoir dégénéré. Je crois qu'il va bientôt falloir te considérer comme non viable. Mais sache une chose, Märta : selon les critères de sélection que j'utilise pour catégoriser le monde lorsque je te fais mes petits exposés, tu aurais eu de grandes chances de survivre. Tu es pauvre, tu n'as pas de voiture, tu n'as pas les moyens de manger de la viande, etc. Autrement dit, tu uses les ressources de la terre de façon tout à fait minime. Merci d'ailleurs, Märta, d'avoir été une si bonne auditrice.

Il recouvre le corps de la couverture. Lui tapote un peu la jambe en guise d'adieu.

81

QUELQUES SEMAINES À GASSKAS en fin d'automne. C'est comme un conte. Un mythe répété tant de fois que l'invraisemblable devient réalité. À l'image des histoires qu'on raconte autour du feu au sujet de la chasse ou de la prise d'un pêcheur.

Certains tiennent les rôles principaux : Henry Salo, Marcus Branco et Mikael Blomkvist, par exemple. D'autres – Benny Nieminen, Jessica Harnesk et Peder Sandberg – remplissent des fonctions sans trop prendre de place. Ce ne sont que des êtres humains, mais ils ont tous un passé, qui fait d'eux celui ou celle qu'ils sont.

Lisbeth Salander et Svala Hirak ont passé respectivement treize ans de leurs vies sans connaître l'existence de l'autre. Elles ont chacune longé une route toute tracée vers la croisée des chemins. La question est de savoir si cela se termine ici ? Ou si ce croisement n'est que le début ?

Au commencement, c'étaient les hommes qui se maquillaient. Les guerriers qui se camouflaient ou se peignaient avec du sang, de la terre ou de la cendre pour marquer leur appartenance.

Dans une chambre, tout en haut de l'hôtel Stad – le Statt, comme on l'appelle –, une fille de treize ans se prépare à la bataille ultime. Elle ouvre le portable et effectue une recherche internet : *Lisbeth Salander + maquillage + tuto*. Commence par le visage, qu'elle poudre de blanc, et continue par les yeux.

Étale le khôl sur ses paupières. Trace de gros traits au crayon au-dessus et en dessous. Enfin, elle se passe du noir sur les lèvres. Pour ses cheveux, désespérément blonds et raides, elle ne peut pas grand-chose. Pour l'absence totale de piercings non plus. Elle se noue une écharpe noire autour de la tête et se regarde dans le miroir. Ce n'est pas elle. Ce n'est pas Lisbeth. C'est les deux à la fois.

Quelques étages plus bas, Lisbeth est installée à une table du bar, en train d'étudier des plans. En partie grâce à Mikael Blomkvist, soit. Il a trouvé la propriété que l'Administration des fortifications a vendue à Anders Johansson en 1951. 2 000 hectares de forêt, principalement du pin et du sapin, mais ça s'arrêtait là. Il a fallu qu'elle pénètre elle-même plus profondément dans les dossiers cachés de l'armée pour retrouver le bunker.

Il y a urgence, mais s'introduire dans ce qu'elle suppose être le bunker de Branco exige de la planification. Si les informations de Sophia sont exactes, il est entouré de quatre personnes militairement formées qui, outre le fait qu'elles sont armées, sont susceptibles d'être en bonne condition physique. Hormis un, qui a sans doute du mal à marcher après la rencontre dans la forêt.

C'est une étrange construction. Bâtie par étapes à partir de 1910, sur une montagne dont l'un des versants est très escarpé et l'autre plat. La forteresse parfaite pour un homme d'affaires discret aux activités louches, quelles qu'elles soient. Hacker Republic n'a toujours pas réussi à s'introduire dans la société par des voies détournées, mais ce n'est qu'une question de temps. Au moins, elle ne peut pas leur enlever ça : The Branco Group est la définition même de la sécurité informatique. Ou alors… L'idée la travaille depuis quelque temps, bien qu'elle ait fait de son mieux pour la chasser. Plague. Quelque chose ne colle pas. Elle le voit clairement à présent. Branco n'aurait pas dû lui poser de problème. Du moins, pas indéfiniment. Tout le monde existe quelque part, à l'instar des entreprises, des polices secrètes, des personnes avec une nouvelle identité, etc. Tôt ou tard, tous laissent des traces. Branco ne fait pas exception. D'ailleurs il n'est pas si discret que ça. Si quelqu'un doit être capable de le trouver, c'est bien Plague.

Pour l'heure, elle se contente d'envoyer un message.

[Wasp à Plague : Tout va bien ?]

Réponse de Plague :

[Ce n'est peut-être pas le moment, mais on a trouvé une petite faille pour Branco. Il semblerait avoir été impliqué dans un scandale environnemental autour d'une mine en Patagonie, il y a quelques années.]

Lisbeth se détend et revient au présent. D'après les plans, il y a deux entrées. Sans doute une autre a-t-elle été ajoutée plus tard, conduisant à la partie plus moderne munie, selon Sophia, de serrures à empreintes digitales.

Elle sauvegarde les cartes dans son portable, termine son Coca et prend l'ascenseur jusqu'au septième.

L'espace d'une seconde, pas plus. *Camilla. Elle-même.* Puis elle est rattrapée par la réalité et Svala apparaît comme n'importe quelle ado qui se serait lâchée sur le kit de maquillage.

— Non, dit-elle. Tu ne viens pas.

— Si, je viens. C'est à moi de ramener Maman-Märta. D'ailleurs tu as besoin d'un chauffeur.

— Je croyais que le sujet était clos, rétorque Lisbeth, sur le ton d'un abruti autoritaire quelconque.

— Il a neigé trente centimètres depuis hier. Il nous faut une motoneige.

— Il *me* faut une motoneige, il n'y a pas de *nous*.

— Tu comptes peut-être participer à une visite en groupe à Kåbdalis, tous à la queue leu leu ?

— Non, mais selon le manuel d'instructions, il suffit de mettre les gaz.

— Pardon, j'ai oublié que tu étais stockholmoise. Mais bon courage avec la poudreuse, dit Svala, qui s'extirpe du pull aux coudières en cuir et se dirige vers la salle de bains.

— Attends, dit Lisbeth. C'est quoi ça ?

— Les dragons c'est cool, mais les tigres, c'est encore plus cool.

Lisbeth se rappelle d'un coup pourquoi elle n'a jamais voulu d'enfants.

— Quel fichu gribouilleur accepte de tatouer un gosse sans la permission de ses parents ?

— Aucun, je suppose, mais tu as signé une très jolie autorisation.

82

— Vous vous souvenez de moi ? demande Lisbeth. C'est moi qui ai acheté le Ranger.

— Comment oublier ?

— Je sais que vous ne voulez pas vendre votre femme, mais j'ai besoin d'emprunter votre motoneige.

— Non, répond l'homme. Jamais. Il y aura encore plus de poudreuse ce week-end.

Ils me fatiguent tous avec leur poudreuse.

— Je comprends le problème, mais je paie bien. 5 000 couronnes pour vingt-quatre heures. D'accord ?

— 5 000 ! s'exclame-t-il avec un rire. C'est un peu abusé. 3 000, c'est suffisant. Mais pas plus de vingt-quatre heures.

— Pas une minute de plus, mais vous devez me l'amener. Le Ranger n'a pas de barre de remorquage.

— Oui, c'était maman qui le conduisait, dit l'homme sombrement.

Lisbeth cherche quelque chose de réconfortant pour détendre l'atmosphère.

— Au moins, c'est une belle couleur.

— Si tu ne m'avais pas dit que tu travailles avec des ordinateurs, j'aurais dit psychologue, dit Svala en enfourchant la motoneige. Summit, c'est cool. Ça change du vieux Bearcat de Peder-Plastoc. Un putain de scooter de vioque.

— Ne jure pas, dit Lisbeth.

Enfin, elle peut rendre coup pour coup.

Plus elles approchent du lieu de rendez-vous, plus elles deviennent silencieuses. Mikael Blomkvist a envoyé plusieurs messages, Jessica Harnesk aussi. Les grandes lignes sont les mêmes : n'entreprends rien d'irréfléchi. Laisse la police faire son travail.

Elle se demande ce que Harnesk sait. Est-ce que Sophia a dit quelque chose ? Ça l'étonnerait. Blomkvist ? C'est possible. Il a le don de se mêler de ce qui ne le regarde pas, même si elle doit admettre qu'il a su s'avérer utile par le passé.

La dernière chose qu'elle fait, c'est de contacter Plague. Par mesure de sécurité.

[Envoie l'info à Blomkvist, écrit-elle. Même adresse qu'avant.]

Sans doute le même mot de passe aussi.

L'homme de Ranger & Motoneige arrive et repart.

Elles sont garées à presque dix kilomètres du bunker.

À l'intérieur du Nid d'aigle, les réunions de crise s'enchaînent. Pour une fois, Branco n'est pas sûr de son prochain coup. Ils commencent à subir des revers imprévisibles et il ne sait plus comment résoudre l'équation. Il ne s'agit plus de Salo et du parc éolien, mais d'une menace extérieure à l'encontre du groupe Branco dans son ensemble. Ils ont détecté des tentatives poussées d'intrusion dans leur système informatique. Heureusement déjouées. Et bien que personne ne lui reproche rien directement, il sent que les autres estiment que c'est sa faute. *Les poupées. Il aurait dû s'abstenir pour les poupées. Surtout la dernière.*

Ce qui l'amène au point suivant : la fuite de la poupée.

La fuite en soi se passe de commentaire, si ce n'est l'imprévisibilité du facteur humain ainsi qu'une Sophia Konaré désespérée (et aux yeux de Marcus Branco, bien ingrate). Mais après ? Le retour lamentable de Loup, rampant comme une bête.

Il sent qu'il approche du cœur de la question : la personne dans la forêt. Un petit monstre de karaté "en promenade". Qui est-elle, bordel ? Et surtout : qui l'a envoyée ?

— Toute information est sécurisée et effacée, informe Glouton depuis la salle de contrôle. Mais un problème concret demeure : la pute. Dis-nous qu'on peut s'en débarrasser, maintenant.

83

— *Bassai dai*, dit Lisbeth en regardant Svala.

— Assaillir la forteresse.

Elle a déjà vu ce regard. N'a pas voulu s'y attarder. Il représente tout ce que Lisbeth veut oublier. Zala, Niedermann, Camilla. Le bleu clair si singulier, presque blanc. Toujours disposé à la violence, et Svala ne fait pas exception. Les traits de khôl accentuent la froideur, mais aussi l'obscurité dans laquelle Lisbeth la soupçonne de vivre. Comme ils le font tous. Autrement, ils ne se seraient jamais retrouvés dans ce pétrin.

— On ne peut pas changer la voie du destin, seulement choisir de quel côté l'arpenter, dit Svala.

Lisbeth abaisse le pare-soleil et déplie le miroir. Glisse la main dans sa poche intérieure. Sort un peu de sang, de terre et de cendre, et peint l'âme du guerrier.

— Là, on dirait Noomi Rapace, dit Svala.

— C'est qui ?

— Laisse tomber, répond Svala tout en déclinant l'offre d'une canette de Coca.

— Je peux te donner un conseil ? dit Lisbeth. Si tu dois te battre ?

La fille hoche la tête.

— Tu n'auras qu'une seule chance. Je t'ai appris qu'un karatéka ne frappe jamais le premier. Ce qui est vrai. Le karaté, c'est avant tout de la défense. Mais au combat…

Cette gamine aux bras aussi fluets qu'un demi-paquet de spaghettis. Avec sa ceinture de robe de chambre blanche, c'est une vraie force de la nature.

— N'oublie pas que c'est à l'instant où il passe à l'attaque que l'adversaire est le plus faible.

Sen no sen.

— Tu es une guerrière, Svala. Pas un soldat. Une *bushi*. Mais aujourd'hui tu es le chauffeur, ajoute-t-elle, histoire de. Tu restes dans la forêt jusqu'à ce que je ressorte. C'est compris ?

Svala appuie son front contre celui de Lisbeth.

— Tu assures, dit-elle. Tu es bizarre, mais tu assures. Et puisqu'on est là, sans savoir si on survivra ou pas, tu pourrais peut-être répondre à quelques questions ?

— Bien sûr.

— Comment mon grand-père est-il mort ?

— Il a été tué par balle.

— Par toi ?

— Non, par la police.

— Et Camilla ?

— Suicide.

La dernière question reste suspendue en l'air.

— Il faut qu'on y aille, dit Lisbeth.

— Et *lui*, c'est toi qui l'as tué ? demande Svala.

— D'une certaine façon, répond Lisbeth.

D'une certaine façon.

84

LORSQUE LA NUIT ENVELOPPE de nouveau Gasskas et protège ceux qui chassent, elles décollent. Le plan est de s'introduire du côté nord-ouest. La neige qui tombe en rafales limite la visibilité, mais ça vaut dans les deux sens. Le vent étouffe le bruit du moteur. Elles vont pouvoir s'approcher assez près sans être entendues.

Lisbeth soupçonne l'existence d'une autre route d'accès ne figurant pas sur la carte. Celle qu'emprunte Branco pour entrer et sortir de la propriété. Elles doivent l'éviter, à moins que Plague réussisse à mettre hors-jeu la vidéosurveillance. Elle lui a demandé de le faire. Il n'a pas répondu.

La motoneige se faufile entre les arbres de manière saccadée. Comme l'avait dit la gosse, ce n'est pas un jeu pour débutants. Svala reste debout, un genou posé sur le siège, pour mieux voir. Elle contrebalance avec le poids de son corps quand il le faut et réussit, avec le savoir-faire du conducteur expérimenté, à empêcher les patins de s'enfoncer dans la neige. Kilomètre après kilomètre – la carte mémorisée par Lisbeth reste approximative, mais c'est tout ce qu'elles ont. À quelques centaines de mètres de leur destination, à vue de nez, Svala éteint le moteur. Lisbeth vérifie son portable, pas de réseau hormis pour le numéro d'appel d'urgence. Elles doivent crier pour s'entendre dans la tempête.

— Il y a des raquettes dans la sacoche, crie Svala.

Lisbeth accroche les sangles autour de ses bottes et glisse à bas de la motoneige. Svala retire un gant, fourre la main à l'intérieur de sa veste, en extrait l'arme récupérée dans la forêt et la tend à Lisbeth.

— Tu sais comment t'en servir ? demande-t-elle.

La gamine ne cessera jamais de la surprendre.

— Tu devrais peut-être le garder ?

— Pas besoin, j'en ai un autre. Celui de Peder-Plastoc. Il est temps qu'il serve à quelque chose, lui aussi.

Tu es là, Maman-Märta ? Je ne te sens plus.

Elles se regardent. Pouces levés. Pas à pas, Lisbeth disparaît entre les arbres en direction du bunker. Svala compte jusqu'à cent, puis elle fait demi-tour avec l'engin et effectue une grande boucle pour s'approcher des lieux depuis le côté opposé.

Désolée tata Lisbeth, mais c'est de ma Maman-Märta qu'il s'agit. Je ne compte pas rester là et attendre comme une gentille petite fille.

Je ne me faisais pas d'illusions.

Le premier obstacle est de s'introduire dans les lieux. En étudiant les images de bâtiments militaires plus connus autour de ce qu'on appelle communément “le verrou du Nord”, la forteresse de Boden, fournies par l'Administration des fortifications, Lisbeth a conclu qu'une pince coupante suffirait, même si la dynamite aurait été préférable.

Selon la carte, le bâtiment principal se trouve à plus d'un kilomètre de l'entrée qu'elle vise. Les rafales de vent ont décollé la neige de la roche autour du point culminant. Elle ôte les raquettes, les accroche sur le sac à dos et se dirige vers la cible.

La présence même de l'entrée du bunker est presque invisible. La porte ressemble davantage à une trappe. Heureusement, elle n'est munie que d'un gros verrou. Elle essaie d'abord avec un outil de son Leatherman, mais puisqu'il s'agit d'un verrou à combinaison, la manipulation se révèle impossible. En tout cas dans l'urgence. Au prix d'un sérieux effort, la pince coupante finit par avoir raison du métal.

Je m'en serais chargée pour toi. Tu sais bien que je suis forte pour les chiffres.

Ne t'en mêle pas.

Que peut bien renfermer un bunker construit il y a plus de cent ans ? Des salles inondées ? Des vestiges de télégraphes, lits superposés et équipements médicaux ? Des couloirs effondrés ? Il n'existe aucune information sur ce qui a été sa fonction. À l'instar de certains autres bâtiments de défense militaire, il n'est pas officiel et figure à peine dans les archives gouvernementales, sous le nom sibyllin de H9.

Elle baisse le cône de la lampe frontale et tente de se faire une idée de ce qui l'attend. Elle risque un pas à l'intérieur, referme derrière elle et un sentiment d'angoisse la saisit aussitôt. Le bruit extérieur – le hurlement de la tempête, les branches qui se brisent : tout cesse instantanément. Aucun son ne pénètre ici, de même qu'aucun son n'en sort.

Rester calme. Respirer. Rester calme. Elle éclaire les parois aussi loin que la lampe le permet. La pièce est vide, à l'exception d'une pelle rouillée au manche cassé et d'une chaudière très ancienne, dans un coin. Elle suit le parcours des tuyaux au plafond. L'eau semble être montée assez haut sur le mur autrefois. Elle ôte un gant. La moisissure humide colle à ses doigts. L'odeur lui pique la gorge.

Passer par un couloir. Risque de porte coupe-feu bloquée.

La lumière devant, l'obscurité derrière. Pas à pas. Elle s'immobilise. Tend l'oreille. Ouvre la porte menant au couloir et continue d'avancer.

Un mur en briques est effondré d'un côté. Plusieurs briques se détachent lorsqu'elle perd l'équilibre et se rattrape d'une main. L'impulsion de faire demi-tour, de courir jusqu'à la sortie et ressortir dans le monde pour rentrer chez elle a presque raison d'elle. *Faites-le, Lisbeth. Vous n'avez pas besoin de jouer au superhéros. Rebroussez chemin. Laissez la police faire son travail.* La voix est tentante. Pourtant, c'est justement ce qui la fait se ressaisir. Ce n'est pas un putain de thérapeute qui va décider de l'ordre du jour. Elle est là parce qu'il y a urgence.

Märta Hirak est peut-être déjà morte, mais si elle ne l'est pas… Si elle ne l'est pas, Lisbeth représente son seul espoir.

Trois chambres dans la roche en enfilade. Taille estimée entre deux et trois cents mètres carrés. Statut inconnu.

La porte coupe-feu résiste mais finit par s'ouvrir. Elle se trouve désormais dans la salle centrale. La lampe frontale clignote, s'éteint, puis se rallume. Il doit faire aux alentours de cinq degrés. Comme dans une mine ou une cave enterrée. Pendant un moment, la curiosité l'emporte sur la peur. Même ici, l'humidité suinte de la surface des parois creusées dans la roche. La pièce est aussi grande qu'un hangar à avions. Pas à pas. Au moment où elle est quasiment arrivée de l'autre côté, elle s'arrête et tend de nouveau l'oreille. L'obscurité a son propre son, qui combine battements de cœur, respiration et pouls.

La section centrale est compliquée avec des niveaux différents, des escaliers et des chambres reliées par un certain nombre de couloirs. Choisis un côté et maintiens le cap.

Elle tâte les bords de la porte. S'appuie de tout son poids contre ce qui aurait dû constituer l'ouverture. Merde, murée. Elle va devoir faire demi-tour, s'orienter vers l'une des chambres adjacentes et chercher un autre accès. La lampe frontale clignote. Sans lumière, c'est mort.

Elle l'éteint pour économiser la batterie. La panique est sur le point de la gagner lorsqu'elle entend des voix. Elles semblent venir du dessus. À travers une ventilation ou une enceinte. Elle n'entend pas ce qu'elles se disent, mais ce sont des voix malgré tout. Elle doit être près.

Am stram gram. Le hangar de droite ou celui de gauche ? Gauche. Au milieu se trouve une porte. Des gens vivaient là autrefois. Des soldats. Des officiers. Des semaines, des mois sans voir la lumière du jour, tout comme ceux qui l'ont construit. Année après année dans la poussière, l'humidité, les éboulements et l'enfer.

Tu es privilégiée, Lisbeth. Vas-y, continue.

La porte suivante s'ouvre sans la moindre résistance, comme si elle venait d'être huilée. Un peu trop facilement. Une lueur filtre d'en haut. Éclaire le chaos de possibilités. Et ensuite ? La priorité, c'est retrouver Märta Hirak. Lentement, sans un bruit, Lisbeth se rapproche des voix et de la lueur quand, soudain, la lumière s'éteint et les voix s'interrompent.

Elle allume la lampe frontale. Morte. Elle l'ôte et la secoue pour essayer de la ranimer. Toujours rien. Au lieu d'utiliser la torche de son téléphone, elle s'efforce de se rappeler l'état de l'escalier. Il était effondré au milieu. Elle essaie de se souvenir : était-ce vers la dixième marche ? Elle avance à tâtons. Se pique la main sur un clou. Ça ne va pas le faire. Elle sort son portable. Trois de ses cinq contacts ont écrit des messages. Le réseau a visiblement fonctionné un moment, mais il est définitivement interrompu à présent. Aucune antenne relais ne s'étend jusqu'à la tombe. Elle balaie rapidement l'escalier du faisceau de la lampe du portable, et décide une stratégie en continuant d'avancer à tâtons jusqu'à la dernière marche.

De l'autre côté de la porte, des petites pièces de tailles diverses. Selon Sophia, un ascenseur qui conduit à la partie habitation.

Si quelqu'un se trouve de l'autre côté, c'est foutu. Elle entrouvre la porte. Rien.

Encore une seconde d'éclairage grâce au portable et elle a le temps de distinguer ce qui semble être les cellules. *L'hôtel.* Des portes modernes munies de judas. Une lumière blanche se diffuse à l'intérieur des cachots. Le premier est vide. Le suivant : vide aussi. Dans le troisième gît le corps d'un homme plié en deux, avec un oreiller sur la tête. *Ta porte de sortie, Sophia.* Dans le quatrième se trouve une femme couchée sous une couverture. Märta Hirak. Lisbeth n'arrive pas à déterminer si elle dort ou… Elle s'immobilise. Entend les voix de nouveau. Plus distinctement, désormais. *Rapporter. Détruire. Nom de code Tingvalla.* Puis quelques mots dont elle comprend intimement la signification. *Packet sniffing. SQL. Zero-click exploit. Spoofing. Buffer overflow.*

Elle se dirige vers les voix. Si elle se fait coincer, elle aura au moins entendu ce qu'ils disent.

— Tout est prêt. Départ à vingt et un zéro zéro.

— Mais dis donc, regardez ce que le chat a rapporté. Une souris ?

— On dirait plutôt Halloween. Des bonbons ou un sort ?

— Aïe, lâchez-moi.

Svala.

Elle n'hésite plus, sort l'arme de la veste, entrouvre la porte pour s'orienter et vise.

Deux personnes. Une femme et un homme. Elle ne les a jamais vus auparavant.

— Lâchez la fille, dit-elle et Svala recule en direction de Lisbeth. Continue, siffle-t-elle à l'intention de Svala. Par la porte.

Pour l'instant, la femme reste immobile. L'autre avance lentement vers Lisbeth.

— Vous l'aurez cherché, dit-elle, puis elle tire une balle qui passe à deux doigts de l'homme. Le prochain coup sera dans le mille.

— OK, OK, dit-il en levant les mains.

— Quittez la pièce, dit Lisbeth. Je compte jusqu'à trois. Un, deux…

Puis tout part en vrille. Une troisième personne a surgi de nulle part. Au début, elle pense que c'est Branco puisqu'il est dans un fauteuil roulant. Il lui fonce dessus avec le fauteuil Hawking à pleine vitesse, tout en tirant autour de lui sans toucher grand-chose.

Tête froide, concentration. Retiens le souffle, vise, tire.

Il pousse un cri lorsque la balle l'atteint à l'épaule, puis il perd le contrôle du fauteuil, heurte le mur, retrouve la maîtrise de l'engin et s'enfuit comme le premier en direction de l'ascenseur. Il ne reste plus que la femme. *Non armée, tant pis pour toi, salope.*

Lisbeth recule jusqu'à atteindre la porte par laquelle elle est entrée.

— Ne vous avisez pas de nous suivre, dit-elle.

— Aucun risque. De toute façon, vous allez crever comme des rats là-bas, dit la femme avant de se retourner pour disparaître dans la même direction que les autres.

C'est alors que Lisbeth sent l'odeur de fumée. À l'instant où elle ferme la porte du couloir des cellules, la salle de conférences explose.

La fumée se répand sous l'interstice de la porte. Elles doivent sortir du bunker, sur-le-champ. La cellule de Märta est ouverte. Svala tient sa mère dans ses bras. Lui caresse les cheveux.

— Elle est en vie ? demande Lisbeth, et Svala hoche la tête.

— On va devoir la laisser, sinon on va toutes mourir.

— Je ne la laisse pas ici, dit Svala, qui commence à tousser.

La fumée s'épaissit. Lisbeth attrape Svala par la veste et l'écarte du lit. Juste à ce moment-là l'électricité saute.

— Éclaire avec ton portable, crie Lisbeth tandis qu'elle enveloppe Märta Hirak dans la couverture.

— Il est déchargé, crie Svala en retour.

Pour la deuxième fois en vingt-quatre heures, Lisbeth hisse une femme sur son épaule pour la sauver des griffes de Branco. La sauver, sauver Svala et se sauver elle-même.

— Accroche-toi à ma veste.

Les instructions de Lisbeth sont brèves et précises.

— Sors mon portable de la poche extérieure du sac à dos et éclaire.

La lumière traverse à peine la fumée. Elles atteignent la porte suivante. La tête de Märta Hirak cogne contre le chambranle. La fumée leur colle au train telle une queue.

— L'escalier est effondré au milieu, reste sur la gauche.

Ou était-ce la droite ? Et après, c'était bien à droite ? Ses souvenirs sont bons. Quelques mètres encore et elles pourront refermer la porte coupe-feu derrière elles. Une autre explosion résonne au-dessus. Il faut qu'elles sortent.

— Prends ta mère, dit Lisbeth.

La fille la tient, lui chuchote quelque chose, la hisse sur ses épaules, se concentre sur son objectif et entame la traversée de la salle creusée dans le roc. Des bras aussi épais qu'un demi-paquet de spaghettis, des jambes de faon. Deux cents mètres avec à peine un peu de lumière pour les guider. *Les Forces spéciales peuvent aller se coucher.*

Arrivées à la porte du milieu, avant de s'engager dans le couloir effondré, elles se relaient de nouveau. Märta est un poids mort. Respire-t-elle, seulement ?

— La sortie n'est plus très loin.

La fille souffle fort, trébuche comme l'avait fait Lisbeth, se rattrape avec la main et déclenche un nouvel éboulement. D'abord quelques briques éparses, puis d'autres et d'autres encore. Instinctivement, Lisbeth pousse la fille devant elle, les hisse par-dessus les décombres jusqu'à l'autre côté. Quelques secondes plus tard, tout le mur s'effondre comme un château de cartes.

— C'était moins une, dit Svala en éclairant la mort qu'elles viennent de tromper.

Lisbeth pose Märta près de la trappe par laquelle elle était entrée. Secoue ses bras engourdis, puis appuie de l'épaule contre la porte. Il ne se passe rien. Elle prend de l'élan et pousse de toutes ses forces. Pas un millimètre.

L'odeur de fumée a imprégné leurs vêtements. Le feu s'approche peut-être. Elle ne sait pas. Quelqu'un a verrouillé la porte de l'extérieur. Quelqu'un rit de l'autre côté. *La femme.* Elle pose les lèvres contre le trou de la serrure et crie pour s'assurer qu'elles l'entendent.

— Brûlez, sales rats, vous allez brûler en enfer !

— Pas sans vous, crie Svala en retour. On vous retrouvera. Où que vous soyez. N'oubliez pas… enfoirés, poursuit-elle tout bas.

Lisbeth s'affaisse sur le sol. S'adosse contre le mur tapissé de moisissure et s'efforce de réfléchir. Elles peuvent tenter de sortir en tirant des coups de feu. Ça ne vaut sans doute même pas la peine. La porte est en fer. Le risque de ricochet est plus important que les chances de réussir.

Elle se tourne vers Svala.

— Comment diable es-tu entrée ? La cellule, je veux bien, elle était fermée par un digicode, mais la porte extérieure ? Sophia disait qu'elle était munie d'un lecteur d'empreintes.

Svala est prise de quintes de toux.

Lisbeth lui tapote le dos.

— Ça ne change rien, halète-t-elle. Je suis asthmatique. J'ai oublié mon inhalateur à l'hôtel.

Sa respiration siffle laborieusement, elle ôte son sac à dos et fouille dans ses affaires. Les seules qu'elle a jamais eues et qui n'appartiennent qu'à elle. L'ordinateur et le singe.

— Ouvre le singe, dit-elle à Lisbeth en passant un bras autour de sa mère.

Lisbeth déplie un canif et verse le contenu du singe sur ses genoux. La dernière chose qui en tombe est une grenade.

— Sérieux, Svala, tu l'as trouvée où ?

— C'est Maman-Märta qui me l'a donnée il y a plusieurs années.

Elle observe sa mère. Remonte la couverture sur ses épaules.

— Et je veux toujours savoir comment mon père est mort.

— D'accord, dit Lisbeth d'une voix raffermie. Ton père, mon demi-frère, était un vrai salaud. Il faisait tout ce que ton grand-père lui disait. Menacer, extorquer de l'argent, tuer. Comme toi, il ne ressentait pas la douleur, mais quand il a piqué du fric aux gars du MC Svavelsjö, il est allé trop loin. Au même moment, il me pourchassait. Également pour le compte de Zalachenko. Tu vois un peu, Svala, à quel point c'est tordu ? Mon propre père qui ordonne à mon frère de me tuer. Alors je lui ai tendu un piège. Ça a marché, mais j'aurais aussi bien pu y passer. Pour finir, j'ai téléphoné à Benny Nieminen. C'est sa bande qui a tué ton père, pas moi.

— Tu aurais pu le dire tout de suite.

— Et ça ? dit Lisbeth et soulevant un paquet de cigarettes. Ce n'est pas bien de fumer quand on est asthmatique.

Lisbeth secoue le paquet. Mais au lieu de cigarettes, c'est un doigt qui en sort. Lisbeth tressaille de dégoût. La peau est grise, presque blanche. Sauf au niveau de l'endroit où sort l'os.

— Le doigt d'Ulf, c'est comme ça que je suis entrée, dit Svala. Sophia me l'a donné. Tu ne le sais peut-être pas, mais on se connaît déjà. C'est une lectrice, comme moi. J'ai pris le bus jusqu'à Sunderbyn. Personne n'est capable de résister à une fille de treize ans tout innocente. Même pas ta fliquette.

Il est peut-être temps de lui téléphoner.

Lisbeth range tout sauf la grenade et le doigt.

— Tu sais comment fonctionne une grenade ? demande Lisbeth.

Svala secoue la tête.

— On n'a plus qu'à chercher sur le Net, dit-elle, et elle lit à voix haute : "La grenade à main, abréviation militaire GAM, est une grenade qui se projette vers la cible manuellement. Les grenades à main sont de divers types, permettant une variété d'utilisations, mais sont généralement conçues avec une capacité explosive destinée à des affrontements dans un périmètre de faible rayon. Un autre dispositif habituel pour les grenades à main est « l'effet dissimulateur » (fumigène) pour une diffusion de fumée immédiate ou continue."

— Côté fumée, on est déjà bien servies.

— "Pour utiliser une grenade-œuf, saisir la grenade d'une main en tenant fermement le levier de sécurité provisoire, dit cuillère. Puis ôter la goupille de sécurité, habituellement constituée d'un anneau qu'il faut tirer pour sortir la goupille, tout en maintenant le levier de sécurité de l'autre main."

— D'accord, dit Lisbeth, c'est moi qui vais balancer la grenade.

— Tu n'as que trois secondes pour te sauver après avoir tiré la goupille.

Ensemble, elles soulèvent Märta et portent le corps inerte aussi loin que possible de la zone d'impact visée. Peut-être est-ce déjà trop tard.

— La grenade doit tomber au plus près de la cible, sinon ça ne marchera pas, dit Svala d'une voix qui lutte pour trouver de l'oxygène.

— Je sais, dit Lisbeth en soutenant le regard de la fille. Et si on ne se voit plus…

— Vas-y, siffle Svala. Il vaut mieux exploser en mille morceaux qu'être brûlées vives.

L'anneau, la goupille de sécurité, trois secondes, balancer, courir. Lisbeth se jette sur Svala comme un bouclier humain. Le bruit de la déflagration dans la salle aux parois de roc, la vague de pression et les pierres qui fusent comme des battes de baseball enragées contre leurs corps. Un dernier tremblement parcourt le sol. Ensuite, le silence se fait.

De légers flocons de neige tombent sur le sol. La lune est suspendue sur le ciel. Un hélicoptère décolle dans les airs. Un nid d'aigle brûle, laissant derrière lui plus que de la roche. Une fille se lève sur des jambes flageolantes. S'écarte d'un mur explosé. Récupère une mère inerte, s'assied dans la neige et ôte délicatement les cheveux de son visage.

— Maman, on est en sécurité maintenant. On est sorties. J'ai lu ton journal. Peder-Plastoc est mort et si seulement tu te souviens du mot de passe du disque dur, on pourra partir loin d'ici. Toi et moi, maman, qu'est-ce que tu en dis ?

Une Maman-Märta ouvre les yeux. Bien qu'ils ne soient plus que des fentes au milieu de la chair boursoufflée, ces yeux ont un regard. Le regard dit quelque chose. À l'instar des lèvres, qui forment un mot.

— Je n'entends pas, dit Svala en la tirant doucement vers elle. Dis-le encore.

Une hirondelle peut voler à soixante-cinq kilomètres à l'heure. La fille reste immobile avec Maman-Märta dans son giron. Le dernier souffle arrive par à-coups. Puis s'éloigne comme s'envole un troupeau de rennes.

Lisbeth Salander passe un bras autour des épaules de Svala. Elles restent ainsi jusqu'à ce que le son des sirènes leur parvienne depuis la route.

85

— Tiens tiens, dit Mikael Blomkvist en exhibant le dernier numéro du *Gaskassen*. Vous n'auriez jamais cru ça la première fois qu'on s'est vus, je parie. Moi non plus, à vrai dire.

Le thermos de café passe de main en main dans la rédaction. Jan Stenberg se délecte des compliments comme des perles de sucre sur une petite brioche à la cannelle.

— C'est bien ce que je disais, dit-il. Le *Gaskassen* est tout aussi doué que les médias nationaux quand il s'agit de déterrer des nouvelles intéressantes, en voilà la preuve.

Les ossements retrouvés dans les vestiges des banquets des aigles de mer du Nettoyeur ont permis, grâce à des analyses ADN, d'identifier des personnes, dont les portraits s'alignent à la une telle une galerie de criminels. Le Nettoyeur affirmerait sans doute que la plupart ont bien mérité leur place dans cette déchetterie, mais il se trouve que personne ne sait qui il est ni quel rôle il a joué. De fait, il n'est pas cité dans l'article.

En revanche, le Nettoyeur lit l'article, lui aussi. Il scrute toutes les pages jusqu'à ce qu'il trouve le nom. Le garçon. Lukas. Il est en vie. Se porte bien. *Non, ce n'était pas si mal et il n'avait pas peur. Ils ont mangé des bonbons et observé des aigles de mer.* Bien sûr. Le seul cheptel d'aigles de mer à l'intérieur des terres. Un simple coup de fil à l'Association pour la protection de la nature et ils ont retrouvé la cabane. La cabane, mais pas le Nettoyeur. Les descriptions du garçon pourraient correspondre à n'importe quel chasseur entre deux âges. Un bonhomme de l'âge de papa Henry. Bonnet vert. Pull orange. S'il l'a reconnu ou a entendu son nom ? Non. En dehors des propos de Lukas, il y avait un certain nombre de commentaires de Henry Salo. Les événements dramatiques de la cabane à Kvikkjokk, la tempête de neige et le trajet en voiture jusqu'à Sunderbyn.

S'il sait qui a laissé le garçon là-bas ? Non.

Il ne devrait pas, mais c'est plus fort que lui. Il prend la route pour le lac Njakaure, ouvre la barrière et gare le quad un peu plus loin dans la forêt. Il enfile son fusil sur l'épaule, fixe ses skis de chasse Tegsnäs et fait les derniers kilomètres à skis.

C'est une belle journée. Quelques degrés en dessous de zéro. La neige brille comme sur une carte postale. Il ouvre le sac à dos, en sort un sachet en plastique, vide son contenu par terre et se glisse sous son sapin habituel.

En général, une poignée de minutes suffisent. Il abandonne au bout d'un quart d'heure. Quelque chose ne va pas. Aucun aigle de mer en vue.

Il laisse les abats sur place. Au moins, le renard ou le corbeau en profiteront. Il tourne ses skis et avance vers le nid. Déjà de loin, il voit qu'un truc cloche. Les vieux pins qui portaient majestueusement le nid dans leurs cimes jonchent le sol, écorcés. Du nid, il ne reste plus que des fragments de ses branches tressées. *C'est une réserve naturelle, bordel.*

Le Nettoyeur regarde autour de lui une dernière fois, avant d'effectuer une rotation et de repartir par le même chemin. Ses pensées vont également de l'avant. Ne jamais se souvenir, ne jamais regretter.

Mikael Blomkvist s'arrête sur la photo tout à gauche : Malin Bengtsson, la fille d'I. B. Ils auraient pu tellement mieux exploiter ce matériel s'ils avaient eu plus de temps. Les coordonnées dans son téléphone portable, par exemple, qui en inversant quelques chiffres n'indiquaient pas la maison de Henry Salo mais bien le quartier général de Branco. Ils vont devoir s'armer de patience. Il sent qu'ils auront d'autres occasions de croiser Branco. *Tu ne pourras pas résister à un tel sujet, Erika Berger.*

— Et le reste alors ? demande Mikael Blomkvist lors d'une conversation seul à seul avec Stenberg. Les dessous-de-table, les éoliennes, le soupçon de chantage, etc. Vous ne croyez pas que les affaires du gérant municipal intéressent les lecteurs du *Gaskassen* ?

— Mais il n'a jamais été condamné, dit Stenberg. On pourrait presque penser que vous voulez coincer votre propre gendre. Henry est certes un peu original, mais on ne peut pas se baser sur de pures spéculations.

— Non, que dira-t-on… dit Mikael.

Il enfile sa veste en cuir par-dessus son veston et regarde l'heure. Le train pour Stockholm part dans quelques heures. Auparavant, il va retrouver Lisbeth au Statt pour un dernier verre.

— On est mercredi aujourd'hui, dit-il à Stenberg. Passez le bonjour aux gars de la fraternité. À une prochaine fois, peut-être.

— On en est où, là ? demande Mikael en tendant un Coca à Lisbeth tandis qu'il prend une gorgée de bière.

— Comment ça ?

— Ce n'est pas comme si on en avait fini avec Branco, si ? J'ai lu le message de Plague.

— En parlant de Plague…, dit-elle, mais elle regrette aussitôt ses paroles.

Ça ne le regarde pas. S'il y a le moindre fragment de doute, c'est à elle de s'en occuper.

— Pour le moment, j'en ai ma dose de Branco, dit-elle. J'ai encore les oreilles qui bourdonnent.

— On peut juste faire un point une dernière fois ?

— Non, je n'ai pas le courage. Comment ça s'est passé avec l'Islandaise, au fait ?

— Eh bien, comme d'habitude je suppose. Je rentre aujourd'hui. On se reverra peut-être à Stockholm. Et toi ?

— Les flics, c'est pas pour moi. Ils sont du mauvais côté, disons.

— Ce qui veut dire ?

— Juste un truc qu'un gosse m'a dit un jour. On ne peut pas changer de route, juste changer de côté.

La conversation est moins fluide que les déchets flottant sur le Gange. S'il y avait eu une petite fenêtre, elle est désormais définitivement fermée.

— Et… la gosse… qu'est-ce qu'elle va devenir ?

Elles prennent une dernière fois la route qui mène chez les Hirak. Le singe, le sac à dos et les quelques biens de Svala sont sur la banquette arrière. De son côté, elle tient fermement Maman-Märta et sa grand-mère dans ses bras.

Laura se trouve dans le chenil. Per-Henrik arrive de la forêt sur une motoneige. Elias doit s'affairer quelque part.

Lisbeth coupe le moteur du Ranger.

— Tu n'as pas changé d'avis alors ? demande-t-elle.

— Au sujet de Stockholm ? Je ne sais pas, mais il faut bien que je commence quelque part. Je descendrai pour les vacances de Pâques.

— Tu auras des putains de pizzas ! Et n'oublie pas le karaté, Svala-san.

— Non, si tu arrêtes de jurer.

Laura ferme le chenil et s'avance vers la voiture. Per-Henrik traverse la cour glacée d'un pas mal assuré. Elias se matérialise sur une trottinette des neiges.

— Bon, je vais y aller, dit Lisbeth.

— Pas encore. Tu dois assister aux funérailles d'abord.

Avec de la neige plein les bottes, ils montent jusqu'au point culminant de Björkberget. Le paysage s'étale devant eux, sans début ni fin. Çà et là, de la fumée sort des cheminées.

— Pauvre Marianne Lekatt, dit Svala, tandis que les cendres de sa grand-mère volent en direction de sa maison.

— Au moins, quelqu'un a fait du feu dans la maison, dit Elias. On a peut-être de nouveaux voisins.

Svala garde l'urne de Maman-Märta pour la fin. La berce un long moment avant de dévisser le couvercle et de laisser le vent répandre les cendres où bon lui semble.

— Envole-toi, *Eadni*, dit-elle.

Vole vite, comme l'hirondelle vers sa destination. Plane comme l'aigle de mer au-dessus de la terre. Eadni-Märta.

86

[Salut Lisbeth, j'espère que tu vas bien. Je voulais juste te souhaiter un joyeux Noël. Mikael.]
[Merci, à bientôt.]
[Avec plaisir, tu fais quoi demain ?]
[N'abuse pas.]
[La vie est courte, le Loch Ness, 19 heures.]
[OK, petit con.]

Car oui, ainsi soit-il. La vie est un cadeau précieux. En particulier lorsque le cadeau arrive directement du père Noël de Rovaniemi. Svala remet l'avis de passage. Récupère le paquet, se rend à la pizzeria Buongiorno, commande une végétarienne avec un supplément de fromage et un Coca.

Lentement, elle ôte le ruban de bolduc. Défait le scotch, écarte le papier et prend le livre entre ses mains comme un trésor.

Svala H.
AAMULLA TULI YÖ

Merde, voilà que je vais devoir apprendre le finnois, maintenant.

OUVRAGE RÉALISÉ
PAR NORD COMPO À VILLENEUVE-D'ASCQ
ACHEVÉ D'IMPRIMER
SUR ROTO-PAGE
EN AOÛT 2023
PAR L'IMPRIMERIE FLOCH
À MAYENNE
POUR LE COMPTE DES ÉDITIONS
ACTES SUD
LE MÉJAN
PLACE NINA-BERBEROVA
13200 ARLES

DÉPÔT LÉGAL
1re ÉDITION : NOVEMBRE 2023
N° impr. : 103043
(Imprimé en France)

Kuhn Sophie Gehrdulfe
Medicament · DR Piera -